The Wife of Bath
A Biography

狮吼人生

奇女子巴斯妇传

[英]玛丽昂·特纳　著
Marion Turner

汪丽　译

北京大学出版社
PEKING UNIVERSITY PRESS

著作权合同登记号 图字：01-2023-3395
图书在版编目（CIP）数据

狮吼人生：奇女子巴斯妇传 /（英）玛丽昂·特纳著；汪丽译. -- 北京：北京大学出版社, 2025.8. -- ISBN 978-7-301-36336-2

Ⅰ. I561.55

中国国家版本馆CIP数据核字第2025AA4216号

The Wife of Bath: A Biography by Marion Turner
Copyright © 2023 by Marion Turner
All rights reserved. No part of this book may be reproduced or transmitted in any form or by any means, electronic or mechanical, including photocopying, recording or by any information storage and retrieval system, without permission in writing from the Publisher.

书　　名	狮吼人生：奇女子巴斯妇传 SHIHOU RENSHENG: QINÜZI BASIFU ZHUAN
著作责任者	［英］玛丽昂·特纳（Marion Turner）著　汪丽　译
责任编辑	方哲君
标准书号	ISBN 978-7-301-36336-2
出版发行	北京大学出版社
地　　址	北京市海淀区成府路205号　100871
网　　址	http://www.pup.cn　新浪微博:@北京大学出版社
电子邮箱	编辑部 dj@pup.cn　总编室 zpup@pup.cn
电　　话	邮购部 010-62752015　发行部 010-62750672 编辑部 010-62756449
印　刷　者	河北博文科技印务有限公司
经　销　者	新华书店
	880毫米×1230毫米　32开本　12印张　278千字 2025年8月第1版　2025年8月第1次印刷
定　　价	76.00元

未经许可，不得以任何方式复制或抄袭本书之部分或全部内容。
版权所有，侵权必究
举报电话: 010-62752024　电子邮箱: fd@pup.cn
图书如有印装质量问题，请与出版部联系，电话: 010-62756370

献给彼得和塞西莉亚，
他们知晓为什么画狮子很重要

目 录

导 论   1

第一部分 中世纪的巴斯妇：普通女性与英国文学

引子 "因为一本书而挨揍"
    文学形式和活生生的生活经验   3
第 1 章 人物角色的创造   10
第 2 章 职业女性   40
第 3 章 婚姻市场   61
第 4 章 讲故事的女人   80
第 5 章 漫游的女人   108

第二部分 艾莉森的来世，自 1400 年至 2021 年

引子 "现在更快乐，也更成熟了"   133
第 6 章 让艾莉森消音   138
第 7 章 当莎士比亚遇见艾莉森   161

第 8 章	艾莉森在国外	187
第 9 章	艾莉森与小说	207
第 10 章	黑人艾莉森	
	布里克斯顿、巴法及威尔斯登的妇人们	224

致 谢	249
注 释	253
参考文献	302
索 引	337
译后记	367

导　论

可能是我的母亲，也可能是巴斯妇。

——希拉里·曼特尔，《镜与光》(*The Mirror and the Light*)，第 595 页

希拉里·曼特尔（Hilary Mantel）在其 2020 年出版的以亨利八世时代为背景的畅销小说《镜与光》中提到了巴斯妇，这里她做了两个假设：第一，现代读者都清楚地知道巴斯妇是谁；第二，读者也了解曼特尔在托马斯·克伦威尔（Thomas Cromwell）的时代提及巴斯妇有何意旨。在该场景中，克伦威尔（亨利八世的得力麾下）正告诉他最亲密的同伴杰弗里·德·拉·波尔（Geoffrey de la Pole）将会如何应对审讯，他说杰弗里肯定会无休止地混淆视听，而且会不断地自相矛盾，一会儿说点发生在十月里的事情，一会儿又说些发生在三月里头的事情；一会儿说事情发生在（最南边的）苏塞克斯（Sussex），一会儿又说它发生在（北部的）约克郡（Yorkshire）；提到的人可能是他母亲，也可能是巴斯妇。这段话的言下之意即，乔叟笔下的女主人公很有名，人们知道她就像知晓节气月份、英国地理或是某人的父母姓甚名谁一样自然。此外，虽然巴斯妇在这里是作为杰弗里母亲的一个陪衬而出现，但这两个女人实在是非常相似。玛格

丽特·德·拉·波尔（Margaret de la Pole）涉嫌叛国和背叛国王（后来，她也因此被处决），就像巴斯的艾莉森（Alison of Bath）一样，她敢于挑战权威、我行我素——就像许多中世纪女性所做的那样。

曼特尔在这里想暗示的是，不管是在16世纪还是在21世纪，巴斯的艾莉森都曾经是、并且现在也仍然是许多英语国家中男男女女文化生活结构的一部分。那么，我们不禁会问，为什么这个14世纪诗歌中的虚构人物，会跨越时空产生如此巨大的影响呢？

巴斯妇是英国文学中的第一位普通妇女。我是指，她是第一位经商的、有工作的、在性事方面活跃的女人——她不是处女公主或王后，不是修女、女巫或女术士，不是忧伤痛苦的闺中少女，也不是充当功能性角色的仆人，更加不是某种寓言式的人物角色。艾莉森是个结了多次婚又丧偶的妇女，也是一位经营布料生意的女性。艾莉森浑身散发着活力、智慧和桀骜的自信，在故事讲述中，她向我们娓娓道来她的朋友们、她的花招伎俩、她遭受家暴的经历、她与厌女症作经久斗争的一生、她对衰老过程的反思，以及她对性事的享受。几个世纪以来，艾莉森这个角色通常被读者认为是平易近人的、熟悉的，此外，她还以一种奇特的方式显得格外真实。许多人都认为，艾莉森是坎特伯雷那批朝圣者中最令人难忘的一位。几乎从艾莉森被创造出来的那一刻起，她就超越了创造她的那个原文本，并出现在乔叟的其他作品之中（要知道，其他角色都没有做到这一点），而后，她又被读者、抄写员和其他诗人、作家争相挪用和再度创造。在不同的时空和文化背景下，读者一次又一次地发现在某些方面她是"可共鸣的"，作为一个三维的人物角色，艾莉森绝不仅仅是她各部分的总和。她或许是"普通平凡的"（ordinary），但她也是与众不同的（extraordinary）。

然而，巴斯妇艾莉森并不是一个真实的女人，她也不是以一个真实女人为原型而创造的人物，毕竟，她都不是由女人创造的角色。她甚至都不像多萝西亚·布鲁克（Dorothea Brooke）或克拉丽莎·达洛维①（Clarissa Dalloway）那样，是一个心理刻画复杂、形象立体饱满的角色。但同时，她也不是某个永恒的类型、某种女性化的原则、某个普通女人，不是夏娃。

从某些方面而言，巴斯妇是一个有着许多原型的拼贴形象，这些原型大多是由男性创造的角色，其中大多数男性还都是厌女者。然而，她给人的印象并不只是圣保罗（Saint Paul）、圣哲罗姆②（St. Jerome）、让·德·默恩（Jean de Meun）和沃尔特·马普（Walter Map）等人作品的某种大杂烩。在乔叟之前，从来没有人像艾莉森那样利用反女权主义者的言论，以子之矛攻子之盾地反击他们；也从来没有人设想过一个具有这般机智、修辞技巧和个人阅历的女性角色，她还会与最具权威的当权者正面交锋。乔叟的确像施展炼金术一般，将众所知晓的陈旧资源与当代细节相融合，赋予其独特的、个性化的声音，由此创造出一个焕然一新的人物角色。

---

① 弗吉尼亚·伍尔夫（Virginia Woolf）的代表作《达洛维夫人》（*Mrs. Dalloway*）中的女主人公。（除特别说明外，本书脚注均为译者注。）
② 圣哲罗姆（约347—420，也有译作"杰罗姆"或"耶柔米"等的），出生于罗马帝国一个富有的基督徒家庭，酷爱拉丁文学，精通希伯来语和希腊语。哲罗姆是早期西方基督教会四大神学权威之一，他完成了《圣经》拉丁文译本《武加大译本》，也因而成为古典时代最著名的翻译家之一。如今的国际翻译日即定于哲罗姆的逝世日，以示纪念。

事实上，在乔叟之前，英国文学中从未出现过像这样的人物角色——取自平凡生活、详细谈论他们自己和人生经历、讲述个人过往并鼓励听众给予共鸣和认可。在很大程度上，这种充满自我意识的、善于叙述的"我"的形象的出现，是14世纪晚期的一种新兴现象，我将会在第一章中对此进行详细探讨。事实上，乔叟发展了这种文学叙述者形象，他塑造了一位自信、富有的女商人——她爱讲笑话、享受性爱、会独立思考由男性创造的文学经典并知道它们都将女性声音排除在外——单是这一点，就足以令我们震惊。

这本书会通过提出两个问题来讲述艾莉森的生平故事——从最早的《圣经》来源，一直讲到当下。这两个问题分别是：这个人物从何处而来？自从她在引子（prologue）和故事①中成功登场以来，又发生了些什么？毫无疑问，她是乔叟特别喜爱的一个角色，通常也是乔叟的读者们格外喜爱的角色（当然，除了一些著名的例外——比如诗人威廉·布莱克［William Blake］，他称她为"灾祸和祸害"，还有评论家 D.W. 罗伯逊［D.W. Robertson］，他认为她"无可救药地淫荡且缺乏想象力"）。[1] 艾莉森的故事是关于阶级、性别和话语叙事的故事。她的独特地位不仅来自她的性别，还来自她从事贸易和生产的阶级背景（不是靠土地和继承祖上的财富）。[2] 在英国爆发黑死病之后，女性的境况发生了一些改变，通常是非常具体的物质上的变化，这些变化恰好又与乔叟对于文学角色的新思考相吻合。用文学术语来说，也即，乔叟正在探索有关自我叙事的开创性

---

① 这里指的是乔叟（Geoffrey Chaucer）的《坎特伯雷故事集》(*The Canterbury Tales*) 中的《巴斯妇的引子》和巴斯妇在朝圣途中所讲述的故事，即《巴斯妇的故事》。

新方式,而巴斯妇是他创造出来的最完满的例子;他的那些自白性的引子可视为独白和小说的远祖,这些形式能够让作者以一种特殊的方式来展示人物的内心活动。

那么,为从未真实存在过的人物写一部"传记",又是什么意思呢?在本书的第一部分中,我会将真实历史中的女性经历与这位虚构的女性的经历放在一起互为比照,作为探索历史和文化中的性别问题的一部分。在我收集到的许多文献资料中,历史和虚构并不能截然分开。如果我们拿一份**历史**文档——比如1368年伦敦的丝织女工向爱德华三世(Edward III)递交的一份请愿书——来说,很明显,这份档案中也存在一些**虚构**的成分。这些丝织女工试图阻止一位意大利富商抬高伦敦的材料价格,宣称自己"除了这份技艺以外,没有其他手段可以谋生",她们表现得贫穷而绝望,渴求得到国王垂怜。[3] 然而,实际上,许多丝织女工都是富有的企业主,她们通常嫁的是富有的绸布商人,家中都雇佣学徒,有时还能经营其他一些生意,并能从遗产继承中得到一些财产。中世纪晚期的伦敦丝织女工中就包括下面这两位:阿格尼斯·伍德豪斯-盖奇(Agnes Woodhouse-Gedge),她从她哥哥那里继承了钱财和地产,嫁给了一位富有的绸布商人,并在佩卡姆(Peckham)开了一家啤酒酿造厂;以及伊莎贝尔·巴利-奥茨-弗朗克(Isabel Bally-Otes-Franck),她先后嫁过三个绸布商,在索珀巷(Soper Lane)开了家自己的店铺,并曾两次成为市长夫人。[4] 可见,1368年的这份请愿书背后,肯定都是些有着相似背景的女性。请愿书这种文体要求她们把自己描绘成凄苦卑贱之人,亟须国王的支持,而实际上,她们中的一些人是名副其实的女商人,手头经营着很多产业。与此同时,这些妇女还声称,她们的请愿是出于对"国王的特殊利益"和"王国的共同利益"的考量,而具有威胁的是那个外国人尼古拉斯·萨尔杜什(Nicholas Sarduche),是他采取了"狡猾奸诈的生意伎俩"。她们一方面唤起对外国密谋和自私自利的普遍恐惧,同时又将她们自己与"共同利益"这一重要的当代价值联系在了一起。[5] 很明显,这份档案在描述中存在很多虚构的成分。[6]

让我们再来看看大约同一时期的另一部文学作品——《特罗勒斯与克丽西德》(Troilus and Criseyde),一部发生在特洛伊战争时期的浪漫悲剧——乔叟(在第二卷的开头)描绘了一群女性在读一本书的场景。这个场景没有告诉我们任何有关特洛伊的女性是如何读书的,它甚至也没有告诉我们乔叟认为特洛伊的女性是如何读书的。与此相反,它反映的历史现实是14世纪富裕的英国妇女是怎样读书的。克丽西德和她的朋友及亲戚在一起,惬意放松,其中有一个人大声朗读着中世纪手抄本中的一部浪漫传奇(典型的中世纪文类)——它似乎是12世纪的《底比斯传奇》(Roman de Thebes)。[7] 其他人一道聆听,然后,她们再一起讨论。其中使用的术语——"书"(86、95行)和"传奇"(100行),以及"红字"(lettres rede,103行)表明用朱墨印刷——都清楚地唤起了一种中世纪(而非古典时代)的阅读体验。[8] 这个虚构的场景充满了反映历史现实的细节,有助于我们更深入地了解中世纪晚期的阅读实践和休闲活动。

这一时期,我们也看到了自传体文本的出现,而且,这些文本与小说、与历史都有着特别错综复杂的关系。《玛格丽·坎普之书》(The Book of Margery Kempe)有时被称为第一部用英语写的自传,它讲述的是一位生活在14世纪末15世纪初的女性的生平故事,当然，书中的内容大多基于玛格丽·坎普的真实生活，但也肯定参照了其他的文本。[9] 书中玛格丽的经历常惊人地反映出一些圣徒和其他圣洁女性的经历，这是因为，她有意裁剪自己的生平故事以契合一些预设的文本范式。[10] 就像在丝织女工的案例中那样，对玛格丽而言，她的自传文本也经过了一位男性的过滤，因为它是被一位男性抄写员①写下来的，他至少能对文本的形式和条理有所控制。[11] 大多时候，在这些世纪的文本中，我们看到的都是通过男性声音表达出来的女性经验。于是，虚构与事实总是交织在一起，并由男性代笔者（ghostwriters）为我们进行重新包装，而这些男性代笔者最后往往会被证明是不可靠的。

在本书的第一部分，我探究了一系列的文本证据，以试图了解巴斯妇的原型出自何处，她的首批读者可能会怎样解读她，以及读者如何将巴斯妇与他们熟悉的女性联系起来。在这些章节中，我将巴斯妇置于她所处的中世纪晚期的时代背景下，并将对后瘟疫时期欧洲真实女性的生活经历的叙述与厌女文学的刻板印象——它影响了文本中和实际生活中对女性的期待——交织在一起进行考量。

在塑造艾莉森这个人物角色时，乔叟自己的文学技巧和灵感均有赖于现有的文学资源及其身处的历史环境，但同时，这个角色也逐渐在读者的脑海中慢慢丰满起来，关于这一点，我将在本书的第一部分进行详细讨论。在本书的后半部分，我则将焦点转移到跨越时空的读者和重塑者身上，他们在各自的历史时期重新创造了艾莉森。

---

① 指的是古代印刷术发明之前的抄写员。

从艾莉森首次出现在文学史上,到她进入读者和作家的意识的这几个世纪里,她的游历可谓广泛而深远。例如,在本书中,我还会探讨以下这些内容:莎士比亚对艾莉森的重塑;17世纪时印刷有关于她的民谣的出版商遭到监禁;德莱顿(Dryden)和蒲柏(Pope)努力使她不那么令人反感;18世纪时她的欧洲大陆之旅——伏尔泰带领她踏上这段旅程,将其译介到了欧洲大陆,以及随后她又跨越大西洋,登上了另一边美洲的戏剧舞台;还有20世纪中对她进行的共产主义解读;以及在21世纪,黑人女性在创作后殖民诗歌和戏剧时对艾莉森进行的改造和重塑,等等。

对于许多读者来说,巴斯妇已成为乔叟的一种速记标识,这是他全部作品中最令人难忘的一个部分。例如,如果我们看泰德·休斯(Ted Hughes)的诗《乔叟》("Chaucer"),它更多是关于巴斯妇、而非乔叟作品中的其他篇章。[12] 透过休斯对巴斯妇的这重理解,这首诗本质上讲的是休斯的爱人——西尔维娅·普拉斯(Sylvia Plath),或者说是他对普拉斯的理解。像许多读者一样,休斯借用巴斯妇的典故来思考自己的生活和欲望。他描述了剑桥附近一个奶牛场的场景,普拉斯在那里宣读了《坎特伯雷故事集》的总引开头,接着转而朗诵起巴斯妇的故事。面对普拉斯,休斯这样写道:"接着就是巴斯妇,/在所有文学作品中你最喜爱的角色。/你被她迷住了。"当普拉斯在朗诵巴斯妇时,对休斯来说,她就变成了巴斯妇的一个翻版:她说得"停不下来"(以防奶牛受惊)。就这样,休斯赋予我们一个不断进行自我表达的女性形象,就像《巴斯妇的引子》比《坎特伯雷故事集》中任何其他人的引子都要长上数百行那样。休斯写道,"你必须继续下去。你继续朗诵",在对"乔叟持续的演绎"中达到"永恒"。休斯对普拉斯的修辞魔力的颂扬,以对性欲的含蓄暗示为前奏。这首诗的开篇呼应了乔叟对春日肥沃丰土的礼赞——四月的甘霖刺透三月的干旱——接着,诗人欢快地提及"一大满杯的香槟/你从纯洁精神那里出人意料地夺走"。和艾莉森一样,休斯笔下的普拉斯是充满活力、热情洋溢、食欲旺盛、言谈激昂且无限迷人的。

焦点在作为演讲者的艾莉森/普拉斯的身上,但鉴于听众是牛,要求听众集中注意力就变得有些好笑,甚至还有些嘲讽。或许,这里是指对牛弹琴,奶牛代表的是男性读者,他们根本无法欣赏普拉斯;或许,我们也可以将其解读为是对乔叟的格律(Chaucerian metre)中"自然"节奏的评论;但这里也有一种暗示,即这是女性朗诵时所能引起的唯一关注。她只能吸引缓慢而笨重的牛兽的兴趣,且这么做之后,她的处境无疑也是可笑的。这种对女性声音略显不适、犹豫的嘲弄——听众只是一群没有智力的兽类,最后被一个有才干之人(休斯本人)赶走——正是艾莉森常在读者中引发的那种不适的温和版本。在审视艾莉森穿越时空的那些冒险经历时,令人感到惊讶的是,这并不是一个厌女情绪渐次消减的故事。许多20世纪的回应,是以一种极端和夸张的方式在关注艾莉森的身体和她的性欲,它们表现出来的厌女症甚至比15世纪的描绘更甚,后者往往更关心如何削弱她的语言修辞能力。对于许多读者和改写者来说,艾莉森一直都是一个让人惧怕、憎恶、嘲弄、讥讽,且必须被严加管束的人物。但她毫不畏惧,至今仍在全世界的文学和流行文化中十分活跃。

巴斯妇是为数不多的一个脍炙人口的文学角色——其他人物还

包括奥德修斯①(Odysseus)、狄多②(Dido)、珀涅罗珀③(Penelope)和亚瑟王④(King Arthur)——他们的生命突破原始文本而一直延续。[13]关于类似人物——一名社会中等阶层的女人——的其他例子,我实在想不出还有谁可以拥有像艾莉森这样的传播度和影响力,以及被后世不断重塑再生的强大生命力。

英国文学史上这第一位普通的中产女性,和大多数女性一样,她经历了许多事情。迄今为止,她非凡的旅程跨越了几大洲、历经了数世纪。她承受过羞辱和攻击,也收获过颂扬,并产生了几乎不可思议的影响。这便是巴斯妇——艾莉森的故事。

---

① 荷马(Homer)《奥德赛》(*Odyssey*)中的主人公。
② 《埃涅阿斯纪》(*The Aeneid*)中的女王。
③ 奥德修斯的妻子。
④ 《亚瑟王传奇》(*The Romance of King Arthur*)的主人公。

第一部分
中世纪的巴斯妇：普通女性与英国文学

引子 "因为一本书而挨揍"
文学形式和活生生的生活经验

巴斯妇这个角色诞生于英国历史上人口结构发生巨大变化的一个时期。就像第一次世界大战一样，瘟疫也是一场人口灾难，而在劳动力短缺的时期却为女性提供了更多的就业机会。黑死病是一场前所未有的事件。在第一波疫情（1348—1349）中，大约有三分之一的欧洲人口死亡，而在14世纪余下的时间里，黑死病也定期来袭、逡巡不去。大瘟疫过后，社会流动性增加。对工资上涨的担忧催生了《劳工法》（Statutes of Labourers），还通过了禁奢法，试图控制人们的穿着。但是，这些用来阻止社会阶层攀升和阶级流动的尝试都失败了，于是，在14世纪下半叶，本已开始式微的封建纽带和意识形态进一步松动。[1] 历史学家将14世纪和15世纪称为"女性的黄金时代"，这在伦敦尤其典型。虽然关于这一时代有多么"黄金"以及持续了多长时间还存在争议，但大多数人都同意，在14世纪和15世纪的英国，女性的机会增加、地位提升。[2] 例如，女性有了一定的合法经济权利——无论单身、已婚还是丧偶，她们都能以独立妇女（femmes sole）的身份经商，而无须再受其丈夫的管理。这意味着女性可以经营自己的生意，为自己的金钱和税款负责，并能培训学徒。寡妇所得财产（jointures）也得到了进一步完善，它使女性可以与丈夫共同拥有财产，如此一来，她便可以按照自己的意愿

将其遗赠。在某些具体案例中，我们甚至能看到有女性违背丈夫的意愿处置夫妻共同财产。³

乔叟目睹了女性拥有的机会越来越多——他自己也有一位拥有财产的母亲和一位始终自食其力的妻子（她在一些贵族家庭中担任侍女）。在14世纪下半叶，伦敦涌现出一批出身中产、用英语写作的诗人，他们大多已婚，在城市从事一些有偿的工作——而不是在修道院或宫廷中，如高尔（Gower）、兰格伦①（Langland）、霍克利夫（Hoccleve），以及乔叟本人都属于这类诗人。文化上，乔叟深受意大利人文主义及其伦理观的影响。随着乔叟年岁渐增和写作生涯进步，他越来越远离那些（同情地）将女性视作宫廷婚姻对象的诗歌，转而创作另一类诗歌，这类诗歌将女性描绘成聪明、积极、有道德力量的形象（诸如《巴斯妇的故事》中的"丑妇"）。⁴

巴斯妇向我们展示了文学形式和活生生的生活经验是如何相互影响的。艾莉森既不是一位真实存在过的中世纪女性，也不是一个完全由文本刻板印象构造的人物。我们想象她，就需要考虑表征与现实之间的棘手关系，还要考虑有关女性的看法和意识形态观念如何影响社会中真实女性的待遇——反之亦然。⁵正如中世纪最伟大的历史学家之一乔治·杜比（Georges Duby）所写的那样："人类的行为并不是以真实的事件和环境为导向，而是基于他们对这些事件和环境的印象。"⁶艾莉森作为一个角色，在被创造的过程中，经验和权威发生了冲突，为了更好地理解这一点，我们也许可以一探艾莉森自己是如何生动地暗示那些书上有关女性的观念与家暴中的身体

---

① 兰格伦（约1330—约1386），也有译作"朗兰"的，英国诗人，寓言诗《农夫皮尔斯》（*Piers Plowman*）的作者。

体验之间可能存在关联。直到《巴斯妇的引子》的第635行，那本"恶妻之书"（the "book of wikked wyves"，685行）才第一次出现，当时，艾莉森在向我们讲述她那暴力、厌女、年轻的第五任丈夫。艾莉森简要地讲述了詹金（Jankyn）因为她撕掉他书中的一页而揍了她，并且那一击让她耳朵聋了（634—636行）。接着，她又补充了一些细节：她在婚后保持了一定的独立性，但她丈夫会向她宣讲罗马的婚姻、《圣经》故事和各种谚语（637—665行）。当艾莉森讲述书中的压迫性内容——哲罗姆、德尔图良①（Tertullian）和泰奥弗拉斯托斯（Theophrastus，666—681行）撰写的反女性、反婚姻的短文——时，这本书就成了焦点。詹金沉迷于书中的厌女书写，并从中获得了极大的乐趣；他"为了消遣"而"高兴地"阅读它，在阅读时也总是捧腹大笑。他一有"闲暇"（669、670、672、683行），就总会阅读它。说到此处，艾莉森岔开话题，发表了她关于制度性厌女和经典②（canon）的偏见的著名演说（688—696行），质问众人"是谁画的狮子？"（692行）并以此指出艺术是带有偏见的——人类讲述的故事与狮子讲述的故事可能会截然不同，正如男人与女人看待生活的方式完全不同。而女人，像狮子一样，根本没有机会去书写故事。如果她们能写，艾莉森说，她们将会写尽男人的所有邪恶（693—696行）。艾莉森声称，在教堂执事们年老体衰时，他们就会坐下来写下各种有关女性的可怕故事（707—710行）。说完，艾莉森再次回到她自己的故事中，接着讲述詹金是如

---

① 德尔图良（160—220），早期基督教著名神学家、雄辩家，也有译作"特土良"的。
② 经典是被教会认定的、具有神圣权威的作品集合。它们都具有神启性、真理性和预言性。

何每天晚上坐着大声朗读那些针对女性的充满侮辱性和攻击性的故事（711—785行）。最终，当她看到他没完没了地读下去时，她撕下了三页书并一拳打在他脸上，他向后跌入壁炉中（788—793行）。接着，他气急败坏地跳起来，朝着她的头狠命暴击，她被打得躺倒在地，仿佛死了一样——而且，她确实被这一击打聋了（794—796行）。

尽管这本书在《引子》的后半部分才出现，而且也是比较晚才出现在艾莉森的生活中，但从一开始就很清楚的是，她本人也是由这类书的刻板印象构建而成，这些书往往聚焦于艾莉森乐于展示的许多品质（她爱八卦！她喝酒！她告诉别人她丈夫的秘密！她在前夫的葬礼上寻觅下一任丈夫！）。在某种程度上，她简直是这本书的前身（avant la lettre）。同样清楚的是，正如前面已经指出的那样，她在根据哲罗姆等男性的论点来构建自己的论点。那本"恶妻之书"不是詹金的某本书，而是反女权主义文学的集大成者，它压迫的既是书中的女性角色，也是真实存在的女性。正如艾莉森所指出的那样，由于笔杆子一直牢牢掌握在男人而非女人手中，所以，不管是在文学中还是在生活中，都没有一个合乎情理的女性榜样。而艾莉森自己，作为一个文学人物形象，也是由男性的刻板印象塑造的。中世纪的反女权主义者可能会说，她的存在证明了他们对女性的看法是多么正确；而一些现代女权主义者会同意，乔叟以这样的方式来呈现她的声音，是为了展示女性固有的不足之处。[7]但是，当她在一个元文本的时刻（metatextual moment）宣布自己意识到经典的局限性时，她便跳出了这些刻板印象的桎梏——在这个时刻，她摒弃了哲罗姆或让·德·默恩等人的文本，而是用了一个寓言故事（是谁画的狮子?①)。詹金和艾莉森一起坐在火炉旁,阅读着一份"装订成一册"(681行)的文本手稿,这幅画面为整个场景注入了另一种中世纪晚期的"现实主义"格调。换句话说,它鼓励我们去思考这样一个场景会是什么样子:真有一个女人坐在那里,一个小时又一个小时地听着那些关于女人的可怕故事。在用七十行的篇幅描述了詹金的厌女言论之后,艾莉森直截了当地说道:"谁能体会,或者谁能想象一下/想象我的内心有多么痛苦和悲哀呢?"(786—787行)这便是听到残酷无情的厌女言辞的感受——难以想象,无法言说。也正是在这个文本人物描述她的记忆和情感的时刻,她邀请读者进入她的内心世界,试着想象成为她会是什么感受。艾莉森和她的文本远不是反女权主义刻板印象的体现,在此,她实则鼓励我们要去批判那些厌女的原始资料,并去思考和想象个体的经历,而非盲从官方权威。

至关重要且令人不安的一点是,这本书成了暴力的导火索。艾莉森直截了当地告诉我们,"我因为一本书而被揍了"(712行)。于是,生活与文本、历史与文学在这里交织在了一起。如果我们假设文本与生活(即权威与经验)可以完全分离,文学中的刻板印象与生活现实完全没有关联,那我们可能就会忽视一种暴力,而恰恰是因为人们在书中读到了某些内容,这些暴力才会被施加于身体。正如弗吉尼亚·伍尔夫所写,女性在生活中被对待的方式,无时无刻不受到冯·X教授(Professor von X)的幽灵的影响,是他"撰写了

---

① 这则典故出自《伊索寓言·人与狮子》。人和狮子都说自己比对方强大,这时他们走过一座表现人战胜狮子的雕像,人就叫狮子看这雕像。狮子说:"这像是你们人雕的;如果我们狮子也会雕像,你看到的就是人在狮爪下的情景了。"

那本题为《论女性在精神、道德和身体上的劣等性》(The Mental, Moral and Physical Inferiority of the Female Sex)的巨著"。[8] 巴斯妇的故事有很多内涵，其中之一是中世纪女性的现实经历与攻击女性的厌女文本之间的不协调，后者对女性的正常行为（例如再婚）大加挞伐。这些关于恶妻的书是真实存在的中世纪书籍，即厌女文本的汇编，而乔叟一定接触过。艾莉森在描述这本书时，她首先提到了瓦莱里乌斯（Valerius）、泰奥弗拉斯托斯和哲罗姆的三部著作。经鉴定现存的 35 份手稿要么包含哲罗姆的《驳约维尼安》(Adversus Jovinianum①)外加瓦莱里乌斯或泰奥弗拉斯托斯的作品，要么包含全部三者的作品，其中包含全部三者的有 11 份。[9] 对于真实的中世纪寡妇而言，就算她们的行为完全正常，甚至实际上也受到社会鼓励，但仍然不得不与千百般侮辱她们的书籍作斗争。

事实上，我们从一位真实存在的中世纪女性的著作中得知，在中世纪时，女性真的会因为书籍而遭到殴打。中世纪的法国作家克里斯蒂娜·德·皮桑②（Christine de Pizan）就讲述了一则与虚构人物巴斯妇的经历极为相似的故事，在这个故事中，一位丈夫给妻子朗读《玫瑰传奇》(Roman de la Rose)，最后却以对她施暴结尾。克里斯蒂娜说道："一个极度嫉妒的男人，每当妒火中烧时，他就会找来这本书读给妻子听；然后，他就会变得狂暴并发狠揍她，还骂些恶毒的话，诸如'这些就是你对我使的诡计'之类的。"[10] 在这里，

---

① "Adversus Jovinianum" 为拉丁文，即英文 "Against Jovinianus"，约维尼安是一位非正统教士，他否认童贞必然高于婚姻这一说法。也有译作"约维尼亚努斯"的。
② 克里斯蒂娜·德·皮桑，生于威尼斯，她极力反对中世纪艺术中对女性的污蔑和偏见，是欧洲历史上第一位以写作为生的女作家。

我们可以看到，一个虚构的文本是如何对女性造成实际的身体伤害的。

本书的前半部分将致力于探讨巴斯妇这个形象背后，文本来源和历史情境之间错综复杂的关系。第一章将会着重描述乔叟是如何开创了"文学人物"这个概念，主要探索艾莉森与她之前的文学形象相比有何不同，并尝试说明为什么她会让她的读者们如此着迷。随后的四章将分别从不同侧面剖析巴斯妇的形象——她的职业身份、她的多段婚姻、她作为讲故事的人的身份，以及她的旅行爱好——并会进一步探讨她的这些特质对乔叟和他的中世纪读者们来说意味着什么。这群读者习惯了那类根据特定品质对人进行分类的文本；他们也熟悉那些根据个人的职业、婚姻状况或人际关系来将一整套性格特征分配给个人的阐释方案。[11]中世纪晚期的作家和读者们，对寡妇或职业女性，以及旅行的人或讲故事的人抱有怎样的看法呢？文本中的例子是如何与中世纪女性的实际经历相互作用的呢？第一部分的每一章，都将审视在中世纪长期存在的关于女性的一些观念，同时也会介绍与巴斯妇同时代的女性的真实生活。在这些章节中，会穿插各类女性的迷你传记，还会涵盖《圣经》中的典型人物、艺术、朝圣者徽章、厌女讽刺作品和诗歌来源。因此，本书第一部分的各个章节汇集在一起，旨在回答一个问题：这一具有革命性的文学人物是如何在这个非同寻常的历史时刻诞生的？谁是巴斯的艾莉森，她又代表着什么？

第 1 章　人物角色的创造

乔·马奇（Jo March）、伊丽莎白·贝内特（Elizabeth Bennet）、简·爱（Jane Eyre）、斯嘉丽·奥哈拉（Scarlett O'Hara）、贝基·夏普（Becky Sharp）、长袜子皮皮（Pippi Longstocking）和巴斯妇——这些女人和女孩，你可以想象，无论她们身处哪个时代、哪个地点，她们都会像在各自的世纪中那样有趣、友善、易相处，并且总会遭遇各种可笑的麻烦，却又能最终战胜它们。

——凯特琳·莫兰（Catlin Moran），《凯特琳·莫兰评布里奇特·琼斯日记》(*Catlin Moran On Bridget Jones's Diary*)

巴斯的艾莉森是一位中年女性——一位相当快乐的、正在慢慢变老的女性（不过她可能更希望年轻一点）——仍然性事活跃，仍然富有魅力，她有工作、爱度假并且享受生活。在乔叟的作品出现之前，像她这样的女性是无法在文学文本中开口说话的；人们也不会认为她的观点很有趣。此外，她这种人物甚至连说话的机会都没有。在文学中，她几乎不存在，就像（直到最近也仍旧如此）女性一旦过了 40 岁，就从好莱坞电影和电视台新闻部门神秘消失了一般。更为重要的一点是，在乔叟创造巴斯妇这个人物之前，根本没有哪个人物具有她所体现的那种特殊的主体性和个性。乔叟创造的很多人物都不同于以往，读者对这些人物的反应也很不同，大都带有深刻的个人情感。正如本章题记中所示，读者经常会将巴斯的艾莉森与后来小说中的一些人物相提并论，将她视为可引发广泛共鸣的一类女性中的一员，并且认为她代表了某种可被识别且充满生命力的东西。对读者而言，艾莉森以某种方式依然鲜活地存在着，这是大多数角色难以企及的。

有一众评论家争相告诉我们艾莉森有多么与众不同："一种全新的文学人物……她没有任何文学先例"；一种新颖的人物形象，"其自我意识之强大，使她所讲述或参与其中的任何故事都相形见绌"；一位朝圣者，她的引子唤起了"一种独特而难忘的意识——一种像我们所有人一样，存在于时间维度中的意识"。[1] 在吉尔·曼（Jill Mann）写的一本评论乔叟笔下人物的重要著作中，她指出，关于乔叟是聚焦于"生活"还是"文学"的这个问题，其本身就创立了一个错误的二分法。诚然，乔叟借鉴了多个文本来源，但是这些来源尤其植根于当时的社会刻板印象——而非永恒不变的那些。此外，生活和文学也并不是完全分离的，因为读者会受到他们阅读内容的影响，并且，读者有时也会透过其所读书籍的滤镜来感知他们周围的人。[2] 近来，在伊丽莎白·福勒（Elizabeth Fowler）的一篇有关乔叟和人物的精彩论述中，她着重强调了读者对人物的体验，她写道，诗人将扁平意象和细节组合在一起，从而在读者的脑海中构建出一种内在性和纵深感。她的论点是，乔叟从根本上改变了文学人物所能做的事情：《坎特伯雷故事集》"延伸和扩展了人物这一文学工具的潜能"，对于乔叟和在他之后的作家来说，描述和理解内在性的最好方式是通过文学技巧（而不是宗教实践）。[3] 乔叟通过将传统与创新、文学与生活、社会与个人、权威与经验（借用巴斯妇开篇的话来说）融为一体，开创了一种表现人物性格的特殊方式。

这种（对内在性的关注）从哪里来？有人认为在乔叟之前，根本没有人对内在性感兴趣，但这种观点完全是错误的。在一些最早的英文文本中，我们就看到了对自我复杂性的初步且隐晦的探索。这尤其体现在那些短篇挽歌中，这些挽歌提供了有关情感的快照——包括《妻子的悲叹》(The Wife's Lament)、《伍尔夫和埃德维瑟》(Wulf and Eadwacer)以及《漫游者》(The Wanderer)（这些诗歌都保存在约1000年的一本诗歌抄本《埃克塞特之书》[The Exeter Book]中）。[4] 所有这些诗歌都是围绕记忆、失去和创伤的哲思。在所谓的12世纪文艺复兴时期，随着浪漫传奇和抒情诗等体裁带来新的可能性，作家们开始尝试用新的方式来书写自我。[5] 例如，这种日益增长的对私人化自我的兴趣也体现在克雷蒂安·德·特鲁瓦（Chrétien de Troyes）的一些法国浪漫传奇（约创作于1170—1190）中，其中就有对内心生活的详细刻画。宗教艺术和宗教文学越来越关注人类的苦难，越来越认同基督身上人性的一面，而且也愈来愈关注对上帝的情感回应。1215年，第四次拉特兰会议（the Fourth Lateran Council）将忏悔确立为强制性规定，于是，西欧的基督徒被引导着以系统和严谨的方式思考他们的内在自我。在这之后，悔罪规则书（提供给牧师的一份罪行分类指南）的数量激增，因为普通人和神职人员都被鼓励要更多地去思考他们的内心生活和罪的本质。至关重要的是，人们还需要谈论自己的行为，剖析自己，并在人前展示这些以供他人评判。虽然忏悔的兴起在某种程度上鼓励了人们对自我的"法典化"（codification），但也促进了一种特定的自我意识的提升。因此,在 13 世纪和 14 世纪,人们谈论自己的兴趣高涨,而在这种时代背景下,很多文学忏悔录也可以被更有效地审视。以文本形式出现的忏悔和自我省察的传统则更为悠久——奥古斯丁的《忏悔录》(Augustine's *Confessions*,约 397—400)便是一个典型例子——此外,我们可能还会想到将内心辩论戏剧化的一些文本,比如波爱修斯的《哲学的慰藉》(Boethius's *Consolation of Philosophy*,约 524)。[6]但特别重要的一点是,在乔叟《坎特伯雷故事集》的文本中,各种极其普通的人被鼓励去表达自己,甚至在某些情况下,他们还要向他人揭示自我——这便将故事集中的各个引子置于中世纪晚期的忏悔结构之中。

忏悔这项"技术"(technology)从根本上改变了人们对内在性的看法,而且,忏悔式话语也渗透到了其他类型的文本之中。[7]在让·德·默恩续写的《玫瑰传奇》(约 1275)中,这位神职人员在创作一个寓言时,特意使用了忏悔式话语,尤其体现在他对"老妇人"这一角色的创造上,而这个老妇人正是艾莉森的部分原型。虽然老妇人既缺乏艾莉森的机智和活力,也缺乏她的道德洞察力,但她的确为诗歌注入了一种时间性的自我感(a sense of the temporal self):老妇人回顾自己的过往,向我们讲述她的经历,她也进行忏悔。与更为传统的寓言式人物不同,老妇人有自己的过去和人生故事,在某种程度上,她在反思她自己的生活。

在 14 世纪下半叶,英国文学步入了叙述者时代。乔叟深受纪尧姆·德·马肖(Guillaume de Machaut)的爱情叙事诗(*dits amoureux*)的影响,这些长诗通过"诗人–委托人"这一人物(the poet-client figure)的视角戏剧化地呈现了委托人与赞助人(patron)之间的关系。⁸ 这些都是关于主观性的诗歌，例如，关于痛失所爱之人的个人情感，关于诗人和他们的赞助人对"谁在爱情中受苦更多"这类问题的一些带有偏见的判断，等等。⁹ 虽然这一传统中，对乔叟影响最大的诗歌是"审判"诗（"judgement" poems），但其重点不在于这些审判可以是绝对的或可靠的——本质上而言，这些问题是无法证明的，因为它们依赖个人情感和个人经验，以及一个偶然的个体对事物所持的看法。¹⁰ 这个个体，即"我"这个人物形象，往往是一个宫廷男性，而且还特别关注某个男性赞助人的情感生活。虽然《玫瑰传奇》也探索了一位主观叙述者的感知，但其寓言性质模糊了客观和主观的概念。¹¹ 在 14 世纪，文学主体性的概念得到了更为充分的发展。从 14 世纪 70 年代起，英国文学中出现了大量的经验性写作（experiential writing）。这些文本包括乔叟的梦幻诗、兰格伦的《农夫皮尔斯》和佚名作品《珍珠》（*Pearl*）等，它们都基于这样一种观念，即叙述者是主观的人物，他们通过自己的意识来感知和体验事件。在所有这些诗歌中，就像在马肖的诗歌中一样，叙述者和作者之间的界限并不明晰。¹² 但乔叟的那些叙述者还是脱颖而出，因为乔叟将带有喜剧色彩的商业实用主义融入了宫廷爱情的梦幻世界中。¹³

这是一个全新的文学世界，其中方言作家们（vernacular writers）正在扩展人物——尤其是叙述者人物——的概念和功能。在他所有的叙事诗中，乔叟都尝试使用这种经验性叙述者（experiential narrator），而在《坎特伯雷故事集》中，他又将这些尝试引向了一个新的方向。在故事集的总引中，他的叙述者人物更是到了一种可以自由使用间接话语的地步——在这种写作模式中，叙述者挪用了人物的视角。当叫乔叟的那个人物形象在描述每位朝圣者时，他倾向于通过朝圣者自己的眼睛来描述他们，从而，比如说，对于各位朝圣者的不合常规之处，这位叙述者就给了我们正面的诠释。[14] 当乔叟开始写这些"忏悔式"引子（即巴斯妇、卖赎罪券者［Pardoner］以及教士跟班［Canon's Yeoman］的引子）时，他就创作了一组第一人称的自我叙事：这是突出人物视角的自传式叙事，通过他们自己那明显不可靠的观点，先是过滤了他们的经历，接着又过滤了他们的故事。这种创造人物的持续性实验在英国文学中是全新的。[15] 在这以前，当读者试图探索自己的内心世界时，他们会被鼓励去求助于宗教文本——去认同圣徒和基督，或是通过忏悔来自我反省。乔叟从宗教文本的权威手中夺取了对人们内心世界的控制权，并将其置于世俗领域。[16]

故事集的总引中一共介绍了32位朝圣者，包括旅店主人（哈利·贝利［Harry Bailly］）和"乔叟"这位朝圣者。教士和他的跟班稍后才赶到。其中有二十三人都讲了故事（叫乔叟的这个人物讲了两个故事）。这些故事中的很多都有简短的引子，透露了一些个人信息——例如他们对妻子的抱怨，与其他朝圣者的争吵，或者对其他故事或对这场讲故事比赛的评论。有三位朝圣者——教士跟班、卖赎罪券者和巴斯妇——被称为"忏悔型"朝圣者。这三人的引子都更长，且具有自我揭示性。卖赎罪券者的引子长达154行（329—462行）。教士跟班的引子由166行（554—719行）组成。他讲述的故事的第一部分在风格上也是"忏悔式"的，这又另占了252行（720—971行）。但是，《巴斯妇的引子》长度更加惊人，达到了856行之多。仅此一点，便足以提醒读者，这是一个完全不同类型的人物角色。纵观整个《坎特伯雷故事集》，乔叟对待巴斯妇的方式也与其他朝圣者都不同。她突然出现在学士的故事结尾，当时，学士讽刺地宣称，他要为巴斯妇和她同类的爱唱一首歌（1170行）——换句话说，即为巴斯妇的爱而唱。在整个《坎特伯雷故事集》中，还从来没有出现过类似的情况，但我们可以将它与整个文本中其他人物在不同时间点的叙述进行比较。更为引人注目的是，巴斯妇穿透到了另一个虚构层面。在商人的故事中，有一个人物叫作朱斯提努斯（Justinus），这本应是一个对艾莉森一无所知的人物，但他却将她视为权威，告诉故事中的贾诺里（January），巴斯妇在婚姻问题上"已经讲得十分透彻"（1685—1687行）。[17] 于艾莉森作为一个书籍越界者（bookrunner）的漫长生涯而言，这才只是开始——她是一个从自己的文本中逃逸出来的人物角色。[18] 她的下一次旅行将走出整个《坎特伯雷故事集》，出现在乔叟的《派往布克顿的信使》（Lenvoy de Bukton）中。在这首短诗中，乔叟将她作为一位权威人物加以援引，告诉他的朋友去阅读巴斯妇的故事（"我请你务必去读巴斯妇"［29行］），并将此作为切勿结婚的警示。重要的一点是，艾莉森在这里成了一个可供援引的文本、一位作者。然而，这些事情不会发生在其他任何朝圣者身上，艾莉森在其他文本中漫长而多姿的生命进一步表明，艾莉森的读者和她的创作者都认为，她与乔叟笔下的其他人物不同。

长期以来，乔叟的读者对他笔下的人物有着截然不同的看法。一种学派认为，他们更像真实存在过的人，乔叟应该是根据历史上的真实人物来进行创作的。例如，J. M. 曼利（J. M. Manly）就坚持认为，各种事实都表明，巴斯的艾莉森"真实存在过，并且在私下里，诗人对她本人有着一定的了解",他还补充道,"乔叟写得就好像他在她的家乡见过她似的"。[19] 后来的一位批评家唐纳德·霍华德（Donald Howard）则更加强调艾莉森这个人物所体现的心理现实主义。他认为，在卖赎罪券者和巴斯妇的故事案例中，我们"看到了他们的内心深处"。他还认为，乔叟表现出了"一种对女性的不同寻常的兴趣"，并且"对女性的思想有着不同寻常的洞察力"。[20] 霍华德一贯认为，"女性的思想"在本质上彼此相似，但与"男性的思想"有所不同。此外，事实上，正如我们将会看到的，许多不同时代的读者都将巴斯妇视为普世女性的代表、一种未分化的女性特质原则。

有一群批评家坚信，艾莉森应该被当作真实存在的人来解读，他们对此入迷到甚至认为是艾莉森和她的第五任丈夫詹金一起谋杀了她的第四任丈夫。[21] 例如，唐纳德·桑兹（Donald Sands）这样写道：

> 她似乎不是一位精神病患者、一位精神分裂症患者，或一位躁郁症患者，即她并不是一个遭受人格解体并且与现实相脱节之人。与此相反，她是一个存在某种性格障碍并与这种障碍作斗争的人，这使她能够接受自己，但又与他人产生冲突。这种障碍被最新的精神病学文献定义为"一种反社会型人格障碍"（sociopathic personality disturbance），这种疾病的典型特征是，出现反社会的行为、脱离社会的行为，而且通常还存在成瘾行为（对艾莉森而言，成瘾行为可能指酗酒）。[22]

这类理解源于一种不言自明的假设，也即，在文本之外，艾莉森还有一种真实存在——一段背景故事、一个童年、隐秘的神经症以及我们可以揣测的一些思想和感受。有一种观点认为，艾莉森是住在巴斯附近的一位真实女性的翻版，或认为她是一个隐藏自己酗酒问题的人，而在我看来，这些观点不啻从根本上误解了文学的功能，也误解了乔叟与他的文学遗产互动的方式。

与这类解读人物的方式相反，自20世纪中叶以来，许多研究都强调一种对人物的形式主义理解："言说者是语言的结果，而不是其原因。"因为人物是一个"由书面语言或口头话语创造的"抽象概念。[23] 要是认为人物在某种程度上与真实的人相似，那么无疑就会落入幼稚甚而是可笑的轻信之中。[24] 在对巴斯妇的研究中，许多评论家关注的都是她的文本性，他们指出，存在的大量文学先例揭示了巴斯妇并非真实人物。加尼姆（Ganim）这般总结这种研究方法："巴斯妇成了她所反对的众多反女权主义短文和话语的产物。"[25] 最终，一些评论家认为，乔叟的成就"与其说来自对人格饱含同情的观察，倒不如说来自对既有文学形式的一种炉火纯青且冷静客观的运用"。[26] 简言之，艾莉森不过是纸页上的文字——这些文字甚至都不是乔叟本人的。

这种理解艾莉森的方式也非常令人不满意，并且，这也与绝大多数读者的阅读体验不符，他们确实会认为艾莉森更像一个活生生的人，而不仅仅是一堆文字。事实上，布鲁尔（Brewer）在更广泛地论及文学人物时强调了这一点的重要性，即"许多读者显然都抱有一种渴望，去想象人物完全拥有深刻的内在性，而且拥有超越书页的生活，尽管这一切都不符合实际情形"。[27] 换句话说，文学人物当然是书页上的文字，但作者施展了一种魔法，它使读者与文本一起合作,进而想象出了一些截然不同的事物。在思考文本时,我们还需要考虑它们是如何被受众所塑造。在一本重要的书《我们为什么关心文学人物?》(*Why Do We Care About Literary Characters?*)中,布莱基·维穆尔(Blakey Vermeule)就认为,"艺术是人类用于理解他人行为的手段"。读者对文学人物的共情反应,正是我们回应虚构作品的核心方式,有些人可能会声称,这是文学的伦理功能的一个关键组成部分。[28] 文本是动态的——它们在被读者阅读时会发生变化。[29]

那么,遇到这样一个中产阶级、性经验丰富的、来自外乡的新型中年女性人物,中世纪的读者会是何种感受呢?14世纪的读者们期望在文本中找寻到什么样的女性呢?熟读英国文学的读者,可能会熟悉一些浪漫传奇中的女主角——诸如《丹麦人哈夫洛克》(*Havelock the Dane*)中的戈尔德伯勒(Goldeboro),或《霍恩王》(*King Horn*)中的莱门希尔德(Rymenhild),或是《奥菲欧爵士》(*Sir Orfeo*)中的赫罗迪斯(Herodis)——所有这些女性,不是公主就是王后,她们皆是性爱和欲望的对象。他们也许能知晓一些抒情诗歌,有时候,这些抒情诗会描写更平民化的女性,但往往是通过一名男性言说者充满欲望的眼睛,来描绘她们的身体特征和部位。此类抒情诗中最为著名的一首,实际上正侧重于描写另一个"艾莉森"(Alisoun)的身体。[30] 读者可能比较熟悉为修女和女隐士提供的指南,比如《女隐士守则》(*Ancrene Wisse*)这类文本,它们鼓励女性将欲望导向上帝,或者熟悉圣徒传,其中的妇女都是遭受酷刑和处决惩罚的虔诚而理想化的受害者。在14世纪的最后25年中,英语写作出现了戏剧性高潮,涌现了各种各样的女性角色。在中世纪最好的诗歌之一《高文爵士和绿衣骑士》(Sir Gawain and the Green Knight)中,有三个重要的女性角色,她们都是贵族,分别是:亚瑟王的夫人桂妮薇儿(Guinevere)王后;既是女巫、女术士,也是国王同母异父的姐姐摩根·拉菲(Morgan la Fay);还有一位是嫁给了伯蒂拉克勋爵(Lord Bertilak)的无名贵妇,她是一位异常美丽的魅惑妖妇。另一个守护高文的女性角色是圣母玛利亚。在同一位作者的另一首诗《珍珠》中,女性形象占据着主导地位:珍珠少女是一个天真烂漫的早夭儿童,现在则是天国王后和神圣的指引者。与乔叟同时代的作家约翰·高尔,他的长篇英文诗《情人的忏悔》(Confessio amantis)中也包含了大量女性(主要是古典时期的女性),但她们往往是美丽的公主,或者偶尔是邪恶的女巫,她们自己的观点无关紧要。高尔的作品中甚至还包括一位权威的女性指引者形象——维纳斯(Venus)。

乔叟的另一位同时代人是兰格伦,他的宏伟诗篇被部分设定在一个城市的商业环境中,并且描绘了一系列不同类型的女性——比如"贿赂夫人"(Lady Mede),她一部分影射了爱德华三世那贪赃枉法的情妇爱丽丝·佩勒斯(Alice Perrers),另一部分则是代表金钱的流通的寓言化身。兰格伦也为我们提供了一些女商人的小片段,例如倒卖女商人罗丝(Rose the Regrator),她的丈夫贪婪(Covetousness)说她常用劣质的布料和麦芽酒欺骗顾客。她是一个有趣的人物角色,但是,对她的描写并没有超过几行,而且她也没有被作者赋予权利,发出属于她自己的声音。在各种不同的女性自我表达中,中世纪的戏剧提供了更好的例子——尽管那些女性由男演员扮演,而且"她们"是被公众观看,而非被他们阅读。[31]在连环组剧（cycle plays）中，我们确实会看到一些女性角色，她们被描述为特别"普通"的女性，尽管她们源自《圣经》——比如诺亚之妻，一个典型的悍妇，她拒绝登上诺亚方舟。这些女性都是"类型人物"（types），容易让人想起当代"阶层讽刺"（estates satire）体裁中的典型讽刺对象。[32] 她们通常具有一种寓言作用，但在某种程度上，她们的话语确实让她们更加个性化、也更人性化。[33]

在乔叟曾仔细研读的欧陆诗歌中，女性的形象同样倾向于是理想化的，比如但丁（Dante）的比阿特丽斯（Beatrice）；一些美丽的贵族女性，比如《十日谈》（*Decameron*）中的女性讲述者；抑或是浪漫传奇或爱情叙事诗中的上流社会情人。在田园诗歌（pastourelle）（通常是一个上层阶级男性和一个牧羊女角色在舞台上一言一语地辩论[34]）以及讽刺寓言（fabliaux，通常是关于商人通奸和颠倒乾坤的滑稽而具有颠覆性的故事）中，下层阶级的女性多被描绘成爱恋的对象或性对象。在《玫瑰传奇》中，乔叟遇到了一位老妇人，她从前做过妓女和老鸨，她确实巨细靡遗地言说了有关她自己的一些事情，但是，这个人物又是一个寓言故事中的"类型化"人物，她代表了生活／女性的一个方面——她是对愤世嫉俗的老年的一种荒诞描绘，她是一个令人憎恶的老妇人，一个自古典时代就存在的典型人物。她也是艾莉森这个人物的一个重要来源，但在下面的讨论中，我将具体探讨艾莉森与她的这位先辈有何不同。

随着本土语言文学越来越多地为主体性开辟空间，这种主体性被严重地性别化了。抒情诗、传奇文学和爱情叙事诗都倾向于关注男性欲望主体，而女性只是男性欲望的客体对象，往往她们还会被进行一番详细的剖析。一般而言，男性可以积极主动地表达和解释，而女性只是被动地被表征和被诠释。卡罗琳·丁肖（Carolyn Dinshaw）将这种阐释的性别化形容为"性的诗学"（sexual poetics），在这种诗学中，读者、作家和阐释者都被假定为异性恋男性，而文本和女性的存在是为了被阅读，她们的奥秘等待着被积极活跃的男性看穿。[35] 纵观历史，在描述阅读这个行为时，女性经常被当作文本的隐喻。哲罗姆在一个关于翻译的扩展性隐喻①中，将异教文本比作一个女奴，她被她的俘虏者剥光衣物、剃光毛发，并重新穿上衣裳。[36] 女性与具有欺骗性的修辞和装饰联系在一起，她们是模棱两可和充满装饰的人物形象。[37] 对许多教父作家来说，女性代表着虚构作品中令人分心的部分：例如，奥古斯丁在《忏悔录》中写道，他是这样一个人，"为狄多因爱上埃涅阿斯（Aeneas）而死哭泣，却不为自己因不爱您——我的上帝，我心中的光——而死哭泣"。[38]

事实上，文学传统中允许发言的女性有两种，狄多便代表了其中一种。[39] 年轻漂亮的女性，作为男性暴力的受害者或者历史进程中的牺牲品，的确拥有自己的声音。奥维德（Ovid）的《女杰书简》（Heroides，约前16）戏剧化地呈现了被遗弃妇女的信件，这部有影响力的著作因此成了一个典范，它给予那些受苦的、遭受虐待的"好"妇人某种（还是由男性创作的）声音。乔叟本人多次允许狄多来讲述她自己的故事，在《贤妇传说》（Legend of Good Women）和其他"怨歌"类文本（"complaint" texts）中，他都借鉴了《女杰书简》的文学传统。乔叟还激进地弘扬了这一传统，他让克丽西

---

① 文学中的"扩展性隐喻"，一般指寓言，即"allegory"。

德——一个通常被形容为滥交的背叛者——来讲述她自己的故事，她将自己描绘成了一个受苦的女人，被围困在男性暴力和帝国没落的必然性之间。[40]事实上，克丽西德还预言，文学史将会对她存有偏见，而那些（不言而喻由男性书写的）书籍将会"摧毁"（shende）她（《特罗勒斯与克丽西德》，第五卷，1060行）。

　　文学传统中能够揭露其经历的另一类女性则是怪物般的老鸨形象——愤世嫉俗的可怕老太婆，她本身不具有任何吸引力，而且还试图腐蚀年轻女性并欺骗男人。奥维德笔下的狄普萨丝（Dipsas）——出自他的《恋歌》（Amores）——便是此处的一个典型例子：她发表了一篇很长的演说，就女人应该如何欺骗男人这点公开了她的不道德观点。她是让·德·默恩笔下的老妇人的主要来源。在《玫瑰传奇》中，就文本如何处理人物而言，老妇人是一个重要的人物：尽管作为一个人物她仍然有着深刻的局限性，但她自传式地详尽地讲述生平，这在一定程度上跳出了寓言本身，从而为这首诗引入了一种时间感。狄普萨丝和老妇人都是对女性的某个想象的极端投射；她们绝不代表作者试图给予女性一种真正的声音。与此正相反，她们是反女权主义项目的一部分，旨在将女性刻画为可怕、恶心且不可救药的形象。在乔叟创作巴斯妇这个角色之前，欧洲文学传统中还没有一个女人曾以这种方式来发声，即她既不是一位美丽的受害者，也不是一种丑陋的古代老鸨的刻板形象。

　　除了艾莉森之外，在《坎特伯雷故事集》的其余人物中，被赋予了更多主体性的忏悔式朝圣者是一位工人阶级的学徒（教士跟班）和一个性取向异常的人（卖赎罪券者），后者通过他自己那完全不道德的行为揭露了教会实践中的腐败。显然，很重要的一点是，乔叟有意选择刻画这些人物来让我们深入了解社会边缘人物的心态，而没有选择比如骑士、僧士、律师、扈从或商人等人物。但是，乔叟最后选择艾莉森作为他对文学主体性最持久深入的探索，这也将他的大胆创作带到了一个全新的高度。在《坎特伯雷故事集》中，乔叟对人物进行了非凡的创作实验，他特意选择一些在某种程度上挑战了社会规范的人物来发声，他们常是些令人不安的人物形象，往往动摇了主人与仆从、教会牧师与普通信徒、女人与男人之间的关系。乔叟有意将巴斯妇艾莉森塑造成他最丰满的人物，这明确展现了他致力于打破文学史固有模式的决心。

尽管艾莉森有着众多文学先例，但她的形象远不止是一堆来源的拼贴，那么，乔叟究竟是如何描绘艾莉森的性格以达到这一点的呢？在艾莉森的长篇自传式演说中，乔叟做了些什么来传达她鲜明的个性，以至于对几个世纪以来的读者都产生了如此强烈的影响？乔叟到底是如何在他的文本素材上施展这种情感炼金术（affective alchemy）的呢？

且让我引用《巴斯妇的引子》中大约中间部分的一段，来开始探索乔叟的这一炼金术吧：

> 可是，耶稣基督啊！每当我想起
> 年轻时我那些寻欢作乐的事，
> 就被这记忆撩拨得心根发痒——
> 直到今天都让我慰藉，
> 因为年轻时品尝过人世欢情。
> 可是，能毒害人世一切的年龄

夺走了我的美貌和我的活力；
算啦，别了，让这些全都见鬼去！
面粉已经没有，没什么可说啦！
只剩下麦麸，可得好好卖一下；
虽然如此，对作乐我仍有贪图。（469—479 行）[①]

记忆、衰老、死亡、希望和变化，都在这几行文字间跳跃。换句话说，它们充满了对时间性的意识，在某种程度上，这也是大多数成年人（和许多儿童）所关注的东西。作为一个文学人物——由书页上的文字构成——艾莉森在戏弄我们，她诱使我们悬置那份怀疑，因为她在告诉我们，她事实上的确有过去，同样也有未来。这几行诗句在不同的时间模式之间变换。最初的那声感叹"可是，耶稣基督啊！"让我们牢牢地扎根于她讲述的那一刻，而该行的后半部分"每当我想起……"则将我们带到她的回忆之中，并且这份对过往的回忆一直延续到下一行。在第 471 行，记忆撩拨着她的心根，这一强烈意象将我们猛然带回当下。动词"tikleth"（撩拨）的现在时态唤起了一种即时感，但是，使这个形象如此有效的一个原因是，心根（the root of the heart）的这个概念提醒着我们，我们的情感、意识、自我感知皆植根于过往——在这里，隐喻性的"心根"象征着我们的来处，但它也会继续发展，延伸到我们的未来，就像所有的树根不断蔓延生长一样。随后的两行文字再一次结合了过去和当下。在当下，我们被告知，"直到今天"，记忆仍给予她慰藉（"让我慰

[①] 参考：[英] 杰弗里·乔叟：《坎特伯雷故事集》，黄杲炘译，上海译文出版社，2012年。文字略有修改，以适宜此处引用之需。后同，不再另作说明。

藉")。下一行则是该段落的关键:"年轻时品尝过人世欢情。"这句话美妙地唤起了一种怀旧之情,凝结在艾莉森为自己开辟的时空的所有权中——**我的**世界,**我的**时代。

她继续哀叹年龄和衰老,继续在过去时和现在时之间来回穿梭,并且还采用自然意象——髓和面粉(the pith and the flour)("pith"在这里表示力量或活力,但其核心含义原是指树木、植物或果实的一部分,即木髓、果髓)。然而,至关重要的是,艾莉森并没有陷入自怨自怜之中,这也并非是对无可挽回的悔恨之哀叹。她在最后总结时提及,她仍然会尽力而为——卖掉麦麸——而且,尽管眼下的人世变幻如此,"对作乐我仍有贪图"。换句话说,她下定决心要变得快乐,要去享受人生,而不是让自己屈服于失望与绝望。她选择的动词"fonde"有着广泛的含义,这反映了她的坚定决心:"fonde"不仅有"尝试、试图"的含义,还有"寻求、追求"的内涵,甚至还有"享受"或"品味"之意。[41]她仍在努力追求幸福。与此类似,她还在文本的别处告诉我们,她将乐于迎接她的第六任丈夫(45行)——她的人生,包括她的性生活,都远未结束。这种追求幸福、展望未来以及保持乐观的决心,使艾莉森与老妇人以及狄普萨丝等人物截然不同,因为后两者的典型特征是痛苦和愤世嫉俗。诚然,值得注意的是,艾莉森这一段言说的来源正是老妇人的演讲,然而后者根本没有谈及未来——相反,老妇人的言说是对过往欢乐的一种发自内心的悔恨呐喊,并不像艾莉森的话语那般复杂多样。[42]正如许多评论家指出的,艾莉森是一个充满生机活力的人物。[43]她对生活的蓬勃热情让她在思考未来时充满希望——这也是她何以能够跨越时间、走入其他文本的一个关键所在。

在艾莉森的引子中，我们能看到，她正在进行回忆。[44] 文本的结构模仿了思维的运动，她在记忆和联想间徘徊。创伤性事件和想法不断地重现。在被反复提及的第五任丈夫对她施加的暴力中，我们会看到这一点。在第 506—507 行中，艾莉森提到，她此刻仍能感受到他的暴力对她身体的影响，并且她说，这种痛感会一直持续到她死时。在第 634—636 行，她又回到了这个话题，特别提到了她丈夫打她打到耳聋那次的具体情形。在 30 行过后，又有另外两行提到了这次挨揍事件——使用了相同的动词"smoot"（打）和相同的韵脚"deef"（聋）和"leef"（页）。在第 712 行，艾莉森又聊到了这一点——"说真的，我因为一本书而被揍了！"但是，直到第 788—828 行——《巴斯妇的引子》的尾声——她才讲出了完整故事，而这是全文本的高潮。圣保罗那关于童贞和婚姻的强势论述在艾莉森的文本中一再出现，同样反映了记忆中的创伤和压迫的顽固存在；在 100 多行的讲述中，她引用《哥林多前书》的第 7 章就多达 8 次。[45]（这一章是这么开篇的："关于你们写信问询我的那件事：要我说，一个男性，还是不近女色的好。"）乔叟给我们创造了这样一种印象，即有人被这段文字所困扰；无论她多少次曲解它，抑或与它和解，或者是将其为己所用，这段文字都占据着她的思绪。这是她不能够完全置之不理的东西。

对于读者来说，我们正目睹一个人思维逐渐展开的过程，这种感受是我们塑造艾莉森这个角色的方式之一，同时也让我们进入文本所营造的内在性幻觉中。读者的参与是使人物角色栩栩如生的根基，艾莉森也一直在激发着（大多数）读者这样参与其中。她的情感和她的道德感也揭示了这个人物的深度。例如，艾莉森告诉我们，在她的第四任丈夫不忠时,她的内心有多么悲伤,她诉说着她内心感受到的痛苦折磨,因为他爱上了别人(481—482行)。在《巴斯妇的引子》的结尾,她详细讲述了第五任丈夫对厌女思想的沉迷以及对她施加的无情的情感虐待,在这之后,她直截了当地说道:"谁会想到,谁又能想象/我内心的苦痛,还有悲哀?"(786—787行)她的悲伤、屈辱和痛苦,是深不可测的:在这里,她告诉我们,他人无法理解她内心深处正在经历的感受。再一次,乔叟在此创造的是一种深度的幻觉,他告诉我们,在文本表层之下还有更多事情在发生,他在鼓励我们去"推测"、"设想"——思考、想象——艾莉森的感受,就好像她是一个真实的人那样。通过揭示艾莉森(与她的文学先辈截然不同地)具有一种道德感,这个人物形象得以进一步饱满。她不仅哀叹罪恶的存在,还告诉我们她遵守规则——与她的第四任丈夫不同的是,她没有与人通奸,而只是通过与人调情来惩罚丈夫:她明确地告诉我们,她"在身体上没有任何苟且之举",只是简单与人调情,"让他在他自己的油脂里受尽煎熬"(491—493行)。艾莉森在这里向我们讲述了她的过去,揭示了她对道德的理解,同时她的讲述也是一种独特的发声。这一意象——让丈夫在他自己的油脂中煎熬——非常精彩:它指的是一种普遍的观念,即他给自己制造了惩罚——自讨苦吃(a rod for his own back[①])。但她使用的语言充满感官化与生活化特质;我们想象的是她在炉子上煎熬他、烤炙他。这种语言更是身体性的,因为我们想象出的是令人作呕的东西,一个油腻腻、汗涔涔的身体——她丈夫通奸的身体。[46]但一

[①] 字面意思即"给他自己的背准备一根棍子"。

如既往的是,艾莉森并没有去详述种种可怕的报复意象。与之相反,她的叙述转向了一种充满幽默和喜剧式的乐观主义,在几行之后,她惊呼道,"上帝啊,在尘世我就是他的炼狱/为此,我希望他的灵魂就此升入天堂"(495—496行)。这是典型的艾莉森:她假装用宗教术语来证明惩罚丈夫是正当的,但是她也会滑稽地声称,正因为她让他的生活如此悲惨,她可能反而帮助了他,让他在死后能直接升入天堂,而不会遭受更多的惩罚。

艾莉森的风趣是她性格中最引人注目的一个方面,也是她最吸引人的一个地方。在大多数现代改编版本中,《巴斯妇的引子》和《巴斯妇的故事》都出现在《律师的故事》之后。然而,《律师的故事》结尾处的收场语则表明,此时我们"应该"看到的是《牧师的故事》。[47]而当我们真正读到那则故事时,发现它其实是一篇冗长的散文,沉闷而严肃,毫无机智风趣可言。重点不在于《巴斯妇的引子》正好与此相反,而在于它讲述事情的方式不同——巴斯妇那通俗、有趣的讲述风格,与她对《圣经》、教父作家和教会教义的理解相互作用。她的引子是这样一段叙述,它不仅深谙教会权威的著作,而且深刻掌握了他们的(某些)论证方法:选择性援引、不断重复、雄辩性语言、修辞技巧。在这里,艾莉森表现得像一个受过教育的男性,运用着通常被视为男性专属的论证方法。[48]因此,她所做的一部分事情就在于证实一个完全不同类型的人——非教士、女性、非权威人士——也可以与教士们展开辩论,并能在他们的游戏中打败他们。然而,艾莉森完全是以独具个人特色的腔调来表达她自己观点的。艾莉森的言语通俗、有趣,而且易于理解。

她的言说中最吸引人的一个方面,是她那不动声色的自省和乐于自嘲。她并没有否决教会方面所持有的信念,即认为守贞是最好的生活方式;相反,她公开坦承她根本不想成为最好的那类人:"他的话是对那些想要完美生活的人说的;/但各位,恕我直言,那不是我。"(111—112行)这些是必须被听到的话:让我们想象她放慢说话速度,并一板一眼地宣称"那——不——是——**我**"。艾莉森并不想变得完美;她只想过好她自己的生活。在这里,艾莉森通过坦率承认对手的许多论点,并就其他一些事情进行论述,从而釜底抽薪地反驳对手——如果她没有在原则上犯错误,为什么就不能让她一个人好好待着呢?为什么人就不能不完美呢?

她与反女权主义论点的互动方式,往往也是她机智的关键所在。事物**如何**被表达出来,对我们接收和理解它们的方式有着重大的影响。例如,寡妇在亡夫的葬礼上寻找下一任丈夫的说法,原本是厌女论中的一个陈词滥调。马特奥卢斯(Matheolus)断言,"当丈夫躺在棺材板上时,妻子一边哭泣,也一边思考着未来,她思前想后,思忖着一旦三天守灵结束,她要嫁给谁以及如何再婚"。[49]同样,德尚(Deschamps)也写道,"当人们运送亡人的尸体到达墓地时,作为未亡人的妻子就在仔细地审视那些男性,试图在其中物色出她的下一任丈夫"。[50]这些对妻子的尖锐指责被巴斯妇利用并重新包装,她颇为愉快地透露,在丈夫的葬礼上,她正在看着年轻的学士——詹金:

> 愿主保佑我,当我看着他走动,
> 在那棺架后一步一步往前走,
> 他的一双腿和脚美得叫我看不够;

> 于是我把一颗心完全交给了他。(596—599行)

读至此,一些读者会认为,这种细节正展示了女人有多么可怕。但在这里,对读者的反应至关重要的是,我们已经知道的是,艾莉森死去的丈夫是通奸之人,而艾莉森则对他很忠诚。她对自己这份不当情感的(看似)诚实,也鼓励我们站在她这一边;她展示的细节很有趣,因为它与眼下的场合太格格不入了。她在葬礼上如此审视抬棺人的双腿是令人震惊的——而这种不合时宜正是一切幽默的核心。

艾莉森通过她自信的表现营造出的这种很诚实的表象,深深地吸引了许多读者,他们觉得可以洞察她的心思——当她说出一些我们可以认同的事情时,这种感觉会变得更加吸引人。例如,艾莉森公开表示,她最痛恨指出她缺点的人,她还补充道,很多人都会有同感(662—663行)。大多数人也都会同意这一点;毕竟,我们中的确很少有人会喜欢被别人指出缺点。[51] 虽然这是无可否认的事实,但对于一个人物角色来说,她没有为自己辩护,而只说哪怕受到合理的批评也是多么地令人扫兴,这何尝不是一种令读者卸下防备的方式呢?她似乎在直接与我们对话,试图打破我们的期待。

艾莉森一再地挑战人们对得体言行的期待。她的言语中充斥着庸俗的咒骂和嗔叹。在为我们表演她如何跟丈夫说话时,她对他们的评论中夹杂着人身攻击:"老糊涂蛋!"(olde dotard shrewe,291行)"满口谎言的老东西!"(olde barel-ful of lyes,302行)这些侮辱通常是将敬称和蔑称结合在一起——例如,"糊涂老爷"(Sire olde fool,357行)和"亲爱的混蛋老爷"(leeve sire shrewe,365行)等——这也是她策略的一部分,意在贬低那些权威人物和作品。比如,这就是她提到所罗门①（Solomon）时所做的事情，她接着说，她希望自己能被允许"像他一样频繁地恢复活力"（38行）。艾莉森暗示这里存在一个性别的双重标准，与此同时，也使这位备受尊敬的《圣经》权威因他的欲望而显得不够体面、有失尊严，她随后的想象——所罗门与每个嫔妃初夜时所享受的"欢畅乐事"（42行）——更是强化了这一点。

在艾莉森那不敬且大胆的开场引子中，她对权威的攻击以许多不同的方式表现了出来。她的策略之一便是提醒我们，她所遭受的厌女症是多么的残酷无情且不公平。詹金将她比作帕西法（Pasiphae，米诺斯的妻子、牛头怪物米诺陶的母亲），这显然是荒谬无端的（733—736行）。将一个有关兽交的离奇而非凡的神话套用到普通女性身上——正如哲罗姆所做的那样——会让大多数读者感到震惊，因为这是对权威的一种滥用，是对厌女论点的一种极端甚至绝望的展示。[52]艾莉森的精疲力竭是任何受虐群体都可以识别出的那种疲惫不堪——她意识到，丈夫永远也不会读完那本厌女之书，并且他还会一直乐此不疲地谈论女人有多么糟糕（788行）。在整个《巴斯妇的引子》中，艾莉森做到了让读者站在她这一边，其部分原因是，她把自己描绘成了一个孤立的人，挺身对抗一群相似的男性，所有这些男性都在反对她的存在。反女权主义者都被归为了一类："男人可以猜测和评注"（26行），"男人接着说"（34行），"男人可以建议"（66行），"男人……在他们的书中写道"（129行）。艾莉森的"我"，是反对这些如铁板一块的权威的唯一声音。

---

① 根据《圣经·旧约·列王纪上》第11章第3节，所罗门王嫔妃成群，有妃七百，嫔三百。

虽然艾莉森的引子显然是展现她性格的主要场域，但她讲述的故事也很重要。在《坎特伯雷故事集》中，每个故事与其讲述者的关系，以及讲述者的声音有多少被传达了，都是参差不齐的。然而，就《巴斯妇的故事》而言，很明显的是，这个故事与其讲述者密切相关。乔叟将一个本质上是关于男性美德和英雄主义的故事，变成了一个有关女性美德、伦理、男性受教育和改造之必要、变形、女性欲望以及强奸文化的故事。[53] 更重要的是——对许多读者来说也很困惑的是——我们要记住，乔叟自己也曾被人指控"强奸"，并且，在他写下这个故事大约十年前，他才向他的指控者塞西莉·尚佩涅（Cecily Champaigne[①]）付清了赔偿金。在过去，有一些批评家认为，乔叟对女性抱有明显的同情，这意味着他不可能是一名强奸犯，而现在，这一论点几乎无人信服。对于许多批评家来说，承认乔叟可能是一名强奸犯也很关键；有人甚至断言，乔叟的确曾是一名强奸犯。然而，也有其他人认为，还有许多方法可以解释现存的少量证据：例如，这个案子可能涉及复杂的中世纪监护法。我们不知道具体发生了什么——但我们所确知的是，乔叟的确牵扯进了一场有关暴力侵犯妇女的诉讼当中。[54]

《巴斯妇的故事》源自两个民间传说母题——一个是"丑妇"变身为年轻貌美的女子，另一个是寻找女人最想要的东西。在很多语言和文化中都曾流传过这些故事，包括一些已佚失的版本。[55] 与乔叟的故事并存的中世纪版本中，就有高尔的《弗洛伦特的故事》（"Tale of Florent"，与《巴斯妇的故事》几乎同一时代），以及《高

[①] 有误，应作"Cecily Chaumpaigne"，中文可译作"塞西莉·肖姆佩恩"。

文爵士和瑞格蕾尔小姐的婚礼》(*Wedding of Sir Gawain and Dame Ragnall*,现存的故事是一个 15 世纪后期的版本,但它也可能有更早的流传版本,或是基于更早的文本)。[56] 在所有三个版本中,一位男性都因某事而受到了惩罚,因此,他必须去找出什么是女人最想要的东西;在每个版本中,他都从一个丑妇那得到了答案,但前提是,他必须先答应娶她为妻(在《瑞格蕾尔》的故事中,罪人亚瑟王不得不让高文代替自己去娶那位丑妇)。故事的最后,丑妇变身成了年轻貌美的新娘。然而,除此之外,艾莉森讲述的故事与其他版本截然不同。也许最重要的是,在这个故事的其他两个版本中,骑士都是一位英雄。在高尔的版本中,弗洛伦特的错误在于他杀了人——但是,由于他是在一场公平的战斗中这样做的,这在骑士的世界中根本算不上罪行。在《瑞格蕾尔》的故事中,高文根本就没有做错任何事情——犯罪的人是亚瑟王,而高文英勇地答应代替他的国王舅舅接受惩罚。在这两个版本中,骑士都被描绘成了一位受害者:一位女士,这片土地上的"最狡猾之人",正密谋陷害弗洛伦特并让他"去死";高文为了救亚瑟王的性命而甘愿牺牲自己(350行)。最终,在经典的民间故事和童话故事中,他们的美德和苦难都得到了报偿,他们最后都得到了一位年轻貌美的妻子。在这两个故事版本中,当丑妇变身时,我们才发现,她的真实身份其实是一位年轻美人,但她之所以变成了丑陋的老妇,是因为被一位年长的妇女,即她的继母,施加了巫术(《弗洛伦特的故事》,449 行;《瑞格蕾尔》,692 行)。

乔叟对这个核心故事的改编与他对塑造人物的浓厚兴趣密切相关,他想将艾莉森刻画成一个深具文学主体性的、既能影响也能改变她所讲述的故事的人物。在艾莉森的版本中，骑士并不是一个值得钦佩的人物。毫无疑问，他的确是犯了罪，而罪名就是强奸。从一开始，呈现在我们眼前的就不是一位英雄，而是一个恶棍——而这一开场一下子就颠覆了传奇文学的叙事传统。这名骑士既没有拯救少女也没能保护女性——他还是对女性的一种威胁，只关心他自己的自我和欲望。这种对原故事的强有力的重构，为整个情节带来了一种新的连贯性，因为对骑士的惩罚是让他去了解女性所求为何物。虽然在其他版本中，这一方面没有特定的逻辑，但在艾莉森讲述的这个版本中，它是引人注目且令人信服的：骑士已经表明，他根本不关心女人想要什么，那么现在，他必须花上一些时间来思考它。艾莉森强调了女性的欲望和女性的尊严，她还特别强调男性将女性视为具有内在价值的重要性。当然，同样重要的是，我们还得注意一点，即作为受害者的女性本人并没有发声——这个故事的核心仍然是男性的救赎，而非女性的经历。[57]

与其他版本相比，艾莉森对那位丑妇的呈现也有新的侧重点。与其他版本不同的是，艾莉森故事中的丑妇是这个故事的道德核心，她做了一则有关"高贵品行"（gentillesse）的长篇演讲，并且还道出了这样一个事实，即一位又穷、又丑的老妪可能比一位富有、英俊的年轻小伙更有道德、更体面。事实上，她也明确表示，一个人的出身和背景与其内在价值并无干系。此外，虽然其他故事中的女性都是年轻貌美的女子，她们的真面目叫巫术给隐藏起来了，但在《巴斯妇的故事》中却并非如此，在此我们没有被告知女性的何种身份——是年轻貌美、还是又老又丑——才是"真实"的。这意味着，真正重要的是内在的自我，而这名女性有可能"真的"既老迈又丑陋。(根据丑妇故事改编的电影《怪物史瑞克》[Shrek],在这一方面有了进一步的发展,菲奥娜[Fiona]公主最后决定永远以"食人魔"的外表来作为她的真实身份。)此外,《巴斯妇的故事》中也没有提到巫术。虽然其他两个版本均将一位年长的妇女视为罪魁祸首,认为是她使女主人公的容貌发生了变化,但是,在《巴斯妇的故事》中,唯一犯了罪的人是骑士。

艾莉森叙事意图之一是要阐明这样一个事实:在这样的故事中,通情达理的年长女性通常都没有立足之地——当然,老年女性也不被允许有可被接受的性欲,或成为一个故事的道德核心。文学中的年长女性往往是蔑视、嘲笑或恐惧的对象。当她被性化描写时,她要么是年轻男人的掠夺者,要么是一个风尘成性的老鸨,专教年轻男女如何去得到他们想要的东西。[58] 正如这个故事的其他版本所揭示的,年长女性常常被刻画为邪恶力量:例如,那个密谋陷害弗洛伦特的诡计多端的祖母,或是在《弗洛伦特》和《瑞格蕾尔》中都出现过的那位迷惑纯洁少女的女巫继母。在《巴斯妇的故事》中,年长的女性能言善辩、通情达理、富有道德,同样重要的一点是,这个故事中没有任何邪恶的老妇人。值得注意的是,虽然其他版本侧重详述年长女性的每一处外貌细节,并将其呈现得极为可怕丑陋,但是,艾莉森并没有这样做。在《弗洛伦特的故事》中,对"丑妇"的初次描写,足足用了十七行诗详述她外貌的丑陋(280—296行);与此类似,在《瑞格蕾尔》中,在介绍这位老妇人时,关于她的丑陋样貌的细致刻画就长达十八行(228—245行)。与之形成鲜明对比的是,艾莉森只是简单地告诉我们,没有人能想象出"一个更加丑陋的人了"(999行),但除此之外,她根本没有为我们进一步详细描述老妇的样貌。衰老的女性身体不是为了承受世人的嘲笑和蔑视的；可见，讲故事的人也并不希望读者只去惊叹衰败和老朽。[59]

鉴于艾莉森讲述的这个故事有很多不同之处——不仅与这个故事的其他版本不同，还与一般的浪漫传奇和民间故事的一般惯例有所不同——很明显，它应该被解读成是艾莉森自己对这个主题的"见解"，以契合她对于重绘狮子的兴趣。[60]然而，艾莉森也表示过，在既有体裁和文学结构的重重限制之下，要做到这一点又何其艰难。毕竟，在故事的结尾，这位老妇人确实还是变成了传统故事中年轻貌美的女主角，她甚至对她的丈夫——（据称已经）改过自新的强奸犯——百依百顺了。这里存在着很多令人不安的东西。一种解读认为，这是对体裁要求的评论：这是这个故事可以结束的唯一方式，即以一个"从此有着幸福快乐"的婚姻，以及对生育、子女和父权社会稳定延续的隐性承诺来作结。这个故事的双重结局暗示了艾莉森将这种叙事逻辑作为一个问题提了出来：她先是给了我们一个"从此幸福快乐"的文学时刻，紧接着，她又立即通过在呼吁两性之间建立一种截然不同的关系来限定这种时刻，这既指涉她自己的生活也影射她的听众的生活：

> 他抱着妻子千百遍地吻了又吻。
> 而妻子也是千依百顺听他话——
> 只要能使他快活，事事都依着他。
> 就这样，他们一直完美幸福生活到老。
> 但愿耶稣基督也能赐予我们女性，
> 温顺、年轻、充满活力的丈夫，

第 1 章 人物角色的创造

>并且让我们活得比他们更久长。
>
>不仅如此,我还要向基督祈祷:
>
>让不服妻子管教的人早早死掉;
>
>至于那怒气冲冲的吝啬老东西,
>
>但愿上帝让他们早日得上瘟疫!(1254—1264 行)

此处的对比是鲜明的:在浪漫传奇中,呈现在我们面前的是一个听话顺从的妻子和一个简单的幸福结局;但在现实生活中,艾莉森说道,理想的生活应当是丈夫要温顺,而那些不愿顺从妻子意愿的男人应该早早死掉,或者死于瘟疫。在这里,这个文学人物打开了一道裂缝,它似乎介于文学和生活之间,以及"他们"所做的事和应当发生在"我们"身上的事情之间——尽管实际上,这是不同文学层次之间的裂缝。这些层次分别是艾莉森自己的以女性为中心的、据称是经验式的新型叙事和传统的写作体裁。什么样的女性可以在文学中有一席之地?她们可能会扮演着什么样的角色?在整个故事中,艾莉森都在恳求我们拓宽对这些问题的理解。她故事的中心思想是,年长的女性可以是一个传播智慧、有德行的人,而且女性也可以有性欲——无论她的外表如何。这种对文学规范的颠覆是如此激进,以至于有一位批评家认为,乔叟在这里"为文学,甚至为人们的生活,开辟了诸多新的可能"。[61]

正如我一直指出的,文学与生活之间的这种复杂关系是理解乔叟所从事的文学创新的基础。乔叟在这里借艾莉森这一叙事载体,来探索在既定体裁规范的限制下,女性可以在文学中扮演何种角色。艾莉森提出的生活与文学之间的冲突的**概念**,更加凸显了理清这两者的复杂性：文学不会以一种直白的方式模仿生活，但文学也不是在一个密闭的、独立的虚构世界中运作。在《坎特伯雷故事集》中，乔叟对我们所谓的现实主义和浪漫传奇之间的灰色地带十分感兴趣。泰巴旅店（Tabard Inn）的店主是哈利·贝利，他并不是历史上真实存在的那个哈利·贝利，但他也并非完全与这个历史人物无关。同样，艾莉森不是乔叟所认识的某位女性，但她也不仅仅是老妇人、《箴言》中的漫游女人和哲罗姆的厌女偏见的某种混合体。诚然，我们所读之物会影响我们的生活方式：一遍又一遍地阅读女性角色以某种方式行事，可以让读者通过那个视角来看待真实的女性。[62]然而，反之亦然，因为我们会依赖自己的生活经验来理解我们在文本中瞥见的人物片段。在阅读一个文本时，我们得到的是一些快照，接着，我们会利用自己的想象力和已有的知识来尝试更加全面地描绘它们。[63]读者已经知道的东西——不管来自生活还是书本——至关重要，因为它可以决定一个文学人物会如何影响读者。那么，诗人和读者之间就有了一个不言而喻的契约。在思考人物角色是如何运作的时候，一位批评家这样评论道："当我们被诗歌所感动，去想象其中的人物时，我们就创造了我们自己，也被创造为独立的个体。"[64]

　　读者对艾莉森的回应总是比对任何其他坎特伯雷朝圣者都更加热烈。为了更好地了解乔叟的第一批读者是如何理解艾莉森的，以及为什么她会给读者留下如此非凡而深刻的印象，我们不仅需要了解塑造她的文学素材，还需要了解乔叟所处社会中的真实女性及性别结构。因此，接下来的四章将分别从艾莉森的一个方面出发，并通过各种文本和证据对其进行一番详细探索。且让我们从艾莉森作为一个经济独立的职业女性展开讨论。

第 2 章　职业女性

> 女人一直都很贫困……有史以来就是如此。
>
> ——弗吉尼亚·伍尔夫,《一间自己的房间》
> (A Room of One's Own)

诚然,尽管女性(几乎)一直都很贫困,但她们在经济领域一直都很积极活跃。在整个欧洲,从古典时期到中世纪,女性在许多生产领域(例如农业、纺织业、酿造业、医疗和行政管理)中都很突出。[1] 的确,正如在引子部分所讨论过的,许多历史学家认为,14世纪和 15 世纪是女性的黄金时代,之后,她们的工作机会有所减少。[2] 然而,制度和父权制历史的偏见往往掩盖或者模糊了女性一直以来在经济上的重要作用。如果我们想想巴斯妇的祖先圣保罗,我们中的大多数人更容易记住的,是他关于女性必须要顺从和沉默的观点,而不是回想起职业女性在他 1 世纪的传教旅行中有多么重要。例如,欧洲第一个皈依基督教的人吕底亚(Lydia)就是一位职业女性,她的财富还帮助支持了圣保罗和他的传教同伴们。吕底亚是一位来自推雅推喇①(Thyatira)的女商人,她被描述成"卖紫色布匹的

---

① 推雅推喇,小亚细亚古城,位于今土耳其境内。该城在古代是一个重要的商业中心,也是拜占庭帝国的一部分,以织布业和纺织业闻名于世。

人",保罗在马其顿的腓立比（Philippi）遇到了她。作为紫色布匹的卖家,吕底亚靠买卖茜草①制成的染料赚钱;她是一位商人。《使徒行传》描述了吕底亚和她家人的皈依和受洗,以及她随后邀请保罗、西拉（Silas）、提摩太（Timothy）和路加（Luke）住在她的家里。在保罗和西拉因禁之后,他们又回到了吕底亚的家中,这里似乎成了他们传福音的大本营。[3]

受过教育的富有女性对保罗早期的传教至关重要。他托菲比（Phoebe）将《罗马书》带给罗马教会,菲比被描述成教会的"执事"（diakonan）,是许多人的"赞助人"（prostatis）,这暗示菲比也是教会的重要资金支持者（《罗马书》16:1—2）。菲比并没有被描述为是谁的女儿、妻子或母亲,而只是她自己,这一事实也表明,她和吕底亚一样,是一家之主,是另一位经济独立的女性。[4]然而,在中世纪教会中,这类女性却并没有被视为榜样人物——与此相反,圣保罗的那些极端反女权主义的话语却被一再重复并摘录,就好像基督教妇女永远都应该是沉默的、依附于人的二等公民一样,而实际上,早期基督教对女性、奴隶和穷人的最大的吸引力,正是它宣扬的平等的意识形态。像葆拉（Paula,哲罗姆的赞助人）一样,吕底亚是巴斯妇的一位被隐藏的"祖母"。[5]正如伍尔夫想象莎士比亚的妹妹被历史抹去一样,这些女性的历史——一个成功的独立商人,一个富有的、饱读诗书的寡妇——通常对中世纪"恶妻之书"的编纂者们没有什么吸引力,相反,他们聚焦于女性言辞中的邪恶,说

---

① 茜草的根中蕴含红色素,可以被提取、加工制成红色染料。中世纪的紫色染料更主要是来自一种海螺,其提取不易,故价值昂贵。

她们不值得信任，以及强调她们的性放纵。圣保罗和圣哲罗姆，在他们最极端的表现中成了艾莉森这个人物著名的"祖父"，而她的"祖母们"却被埋葬在无名之冢中——虽然她们都曾为这些男性的事业提供帮助，甚至还提供过资金支持。

艾莉森也是一名职业女性。事实上，职业女性在14世纪下半叶有了许多新的、也更加赚钱的机会。在这几十年中，多种因素的共同作用产生了一套社会规范，它进一步促进了女性的性独立和经济独立。这并不是一个两性平等的时代，但人们普遍认为，黑死病为女性开启了一个充满诸多新可能的时代。她们既从事传统的女性职业，比如酿酒、纺织和服务业，也会从事一些更加令人惊讶的职业，比如珠宝商、艺术家，或创始人。女性可以加入行业工会并雇佣学徒。[6] 鉴于证据的性质，我们无法准确辨别职业女性的比例究竟有多少：例如，已婚夫妇在人头税（poll taxes）评估中被合并计算，因此妻子的角色往往并不明晰，而在女性作为户主的情况下，我们便可以更加清楚地了解她们从事的职业（从裁缝到蜡烛商不等）。[7] 一般来说，如果一名女性的工作被视为协助丈夫，那么，该女性的工作可能就会被从所有档案记录中完全删除。然而，在乔叟笔下的伦敦社会中，很明显的是，女性在经济领域发挥着重要作用，既有身处底层的仆人和低端职业群体，也有少数跻身顶层的商人和富有投资者。在这两个极端之间，是那些与丈夫一起工作的女性，要是她们最后成了寡妇，那么，她们是有能力接管生意的。巴斯妇这个角色之所以诞生于14世纪晚期，部分原因是所谓的欧洲婚姻模式（下文将会进行详细讨论）的进一步发展，这种婚姻模式带来了一套复杂的规范，涉及有偿工作、个人选择、生活方式和遗产继承等。像艾莉森这样的人物角色,不可能出现在对女性的性角色和经济角色有着截然不同期待的社会的文学作品中。在本章中,我将会探讨中世纪晚期职业女性和经济独立女性的生活,并论证作为一个人物角色的艾莉森,她只有生活在瘟疫之后的北欧这一特定历史环境中才能说得通。

在总引对艾莉森的描述中,我们首先了解到的是,她是一名纺织工:"她织布的手艺极其娴熟,/超过伊普尔(Ypres)和根特(Gaunt)的所有纺织好手。"(447—448行)换句话说,她的纺织技术之精湛,超过了欧洲低地国家那些著名的纺织工。虽然在历史上,织布和纺纱等工作历来都与女性联系在一起,但这里的提及具有明确的商业基调。当时,英国唯一的主要经济商品就是羊毛:英国绵羊是国家财富和权力的基石。[8]整个中世纪晚期,羊毛贸易在政治和经济上充满了不确定性和复杂性,因为英国商人想要垄断市场,而君主试图通过给予不同群体,特别是意大利商人一些特权来谋取利润。[9]多年以来,乔叟一直在伦敦的羊毛码头(the Wool Quay)担任海关总管;他的个人生活也与羊毛贸易的错综复杂息息相关。

羊毛被用来制作布匹,欧洲低地国家的纺织工以其技艺闻名于世。人们鼓励佛兰德(Flemish)的织工到英国工作,随后,在1381年爆发的大起义(the Great Revolt)中,这些移民工人便成了仇外暴力的目标。英国的纺织工比欧洲大陆的纺织工更有优势,因为他们可以以更低的价格购进羊毛,这样制作和销售布料就更加有利可图。[10]例如,在14世纪晚期,埃克塞特所有最成功的女性商人都是纺织商人;一位历史学家指出,这些富有的女性也都是寡妇——尽管事实是,女性常常受雇于制造业中利润较低的环节。[11]巴斯附近的埃文河谷（Avon valley）有大量的布料制造厂，该地区交通便利，又靠近科茨沃尔德（Cotswolds）和门迪普山（Mendip hills）附近的羊毛产区。呈现在我们面前的艾莉森，是一个14世纪晚期在经济关键部门赚钱的人，她监督布料的制造和销售——总之，她是一个有社会地位的人。[12]

艾莉森的经济独立也来自继承亡夫们的遗产——换句话说，她受益于当时相对进步的继承法和习俗。（这就将她与诸如迪普萨丝和老妇等妓女/老鸨出身的文学先辈明显区分了开来。）艾莉森将她的前三任丈夫归为一类，她告诉我们，"他们给了我他们的土地和财产"（204行），在几行之后，她又重复了一句，"他们把所有的地产都给了我"（212行）。这意味着，这三任丈夫都能够自由地将他们的土地和财产通过遗嘱赠予艾莉森，所以，随着每一次的夫死寡居，她个人就会变得越来越富有，此外，这也能让她在婚姻市场上身价倍增，愈发抢手。[13] 当她疯狂地爱上第五任丈夫詹金时，她做出了一个灾难性的决定，舍弃了她的经济独立："以前人家给我的土地和财产，/这时我一股脑儿全都给了他。/但后来我痛悔自己的这个做法。"（630—632行）他们婚姻的前半部分，就是艾莉森努力扭转这一项决定的故事。詹金身上具有侵犯性的厌女症以及他对他的"恶妻之书"的痴迷，导致艾莉森试图毁了这本书，于是，他们发生了肢体冲突，并且艾莉森指控丈夫想要谋杀她，以便能够不受限制地占有她的土地。当丈夫把经济控制权交还给她时，他们也和解了："他把支配房产和地产的权力，/完完全全地交回了我的手里，/还让他的手和舌头由我支配；/我当即要他把那本书烧成灰。"（813—816行）在这里，支配她丈夫的舌头和手——象征着言语和行为——被描述为是对房屋和土地管理权的衍生结果或其附属品。拥有对婚姻财产的权力（管理权），似乎不可避免地会赋予对婚姻伴侣的权力：艾莉森认为，经济权力是婚姻中其他各项权力的根基。伍尔夫的一个著名观点是，女性需要一间属于自己的房间和每年500英镑的收入，[14]巴斯妇艾莉森的观点与伍尔夫的论点并不完全相同。但它们的基本前提是一致的：如果女性在经济上依赖男性，那么，她们就没有任何自主的可能。

《巴斯妇的引子》也更普遍地描绘了一个女性会外出工作的世界。在整个引子中多次提到艾莉森和她的几任丈夫所生活的家庭环境。她提到了"我们的侍女"（241行），她的"保姆"（299行）以及"我卧室里的贴身女仆"（300行）。这是一个女性雇佣劳动的世界，在一户人家中，好几名女性被雇来从事不同的工作。在中世纪晚期的英国，女孩们通常会离开家去工作几年，赚一些钱，然后（在大多数情况下）结婚并建立一个新家庭。[15]这种社会模式与女孩早早嫁人并进入夫家的社会模式截然不同，后者是中世纪（及以后）的许多社会文化中的标准做法，但主要局限于北欧社会的最高阶层。[16]在当时的一些社会中，较富裕的人家会依靠奴隶来完成家务劳动，以及维护房子和照顾家中老一辈等。例如，在黑死病之后，托斯卡纳社会（Tuscan society）就严重依赖奴隶劳动，1363年3月2日颁布的一项法令甚至允许佛罗伦萨无限制地进口外国奴隶。[17]有一份14世纪后期的奴隶交易清单，上面包括357个人名：其中绝大多数（329人）都是妇女或女孩，年龄几乎都在12岁到30岁之间。[18]《巴斯妇的引子》中对仆人的不经意提及，实际上提醒了我们此时的英国女孩和妇女所拥有的经济机会。在此时，北欧社会中雇工的比例之高是极其惊人的。在整个 14 世纪和 15 世纪，英国总人口中约有 50% 都是雇工，要知道在同时期的中国明朝（1368—1644），这一比例仅为 1% 到 2%。[19]

对英国女孩来说，从事服务业是她们进入劳动力市场的一种重要方式，此外，在黑死病之后，就业机会和工资薪水都有所增加。1377 年，约克郡 38.2% 的家庭都雇有仆人，31.9% 的成年人口都在从事服务性劳作。[20] 在大瘟疫之后的几十年里，劳动力大量涌入城市，尤其是女性劳动力，她们作为学徒或仆人来到都市的中心。[21] 从事服务业被当作一个人生阶段，这使得年轻人——男性、女性皆有——能够在与自己选择的伴侣建立家庭之前赚些钱。这也有助于创造一种终身单身女性激增的社会环境，这种社会环境与同时代的其他社会——例如，南欧社会或欧洲犹太人社区——形成了鲜明对比。[22]

14 世纪晚期的一首诗歌《贤妻育女经》（"How the Good Wife Taught Her Daughter"）就可以在这种社会背景中来解读。[23] 这是一位妇女写给女儿的一首教诲诗，它基于这样一种观念，即父母和青少年子女是相互分离的：女儿离开父母的家庭，在这个世界开辟她自己的路，这在当时的许多社会中都是难以想象的。这首诗并非完全按照时间顺序来写的，但在一定程度上，这首诗的前半部分描绘了一个单身女孩，而且她很有可能正处在被求婚的场景。中间写这名女孩结了婚，接着她成了一名母亲；最终，她想象自己再将这些忠告传递给青春期的女儿。在这首诗的第一部分，这位母亲设想了一种情景，即女孩在被一名追求者追求，母亲敦促她带他去见她的朋友们，不要和他去任何他们可能会犯下罪恶的地方。很明显，母亲是在这里警告女儿,现在她已经不再和父母同居一个屋檐下了,她可能会遇上一些情况并且需要独自处理。费莉西蒂·里迪(Felicity Riddy)认为,这首诗的部分读者可能会反其道而行之,去做诗中所警告的事情。这些女孩可能过着"冒险、非传统且大胆无畏的生活",她们离开村庄搬到城镇,去酒馆消遣,找一份工作谋生,与男人聊天,在教堂里嬉闹大笑,并会做诗中贤妻所警告的一切事情。[24]《巴斯妇的引子》中提及的女仆提醒我们,在乔叟生活的世界中,女性并不太会过着从女儿到妻子,从父母家到婚姻家庭的这样无缝衔接的生活——很大一部分女性至少在她们人生的某个阶段外出工作一段时间,而她们从事的这项工作通常要求她们住在工作场所中,因而她们脱离父母的直接管束。对我们今天的许多人来说,成为一名仆人似乎并不太理想,但是,能够挣钱的机会给了女性选择,而她们在南欧的同龄女性往往没有这种选择,这在某种程度上也改变了代际和性别的权力平衡。由于黑死病造成的巨大经济影响,在乔叟生活的时代,不论是就业机会还是工资薪水都有显著增加。

历史学家和经济学家创造了"欧洲婚姻模式"(European Marriage Pattern)这个术语,用来描述主要在北欧社会中出现的一种婚姻新趋势,而女性可以自主选择与谁结婚,普遍晚婚、少生孩子,并可以在结婚后建立新的小家庭(而不是与姻亲同住一个大家庭)。[25] 这种婚姻模式伴随着女性在劳动力市场的深度参与,以及高水平的算术和识字能力。[26] 可以说,这些婚姻和经济趋势导致了欧洲的崛起——换句话说,在黑死病之后的几个世纪里,女性的角色和她们在劳动力市场中的积极参与是北欧社会显著发展的催化剂。一本论述这种婚姻模式的书的作者们认为,"因此,女性赋权的这个故事,对于理解西欧经济的具体发展路径至关重要,这导致了18世纪晚期的工业革命",这表明,欧洲婚姻模式所促进的女性高度自主性推动了经济的增长。[27]虽然这一婚姻模式在以前是穷人的婚姻模式——他们往往在婚姻中有着更多选择,因为他们几乎没有什么金钱或土地,也就没有什么风险——但在大瘟疫之后,这种婚姻模式迅速普遍化,以应对劳动力市场上出现的巨大新机遇,以及高工资所带来的各类机会。因此,这种婚姻模式成了北欧社会的常态。

一系列社会条件促成了这种婚姻趋势和工作模式的发展。在更早的几个世纪中,随着教会越来越多地参与到婚姻实践中,关于婚姻基础的观点各不相同:教会越来越强调双方都要同意结婚,并将其视为婚姻的基础,而圆房则是次要方面。[28]这尤其削弱了女孩父亲的权力,更广泛地说,也削弱了父权制本身。北欧社会中的这种对双方同意的强调,与南欧的社会传统并不相符,因此,这在南欧不太能被人们接受。女孩和妇女有权同意或拒绝结婚是很关键的一步,这使她们能够在一系列生活选择上拥有自主权,并能在一定程度上让她们摆脱父母的权威。由于未成年的孩子无法做出这些选择,于是,这种对同意的强调实际上也鼓励了晚婚。北欧社会中的新居制——在结婚后组建起一个新家庭——也往往会导致晚婚,因为预备结婚的男女需要先挣钱才能供养新家庭。妇女在婚前和婚后都被鼓励外出工作,因为根据继承法,她们有权获得金钱和财产。在南欧,父母早早地就把女儿嫁出去了,这些女性不太可能会外出工作,一方面是因为她们有更多的孩子需要照看,另一方面则是因为在丈夫去世后,她们往往也只能对自己的嫁妆享有支配权利——她们无法从自己的工作中受益。

在北欧社会，早已存在的普遍模式是女性有工资收入、晚婚且有更加公平的继承法，黑死病成了欧洲婚姻模式扩张的催化剂，以至于这一模式成为除了极其富有的阶层以外的其他所有社会群体的标准婚姻模式。最近，经济史学家认为，在中世纪晚期，欧洲婚姻模式在英国和低地国家的发展势头尤为强劲。[29] 大瘟疫灾难发生之后的几年里，人口急剧下降，经济蓬勃发展，工资也不断上涨。[30] 男性和女性——根据一些数据统计，尤其是女性——从农村迁入城镇，并且获得了比早些年更高的工资收入。[31] 女性拥有了新的经济权力。更令人感兴趣的是，此时，在英国和其他北欧国家的某些工作中，似乎并不存在性别薪酬差异，女性也从事着非常广泛的工作。[32] 我在此描述的这些社会状况产生了一系列的连锁影响：夫妻生的孩子数量少了，他们更专注于教育和培养这些孩子，从而让社会从马尔萨斯式社会（Malthusian society）转向一个技术程度更高、经济生产力更高的社会。[33] 这不是一个女权主义的乌托邦，虽然历史学家对这些社会状况持续了多长时间意见不一，但是人们普遍认为，与历史上其他时期或其他地方相比，14世纪下半叶的很多英国女性拥有了更多的选择和更大的自主权。[34] 在这个不断变化的经济世界中，女性的劳动有其特别的价值，她们的继承权和她们在婚姻上的选择权都受到法律保护，这些是创作巴斯妇这个人物角色的关键社会背景。

在乔叟生活的世界中，到处都是职业女性，从他自己的妻子——她在很多大户人家工作，主要是作为侍女侍奉冈特的约翰（John of Gaunt）的妻子、卡斯蒂利亚的康斯坦斯（Constance of Castile）夫人，从而能赚取固定薪水——到能独当一面、在伦敦经商的独立女性，不一而足。女性从事各种各样的工作,但最常受雇于与食品供应相关的行业,包括酿造业,以及与纺织或服装生产相关的行业。³⁵ 有时候,我们也会发现女性从事着一些颇令人惊讶的职业,比如伊莎贝拉·德·莫兰(Isabella de Morland)就是14世纪后半叶的四位羊皮纸制造大师之一,或者如阿格尼斯·布克班德(Agnes Bookbynder),她于1374年至1375年在诺维奇(Norwich)工作。³⁶ 中世纪的女性会赶牛群,能做铁匠,还能经营船舶生意。³⁷

玛格丽·坎普是中世纪最著名的女性之一,她是一位杰出的职业女性。坎普出生于1373年左右,大约在20岁结婚。我们之所以能对她了解甚多,是因为《玛格丽·坎普之书》,这是她在15世纪30年代的晚年时期向抄写员口述的一本书。在这本书的开头,她向读者描述了她尝试创业的一些经历,时间可能在14世纪末或15世纪初。坎普告诉我们,她是出于骄傲和贪婪而开始做第一笔生意的,因为她"想要的东西越来越多"。³⁸ 坎普在林恩①(Lynn)做了几年酿酒师,并成了当地最出色的酿酒师之一,不过由于缺乏经验(ure),后来她便开始遭受巨大的经济损失。她的麦芽酒在酿造过程中酵母不断失效,所以她放弃了酿酒,并为她自己没有听取丈夫的建议而向他道歉。然而,坎普补充说道,"但她并没有离开这个经济世界,因为现在她开始考虑新的主妇行当(huswyfré)",还开了一家马拉磨坊。她在这里描述创业的语言意味深长:她将继续工作说成是拒绝离开这个经济世界,还称她的工作是"主妇行当",就好像这

---

① 林恩,今英国诺福克郡(Norfolk)金斯林(King's Lynn),14世纪时是重要港口和酿酒业中心。

些工作是特属于女性似的。在当时，酿造业尤其通常被视作女性的专属领域，但碾磨业并没有以同样的方式与性别关联。坎普的第二次创业也失败了，因为马匹和仆人都拒绝为她工作，玛格丽却将困扰她的这些问题解释为上帝对"她的骄傲、她的贪婪，和她对世间荣誉的渴望"的惩罚。当坎普准备进入她的新身份、做基督虔诚的新娘时，女性参与这个世界——阻止她们"完全离开世界"的"主妇行当"——被改写成了对贪婪和虚荣的罪恶屈服。

那些没有坎普这种宗教召唤的女性，对有偿工作并没有这类担忧焦虑，尤其是寡妇们，她们经常会继续经营亡夫的生意并培训家中的学徒。例如，玛蒂尔达·佩内（Matilda Penne）在丈夫去世以后接手了他在伦敦的皮革买卖，在整个14世纪80年代，她都一直在经营预制和销售动物皮毛的生意，直到1392—1393年去世为止。这是一项专业工作，涉及检查和购买毛皮——通常购自汉萨同盟商人（Hanseatic merchants），监督皮毛的准备过程，挑选和搭配它们，并用来制作服饰衬里。玛蒂尔达的杰出能力可以从很多事情上管窥一斑，比如，另一个皮革商将手下的一名学徒派到她手下去进行培训；玛蒂尔达成功经营了12年生意；而且她死时拥有大量财产。在工作中，玛蒂尔达既与男性（尤其是她的侄子彼得·赫劳［Peter Herlawe］，她遗嘱的主要受益人）合作，也和女性密切合作。玛蒂尔达在遗嘱中要求不要将她葬在她丈夫的旁边，而要将其葬于"我习惯站立的十字架前"，这是她对自己独立性的一个有趣描述。她的遗嘱中一共提到了20名男性和23名女性，她的大量财产不仅留给了她的亲戚，还赠予了其他一些寡妇和邻居，其中包括玛格丽·特威福德（Margery Twyford）和乔安娜·卡勒顿（Joanna Carleton），她们大概是玛蒂尔达的至交密友。[39]

在更上层的社会阶层中，女性从事复杂、技术性的工作，她们管理大片的庄园，照管员工、经营农业、管理家庭事务、处理复杂账目、供应给养，甚至解决武装纠纷。上流阶层的女性被期望能够管理地产，尤其当她们的丈夫不在身边（例如，进城时或者在前线打仗时）或者在她们成为寡妇之后。在上层女性的一生中，她们需要掌握广泛的技能。克里斯蒂娜·德·皮桑在以法国北部为背景的著作《女士之城的宝藏》[①]（*The Treasure of the City of Ladies*，1405）中详细描述了这一点。在写给住在庄园或城堡里的贵族女士们的一章中，克里斯蒂娜描述了她们应该培养的一些技能。这些女性将"负责"所有的"执达吏、地方行政官、行政官员和总督"，她们必须能够为她们的男性提供"保护"。因而，这一阶层中的女性"必须充分熟悉和了解法律方面的知识和当地的习俗"；她必须"和蔼、谦逊而仁慈"，礼待邻里和员工；她应该"与丈夫的顾问合作"。事实上，虽然这一阶层的女性需要成为负责人，但克里斯蒂娜也强调，一位贵族女士必须明确表示她听取了"智慧的男性长者"的意见，这样，才"没有人指责她一味地按照自己的方式做每一件事"。[40]

如果有必要，一位贵妇人，也应该有能力统率一支军队。克里斯蒂娜写道，她"应该生来就有一颗男人的心，也就是说，她应该知道如何使用武器，并熟悉与之相关的一切知识"。克里斯蒂娜还详细说明了能够主动发起攻击、保卫自己的土地，并确保驻军充足的

[①] 中译本有：[法]克里斯蒂娜·德·皮桑：《淑女的美德》，张宁译，江西人民出版社，2009年。

必要性。这些女性需要用"雄辩的言辞"进行"权威的"演说，并且要能"理解行政管理的所有运作流程和方式"。克里斯蒂娜接着又讨论了一个事实，即女性需要了解与金钱有关的知识：她们必须动用所有的说服技巧来鼓励丈夫"一起讨论他们的财务状况"，并且能量入为出。女性需要详细地了解金融和法律知识："对于这样一位女士或年轻女性来说，透彻地了解有关采邑（fiefs）、子采邑（sub-fiefs）、免役租（quit rents）、实物地租（champarts）、各类税目，以及所有与这类事情相关的法律是合宜的。"此外，她们还应该熟悉农业知识，乃至能够掌握"根据土地的地形状况，确定犁沟的最佳走向"。很明显，克里斯蒂娜在提倡极度亲力亲为的治理；富裕且享有特权的女性应该充分参与到管理庄园的各个细节当中，并且要能够理解（和指导）总体大局。[41]

克里斯蒂娜的建议并非空想，它们同样适用于英国的社会情况。在中世纪后期，一些贵妇是非常有能力的管理者、令人敬畏的政治家、娴熟的法律辩手和无情的军事战略家。换句话说，人们期望女性去做男人能做的一切事情。[42] 爱丽丝·乔叟（Alice Chaucer），萨福克（Suffolk）公爵夫人、诗人乔叟的孙女，游刃有余地承担了以上所有这些角色。1450 年，爱丽丝第三次也是最后一次成为寡妇，从三段婚姻中受益后，她已是一位极其富有的女性。她的第三任丈夫是萨福克公爵威廉·德·拉·波尔（William de la Pole），他去世时将德·拉·波尔家族广阔地产的大部分都留给了爱丽丝，作为其寡妇所得财产。在威廉·德·拉·波尔的遗嘱中，他写道，"在这世间，我最信任的只有她"，并在给儿子的一封信中，敦促他"始终听从她的命令，并且要在所有的工作中听从她的建议和意见"。[43] 他对妻子的绝对信任也得到了充分的回报。在接下来的 25 年里，爱丽丝一心一意地打理这些庄园地产，实际上，她还进一步扩大了她所拥有的土地，在东盎格利亚①（East Anglia）采取了强势激进的策略。爱丽丝借钱给王室，最终在 22 个郡拥有了土地。威廉对妻子的信任，以及他敦促儿子视母亲为一位能干的管理者和最好的顾问，这并不是独一无二的。与此类似，约翰·帕斯顿三世（John Paston III）对他的母亲玛格丽特（Margaret）说："母亲大人……无论是妻子还是其他朋友，都不能让我做违背您命令的事，只要我知晓您的命令"，他还补充说道，"我从不违背您的意愿"。44

人们普遍认为，爱丽丝·乔叟是一个具有政治影响力和重要地位的人。当然，此时的女性没有议会席位，但这并不意味着她们就缺乏政治权力。爱丽丝与威廉·德·拉·波尔的婚姻持续了近 20 年，在此期间，爱丽丝曾陪伴他出席过许多政治活动。比如，她和他一起从法国护送安茹的玛格丽特（Margaret of Anjou）到英国嫁给亨利六世国王并加冕为王后——威廉本人在他们法国的婚礼上担任代理人。45 在 15 世纪 40 年代的后半期，威廉成了国王的首席顾问，但很快也成为众矢之的。46 1449 年底，威廉被指控犯有叛国罪，但他被国王赦免了重罪，只被判流放 5 年。当他从英国起航时，他的船只被拦截，在经过一次虚假审判（mock trial）之后，1450 年 5 月 2 日，他在海上被草率处决。这时，爱丽丝守了寡，孤身一人带着一个年幼的儿子，自己也成了一个政治目标。很明显，叛乱分子和议

---

① 10 世纪时，东盎格利亚成为英格兰的一个伯爵领地，东盎格利亚的领土范围大体相当于当代英国的诺福克郡和萨福克郡。

员都将她视作一股政治力量。那年夏天，一场由杰克·凯德（Jack Cade）领导的大规模叛乱爆发。当叛乱分子进入伦敦时，他们成立了一个"听审与裁决委员会"（oyer et terminer，中世纪标准司法程序，但通常由政府掌控），并起诉了一些叛国者。这份名单中特别包括了爱丽丝：她与其他几个人一起，以"萨福克公爵夫人"的身份被指控"在伦敦市政厅犯下了叛国罪"。⁴⁷ 不仅仅是叛乱分子对她持怀疑态度。同年 11 月，下议院向议会提交了一项法案，要求解雇国王随从中的 29 人。这份名单上只有一位女性——爱丽丝（排在第二位，仅在萨默塞特［Somerset］公爵的后面）。下议院要求将这些人从亨利国王身边终身驱逐，并且禁止他们踏入国王 12 英里范围内。最终，亨利名义上同意了这项法案，但是他赦免了一些贵族和"某些……一向习惯于在他身边侍奉左右的人"。很明显的是，爱丽丝并没有遭到驱逐，并且继续在国王的宫廷中发挥着重要作用。⁴⁸ 然而，她还是不得不应对一场叛国罪的审判。令人费解的是，有关这次审判的资料非常少，但是，威廉·伍斯特（William of Worcester）的编年史《英格兰大事记》（Annales Rerum Anglicarum）告诉我们，"在同一个议会中，萨福克公爵夫人被她的同僚们［即上议院贵族］宣告无罪"①。⁴⁹ 在所有这一切发生的同时，爱丽丝也奋力抵抗诺福克公爵的侍从们对她庄园的攻击，萨福克公爵的垮台和遇刺使这些人变得更加胆大妄为，企图利用他们的优势地位来控制东盎格利亚的更多土地。

然而，尽管丈夫遭到谋杀、自己因叛国罪受审，但爱丽丝绝

---

① 原文是"In eodem parliamento ducissa Suffolciae acquietata est per pares suos"。

不是一个会被这些击垮的女人。1453年,爱丽丝的儿子与玛格丽特·博福特夫人(Lady Margaret Beaufort)的婚礼被国王废止,因为国王想将这位重要的女继承人嫁给他自己的都铎亲戚,于是,爱丽丝与约克公爵理查德进行了谈判,并最终于1458年为她儿子迎娶了约克的伊丽莎白(未来国王爱德华四世和理查德三世的妹妹)为妻。尽管爱丽丝和她的家人在1450年失去了沃灵福德城堡主管(Constable of Wallingford)的职位,但在1455年之前,她又亲自重新获得了这个职位,当时她被要求在那里监管埃克塞特公爵。[50] 她也继续努力维持和扩大自己的财产及影响力。事实上,正是在15世纪50年代和60年代,我们才真正看到了爱丽丝身上的勇气和政治敏锐度。作为一个寡妇,丈夫被人凌辱并杀害,儿子还尚且年幼,爱丽丝此时显然很脆弱无助。在东盎格利亚,德·拉·波尔家族卷入了与诺福克公爵和其他一些人——包括约翰·法斯托夫爵士(Sir John Fastolf)——的各类土地纠纷之中。正如海伦·卡斯特(Helen Castor)所评论的那样,此时的爱丽丝重整旗鼓,凭借她那"精明的政治头脑"和"卓越的才干","诺福克公爵"和她的其他对头们"根本不是她的对手"。[51] 比如,在1447年,她丈夫宣称拥有戴德汉姆庄园(the manor of Dedham),但它后来又被归还给法斯托夫。1461年,她又用武力夺取了它。几年之后,爱丽丝与两方势力进行了秘密谈判,为夺取赫尔斯顿庄园(the manor of Hellesdon)而出卖了坎特伯雷大主教。帕斯顿的信件中总会提及爱丽丝——有时称其为"老夫人"——并说她对自己构成了威胁。[52]

在爱丽丝寡居期间,玫瑰战争正如火如荼,她在这场战争中对复杂的派系效忠问题的斡旋,尤其体现出了她的政治才干。事实上,她常常设法赢得交战双方的好感，并能在这些动荡的岁月中保持自己的显赫地位。[53] 通过与博福特（Beaufort）的关系，爱丽丝与兰开斯特派（Lancastrians）和约克派（Yorkists）都有联系，虽然她丈夫曾是兰开斯特王朝亨利六世的首席顾问，但她也有能力让她的儿子位居约克派政权的核心。[54] 事实上，在护送安茹的玛格丽特前往英国做王后之后，爱丽丝在1472年担任了玛格丽特的狱卒，因为现在她是玛格丽特的敌人的可信盟友。到了晚年，爱丽丝仍然是一位具有重要影响力的政治操纵者，她做着一名男性地主会做的一切事情，包括调集军队夺取地产，并在不断变化的政治局势中维持多样化的同盟关系。唯一的区别是，事实上她比她同时代的大多数男性都做得更好。贵妇本就应该这样去工作。

在社会底层，劳动女性正在采用一些不同的策略来帮助自己生存，主要是依靠团结合作和有时基于性别建立的互助组织。1368年，一群在伦敦从事丝绸生意的女性组成了一个非正式的行会，以抗议一位意大利商人的行为，该商人囤积居奇地收购了全城所有的丝绸，并以投机的高价进行出售（如本书导论中所述）。这些女性作为一个团体向市长西蒙·德·莫登（Simon de Morden）提交了一份议案，并向国王爱德华三世提交了一份请愿书。这些投诉主要集中在尼古拉斯·萨尔杜什操纵价格的行为上，他蓄意将丝绸价格从每磅14先令抬高到了18先令。该案例最有趣的地方在于，妇女们作为一个整体行动，要求法律的保护以及政府对城市和王国的管理。她们以集体名义发声，强调萨尔杜什的行为已经威胁到整个国家的"共同利益"。[55] 数百年以后，伍尔夫想象一起工作的女性——克洛伊（Chloe）和奥利维亚（Olivia），她们彼此喜欢，并共用一个实验室——暗示女性的友谊或工作伙伴关系在文学中基本阙如。[56]然而，中世纪的历史记录让我们得以瞥见这种关系：女性一起工作，并且彼此依赖、相互支持。许多丝织女工会雇用学徒；爱丽丝·克莱弗（Alice Claver）甚至将她成功的生意交给她最偏爱的学徒凯瑟琳·尚皮恩（Katherine Champion）经营。[57]虽然巴斯妇并没有告诉我们她与其他女性的工作关系，但她的友谊——与她的女仆、侄女以及两个"密友"或者说最好的朋友——贯穿了她的引子。对父权制社会最具威胁的是，她与朋友的关系取代了她与男性牧师之间的等级关系，因为她的朋友，即另一位叫作艾莉森的女性，"比我们的教区牧师"还要了解她（532 行）。艾莉森在讲述她母亲的建议（582、589—590 行）以及她朋友在她与詹金调情中的同谋（詹金这时候正寄住在这位朋友家里，534—555 行）时，利用了人们对女性共谋的恐惧心理。女性之间的情谊支撑着艾莉森所描绘的那种生活方式。

要知道，丝织女工请愿书中刻画的那种相互支持关系并不是独一无二的。在很多文献记录中，我们都可以看到女性相互雇用并一起工作的情况。甚至一些有趣的记载提到，女性会雇用其他女性来从事与写作及其附属行业相关的工作，而男性在图书生产过程中往往占有压倒性的性别优势，因此这些工作领域恰恰是女性最可能被压制和消音的领域，例如，玛蒂尔达·彭内在她的遗嘱中将一小块银器和木质酒碗赠予了一个名叫佩特罗妮拉·斯克里维纳（Petronilla Scriveyner）的人——抄写员佩特罗妮拉。[58]除了这个名字之外，我们对这个女人一无所知，但正是女性抄写员的稀有让这个案例显得格外有趣，玛蒂尔达似乎特意雇用了一位女性抄写员，也许是为了抄写她的账目和簿记。在另一个同样引人注目的例子中，克里斯蒂娜·德·皮桑在她的《女士之城》①（*Book of the City of Ladies*，第 1 部分，第 41 章，76—77 行）中写道，阿纳斯塔西亚（Anastasia）是巴黎最好的细密图画师和手稿装饰师。

鉴于我们很难听到女性的声音，因为她们无法掌管与写作和文献生产有关的机制，因而文献中的这些记录尤其引人注目。玛格丽·坎普的《玛格丽·坎普之书》——有时被称作第一本英文自传——是由男性抄写员记录下来的，评论家们也无法轻易地从文本中分辨出不同的声音。不论是玛蒂尔达·彭内的遗嘱，还是丝织女工的请愿书，都可能是由男性抄写员根据男性制定的文书范式而记录下来的。

我们只有偶尔才能直接听到女性自己的声音。当克里斯蒂娜·德·皮桑告诉我们她成为一名职业女性的经历时——实际上，她成了一名有稿酬的作家——她称其涉及一种性别转换（a sex change）。在《命运的转变》（*Mutacion de Fortune*，1403）中，她讲述了自己的人生，描述了她的教育、婚姻和寡居。在她丈夫去世之后，她不得不自力更生并靠写作赚钱，此时，她这样写道：

[……] 我是谁，谁在说话，

谁从女性变成了男性，

命运如此安排；

她把我的身体和脸庞都变成了一个完美的自然男性；

---

① 中译本有：[法] 克里斯蒂娜·德·皮桑：《妇女城》，李霞译，学林出版社，2002 年；《淑女之城》，钟婧译，中国对外翻译出版有限公司，2014 年。

> 虽然我以前是个女人,但现在我实际上是个男人。我没有说谎。(139—147 行)[①]59

克里斯蒂娜从字面上描述了这种性别转换:她变得更加强壮,她的声音更加低沉浑厚,她的身体变得更加结实也更加灵活。这种变化并非人们描绘的异装(transvestism),而是生理上的变性。在克里斯蒂娜的其他作品中,她也告诉我们,寡妇需要有一颗"男人的心脏"才能生存下去(《女士之城的宝藏》,第 2 部分,第 9 章,110 行)。

尽管在 14 世纪晚期,有工作的、富有的、相对独立的女性无处不在,但她们仍然会被视为男性化的、性别流动的。在黑死病之后的几年里,女性是经济领域中一支不可小觑的力量,但是,也正是经济独立赋予女性的那些权力——选择是否结婚以及和谁结婚的权力、摆脱父母控制的权力、自由支配自己的财产的权力——深刻地威胁着一些男性(如撰写"恶妻之书"的那些牧师们)所倡导的女性天生低人一等且应顺从的传统观念。对于巴斯的艾莉森来说,她的身份地位和拥有的权威建立于经济独立这个至关重要的基础上:她先继承、后赠予,并最终收回的财产权,是她人生故事的核心所在。她所生活的世界在很大程度上是一个后瘟疫时代的北欧社会,在这个世界中,寡妇生活安逸,女性能够拥有继承权,职业女性能够自由流动。因此,艾莉森也需要在那个历史和地理背景中来解读。

[①] 法语原文为:[...] qui je suis, qui parle, qui de femelle devins masle par Fortune, qu'ainsy le voult; si me mua et corps et voult en homme naturel parfaict; et jadis fus femme, de fait homme suis, je ne ment pas (139–147)。

第 3 章　婚姻市场

就让别的作家去书写性和性欲吧；
我们尽早放弃这些令人生厌的主题。

——弗吉尼亚·伍尔夫，《奥兰多》(Orlando)

关于巴斯妇，如果读者只能记得一件事情，那多半是她有过五个丈夫。的确，她的故事讲述始于 12 岁（《巴斯妇的引子》，12 行），乔叟之所以让她在这个年龄登场，是因为这是当时的女孩可以进入"性经济"（sexual economy）的年纪。教会法规允许女孩 12 岁结婚，男孩 14 岁结婚。[1] 12 岁时，艾莉森便接受了妻子的身份，并不再受到父母的管束。在不同时代，女孩一旦具有性吸引力，往往便成为作家笔下的焦点。虽然"妇"（wife）在艾莉森的非正式头衔"巴斯妇"中可能只指女性，但对她来说，这当然也代表了她作为已婚女性的特定身份，即婚姻市场的一个参与者。任何有关巴斯妇来源的指南册都会告诉你，《玫瑰传奇》中的老妇人就是巴斯妇这个人物的主要原型。在这首极度厌恶女性且争议重重的诗歌中，这位性经验丰富的老妇人在教导一位年轻男性爱情的艺术，并向其揭露女性的诡计。但是，艾莉森和老妇人的重要区别在于，艾莉森是一个连续再嫁的妻子（a serial-wife），而老妇人只不过是从老妓女变成了鸨母兼保姆（bawd-duenna）。作为一个没有任何违法行为，甚至没有任何超出教会法规或世俗规范之举的人，艾莉森的体面身份使她与让·德·默恩笔下的老妇人截然不同。这种根本性差异在过往的批评史中往往被淡化了，但这正是乔叟在创作艾莉森这个人物时的核心所在。

在14世纪和15世纪的英国，寡妇们通过财富的流通让整个世界运转起来。这些女性地位重要，备受尊重，也受到法律的保护。乔叟和他的读者们都认识很多多次结婚的女性，这些女性受到的尊重也丝毫没有减少。然而，富有的寡妇（无论是商人还是贵族）的历史真实面貌，与文本传统中的多次再婚的寡妇形象形成了鲜明对比。这些文本传统也是巴斯妇诞生的基础。在《巴斯妇的引子》的第一句话中，艾莉森就直言不讳地告诉我们，她有过5任丈夫，自12岁起，她便开始了她的婚姻生涯（《巴斯妇的引子》，4行）。对于乔叟或者他的读者来说，对艾莉森婚姻生活的这一总结似乎并不荒谬。但是，艾莉森随后立即提醒听众，历史上，教会神父们历来都特别反对再婚。她的人生故事并不是从童年、童贞或第一次婚姻开始讲述的。艾莉森没有按照时间顺序展开，而是从一个主题开始，探讨她作为多次再婚的寡妇（much-married widow）的长期身份。这一身份可能是在她还没成年时就已确立，就像几年之后的爱丽丝·乔叟的经历一样。在英国文学中，一位来自社会中层、历史上可以找到真实原型的女性（尽管是高度文本化的角色）第一次被赋予了声音；我们看到了她对教会神父的厌女症的看法，特别是他们对再婚的敌意。艾莉森告诉我们，他们说她这种再婚妇人不该存在。但她是不会保持沉默的。艾莉森将她与哲罗姆等男性交锋的本质凸显为经验与权威的冲突(《巴斯妇的引子》,1行)——现实生活和书籍的冲突。艾莉森拒绝成为哲罗姆所称颂的那类女性,也就是后来在《平民地主的故事》(Franklin's① Tale,1436—1456行)中多丽根(Dorigen)所附和的那类:她们在丈夫死后不愿继续活着,或者宁死也不愿再嫁。[2]哲罗姆及多丽根列举的此类女性名单包括:阿尔刻提斯(Alceste)、珀涅罗珀、拉俄达弥亚(Laodamia)、波尔蒂娅(Portia)、阿尔特米西亚(Artemesia)、罗多古涅(Rhodogune)和瓦莱里娅(Valeria)。虽然强大的文本传统将这些妻子奉为极度忠贞的典范——其中一位妻子还以杀死建议她再婚的女仆而闻名——但是,乔叟世界的现实,与它对寡妇的期望及所重视的生活方式却大不相同。

只要快速浏览一下用来描述寡妇的词汇就会发现,像艾莉森这样的女性,与早期文化中的寡妇前辈们相比,地位有多么不同。中古英语中的"widow"指的是丈夫去世的女人(或者,有时候也可指妻子去世的男人)。希伯来语中"almanah"的字面意思是"沉默之人",而希腊语中"chera"的意思是"一无所有的女人"——它所指涉的是不仅没了男人,也没有金钱和社会地位。这两个词都反映出一个事实,即这些妇女在经济和法律上都处于弱势地位。[3]拉丁语的"vidua"意为"被剥夺者",它指的是没有男人的女人,无论她们是离婚、丧偶还是从未结婚。所有这些女性都被归为处于一种有所缺乏的状态。[4]这与中世纪晚期的寡妇截然不同,后者在英国法律中既享有特定权利也受到保护。

---

① 乔叟原文中的英文"franklin"专指出现在14世纪和15世纪英国的平民地主,他们有地产,但并非高贵出身。

当像艾莉森这样的女孩在 12 岁进入婚姻状态时,很有可能的情况是,她已经踏上了多次成为妻子和寡妇的漫长生涯。英国中世纪晚期的继承法使得寡妇在婚姻市场中成为极受欢迎的结婚对象,也使得再婚对于寡妇本人极富吸引力。到了 14 世纪下半叶,根据普通法①(common law),寡妇可以终身保留亡夫财产的三分之一(要是没有孩子,则可以获得一半财产)。女性商人往往会获得更多财产。例如,在伦敦,寡妇有权终身居住在婚后的房子里,或者至少可以一直居住到再婚——而根据普通法,寡妇最多只能在亡夫的房子里居住 40 天。伦敦的寡妇还可以终身保留亡夫动产的三分之一。5 另外三分之一的财产会平分给所有的子女(没有长子继承制)。寡妇通常会获得未成年子女的监护权(有时还包括其丈夫在之前婚姻中生育的未成年子女),并且她们可以再从子女的继承中获利,直到子女成年为止。6 可想而知,商界的寡妇可以获得一大笔丰厚的遗产,即使她们再婚了,她们也还可以拥有这些遗产。寡妇产(dower,即寡妇从亡夫那里继承的财产)和嫁妆(dowry,指女性带入婚姻的财产)的存在使得寡妇能够独立自主,更何况,她们也有权继续待在家族房产中。例如,我们可以将此种情形与南欧大部分地区的情况进行一番对比,那里很常见的是嫁妆,而不是寡妇产。此外,在佛罗伦萨(Florence),寡妇的嫁妆要么得归还给她的娘家,要么交由她夫家保管——寡妇自身并没有保留和处置嫁妆的权利。夫家人会极力劝说寡妇留下来和他们一起生活:要是寡妇选择带着嫁妆回娘家,那么她不能带走她的孩子。孩子得留在夫家人身边,因而,孩子也

---

① 指 12 世纪起英国王室法庭确立的判例法体系,区别于教会法和地方习惯法。

就被剥夺了母亲的嫁妆和照护。因此，在南欧，寡妇再婚的情况要少得多。[7]

乔叟及其同伴、朋友和亲戚，都非常熟悉商业城市中寡妇在法律和社会上的地位。结五次婚并不是一个离谱的想法。在乔叟生活的城市中，就有这样一位非常受人尊敬的中产阶级女性，其婚姻生活向我们揭示了彼时的社会规范和性规范。这名女性就是玛格丽特·斯托德耶（Margaret Stodeye），她是约翰·斯托德耶（John Stodeye）之女，而后者是 14 世纪中叶伦敦权贵阶层中的一位风云人物。[8] 约翰·斯托德耶是文特里区①（Vintry Ward，乔叟及其家人生活的地方）的市政官、伦敦市长和国会议员，这位富有的酒商肯定与诗人乔叟相熟，因为他从乔叟的父母那里购买过房产。[9] 约翰通过与另一位伦敦酒商约翰·日索尔三世（John Gisors [Ⅲ]）的共同继承人琼·日索尔（Joan Gisors）进行联姻，进一步增加了他的财富和社会地位。约翰·斯托德耶和琼·斯托德耶一共育有四个女儿，她们都是伦敦商人阶层在考虑婚姻时非常中意的女孩。到 1370 年底，其中一个女儿玛格丽特嫁给了约翰·伯林厄姆（John Berlingham），他是一名绸布商人，也是一位冉冉升起的伦敦政治家和行政官。这段婚姻在社会地位和经济上都对伯林厄姆极为有利，现在我们能看到伯林厄姆与他显赫的岳父和越来越有权势的姐夫、未来的市长尼古拉斯·布雷姆布雷（Nicholas Brembre）过从甚密，而尼古拉斯的崛起也得益于他与玛格丽特的姐姐伊多尼亚（Idonia）的婚姻。然而，玛格丽特在大约五年之后便成了寡妇。伯林厄姆于 1375 年去世，丢下

---

① 中世纪伦敦以葡萄酒贸易闻名的行政区，乔叟之父约翰·乔叟即为此区酒商。

玛格丽特和两个孩子——托马斯和伊多尼亚,而玛格丽特此时还怀着他们的第三个孩子。在这一年,或者也可能是次年年初,玛格丽特第二次结婚,嫁给了约翰·菲利波特(John Philipot)——他本人现在迎娶的是他的第三任妻子。由于玛格丽特的初婚是在1370年,所以,她现在可能已经二十出头或者是二十五六岁了。没有人期望玛格丽特保持单身,也没有人会认为让一名怀孕的寡妇成为婚姻谈判场上的对象是有失体面的。[10] 快速再婚非常普遍——乔叟的母亲在1366年1月之后的某个时候丧偶,并在同一年的6月之前再次结婚。[11] 此时,玛格丽特在婚姻市场中实际上比她第一次结婚时更加具有吸引力:现在,她从她第一任丈夫那里继承了遗产,此外,她父亲死于1376年,她即将从父亲那里继承属于她的巨额遗产。[12] 她的姐夫布雷姆布雷也一直在增加他的财富和影响力,菲利波特与玛格丽特的婚姻也巩固了他和布雷姆布雷的密切关系。[13] 玛格丽特与约翰·菲利波特的婚姻超过了8年。在此期间,菲利波特担任过伦敦市长和国会议员;他也是1381年与理查二世(Richard II)一道骑马前去与叛军谈判的三位商人之一,并因此被授予爵位。

菲利波特于1384年去世,玛格丽特再次成为一名寡妇,但他也让她成了一个异常富有的女人,他将自己在伦敦城内的所有土地和房产都终身赠予了她。在玛格丽特死后,其中一些财产将传给他的子女,但其他一些则将捐献给伦敦市政,其收益将特别用于公共卫生事业(如修建供水管道和厕所等)①。[14] 有趣的是,为了让玛格丽

---

① 中世纪晚期,英格兰富人常通过遗嘱将部分遗产捐给市政,用于改善公共卫生,这反映了黑死病后欧洲城市公共卫生意识的觉醒。

特维持奢侈的生活,他宁可推迟他的慈善事业。玛格丽特的第三任丈夫约翰·菲茨尼科尔(John Fitznichol)是另一位鳏夫,他们的婚姻一直持续到1391年初。同一年,玛格丽特又与她的第四任丈夫亚当·巴姆(Adam Bamme)结了婚——当年12月,巴姆曾代表其新婚妻子及她与前夫生的继子向国王请愿。[15] 这段婚姻的持续时间与玛格丽特所有婚姻的长度大致相当——这一次是六年。玛格丽特再一次成为伦敦市长夫人,市长可是这座城市最重要的人物之一。玛格丽特和亚当育有一个孩子,所以,她此时还不到40岁。然而,在亚当1397年去世时,玛格丽特觉得她已经过够了作为妻子的生活,婚姻生活让她积累了越来越多的土地、财富和声望。此时的玛格丽特大概已接近更年期,她在伦敦的布雷布鲁克(Braybrook)大主教面前正式宣誓要保持贞洁,明确表示她将不再考虑婚姻事务。[16] 玛格丽特担任妻子这一身份将近30年,历任丈夫之间只间隔很短时间,从现在开始,她将过上长达34年的寡居生活。玛格丽特继续积累着财富,尤其是在另外两个姐妹(分别是布雷姆布雷的遗孀和另一位富有的伦敦人亨利·万纳[Henry Vanner]的遗孀)没生下孩子便去世时,她和琼还一起继承了斯托德耶家族的剩余财产。在很多方面,伦敦杰出的继承法其实对寡妇比对儿子更加有利。

　　城市里的寡妇并不是婚姻市场上唯一具有吸引力的对象,尽管她们在法律上受到了特别的保护。在乔叟死后的几十年里,他有两位亲戚在贵族圈子里经历了多次婚姻的复杂纠葛。正如上一章所述,乔叟的孙女爱丽丝是15世纪最有权势的女性之一。凯瑟琳·内维尔(Katherine Neville)是与爱丽丝同时代的人,她是乔叟的侄女琼·博福特(Joan Beaufort)的女儿(而琼·博福特是乔叟的妻妹凯瑟琳·斯温福德［Katherine Swynford］和冈特的约翰［John of Gaunt］的女儿）。

和巴斯的艾莉森一样，凯瑟琳·内维尔在 12 岁左右就结了婚，并于一年后生育。[17]虽然这在当时是合法的，但女孩在这么小的年纪就结婚生子还是很少见的。凯瑟琳的父亲拉尔夫·内维尔（Ralph Neville）曾经支付过一大笔钱（3000 马克①）以获得约翰·莫布雷（John Mowbray）的监护权，约翰·莫布雷是失势的诺福克公爵的儿子，拉尔夫之所以这么做，就是为了让约翰·莫布雷娶他的女儿凯瑟琳。拉尔夫还获得了约克的理查德（Richard of York）的监护权，并让他娶了自己的另一个女儿塞西莉（Cecily）——因此，在婚姻市场中，处于弱势的可不仅仅只有女孩。[18]

凯瑟琳随后进入亨利五世的王后凯瑟琳·德·瓦卢瓦（Catherine de Valois）的宫廷，1425 年，当公爵爵位被归还给她的丈夫时，她便成了诺福克公爵夫人。她丈夫在 1429 年立下的一份遗嘱中将他在阿克斯霍姆（Axholme）的所有土地都留给了凯瑟琳；随后，诺福克公爵于 1432 年去世，他在离世当天立下的遗嘱中，又将大量贵重财物和对阿克斯霍姆、约克郡、苏塞克斯和高尔半岛的土地的终身权益都留给了凯瑟琳，并且指定她为主要遗嘱执行人。凯瑟琳的下一次婚姻有一些蹊跷：1440 年秋天，她似乎还是单身，但 1442 年却因未经王室同意擅自与托马斯·斯特兰韦斯爵士（Sir Thomas Strangways）结婚而被罚了款。然而，到了 1443 年 8 月，她已与托马斯爵士生育了两个孩子（此时托马斯爵士已经去世），于是，她又

---

① 马克（mark），中世纪计量单位，非实体铸币，1 马克约相当于 2/3 英镑。

嫁给了第三任丈夫——约翰·博蒙特（John Beaumont）。要么她的第二次婚姻被保密了一段时间，要么至少有一个孩子是私生子。她的第三任丈夫于1460年战死沙场，现在，考虑到凯瑟琳已经60岁了，我们或许以为她会安享孀居贵妇的舒适生活，就像玛格丽特·斯托德耶在更年轻时所做的那样。但是，寡妇们也会走上不同的道路，凯瑟琳人生中真正惊世骇俗的部分还没有到来。1465年，凯瑟琳在65岁时第四次结婚。这次的新郎是约翰·伍德维尔爵士（Sir John Woodville）——王后［伊丽莎白·伍德维尔（Elizabeth Woodville，她嫁给爱德华四世时也是一名寡妇）］的弟弟，年仅十几岁。这场婚姻在出身、政治立场和财富方面都是门不当户不对的，但是伍德维尔的亲属们需要快速在宫廷中取得晋升。那么，对这段婚姻的一种解释便是，凯瑟琳被人利用了——这段婚姻让年轻的约翰·伍德维尔立即获得了大量的财富和土地，而伍德维尔家族此时也得到了他们想要的东西。这种解释可能是真的。但是，这一解释也并不能完全令人信服。毕竟，凯瑟琳是国王的姨母，是国王母亲的亲姐姐。一个跟王室有着这样亲戚关系的女人，似乎不太可能会被迫进入一段被广泛认为是令人反感的，甚至是"恶魔般"（diabolicum）的婚姻。[19]尽管事实上凯瑟琳比她的第四任丈夫多活了很多年，但是按常理推断，很有可能的情况是凯瑟琳会相对早逝，而她丈夫也无法长期拥有她的财产，因为这些财产将会传给她的子女。也许，是他们自己想要结婚——出于性或者其他原因。尽管很少见，但这样的事情的确有发生过。这段婚姻持续了四年，直到玫瑰战争的战势发生命运性的逆转，约翰·伍德维尔遭到了处决。凯瑟琳现在第四次成为一名寡妇——而且，就像巴斯妇一样，她嫁给了一个比她年轻的男人，而且最后比他活得更长久。1483 年，凯瑟琳仍然健在，并且活跃于世，她还参加了另一个外甥理查三世的加冕典礼。

像凯瑟琳·内维尔和巴斯的艾莉森一样，爱丽丝·乔叟也很早就进入了婚姻市场——事实上，比法律允许的结婚年龄还要小。[20]同样，女性继承权在她的背景中至关重要：托马斯·乔叟（Thomas Chaucer）是杰弗里·乔叟的儿子，他因效忠冈特的约翰并与其交好，而获赐与女继承人莫德·伯格什（Maud Burghersh）结婚，这场婚姻使托马斯获利丰厚。[21]他们唯一的孩子就是爱丽丝。爱丽丝似乎在 10 岁左右就嫁人了，11 岁时便守了寡。因此，这不太可能是段圆过房的婚姻，但是，作为一位少女寡妇，爱丽丝还是从她 35 岁的丈夫那里继承了大量土地和财产。如果他没有早死，那爱丽丝当然有义务同他圆房，尽管他们之间有着 24 岁的年龄差距。直到爱丽丝大约 17 岁时，她才再次结婚，嫁给了索尔兹伯里伯爵托马斯·蒙塔古①（Thomas Montagu）。七年之后，当她再次成为寡妇时，她得到了丈夫的一半财产，以及 1000 马克的黄金、3000 马克的珠宝首饰和银器，以及他在诺曼底的所有土地收入。现在，爱丽丝成了一个非常富有的女人，她没有孩子，两次丧偶，而且才二十出头。没有人指望她会一直单身下去，而且，她在婚姻市场中的地位也确实不断攀升，手中的筹码日益丰厚。爱丽丝已经先后嫁过一位从男爵（baronet）和一位伯爵（earl），现在，她嫁给了另一位即将成为公爵（duke）的伯爵②。1430 年，爱丽丝获准嫁给萨福克伯爵

---

① 托马斯·蒙塔古，百年战争名将，1428 年战死于奥尔良围城战。
② 英国的爵位从上到下是"公侯伯子男"，即公爵、侯爵、伯爵、子爵、男爵。此外，在男爵之下还有从男爵和骑士等头衔，但它们不属于贵族爵位，只是一种荣誉称号。

威廉·德·拉·波尔——年龄与她最接近的一任丈夫。他们的婚姻大约持续了 20 年。再一次，在威廉去世时，他以极其优厚的条款为爱丽丝置留了大量土地：特别值得一提的是，他将德·拉·波尔家族的大部分地产设为她的寡妇产。威廉·德·拉·波尔遭到弹劾并被不光彩地处决，但爱丽丝还是设法保住了她继承的财产。接下来，她又继续守寡了 25 年，在此期间，她大大增加了自己的财产和政治影响力，成为王室的债权人，以及一位著名的女商人和政治家。[22] 正如另一位令人敬畏的女性玛格丽特·帕斯顿（Margaret Paston，她的家族曾经卷入与爱丽丝家族的财产纠纷之中）所写的那样，她"工于心计，而且身边有精明的顾问"。[23] 爱丽丝的这份精明和敏锐同样得到了她丈夫的认可，他在写给儿子的教诲信中敦促他要依靠母亲的智慧和良言。[24] 在中世纪的政体中，享有特权的富有寡妇是有权有势且备受尊敬的人物。

对于大多数 21 世纪的读者来说，《巴斯妇的引子》开头部分为再婚辩护的态度似乎已不再普遍——今天，在大多数社会文化中，在道德上质疑寡妇再婚反而会显得很奇怪。然而，在乔叟生活的圈子里，捍卫再婚的态度也很奇怪。艾莉森挖掘出了一些陈旧过时的态度，这是一些（不是全部）早期教士们的信仰，在艾莉森生活的时代，这些过时的观念通过与实际生活经验几乎没有关联的厌女书籍得以大肆传播。正如玛丽·卡鲁瑟斯（Mary Carruthers）所说，观众自会辨别出"她所说的话中的普遍真理"，以及她嘲笑教士关于再婚之说教的正当性。[25] 在艾莉森的第一句话中，她便告诉我们，她已经结过五次婚，"如果我能够这样频繁结婚"（《巴斯妇的引子》，7 行）——这提醒我们，有些人会挑战多次结婚的想法。在第二句话中，她说，有人告诉她，由于基督只参加过一次婚礼，这便表明人们都只能结一次婚（9—13行）。她的第三句话再次让我们想起《圣经》中的一则轶事：有一次，耶稣遇见了一位撒玛利亚妇人，并"责备"（16行）她，说她有过五个丈夫，而且，那个现在"拥有"她的男人"并不是你的丈夫"（19行）。艾莉森接着说，"我不明白他这说的是什么意思"（20行），然后，她问为什么第五个男人不是她的丈夫，质疑究竟允许女性有多少任丈夫，并批评男性对解释和"评注"（glosen）《圣经》的欲望（26行）。接着，艾莉森又回到她认为清楚明白的《圣经》文本，即"生养众多"的诫命（28行）以及离开父母去娶妻的诫命（31行）——强调上帝并没有提及任何反对结两次婚或者结八次婚的话（33行）。

这几行诗句中的信息量很大。在《圣经》中，撒玛利亚妇人的故事很明晰。它来自《约翰福音》第4章：

> 耶稣对她说："去，去叫你的丈夫来。"妇人答曰："我没有丈夫。"耶稣对她说："你说得对，'我没有丈夫'。因为你已经有过五个丈夫；而你现在拥有的那个男人，并不是你的丈夫。你这话是真的。"妇人对他说："先生，我看出来了，您是一位先知。"（16—19）

换句话说，这个妇人结过五次婚，现在，她正和一个并没有与她结婚的男人同居。奥古斯丁这样理解，他写道："这个妇人当时的确没有丈夫；但她正与某个男人处于一段非法的同居关系中，此人是个奸夫，算不上丈夫。"[26] 然而，奥古斯丁主要对这一场景的释经解释

（exegetical interpretation）特别感兴趣，他认为，五任丈夫就代表着五种感官，而其他人则认为，他们代表的是摩西五经（Pentateuch）的五卷书。德尔图良争辩说，耶稣实际上是在谴责多次结婚。[27] 哲罗姆则使这一错误更加复杂，他写道，耶稣"责备"妇人声称自己拥有第六任丈夫——这其实是无稽之谈，它在《圣经》中毫无依据。[28] 巴斯妇是真的误解了《圣经》经文，还是她意在通过援引哲罗姆的话来戏仿他呢？艾莉森说她"不明白"那是什么意思，以及"男性""上上下下地评注"这些经文的评论，表明她在取笑哲罗姆的解释——那不仅是歪曲的，而且显然是错误的。事实上，出于修辞的目的，哲罗姆曾在他的《驳约维尼安》中说了很多他明知道是错误的话。[29] 关于结八次婚的评论，也直接指向哲罗姆。

为了理解有关再婚的争论，我们有必要将其置于悠久的历史背景中审视。在《圣经》中，耶稣并未反对再婚。虽然圣保罗建议寡妇保持独身，就像他自己也独身一样，但他明确表示过再婚也没什么错："丈夫活着的时候，妻子是受律法约束的；丈夫若死了，妻子就可以自由：让她随心意再嫁吧；只是要嫁在主内。"①（《哥林多前书》7：39）在同一章中，圣保罗还建议："我对着没有嫁娶者和寡妇说，若他们能像我一样保持独身固然是好。倘若他们自己禁不住，就让他们嫁娶。"（8—9）保罗对婚姻的总体态度需要放在特定语境中来看，他致力于改变异教群体中对身体，尤其是对女性的态度。保罗传道时所处的世界，杀害女婴现象盛行，男性滥交和一夫多妻制是常态。彼时，女性受到贬损并一直被性化。诚然，保罗传道基

---

① 有关《圣经》部分的译文，是据本书英文版译出，并参考了采用简化字与现代标点符号的中文和合本。

督教信仰有多种因由，但也有部分原因是，他想通过强调人体之尊严将这个新兴教派与以前的信仰体系区分开来。此外，这一时期基督教对弱势群体的关注也使它对女性、穷人、少数族群和奴隶等极具吸引力。盖伦①（Galen）曾指出，关于基督徒，一件十分罕见之事是，他们并不滥交。[30] 虽然保罗的厌女症已被人们广泛讨论，例如，他规定妇女在教会中要闭口不言（《哥林多前书》14：34），他认为与其欲火攻心，倒不如嫁娶为妙（《哥林多前书》7：9），还认为妻子应该顺服于她们的丈夫（《以弗所书》5：22）等，但正如本书第二章所述，这些观点并非全貌。事实上，菲比就没有被要求在教会中保持缄默：保罗还派她从坚革哩（Cenchreae）去往罗马，代他本人在教会中解释他的布道话语（《罗马书》16：1—2）。

  对《圣经》的错误援引及断章取义在中世纪的厌女作品中甚嚣尘上。正如哲罗姆有选择地援引《圣经》来贴合他自己的观点一样，艾莉森所援引的部分也是最能贴合她观点的那半句经文："男人应该偿还他欠妻子的债"（130行②）——然而，这半句经文的上下文则清楚表明，它讲的是夫妻间的相互关系，并不是说一个性别要顺服于另一性别（如，"丈夫当用合宜之分待妻子，妻子待丈夫也要如此。妻子没有权柄主张自己的身子，乃在丈夫。同样，丈夫也没有权柄主张自己的身子，乃在妻子"[《哥林多前书》7：3—4]）。要之，保罗的观点要比教会权威或艾莉森所暗示的都更为复杂。

  在中世纪，比圣保罗的观点更为极端也更加臭名昭著的，是圣

---

① 盖伦（129—216），古罗马哲学家及医学家。
② 这里指《坎特伯雷故事集》中《巴斯妇的引子》中的诗行数，整句经文参考《哥林多前书》7：3。

哲罗姆的厌女症,特别是他的厌婚症(misogamy)。詹金阅读的那本"恶妻之书"以及许多同类的中世纪真实作品的核心,正是哲罗姆的著述。经过摘录和汇编后,哲罗姆那些骇人听闻的文本便广为流传。正如最近编撰哲罗姆作品的编辑所评论的那样,在今天,大多数人都会认为,哲罗姆在《驳约维尼安》中"被一种近乎神经质的对女性性欲的恐惧所驱使",并且"无法进行持续和系统的逻辑论证";此外,即使在哲罗姆自己的时代,这一作品也已"成为他的一个十分难堪的个人污点"。[31] 同样重要的是,我们得记住,哲罗姆是本着讽刺精神写出了这本令人反感的小书,而讽刺一般都会在极端观点上大做文章。哲罗姆对再婚的态度也理应放在他自己的人生中来瞧一瞧。艾莉森称他为"罗马的一个修道士"(673 行),这让我们想起哲罗姆一生中的一个特定时期。[32] 当哲罗姆在罗马时,他不仅与富有的寡妇葆拉以及葆拉的女儿欧多钦①(Eustochium)缔结了一种终生关系。385 年,他被指控性行为失范及意图猎取遗产等罪名,也就是说,他想要谋取女性的财产,特别是寡妇的钱财。这桩丑闻让哲罗姆不得不离开罗马。于是,他去了巴勒斯坦,葆拉也跟着去了。在接下来的 20 年里,哲罗姆和葆拉一直都维持着亲密伴侣关系,葆拉曾出资为哲罗姆建造一座修道院,也为她自己建了一座女修道院。葆拉还资助哲罗姆进行评注和翻译工作,与此同时,她自己则研习《圣经》原典②。在哲罗姆现存的 123 封信中,有 36% 都是写给女性

---

① 圣女欧多钦(Eustochium),也有译作"尤斯多琴"的,是圣妇葆拉之女。
② 指希伯来文和希腊文的原典《圣经》,此时的《圣经》多为从希腊文译介的拉丁文本,而哲罗姆首次直接将《圣经》从希伯来文译为拉丁文。除了希腊文,葆拉也学会了希伯来文。

的。³³ 显而易见，富有的寡妇不仅会被当作妻子来追求——她们的钱财可以另作他途，而且，毫无疑问，这也符合像哲罗姆这类男性的利益，他们想为教会或其所属教会保住这笔财富，所以，自然不会鼓励寡妇再婚而让钱白白流走。当然，这也并不是说哲罗姆就没有多重动机了——有些动机已被知晓，有些则尚未被人知晓。但了解哲罗姆对待寡妇态度的历史语境，特别能阐明他何以对再婚恶言相加。

虽然德尔图良等权威人士谴责再婚，但也有以奥古斯丁为首的权威支持再婚。在古典时代晚期，社会上普遍认为，再婚虽不太可取，但应被允许。彼时，婚姻还不属于真正的教会事务：要到后来，婚姻才成了一项圣礼①。在 12 和 13 世纪，当婚姻发展成第七项圣礼时，教会法普遍承认再婚的合法性，并且，对第二次婚姻或后续婚姻不作区分。但新婚祝福仪式仅限于初婚，当然，在实践中，牧师似乎还是有办法让初婚之后的婚姻也得到教会认可。³⁴ 此外，显而易见的是，寡妇也不必觉得她们的初婚要优于后续的婚姻。例如，在玛格丽特·斯托德耶漫长的寡居期间，她始终冠以第二任丈夫的姓氏而独树一帜，她还要求与第四任丈夫合墓。³⁵ 在中世纪晚期，英国婚姻规范的现实与"恶妻之书"、教皇法令或教会法中所想象的情景已十分不同。易言之，经验挑战了权威。

通过赋予一位多次结婚的女性以文学声音——并非单纯复述直白的厌女陈词——乔叟便为这个在他生活的时代处于社会中心，却

---

① 传统基督教派有七圣礼，除婚姻外，其他六项为：圣浸礼、圣体礼（即圣餐）、圣膏（坚振礼）、圣职礼（按立）、告解礼、膏油礼（终敷礼）。

在文本中被边缘化的人物创造了一个文学空间。在中世纪晚期，当一位已婚妇女的确写出一部作品时，印刷商却赶紧把身为作者的她改头换面成别番模样。1521 年，亨利·佩普韦尔（Henry Pepwell）出版了由他编辑且大幅删减的玛格丽·坎普的书，并将它收录进了一本灵修文集中。玛格丽是一位有着 14 个孩子的已婚妇女，她饱受有关男性生殖器幻想的折磨，想象自己与基督做爱，还露骨而痛苦地描写了婚内强暴细节。但在亨利·佩普韦尔对玛格丽的介绍中，他将她塑造成了一位面壁而祷的修女，在这本书的序言中，他还说玛格丽是位"虔敬的女隐修士"。[36]

但事实上，中年女性的婚姻经历通常不会被视作文学素材，而这也正是乔叟会对这样一个人物感兴趣的原因所在。《坎特伯雷故事集》的核心是"打断"（interruption）的理念。我们反复听到的是，一个权威人士的声音被那类通常没有什么机会发声——无论是在生活里，还是在文学中——的声音所挑战和打断。最著名的例子发生在《坎特伯雷故事集》第一组故事中。在总引之后，骑士（战斗者，第二等级的最高代表）先以高雅文风讲述了他的故事。旅店主人希望接下来由僧士（祈祷者，第一等级的最高代表）来讲述故事，但此时，磨坊主——下等阶层、粗俗且喝得醉醺醺——发起了口头抗议，他拒绝安分守己地待在位置上，拒绝等待轮次，也拒绝保持安静。磨坊主坚持要讲他的精彩故事，于是，等级观念完全消失了，因为在这一组故事的剩余部分，朝圣者们自行决定讲故事的顺序——另外两个社会底层的讲述者紧接在磨坊主之后，开始讲述他们的讽刺寓言（多指粗俗、低级、滑稽、充满狂欢色彩的故事）。在第一组故事结束之后，《坎特伯雷故事集》其余部分的顺序其实是不确定的。乔叟死时留下的是一部未及完成的文本,手稿的内部证据清楚地表明,他曾在不同时期改变了故事讲述的顺序以及由谁讲述哪一个故事。但很明显的是,在某一时刻——这可能是乔叟的最终意图——他构想了一个权威与打断平行的模式。在书中的第二组故事中,旅店主人邀请律师这位受人尊敬的城市人物来开场。至于律师要讲述哪一则故事,乔叟似乎改变了想法——起初准备让其讲述散文故事《梅利比》(Melibee),后来又换成让他讲述康斯坦斯(Constance)前往叙利亚、诺森伯兰郡(Northumberland)并返回罗马的故事。最后,旅店主人提议让一位神职人员讲述下一个故事(这次不是僧士,而是教区牧师)。然而,有人打断了故事的讲述。(在关键的埃尔斯米尔[Ellesmere]手抄本①和大多数现代版本中)下一个讲述故事的人是巴斯妇。[37] 打断者的身份尚不清楚。其信息已在手稿中被抹除了,各种版本的打断者有船长、法庭差役或者扈从。然而,正在说话的那个人——提到了他们"快活的身体",还说他们不想听教士"解释"福音,并且补充道,他们说话时不会用"古雅"(queinte)的术语或拉丁文雅称等——听起来确实很像是巴斯妇。[38](曾有一个学派和一些编者认为,应将《船长的故事》——最初是为巴斯妇准备的——放在该组的下一个位置。)[39] 那么,照这样看,手稿文本就是一团乱麻,但很明显的是,乔叟曾经设想过一个场景,在这个场景中,根据旅店主人的计划,律师的故事"应该"由牧师的故事来接上——但是,巴斯妇就像当初的磨坊主一样,强行插入

---

① 埃尔斯米尔手抄本是《坎特伯雷故事集》最精美的手抄本,也是英国文学中最著名的文学手抄本。约创作于1400年后不久,为研究乔叟作品提供了最原始、最权威的资料。现藏于美国亨廷顿图书馆。

了她自己的声音。《坎特伯雷故事集》的现代版本倾向于如此安排文本中的故事顺序。就像磨坊主一样，巴斯妇也体现了乔叟的特别兴趣，即把通常没有机会发声的人物推至台前，这强调的正是所有人（或者说几乎所有人）都有权利让他们的故事被听到。[40] 这两个人物角色也彰显了乔叟的创作兴趣——让这些非权威的声音来代替神职人员（如僧士和教区牧师）的言说。正如我们将看到的，读者经常能发现巴斯妇和磨坊主之间有很多相似性：在20世纪早期的一部戏剧中，他们俩最后甚至还结了婚。[41]

《巴斯妇的引子》中也有多次讲述被打断的情况，这非常清楚地表明，一个女人——即使是一个体面、富有的经商寡妇——想要在具有权威性的文本世界中言说是多么困难，因为反对她的"恶妻之书"堆积如山、威力无穷。那些打断完全来自男性神职人员：主要是卖赎罪券者（169—193行）和托钵修士（835—862行）。托钵修士接着又将法庭差役和旅店主人卷入论战，后者则坚称她有说话的权利。没有其他哪个朝圣者像艾莉森那样遭到如此多的打断。将巴斯妇的声音插入**文本**文化（*textual* culture）之中是颠覆性的创举。但在中世纪晚期英国的日常生活中，像乔叟这样的男性邂逅经济实力雄厚、结过多次婚的城市女性，尊重并倾听她们的故事，实乃再正常不过的事情。

第 4 章　讲故事的女人

女人不会写作；女人不会画画。

——弗吉尼亚·伍尔夫,《到灯塔去》(*To the Lighthouse*)

对我来说,《巴斯妇的引子》中最震撼的时刻出现在第 692 行,艾莉森问她的听众:"是谁画的狮子,请告诉我,是谁?"在这个关键的问题上,艾莉森推翻了主导她的引子以及支配整个中世纪教会和宫廷文学的那些权威们,仅通过指出他们是带有偏见且不可靠的。在这个非凡的时刻,艾莉森让她的听众意识到,经典作品不是经过公正筛选的,也不是客观的权威。与此正相反,事实上只有一种性别有机会讲述自己的故事。

艾莉森通过引用一则伊索寓言故事来指涉权威经典以男性为中心的本质。她对"人与狮子"故事的诠释,是前所未有的。中世纪晚期读者最熟悉的"人与狮子"的故事是那些在学校教室里教授的版本,例如阿维安努斯(Avianus)的拉丁文译本。在阿维安努斯的译本中,一位高贵的"猎人"和一头狮子在看到一块墓碑时发生了长时间的争执。在这座纪念碑上,一位雕塑家刻了这样一幅画面,一头狮子"顺服地低着脖子"并"伏卧在一个男人的怀中"。猎人便借用这一意象告诉狮子,他(he)不应该骄傲,因为这个雕塑表明狮子是被男人杀死的。狮子则回应说，人类真是自信自大得过于荒谬了，他们似乎认为以"艺术家笔下的作品"为证就是合理的。这头狮子还指出，如果狮子能够雕刻的话，那么，墓碑上展示的就该是男人被狮子吞噬的场景。这则寓言的寓意明显是，艺术是不可靠的，艺术家会偏向他们的同类。[1]

直到今天，艾莉森的这番揭露仍然切中肯綮并且能激起读者的共鸣，尽管女性写作的地位已然发生了一些变化和改善。在简·奥斯丁（Jane Austen）的《劝导》（*Persuasion*）中，安妮·艾略特（Anne Elliot）紧密呼应了巴斯妇的关切。当哈维尔上校（Captain Harville）评论说他读过的每一本书都证明了女人反复无常时，安妮回应道："拜托，请不要参考书中的例子。男性在讲述自己的故事时完全占据优势。他们的受教育程度要高得多；写字的笔一直牢牢握在他们手里。我不允许用书籍证明任何事。"（第23章）在弗吉尼亚·伍尔夫的《一间自己的房间》中，最著名的段落之一即作者虚构的莎士比亚的妹妹朱迪斯（Judith）——一位才华堪与莎士比亚比肩的女性——的故事，这个故事表明，就算历史上存在过一个女性莎士比亚，她也无法让人们听到她的声音。伍尔夫写道，"一个具有极高天赋的女孩，如果想要将她的天资用于诗歌创作，那她势必会受到其他人的阻挠和打压，更会被自己矛盾的本能折磨得支离破碎，以至于毫无疑问，她最后一定会失去健康和理智"（64页）。近年来，许多作家都讨论过这种对男性作者的持续性偏爱，例如，我们只消看看文学奖项中男女作家的提名比例、获奖书籍中男性主人公的压倒性优势，以及文学出版物中给予男女作家和评论家的版面大小即可知晓。[2]

许多中世纪的教士认为，女性和书籍之间存在着一种固有的对立，他们将女性描述为轻浮、愚蠢、耽于肉体、困于家庭的，与严肃、聪明、理性和知识性的书籍形成鲜明对比。一个重要例子出现在理查德·德·伯利（Richard de Bury）的《书之爱》（Philobiblon）中，该书大约成书于1345年，其中书籍本身化身批判者，谴责了与女性住在一起的教区牧师，它声称这些女性攻击书籍、认为书籍是无用的，并想拿书籍去换取布料和衣裳。这一论调的基础是认定女性没有智识并且阻碍了男性治学，然而，对女性的这种攻击，实际上也清楚地表明了为何女性有正当理由去鄙视大多数书籍。《书之爱》称女人为"两足野兽"，比"角蝰①和蛇怪②"还要更糟糕，并且承认了书籍的"核心本质"的确和女性格格不入，还将极端反女权主义者泰奥弗拉斯托斯和瓦莱里乌斯的文本奉为圭臬。[3]因此，我们完全能够逆向解读这个文本，并且也能看到，真正的问题在于书中一贯的反女性（anti-women）偏见——而不是所谓的女性没有智识的偏见。

12世纪时，一位女作家玛丽·德·弗朗西（Marie de France）改编了"人与狮子"这个寓言故事，在其中添加了一个新的元素——但引入的这个元素是阶级，而非性别。在她的改编版中，男人是一个"隶农"（vileins）——一个普通人——而狮子具有高贵的血统。男人给狮子看了一幅人杀狮子的画作，狮子则带他到国王的宫殿，让他目睹了一个奸诈的男爵被投喂给狮子的场面。接着，狮子

---

① 生长在干燥沙漠地带的一种毒蛇。
② 欧洲传说中的一种怪物，形似龙和蛇。传说只要被它看见，就会立刻毙命。

将这个男人带到沙漠，保护他免受另一头狮子的攻击，从而展示了它自己的高贵（nobility）和高贵品行。然后，玛丽以她的寓言故事告诉我们，我们不应该关注绘画或寓言——它们都是"谎言"和"幻觉"。像阿维安努斯一样，她强调了艺术的不可靠性，削弱了它的权威性，但同时她也提醒我们，艺术的创造取决于各种各样的权力。[4]

这些寓言在中世纪晚期广为人知，所以巴斯妇只需简单地提到狮子，就能让她的听众想起这个故事。但是，在将故事与厌女症联系起来并公开阐明经典作品中的性别问题时，巴斯妇的确做了全新的尝试。在讨论学士对女性，特别是对妻子的仇恨时，她巧妙地将她的援引插入其中。在详细介绍了她丈夫读的那本"恶妻之书"——其中包含《书之爱》中称赞的那些作家（詹金为这本书起名为《瓦莱里和泰奥弗拉斯托斯》）——之后，艾莉森说，"请相信，这是不可能的 / 没有哪个读书人会说妻子的好话"（688—689 行）。然后她又问，"是谁画的狮子，请告诉我，是谁?"（692 行）这让我们明确认识到，在读那些"恶妻之书"时，我们一定要好好思考作者的写作动机和背景。在下一个铿锵有力的句子中，艾莉森想象出了一部另类经典：

> 天哪，如果女人能够写故事，
> 类似教士在经堂中讲的那种典故，
> 那她们将会写出的男子之罪恶
> 亚当的所有后代都无法赎清。（693—696 行）

第 4 章 讲故事的女人　83

通过最初的那声"天哪",艾莉森强势地将自己的声音插入叙述之中,提醒我们她的确在讲述自己的故事。她继续讲了下去,通过假设的"如果"以及虚拟语气"将会",她想象出了一个不同的书写系统,一个女性能够像学士一样拥有书写的自由和特权的世界,并且在这个世界中,女性有同样的机会接触读者以及知晓书籍保存和制作技术。重要的是,艾莉森在这里并不是想让女性与男性对立;相反,她在让女性对抗一个特定的男性群体——学士。这些男性常常隐居在教堂,献身于教会,虽然他们年轻时可能也有过滥交行为,但他们现在(即在他们通过写作反对女性的时候)是阳痿的。艾莉森心目中的那种学士,"难行爱神之事,还不如一只旧鞋有价值"(707—708行)。换句话说,这些学士想行房事却力不从心,甚至不如一只旧鞋,而且他正因自己的无能而心生怨恨。艾莉森斩钉截铁的语气——"还不如一只旧鞋有价值"——再次坚决地提醒我们,这是她自己的声音,这是一个女性角色正在逆势而上,滔滔不绝地讲述她自己的人生故事。

在中世纪晚期,一位女性写作、讲故事或者参与文本文化会有多不寻常呢?同时代的观众对艾莉森的这一方面——作为女性讲述者——又会有何反应?大卫·华莱士(David Wallace)表示,乔叟对女性雄辩的兴趣是他创作中最"独特"的方面。[5]贯穿整个中世纪时期,北欧女性其实都深度参与了文本文化:如今,我们将她们视为赞助人、书主人、写信者、翻译家、评论家和合作者;有时候,她们似乎也以抄写员和插图师的身份从事书籍制作。[6]正如伍尔夫所论,虽然匿名作者确实经常是女性,但女性作家往往缺乏被承认为具名作者所必备的权威。[7]就算她们把自己的名字写入文本中,那些名字也会以十分巧妙的方式被系统性地抹去。⁸这种特别的焦虑集中在受过教育的女性身上,她们并非不谙世事的少女,而是涉足过性经济领域并且渴望成为作家的女性——从爱洛伊丝(Heloise)到玛格丽·坎普,皆是如此。

在乔叟的生活中也充斥着各种各样的女性赞助人,尽管他本人在很大程度上是一位避免直接赞助的诗人。在乔叟人生的前25年中,埃诺的菲利帕(Philippa of Hainault)是英国王后,她来自一个文化中心,并且是一位艺术和文学赞助人,傅华萨①(Froissart)认为,是她将乔叟造就成了一位诗人。⁹爱德华和菲利帕的宫廷深受埃诺地区文学文化的强烈影响,他们提携了很多来自菲利帕家乡的诗人,比如让·德·拉·莫特(Jean de la Mote),这种宫廷环境也是乔叟早期诗歌发展的关键环境。¹⁰乔叟现存最早的诗《公爵夫人之书》(*The Book of the Duchess*)是为了纪念兰开斯特的布兰奇(Blanche of Lancaster)之死而作,布兰奇可能在某种程度上赞助过他。晚年,乔叟提到过波希米亚的安妮②(Anne of Bohemia),在《贤妇传说》中,他的化身(avatar)奉命将这本书献给"[……]在埃尔瑟姆(Eltham)或舍恩(Shene)的王后"(《贤妇传说》引子,F版,496—497行)。尼古拉·麦克唐纳(Nicola McDonald)对安妮和理查宫廷中充满诗歌和性爱的游戏世界进行了引人入胜的描写,在这个由女性主导的世界里,下流笑话、诗意谜语和寻欢作乐是常态。¹¹乔叟的同时代人,比如琼·德·博恩(Joan de Bohun),拥

---

① 傅华萨(约1337—1405),法国著名编年史作家。他24岁到英国,为爱德华三世的王后菲利帕服务。代表作有《闻见录》(*Chronicles*)。
② 理查二世的王后。

有并委托他人制作书籍，如霍克利夫的《处女之诉》（Complaint of the Virgin）就是献给她的，她的女儿们也是很多有文化的、收藏书籍的家庭的一家之主。她的一个女儿玛丽，嫁给了亨利·博林布鲁克①（Henry Bolingbroke），她拥有一本法文版《兰斯洛特》（Lancelot）和《诗篇集》（Psalters）。她的另一个女儿是埃莉诺，她嫁给了伍德斯托克的托马斯（Thomas of Woodstock），并成了格洛斯特公爵夫人（duchess of Gloucester），她将许多书籍都遗赠给了她的孩子们，其中就包括浪漫传奇、君主镜鉴（a mirror for princes）和宗教书籍。另一位14世纪晚期的公爵夫人，约克的伊莎贝尔（Isabel of York），给她的儿子留下了一本马肖的诗集和另一本关于"兰斯洛特"的书；而在15世纪初，伊丽莎白·伯克利（Elizabeth Berkeley）还曾委托别人翻译了一本波爱修斯的作品。[12]

乔叟的侄女琼和他的孙女爱丽丝是很有意思的例子，她们是出身优越的中世纪女性，以社会可接受的方式参与文学文化。琼·博福特是冈特的约翰和凯瑟琳·斯温福德夫妇最年幼的孩子，因此也是乔叟的妻子菲利帕（凯瑟琳的妹妹）的侄女。1396年，在教皇和议会承认琼和她的兄弟们的合法地位之后，琼嫁给了第二任丈夫威斯特摩兰伯爵（earl of Westmorland）拉尔夫·内维尔。琼与许多重要的中世纪晚期作家都有联系，包括世俗的和精神的。1430年，她得到了一部高尔的英语作品——大概是《情人的忏悔》。琼还拥有一本包含了《耶路撒冷编年史》（The Chronicles of Jerusalem）和《布

---

① 即后来的英格兰国王亨利四世。

永的戈弗雷①东征记》(*Le viage de Godfrey Boylion*)的书,她曾将这本书借给亨利五世国王。1426年,她继承了一本叫作《特里斯坦》(*Tristram*)的书,这是一部浪漫传奇,可能是用英文写的。琼也是托马斯·霍克利夫的一名赞助人——或者说,潜在赞助人——后者曾将自己的一本诗集题献给了她。这本由霍克利夫亲笔书写的书至今仍然存在,包括了一组名为《系列》(*Series*)的诗歌。[13] 这是一本特别引人入胜的诗集,它从详细描述诗人精神健康状况的自传体诗歌开始,继而讲述了他的一次精神崩溃和恢复的过程。在这本书的最后一首诗《约拿单的故事》(*Tale of Jonathas*)的结尾,出现了一节写给琼的诗:

> 去吧,小书 / 去到那尊贵卓越之处
> 我的威斯特摩兰夫人那里 / 且和她说
> 她谦卑的仆人 / 带着所有的敬意
> 向她的高贵献上自己
> 并代我恳求她 / 祈求她
> 将你收下 / 为了她自己的仁德
> 并且你要在各个方面留意
> 尽你所能 / 博得她之青睐
> 谦卑的仆人
> 致您仁慈的高贵
> T. 霍克利夫[14]

---

① 布永的戈弗雷(约1060—1100),著名的十字军领袖,1099年曾率军攻陷耶路撒冷。

霍克利夫显然是希望琼能够帮助他，说不定他也已经受到了琼的鼓励与照拂。他在这里使用了一个著名的譬喻，乔叟在《特罗勒斯与克丽西德》的结尾也使用过它——"去吧，小书！"——并把这本书作为他的代祷者（intercessor），恳求琼毫无偏见地"在各个方面"（in al manere weye）阅读。在其他地方，我们也看到霍克利夫为他的诗歌想象出了一群女性读者：在《系列》组诗的前半部分，当霍克利夫提到他的赞助人汉弗莱公爵（Duke Humphrey，琼的侄子、亨利五世的兄弟）的时候，他描绘了一个场景：汉弗莱将他的书展示给女性朋友们。霍克利夫写道，由于汉弗莱"为了消遣和娱乐，正派地与女士们交往"，因此，"这本书或许会被展示给她们"（D 703–707）。[15]

琼也可能有一些包含灵修文本的手稿；尽管她究竟真的拥有哪些手稿还证据不足，但她很可能拥有一本理查德·罗尔①（Richard Rolle）的《受难沉思录》（Meditations on the Passion）。这份15世纪早期的手稿上写有她的名字，但签名很明显是后人添加的。[16]最有趣的事情是，我们知道，琼曾亲自与英国最早署名的女作家之一——玛格丽·坎普有过私交。琼大约在1413年认识的玛格丽，当时她召见了玛格丽，根据《玛格丽·坎普之书》的记载，琼对这次会面很满意。玛格丽引用了一位审问她的牧师的原话，声称牧师说琼"喜欢你的话"，但随后他又批评了她，指责她建议琼的女儿格雷斯托克夫人（Lady Greystoke）离开她丈夫（第54章）。这次会面发生在玛格丽口述其自传的数十年前，但特别吸引人的是，琼这样一位博学

---

① 理查德·罗尔，14世纪英格兰神秘主义作家。

多才、拥有书籍的女性，特意去见了另外一位女性，而后者对《圣经》和宗教著作都很熟稔，并且后来成为一名作家。两位女性的这次会面所引发的具体指控完全在预料之中：人们认为，当女性聚在一起时，她们是不值得信任的，她们肯定在密谋反对男性，她们期望看到父权社会的崩塌。

托马斯·乔叟是琼的表兄，尽管托马斯·乔叟要比琼年长十多岁，但他们整个童年时期都在同一个群体中生活。乔叟、博福特和斯温福德三家的孩子们，有很多时间都是与冈特的兰开斯特家族的合法子女们——包括未来的国王亨利四世——一起度过的，而且有证据表明，这些异父/母的兄弟姐妹和堂表亲之间关系密切。虽然琼的子女中包括一些拥有书籍的女性——例如，约克公爵夫人塞西莉，她是爱德华四世及理查三世的母亲；白金汉公爵夫人安妮；以及凯瑟琳，我们在上一章中提到过她和十几岁的丈夫的故事。托马斯的女儿爱丽丝，诗人乔叟唯一的孙女，也是一位著名的文化赞助人。[17] 爱丽丝拥有许多书籍，其中一些是宗教的，也有一些是文学的；有一张爱丽丝签过名的便条被保留了下来，便条上写的是，她要求将她的书籍从靠近地面、易受损的一个壁橱转移到更加安全的地方，这证明了爱丽丝个人对书籍的关切。[18] 与此类似，还有一个事实是，她的某本书被描述为"以新黄铜扣装订"，表明这本书已经被使用和修复过，而且她一直在阅读和悉心保管她的书籍。我们所知道的爱丽丝拥有的"文学"书籍，其实是一份有趣的经过筛选的书单。1466 年，在爱丽丝的晚年，有一批书籍从萨福克公爵的宅邸温菲尔德（Wingfield）搬到了爱丽丝的出生地和她最喜欢的家埃维尔姆（Ewelme）。这批书包括七本文学书籍。其中有：一本"字迹潦草的圣徒传奇"（a "quare of a legend of Ragge hande"，一部圣徒传，要么是用潦草的笔迹写的，要么是有关女性教育家圣拉德贡德［Saint Radegund］的）；一本法文版的《埃蒙四子》（quaterfitz Emond），一首关于查理曼大帝的纪功诗歌（*chanson de geste* concerning Charlemagne）；博韦的樊尚（Vincent de Beauvais）的《论君主的道德原则》（*De morali principis*）；纪尧姆·德·蒂尼翁维尔（Guillaume de Tignonville）翻译的法文版《哲人箴言集》（*Ditz de philisophus*）；利德盖特（Lydgate）翻译的《人生朝圣之旅》（*Pelerinage de la Vie Humaine*）；克里斯蒂娜·德·皮桑的《女士之城》（*Citee des Dames*）；最后一本是关于"田园诗歌"（temps pastoure）的法语书，可能是克里斯蒂娜·德·皮桑的《牧羊人的故事》（*Le Dit de la Pastoure*）。[19] 这是一个兼收并蓄的组合，既有法语作品又有英语作品；体裁多样，包括浪漫传奇、哲学、圣徒传和寓言故事；既包括经典文本也包括当代文本。

爱丽丝同样与诗人有良好的私交关系，其中最著名的就是利德盖特。爱丽丝曾委托他创作了《弥撒的美德》（"Virtues of the Mass"），牛津圣约翰学院收藏的手稿中包括这样的献词："遵照尊贵的萨福克伯爵夫人的邀请，自这里开始，伯里修道院修士约翰·利德盖特以母语阐释弥撒之文。"[20] 事实上，爱丽丝与利德盖特的关系可能相当深厚：在15世纪初期，利德盖特为爱丽丝的父亲托马斯写过一首叙事诗，而利德盖特也是她祖父乔叟的一位细心读者和模仿者。利德盖特的手稿中都带有爱丽丝第二任和第三任丈夫的所有权标记，或许这与爱丽丝本人有着更直接的关系，而且她可能已经将这位诗人或他的作品引荐给了索尔兹伯里和萨福克。[21]

爱丽丝也是牛津大学的一位捐赠者，该大学距离她钟爱的埃维尔姆宅邸只有几英里距离，在这里，她通过创办一所学校推动青少年教育。在她丈夫被谋杀的四天之后，牛津大学曾致信她，称她是"我们最特别的恩人和独一无二的女士"。1454 年，一封来自牛津大学的信感谢爱丽丝捐赠的书籍和黄金等礼物，以及用于建造神学院（the Divinity School）的 20 英镑赠款。另一封牛津大学的感谢信是自 1461 年保存下来的，感谢爱丽丝"高贵而显著的礼物"。[22]

如果说这样一位受过良好教育、有文学修养的女性不知道自己祖父的诗歌，那将是怪事一桩，虽然我们没有这方面的直接证据。一些评论家表示，爱丽丝"毫无疑问"拥有一本制作精良的《坎特伯雷故事集》；有些人甚至暗示，所有乔叟手抄本中最为著名的埃尔斯米尔手抄本与爱丽丝和威廉·德·拉·波尔手稿之间可能存在某种关联。[23] 要是能知道爱丽丝和其他早期女性读者是如何看待巴斯妇的，那肯定会很有趣，可惜我们尚缺乏证据。我们只知道，女性一直是乔叟的读者群中的一部分，而且在 15 世纪，有很多女性（包括玛格丽特·博福特夫人，她是亨利七世的母亲，也是乔叟妻子的侄子约翰·博福特的孙女）拥有《坎特伯雷故事集》的手抄本，但不幸的是，我们目前已经找不到这些女性有关艾莉森的对话了。[24]

因而，我们有充分的证据表明女性对书籍很感兴趣：她们赞助作者，拥有并且阅读书籍，她们也参与文学文化。但是，现在很难找到有关在中世纪欧洲创作的具名女性作家的证据。正如黛安·瓦特（Diane Watt）等评论家所表明的那样，其中部分原因是，女性的文本经常被男性作家改写和挪用，而彼时的女性作家"会被贬为不值得重视的作家，于是，她们在文学创作中的重要作用就一再地被

第 4 章 讲故事的女人

忽视、无视和遗忘"。²⁵ 一般而言，女性缺乏被视为"作者"——权威的守门人——的权威。艾莉森本人确实提到了一位著名的女性作者，但她提到的这位作者是"恶妻之书"中的一位作者，她也是厌女思想或反婚主义的一位支持者。那位作家就是爱洛伊丝："爱洛伊丝/巴黎附近女修道院院长。"（677—678行）艾莉森还提到了特罗图拉（Trotula）——一位11世纪的女性作家和医生，撰有妇科论著，当然，没有直接证据表明乔叟知道她的作品。

乔叟肯定是从《玫瑰传奇》中得知爱洛伊丝和她的作品的，虽然也有可能是从其他资料中了解到这些。让·德·默恩在书中将爱洛伊丝作为嫉妒的丈夫所援引的例子，嫉妒的丈夫是一个被朋友想象出来并进行嘲笑的角色。这位嫉妒的丈夫慷慨陈词，给出了一系列反对婚姻的例子——他将爱洛伊丝的论点，以及讲述她与阿贝拉尔（Abelard）关系的故事紧接在由沃尔特·马普讲述的瓦莱里乌斯的故事之后（"恶妻之书"又被詹金叫作"瓦莱里和泰奥弗拉斯托斯"）。在《玫瑰传奇》中，爱洛伊丝被形容为"天资聪颖且博览群书"，是一位"埋首学习"并且"博学多才"的女性。与此同时，让·德·默恩还强调了一个事实，即爱洛伊丝反对婚姻，在情人阿贝拉尔希望他们能够结婚时，她表达了强烈的反对。书中的那位朋友说道，爱洛伊丝"通晓女性之道，因为她自己就拥有这一切"，而且，只有她独特的博学多识（他说，"我认为，自她之后，再也没有出现过这样的女人"）使她能够"征服和克制她的天性"。他告诉我们，爱洛伊丝认为，性快感只有在稀有的时候以及在关系没有因"主权和支配"问题改变时才会更加强烈，她希望阿贝拉尔和她自己都能够学习，而不受束缚。²⁶ 于是，爱洛伊丝就这样被呈现为哲学上的厌婚主义者群体中的一员。[27]

这个版本背后的故事最早是在阿贝拉尔和爱洛伊丝 12 世纪的通信中讲述的，其中包括阿贝拉尔的《受难史》(*Historia Calamitatum*)。[28] 于是，他们这段不光彩的恋爱关系及其惨烈结局变得臭名昭著。阿贝拉尔是一位著名学者和教士，他起初寄宿在巴黎的富尔贝尔（Fulbert）的家中，并开始教导富尔贝尔的年轻侄女爱洛伊丝，后者此时已经是一位著名的知识分子，随后，他们开启了一段充满激情的恋爱关系。当有关他们关系的谣言传开，爱洛伊丝也怀了孕时，阿贝拉尔将她打扮成一名修女并匆忙送出巴黎，与他的亲戚住在一起，爱洛伊丝在那里生下了他们的儿子。爱洛伊丝的亲属们向阿贝拉尔施压，要他娶她，虽然阿贝拉尔本人愿意，但是，爱洛伊丝坚决反对这个主意，她鄙视婚姻制度，并且反感两人共同过上家庭生活的设想，她认为，这不可避免地会带来对女性智识的剥夺。阿贝拉尔坚持要结婚，最后他们也结婚了，但前提是婚姻必须保密。然而，富尔贝尔开始在全城散布这则消息并放出了各种威胁，于是，阿贝拉尔现在只得将爱洛伊丝转移到阿让特伊（Argenteuil）的修道院里。富尔贝尔以为阿贝拉尔已经抛弃了爱洛伊丝，于是，他派亲信去惩治阿贝拉尔：他们残忍地攻击了他，并阉割了他。在这场暴行之后，阿贝拉尔便做了一名僧士，爱洛伊丝也成了一名修女，尽管她仍然饱受性欲和挫败感的困扰。后来，阿贝拉尔将一座女修道院赠予爱洛伊丝和她的修女姐妹们，并且他们有一系列的通信往来。

爱洛伊丝从她自己的信件及他人的信件和描述中浮现了出来，我们可以看到，她是一个复杂而又迷人的人物。她不是某些现代读者希望寻找的那种原始女权主义者。例如，在写给阿贝拉尔的一封信中，她详述了人们对阿贝拉尔做的一切恐怖之事，将自己视为罪魁祸首，并引用了《圣经》中的厌女内容：

> 对我来说，这是多么痛苦啊——生来就被当作造成这种罪行的罪魁祸首！毁掉杰出男性是我们女人的宿命吗？因此，《箴言》中才对女性发出警告："但现在，我的儿，听我说，注意听我的话：不要让你的心受引诱而着了她的道，不要入了她的迷途；她击伤并推倒了很多人，连最强壮的人也都成了她手下的牺牲品。她的房子是通往地狱的道路，能将人导向和带入死亡的门户。"同样，在《传道书》中这样写道："我试探一切……我发现女人比死亡还要更加令人痛苦；她是一个陷阱，她的心是一道网，她的双臂是锁链。蒙上帝喜悦的人就会逃脱她，但是，罪人都会是她的俘虏。"（第 4 封信，66 页）

紧接着，爱洛伊丝还援引了《圣经》中一长串老生常谈的诱惑女性的例子，比如夏娃、大利拉（Delilah）和约伯的妻子（Job's wife）等。但在很多时候，爱洛伊丝也暗示，问题不在于性欲或性行为本身——他们真正的错误在于结婚，这是她一直抗拒也永远不会赞同的事情。爱洛伊丝坚称，她永远会"选择爱情而不要婚姻，宁要自由而不要枷锁"，而且她说自己宁愿做一个"情妇或妓女"，也不愿做一名妻子。她直接对阿贝拉尔说，"除了你本身，我从未在你身上寻求其他任何东西"（第 2 封信，51 页）。虽然在信中的某些地方她也接受通奸是罪的观点，但爱洛伊丝的主要关注点还在于婚姻是一种束缚，以及婚姻对于那些想要体验精神生活的人来说有害无益。阿贝拉尔在遭到阉割并转向一种虔诚的宗教生活之后，也附和了爱洛伊丝的这一观点，并且向爱洛伊丝强调，她现在终于可以"翻阅圣书"，而不必处理"女性工作的那种无名的堕落了"（第5封信，84页）。在爱洛伊丝的信件中，她对性的渴望反复出现，她向阿贝拉尔坦言，她的思想"仍然保留着犯罪的意愿，并会因为旧的欲望而熊熊燃烧"，她说她不断地想着"恋人之间的欢愉"，几乎无法将这点"从记忆中抹去"（第4封信，68页）。从信件中显现的爱洛伊丝是一个既想要智性生活、又想要性生活的女性，一个蔑视婚姻制度与规范社会的枯燥道德规范的女性。在诸如《玫瑰传奇》和虚构的"恶妻之书"等文本中，爱洛伊丝被援引为一种权威——但是，这一权威地位源自她的反婚立场和（一定程度上）厌女的观点。

然而，这只是对爱洛伊丝的部分看法。她是一位受过高等教育的知识分子，她的信件彰显了其精湛的散文写作技巧和杰出的论证能力，她还是一位精通古典和《圣经》传统、熟谙写信艺术的作家。康斯坦特·缪斯（Constant Mews）指出，自从让·德·默恩对爱洛伊丝和阿贝拉尔进行诠释以来，作家们一直倾向于关注他们的爱情故事，而忽略了他们还是"专注于研究语言、神学和伦理学问题"的思想家这一事实；芭芭拉·纽曼（Barbara Newman）将这些信件描述为从根本上论"良知和意识"的文本。[29] 在爱洛伊丝自己的时代，她被公认为学者和作家。阿贝拉尔告诉我们，当他第一次见到爱洛伊丝时，她已经"在这整个国家赫赫有名"，因为"在学问上，她的成就无人能及"（《受难史》，10页）。很久之后，尊者彼得（Peter the Venerable）说，爱洛伊丝在追求学问的道路上已经"超越了所有女性……并且［也已经］比几乎所有男性都走得更远了"。[30] 休·梅特尔（Hugh Metel）写信给爱洛伊丝称，"通过创作，通过作诗，通过在新的词语组合中更新人们早已熟稔的词汇"，她已经"克服了女性的弱点"，并且"在男性的力量中变得坚强"。梅特尔的这则评论值得玩味，因为它承认爱洛伊丝是一位成就卓著的诗人和文字匠人。[31]

然而，爱洛伊丝是一名作家的事实遭到了持续且顽固的抵制。对她的偏见始于让·德·默恩，尽管他认可爱洛伊丝的才智，但他主要还是对她的反婚观点和个人经历更感兴趣。然而吊诡的是，在最近几个世纪中，历史学家、神职人员和评论家们却都对爱洛伊丝的作者身份提出怀疑。19世纪刊行的书信集会在扉页抹去爱洛伊丝的名字，一些男性开始公开声称这些信件压根不是爱洛伊丝写的，并暗示它们是由僧士所作。20世纪30年代，学者艾蒂安·吉尔森（Etienne Gilson）在其演讲中指出，阿贝拉尔和爱洛伊丝是基督教神学和异教世界的隐喻。[32] 20世纪70年代，约翰·本顿（John Benton）先是提出阿贝拉尔和爱洛伊丝之间所有的信件都是伪造的，后来他又改变了这个观点并指出，双方的信件都是由阿贝拉尔撰写的，他想证明"没有适当的男性指导，一个女人就会显现出肉体的弱点（carnal weakness）"。[33] 事实上，曾有一大波评论家都"执着于将女性置于其位"，即使爱洛伊丝的作者身份已然是板上钉钉的事实，他们却依然加以否认，这主要是基于他们对"中世纪女性可能有何思想以及会写出什么作品"有着根深蒂固的狭隘观念和厌女看法。有一位男性评论家的策略略有不同，他认为，这些信件是不是由爱洛伊丝所写这个问题是"次要的"，因为它只涉及"女性历史"，或者说，实际上只涉及"情感历史"。这种观点其实严重无视了女性经验的重要性，同样令人震惊的是，这也是将女性经验等同于"情感"的一种托词。[34]事实上，正如芭芭拉·纽曼所犀利论证的那样，没有任何理由去怀疑爱洛伊丝的作者身份，这在所有手稿中都已经得到了证明，而且，爱洛伊丝的手稿并没有受到其同时代人的怀疑，彼时的人们都交口称颂她的写作技巧。

事实上，我们有充分的理由推测，爱洛伊丝还写了很多很多其他的信件和诗歌。《两位情人的书信集》(*Epistolae duorum amantium*)中收录了一百多封信件和诗歌，这可能代表了阿贝拉尔和爱洛伊丝早期的通信。[35]现存手稿是 15 世纪晚期的手稿，主题是一位年长的男教师和一位年轻的女学生之间的爱情，这（令人沮丧地）在书信写作传统中算是一个很流行的主题。[36]然而，这些文本的语言和所涉知识不仅与 12 世纪的年代完全一致，而且某些特定方面也表明它们"完全契合"爱洛伊丝和阿贝拉尔的作者身份。例如，康斯坦特·缪斯在一个引人入胜的论证中表明，女性作家对"guttula scibilitatis"（一滴可知性）这个术语的使用，采用了阿贝拉尔独创的新词（scibilitas），并将它与《雅歌》中的意象相融合，创造出一种可知性如蜜从智慧的蜂巢中滴落下来的意象。缪斯表示，想象除了爱洛伊丝以外的任何人以这种方式发展阿贝拉尔的语言，都将是"十分牵强的"。[37]更普遍地说，信件作者对西塞罗、奥维德和《圣经》等原始资料的运用，与爱洛伊丝后期写作的影响一致。此外，"dilectio"（基于选择的爱）这个概念的发展——可在男女之间显现的爱（西塞罗曾认为，它只与男性之间的关系有关）——也完全契合爱洛伊丝的爱情哲学。

19 世纪和 20 世纪的一大群男性都在极力否认爱洛伊丝是一位

作者，他们被一种假设所驱使，即中世纪"女性不会写作——尽管有充分的证据证明该观点的反面才是真相"。[38] 纵观历史，当我们审视其他女性时，压制或限制女性作者声音的类似企图也很明显。最著名的英国中世纪女作家是玛格丽·坎普，她在 15 世纪 30 年代口述了她的自传。当温金·德·沃德（Wynkyn de Worde）在 1501 年选择将其印刷出版时，他出版的其实是一个经过大幅删减和修改的版本，删除了文本中所有更为个人化和更有趣的部分，并将其变成了一个标准的——更简短的——关于灵修沉思的选集，并取名为《简论上帝耶稣教导的沉思》(*A shorte treatyse of contemplacyon taught by our lorde Ihesu*)。正如我们在上一章中所看到的，亨利·佩普韦尔在 1521 年重印该文本时走得更远，他甚至将玛格丽变成了一名女隐修士。[39] 玛格丽的生活不仅被她在性经济中的根基所主导，还被她的奢侈旅行所主导，远至圣地①：认为她是一名女隐修士的想法是很荒谬的，因为按其定义，女隐修士只会待在一个地方。早期的书籍印刷商将玛格丽转变成了被准许思考和写作的那类女性（即一位虔诚的女隐修士），并给予她女性可以探讨的那些主题，通过这样做，他们就使得玛格丽变得"安全无害"了。20 世纪 30 年代，在巴特勒 – 鲍登家庭（Butler-Bowdens）的豪宅中举办的一次喧闹的乒乓球游戏期间，玛格丽的书被人发现，当时，评论家们对她的真实面目感到失望，而她名声的恢复还需要很长一段时间。[40] 鉴于玛格丽只是口述了她的自传，所以，围绕她是否可以"真正"被视为作者的争论仍在继续。

---

① 指耶路撒冷。

在挑战以男性为中心的经典的志趣上,与虚构的艾莉森最为相似的一位女性作家是乔叟的同时代人——克里斯蒂娜·德·皮桑——她的生活和社交圈与乔叟有许多耐人寻味的交集。克里斯蒂娜·德·皮桑是中世纪最有趣的女性之一,也是最具原创性和多才多艺的中世纪作家之一。她于1364年左右出生在威尼斯,一生中的大部分时光都在法国宫廷中度过,她自小便随家人移居巴黎,当时她父亲在查理五世手下担任顾问和占星师。克里斯蒂娜是一个受过良好教育的女孩,她父亲特别鼓励她钻研学问。她十几岁时就结婚了,并生育了三个孩子。当克里斯蒂娜二十岁出头时,她父亲去世了,而且没过几年,她就成了寡妇。由于兄弟们都搬到了博洛尼亚(Bologna),25岁左右的克里斯蒂娜身边就只剩下三个年幼的孩子、她的母亲以及其他需要依靠她的人;她不断受到诉讼的困扰,并被拒付应得的款项。她的回应是,决定成为一名职业作家来养活自己和家人——这是一个真正大胆而又非同寻常的决定。在接下来的几十年里,她创作了很多文学作品,包括《女士之城》、《三德书》(Book of the Three Virtues)、一本(被委托创作的)查理五世传记、一系列对《玫瑰传奇》展开攻击的檄文,以及第一首关于圣女贞德的诗歌。她的许多作品都包括一些自传性内容,而且她经常为女性辩护并讨论文学文化中的厌女症。[41]

像巴斯的艾莉森一样,克里斯蒂娜直接点明了经典对女性的偏见,最引人注目的场景出现在《女士之城》的开篇部分。她描述了这本书的创作缘起,想象了这样一个场景:她坐在书房里,被书籍环绕,正在阅读马特奥卢斯的一卷书。她一边阅读,一边开始思考,为什么那么多男性写了关于女性的坏话,为什么那么多权威书籍似乎都在"异口同声"地全然谴责所有女性。克里斯蒂娜想到了她自己和她认识的所有女性,但她还是无法理解这一点,从她的个人经历中,她找不到任何证据能够表明女性会是权威文本所描绘的那种生物——但这里的前提是,我们得假设这些著作一定是正确无误的。接着,在书中,现在有三位女性(分别是理性[Reason]、公正[Rectitude]和正义[Justice])来看望克里斯蒂娜并安慰她,跟她解释说,女性之所以如此长期地受到如此不公平的攻击,是因为没有人为她们辩护。女性始终承受着"无数向她们袭来的不公正且无耻的口头和书面攻击",却没有一个人写出另一方的故事。现在,克里斯蒂娜被要求这样做,去写关于"名声好且值得称赞"的女性。她的任务就是创建一座女士之城,一座可以保护女性免受攻击的安全堡垒,此外,这样做也可以对抗那顽固的厌女症的体系结构。[42]

克里斯蒂娜对"是谁画的狮子"这个问题的关注也体现在她的其他作品中——事实上,性别化的作者身份问题一直是她关注的焦点。例如,在《致爱神书》(*Epistre au Dieu d'Amours*)中,丘比特断言教士作家们对女性所知甚少。接着他说:"如果说书中充斥的故事/[厌女症的教义]……/对此,我只能说,这些书/并不是由女性创作的。"他还补充道:"然而,如果是女性写了所有这些书/那我确信它们读起来会大不相同。"[43] 这与艾莉森的观点惊人地相似——克里斯蒂娜也指责教士们存在偏见,她明确指出女性根本没有机会回应,还表示如果女性也能写故事,那她们会写出截然不同的东西。

艾莉森和克里斯蒂娜都受到同一批反女性主义——尤其是厌婚主义——作家的压制,包括沃尔特·马普、西奥弗拉斯托斯、哲罗姆,以及马特奥卢斯。《玫瑰传奇》是个涵盖广泛的文本,它汇集了有关厌女症的大量内容,并给中世纪晚期文化蒙上了一层阴影。《巴斯妇的引子》在一定程度上是在与《玫瑰传奇》较量,在这场抗衡中,艾莉森以老妇人这一角色为蓝本,却演绎出了她自己的版本,带着她自己的洞见卓识和机智风趣,也带着她的感情和幽默。这一表演揭示了让·德·默恩之刻画中的刻薄狭隘,就像"恶妻之书"的场景所展示的厌女文本对女性造成的身心创伤。正如我在本书这一部分的引子中所提到的,在《对〈玫瑰传奇〉的檄文》(Querelle de la Rose)中,克里斯蒂娜讲述了这么一个故事:一个丈夫给他妻子读《玫瑰传奇》,并以此为借口对她施暴,并把她与书中的其他女性相提并论。[44]

《玫瑰传奇》确实是架构克里斯蒂娜大部分思想的一个文本。在《致爱神书》中,她驳斥了这个极具影响力却也存在很大问题的作品:"好一部长篇大论!"(390 行)[45] 然后,她还参与了一系列关于《玫瑰传奇》的论战,她和让·热尔松(Jean Gerson)批评了这首诗,而让·德·蒙特勒伊(Jean de Montreuil)和贡蒂耶·科尔(Gontier Col)则为德·默恩和他的文本辩护。在这次非同寻常的论战中,克里斯蒂娜率先提出一个观点,即女性或许能真正参与到有关她们性别的理论讨论中。克里斯蒂娜赞扬女性和婚姻,痛诉德·默恩的态度和像老妇人这样的人物。克里斯蒂娜是一位备受尊敬的知识分子和作家,她对这场辩论的贡献是审慎且理性的,然而这些事实并未使克里斯蒂娜免受针对女性的人身攻击。虽然一个反对者说她的动机是"自以为是、傲慢自大",但另一个反对者则将她比作"胆敢撰文反对泰奥弗拉斯托斯的希腊妓女"。[46] 克里斯蒂娜无所畏惧,收集并编辑了论战中的一些文本,并精心策划了讨论。克里斯蒂娜对《玫瑰传奇》的回应，最终便是将自己塑造为一位前所未有的人物——一位女教士，她能够开始建立一座女性堡垒来对抗教士作家们残酷无情的厌女症。[47]

《玫瑰传奇》在厌女症历史上是极其重要的一个文本，因为（正如凯文·布朗利［Kevin Brownlee］所论）它在中世纪晚期的两种主要方言文学话语中都是极具威望的。文本的第一部分是关键的"宫廷文本典范"（model courtly text），它聚焦于作为欲望主体的男性和作为欲望对象的沉默的女性；文本的第二部分是关键的"教士文本典范"（model clerk text），由让·德·默恩的那类系统性、教士式、讽刺性的厌女症所主导。[48] 在思考这两个文本典范时，值得注意的一点是，虽然《巴斯妇的引子》通过关注教会神父们的著作来攻击和瓦解**教士式**厌女症，《巴斯妇的故事》却消解了**宫廷话语**中的性别政治。它首先通过证明强奸是关注男性欲望和物化女性的一个可预见的结果，然后深入探索了一个故事：一个男性被教导去考虑女性的欲望，而一位女性用自己的声音向他解释基督教的伦理道德。

虚构的艾莉森和真实的克里斯蒂娜看到了许多相同的问题，只不过她们往往以不同的方式来回应这些问题。艾莉森的许多表演性放肆行为恰恰包括了克里斯蒂娜所谴责的行为；事实上，克里斯蒂娜建议妻子们以传统的尽职的方式去行事。[49] 尽管如此，她们的相似之处也是惊人的。两人都试图创造一个空间，让已婚女性、为生计工作的女性，以及为经济安稳而奋斗的女性的声音能够被人们听见。她们不仅都主张女人能够讲述故事，而且两人都明确表示，对女性声音的压制导致了一种充满惊人偏见和攻击性的经典，即一系列的教士文本,它们已经成为针对女性身体施暴的指令。她们所讨伐的那一系列文本之间具有很多相似性,这种相似性也证明,在 14 世纪末 15 世纪初,教士们身上的厌女症具有一致性。

乔叟的圈子与克里斯蒂娜的圈子有一些有趣的交集。将他们两人并置一处并不能揭示一种直接的渊源和回应关系;相反,它展示了英国和法国文学界是如何紧密交织的。此外,到 15 世纪初,一些读者(比如霍克利夫)肯定同时接触了这两位作者。至少可以说,乔叟和克里斯蒂娜很可能知道彼此。乔叟比克里斯蒂娜大约年长 20 岁,能肯定的是,他在 14 世纪 70 年代已经在写作,而克里斯蒂娜是在 14 世纪 90 年代初期开始写作,大约也在这个时期,乔叟正在集中精力创作《坎特伯雷故事集》并在修订《贤妇传说》的引子部分。乔叟去世时,克里斯蒂娜开始了一段多产的创作时期。她比乔叟多活了三十多年。

他们之间最紧密的联系,很可能是索尔兹伯里伯爵约翰·蒙塔古带来的。蒙塔古是所谓的乔叟圈子中的一员,这个圈子由一群男性组成,在文献记载中他们常与乔叟过从甚密,而且他们很可能是乔叟最早的读者。这个群体主要由王室的内廷骑士(chamber knights)组成;他们往往都是与宫廷有联系的男性,曾以某种方式依附于黑太子①(the Black Prince)的家族,他们对威克利夫(Wycliffite)的思想,以及对诗歌和教育都很感兴趣。[50]1377 年,蒙塔古和乔叟一起前往法国的蒙特勒伊寻求和平谈判,此外,蒙塔古本人——

---

① 即爱德华(1330—1376),为爱德华三世长子,是一位著名的军事指挥官,以骑士精神和骁勇善战而声名远扬。其绰号来由有二:一说,因其常穿黑色铠甲,故名;一说,因他对阿奎丹公国的暴行,法国人认为他心肠黑,故称。

和这个圈子里的其他成员一样，包括约翰·克兰沃爵士（Sir John Clanvowe）——也是一位诗人。14世纪90年代末，克里斯蒂娜和蒙塔古在法国相识。他们互相欣赏对方的诗歌，克里斯蒂娜不仅在她的《幻象》（*Vision*）中称赞蒙塔古的诗歌，还送了他一本自己的诗歌手稿。后来，蒙塔古将她儿子让（Jean）带入蒙塔古家族中，与自己的儿子托马斯一起接受教育。[51] 因此，克里斯蒂娜和她儿子与乔叟的诗歌圈子之间有着非常直接的关联。鉴于德尚等法国诗人早在14世纪80年代时就读过乔叟的诗歌，因此，克里斯蒂娜不太可能不了解乔叟的作品，尽管我们没有证据表明她能读懂英语。[52] 乔叟可能读过克里斯蒂娜的早期作品；因为他是一个饕餮的读者，阅读过大量的法语诗歌和意大利语、拉丁语作品，以及较少一些的英语作品，而且我们知道，克里斯蒂娜的作品也确实已经传到了英国。乔叟死后不久，他的追随者霍克利夫便翻译了克里斯蒂娜的《致爱神书》。像蒙塔古一样，霍克利夫的桌上也放着这两位作家的作品。与此同时，让在蒙塔古的家中待了好些年。后来，蒙塔古的职业生涯走上了一条黑暗的道路，他因率领主显节起义（the Epiphany Rising）以反对亨利四世而遭到了处决。克里斯蒂娜的诗歌随后传到了亨利四世国王那里，国王便邀请她来英国宫廷。亨利也曾赠予过乔叟礼物，乔叟在他篡位后为他写过一首诗，而且亨利与乔叟的儿子关系密切。克里斯蒂娜并没有来英国，但是，她似乎的确送了亨利一份她的手稿。[53] 更有趣的是，乔叟的孙女爱丽丝嫁给了克里斯蒂娜儿子的儿时玩伴托马斯·蒙塔古，后者是她的第二任丈夫，并且（正如我们前述所论）爱丽丝至少拥有一本克里斯蒂娜的书——《女士之城》。

克里斯蒂娜的诗人身份与她的性别密不可分。她明确地撰文论述男性经典有诸多问题，以及女性有必要去写作，以试图纠正这种作者性别的不平衡。虽然一直都不乏女性作家，但是，后瘟疫时期为女性人才的蓬勃发展提供了尤为肥沃的环境。14世纪下半叶，方言写作在整个欧洲空前崛起，这对女性有利，因为她们更可能在母语中读书识字，而不是拉丁语。在英国，我们第一位有名有姓、用英语写作的女性作家是诺维奇的朱利安（Julian of Norwich），她的确恰好是在这个历史时刻写作的——她是乔叟的同时代人，很可能在14世纪70年代开始写作。对方言神秘主义（vernacular mysticism）和罗拉德派（Lollardy）——后者关注女性布道的能力——兴趣的激增，也帮助女性让她们的声音能够被听见。还有其他欧洲男性作家和乔叟一样，也对女性讲故事的想法特别感兴趣——在薄伽丘（Boccaccio）的《十日谈》中有10位讲故事的人，其中7位都是女性。

克里斯蒂娜写道，一个寡妇必须要彻底转变成一位男性，她才能够保护自己并谋求自己的利益。[54]虽然在一些文本中，她表达了男性视角的观点，但她始终署名并坚持不懈地讨论写作中的自传性经历。然而我们经常看到，抄写员实际上真把她变成了一个男人，并会从她的文本中抹除女性权威。读者难以相信一个女人能写出《武艺与骑士精神之书》(*Le Livre des faits d'armes*)这样的作品，尽管克里斯蒂娜本人在其他作品中也曾写过，对于出身名门的女性来说，了解军事事务至关重要，因为她们很可能需要召集军队并保卫自己的庄园。[55]在克里斯蒂娜人生的最后阶段，圣女贞德也证明了女性能够参与军事事务的信念——贞德成了克里斯蒂娜最后一个作品的主题。但是，在《武艺与骑士精神之书》的几份手抄本中，阳性代词都取代了阴性代词,并且还删除了对智慧女神密涅瓦①(Minerva)的祈愿。第一本法文印刷版也沿用了这些文稿版本。⁵⁶ 在英国的传统中,对克里斯蒂娜作者身份的攻击是广泛且持久的。在 15 世纪的英国,尽管克里斯蒂娜是被读者最广泛阅读的女作家,而且她的作品以手抄本和印刷品的形式广为流传,但是当她的文本被译成英文时,其作者身份几乎总是会被篡夺并重新归于男性教士——据称,克里斯蒂娜曾赞助过他们——或者是男译者。⁵⁷ 例如,在 15 世纪中叶,斯蒂芬·斯克罗普(Stephen Scrope)将克里斯蒂娜的《奥瑟亚书信集》(*L'Epistre d'Othea*)翻译成了《骑士之道》(*The Book of Knyghthode*),并将译稿呈交给了他的继父——约翰·法斯托夫爵士。他在序言中声称,该文本是"由巴黎附近贵族大学中最优秀的教士博士们创作和编撰的",并且还说他们是"应一位叫克里斯蒂娜夫人(Dame Cristine)的极其睿智的法国贵妇人的恳请和祈求而作"。⁵⁸ 因而,克里斯蒂娜便这样被重新塑造为一位受人尊敬的赞助人,而作者身份却被分给了受过教育的男性教士。同样,威廉·伍斯特在他的《贵族之书》(*Boke of Noblesse*)——该文本在很大程度上是基于克里斯蒂娜的《武艺与骑士精神之书》——中不仅断言克里斯蒂娜"在巴黎大学雇用了许多教士,让他们编纂了许多道德高尚的书",甚至还声称,她"是在巴黎附近普瓦西(Poissy)的一处修道院中出生、生活和去世的"。⁵⁹ 事实上,克里斯蒂娜只在生命的最后几年才退隐到修道院,但伍斯特在这里却将她从世俗世界和积极

---

① 即罗马神话中的月亮和记忆女神,后来受到希腊神话中雅典娜女神的影响,逐渐融合了智慧、战争等元素。

生活中剥离了，她认识政治家、国王和宫廷朝臣，她也是一位妻子和母亲，并且还挣钱养家。这种把克里斯蒂娜的生活改写为与世隔绝的隐修的处理，与佩普韦尔将玛格丽·坎普"幽禁"为一位女隐修士的做法惊人地相似。克里斯蒂娜·德·皮桑是一位先驱女作家，她明确地写出了我们缺少女性作家，她为已婚妇女辩护，并论及女性进入文学经典的重要性。在克里斯蒂娜去世之后的几年内，她就被人肆意转变成了一名修女，人们认为她与写作的持久关联可以用她对男性教士的赞助来解释——在文学传统中，男性教士是唯一可接受的讲故事之人。

审视一番爱洛伊丝、坎普和克里斯蒂娜的人生经历，我们就会发现，尽管中世纪女性的确讲述过她们的故事，但是，她们所遭遇的阻挠、反对和公然的敌视不仅真实存在，而且从中世纪一直延续到了现代。当艾莉森抱怨狮子是谁画的问题，以及她的声音难以被听到时，她其实是在指出中世纪晚期文化的一个核心问题，而这个问题，在当今截然不同的世界中也依然能引起共鸣。

第 5 章 漫游的女人

女人是定居的,男人狩猎、旅行。

——罗兰·巴特(Roland Barthes),《恋人絮语》(*A Lover's Discourse*)片段

在《坎特伯雷故事集》的总引对巴斯妇的描绘中,最铺张的细节之一,便是她的旅行经历:

> 她曾经三次去过耶路撒冷,
> 渡过多少陌生的海洋与江河;
> 她还去过布洛涅、罗马和科隆,
> 去过加利西亚圣詹姆斯朝圣。
> 她能够说出很多次漫游和交游。(463—467 行)

如今,巴斯妇正在去坎特伯雷进行一次相对本土的朝圣之旅,而在过去,她曾经三次前往耶路撒冷,还到访过罗马、布洛涅、圣地亚哥 - 德孔波斯特拉(Santiago de Compostela)和科隆。就像关于艾莉森的其他一切事情一样,她的旅行似乎也过分广袤和丰富多彩了,但这并非不可信:在 15 世纪时,英国的一位旅行家兼教士威廉·韦

伊（William Wey）就曾两次前往耶路撒冷，在第一次的旅行中他去了罗马，还曾前往圣地亚哥（Santiago），并在行程录中记录了他的经历。¹话虽如此，但一位多次进行朝圣之旅的女性还是会引起人们的特别关注——艾莉森的广泛旅行是她大胆冒险和非传统人生态度的一个隐喻。当乔叟告诉我们她对"漫游和交游"了如指掌时，他在暗示，她的漫游不仅仅是字面上的：她偏离了预期的路径；她不会做男人想让她做的事情。"漫游"这个词暗示着偏离正轨，并让人想起奥古斯丁将尘世中的人描述为"流浪者"（peregrini），他认为人们远离了上帝，所以需要专注于天国，而不应为旅途分心。²围绕漫游者概念的这种不安，在有关女性旅行者的言论中得到了进一步强化。

事实上，长期以来存在一种传统，对那些不居家的女性持怀疑态度。关于漫游的女人这个概念，主要来自《箴言》第7章，它把"放浪的荡妇"形容为"喧嚷且到处游荡（vega），不甘静默，不能安于家中"（10—11）。在后来的中世纪文本中，漫游的女人则被特别用来描述一种朝圣者，即（用利德盖特的话来说）寻求很多朝圣之旅的人——"不为亲吻圣殿，只为亲近英俊青年"。³到了中世纪晚期，朝圣在整个欧洲地区都是一项非常流行的活动，大量妇女确实会去圣殿朝圣，无论是当地的还是遥远地带的圣殿。虽然朝圣之旅艰辛、昂贵，有时甚至有危险，但它也给人们提供了在家中很难觅得的机会。在中世纪晚期的诗歌《好妇人要去朝圣》（"The Good Wyfe Wold a Pylgremage"）中，就有一个很好的例子：一位母亲即将出发去"圣地朝圣"（1行），她给在家的女儿提了一些行为举止上的建议。她告诫女儿："当我出城后，请你注意保持明智，/切记不要像一只不受控制的小仔猪，走门串户不守制。"（When I am out of þe toun, loke that þou be wyse, / And rene þou not fro hous to house lyke an Antyny gryce.）（7—8行）⁴ 这里的"gryce"是"小猪"的意思，而"Antyny"或写作"Tantony"，指的是一窝猪崽中最小的那只。在这两行双韵诗中，母亲将两种不同的女性行为模式并列在一起：她自己可以不远千里地离开家乡，穿越欧洲，直达圣地——而她的女儿，只能留在自己的社区，甚至不能够外出串门。这种在当地游荡的行为被比作不受约束的小猪的行为——说话者自己在周游世界，却要求她女儿待在一个非常狭窄的范围内，并且她不认为这有什么矛盾之处。朝圣，作为（至少在理论上）带有宗教动机的目的论旅行（teleological travel），为扩大女性的视野提供了一种方式。

然而，男性朝圣者并不总是欢迎女性朝圣者。15世纪时，在费利克斯·法布里（Felix Fabri）修士记述他去耶路撒冷朝圣的记录中，他语带钦佩地评论说他在威尼斯遇到的老年女性朝圣者很勇敢，同时他也指出，年轻的男性朝圣者则瞧不起她们：

> 有一些年事已高的妇女，多半是富有的主妇们，一共有六人，和我们同行，想要渡海前往圣地。这些老妇人的勇气真叫我震惊，她们因年老几乎都无法承受自己的体重，却不顾自己身体的羸弱，出于对圣地的热爱，加入了年轻骑士之列，经受健壮男性才能承受的辛劳。然而，高傲的贵族们对此却并不乐意，他们不想登上这些主妇们将要搭乘的船只，因为他们觉得，与老妇人一起去接受骑士荣誉是一种奇耻大辱。

这些男性贵族朝圣者们试图说服其他旅行者都拒绝与老妇人同船，但其他人反对他们，所以最终，这些咄咄逼人的男性离开了，而这群女性则与法布里等人同船作伴继续旅行。他后来还告诉我们，在船上，女朝圣者们不会到公共餐桌吃饭，而只在她们的铺位上吃饭、睡觉，她们与那些可以在船上自由活动的男人分隔开来。在书的后半部分，法布里将她们令人钦佩的行为与一位他不赞成的女性朝圣者的行为进行了一番比较——理由是后者好奇、吵闹，而且最不得体的是，她"不停地跑来跑去"，显得"焦躁不安"。[5]

中世纪晚期见证了朝圣活动的急剧扩张。9世纪和10世纪的欧洲各地都很动荡，在整个欧洲大陆上，包括维京人、阿拉伯人和马扎尔人（Magyars）在内的各个群体都发动了很多动乱。10世纪末，随着拜占庭皇帝扩大领土，重新征服包括安条克（Antioch）在内的诸多城市，欧洲人前往耶路撒冷朝圣也变得更加容易。整个11世纪，朝圣越来越受欢迎：例如，沿圣地亚哥之路修建了很多收容所，并且前往圣地的十字军朝圣①（crusade-pilgrimage）的压力也在增加。在当时，十字军东征和朝圣之间并没有明显的区别——两者都被认为是出于宗教目的的旅行。[6]1099年，对耶路撒冷的征服更是导致前往基督出生和死亡之地的客流大规模增加——此外，在坎特伯雷大主教贝克特于1170年去世之后，12世纪也见证了重要的英国朝圣活动——坎特伯雷朝圣——的兴起。另一个主要的英国朝圣地是沃尔辛厄姆（Walsingham），它起源于11世纪一位叫作里切尔迪斯·德·沃弗切斯（Richeldıs de Faverches）的女性的幻象，并在随

---

① 11世纪末兴起的武装朝圣概念，将十字军东征与个人救赎相结合。

后的数年中变得越来越重要。⁷12 世纪也是情感的世纪，在这一时期，基督徒越来越有兴趣以情感回应上帝，他们重视基督肉身所受的苦难，并试图想象和重温他的痛苦。⁸虽然这并不是一种全新的回应基督的方式，但是，在中世纪晚期，人们对情感的侧重大大增加。前往圣地的朝圣者们追随着基督的脚步，试图模仿和重现基督的人生旅程。1187 年耶路撒冷被萨拉丁（Saladin）攻陷，1291 年阿卡城沦陷，但这都没有结束朝圣贸易。越来越多的朝圣者从威尼斯乘船前往圣地，途经克里特岛、罗得岛、塞浦路斯和雅法等地。⁹威尼斯商人会提供完整的旅游套餐服务，包括代办食宿、通行费和税款，雇佣当地的穆斯林导游护送游客从雅法前往耶路撒冷，并进行更远的探险，以及安排驴和驮马等当地的交通工具。¹⁰圣地朝圣成了一个发展成熟的产业。欧洲的朝圣活动也在继续流行，特别是因"禧年"①（Jubilee years）而更甚往日，因为教皇在这些年份宣布会对完成朝圣的人给予额外的赦免。例如，在 1300 年，如果前往罗马的朝圣者对每座圣殿参拜 30 次（如果他们是意大利人）或者 15 次（如果他们是外国人），就可以获得全大赦（plenary indulgence），但每次参拜都必须在不同的日期进行。¹¹这样的要求最大限度地延长了朝圣者在城市停留的时间，因此极大地惠及了当地各行各业的人，尤其是那些提供住宿、餐饮和纪念品行业的人。在中世纪晚期，出版了许多散文和诗歌形式的朝圣指南和旅行记述，这些作品为我们提供了大量的信息，例如乘船前往耶路撒冷需要携带哪些物品（像床垫、御寒衣物、葡萄酒、足够多的食物、香料、书写材料，以及如纸牌、

---

① 天主教传统，始于 1300 年教皇博尼法斯三世（Boniface Ⅲ），每 25 年或 50 年举行一次。

骰子或国际象棋等游戏），或是在西班牙北部饮用河水时哪些地方的水比较安全、哪些地方的水不安全等。[12]

女性像男性一样对朝圣感兴趣。一般来说，女性更有可能去当地的神殿，而不是长途跋涉去遥远的朝圣中心。一些历史学家认为，大多数前往当地神殿的朝圣者都是女性和穷人，而大多数访问遥远圣地的朝圣者则是男性和上层阶级人士。[13] 此外，总体而言，有些神殿的女性朝圣者似乎会更多，因为在那里记载了更多的关于女性而非男性的神迹和治愈案例，这些神殿包括（位于牛津的）圣弗里德斯维德（Frideswide）神殿和达勒姆郡芬查尔的戈德里克神殿（Godric of Finchale's shrine in County Durham）。[14] 中世纪的档案记录提供了很多女性向神殿捐献和遗赠的例子，以及女性会为自己或子女祈求康复而进行朝圣的例子。约克大教堂的一扇彩色玻璃窗又被称为"朝圣之窗"，其上绘制的朝圣者既有一名男性，也有一名女性。[15] 窗子右下角的女性是朝圣者的装扮，手持一根手杖和一个行囊，与她同行的是一位扈从，他骑着马，手里拿着一顶朝圣者帽子。由于她是这扇窗户的捐资者之一，很显然，这是一位富有的女香客。尽管的确有很多女性去朝圣，但大多数进行长途朝圣的都是相对富有的女性，例如"埃塞克斯内维尔的伊达夫人"（Ida lady of Nevill of Essex），她于1350年带着20名仆从和20匹马去了罗马。[16] 与此类似，亨利四世在1403年授予了托马斯·莫蒂默（Thomas Mortimer）的遗孀、沃梅盖夫人（lady of Wormegay）阿格尼斯·巴道夫（Agnes Bardolf）一项许可："准许她在12位男性和12匹马的陪同下，带着她的财物和马具从王国的任何港口出发，前往罗马、科隆以及其他外国城市朝圣，并向热那亚商人或王国境内其他人士支付300英镑

第5章 漫游的女人

的费用，这些人会向她提供由他们在国外的同僚兑付的汇票。"[17] 这里尤为重要的是允许带钱出国的许可，以及要注意一个事实，即阿格尼斯·巴道夫准备访问多个圣地。有些女性还会进行多次朝圣：例如，瑞典的圣比吉特（Birgitta）在 1338 年去了阿西西（Assisi）和特隆赫姆（Trondheim）；1341 年经科隆、亚琛（Aachen）和塔拉斯孔（Tarascon）到达德孔波斯特拉；1349 年去了罗马；1372 年又去了耶路撒冷；还去了包括巴利（Bari）和加尔加诺山（Monte Gargano）在内的其他朝圣地。[18] 对于像布里吉特和玛格丽·坎普这样的女性来说，朝圣涉及强烈的神秘体验和异象，是她们宗教生活和身份认同中具有创造性和变革性的一部分。其他女性会将朝圣与商业活动紧密结合起来：例如，阿格尼斯·普劳德（Agnes Proude）——又名都铎（Tudor）——在维泰博（Viterbo）的教廷中做生意，与此同时，她也前往科隆和罗马朝圣。[19] 那些进行了最远距离旅行的女性得到了专门的接待。例如，在耶路撒冷，为女性旅行者设立了收容所，其中一处就建在锡安山（Mount Sion）上，它于 1353 年由索菲亚·德·阿坎吉利斯（Sofia de Arcangelis）创立，附属于当地的方济各会收容所。[20]

然而，女性对朝圣和旅行感兴趣的背后，始终伴随着一种挥之不去的厌女声音。早在 8 世纪时，英国传教士兼美因茨的大主教圣博尼法斯就要求坎特伯雷大主教卡斯伯特（Cuthbert）"禁止已婚妇女和戴面纱的女性频繁往返罗马。她们中有很大一部分人都已堕落丧德，很少有人能保住贞洁。在伦巴第（Lombardy）、法兰克（Frankind）或高卢（Gaul），很少有城镇没有英国来的交际花或妓女。这是你们整个教会的丑闻和耻辱"。[21] 人们执着地将女性朝圣者与性行为不端关联起来；博尼法斯声称，其中一些妇女经常前往罗马，性堕落得无可救药，而其他一些人则留在欧洲城镇中当妓女。这种将朝圣视作性放纵的幌子的想法变得司空见惯。例如，《拉图尔·兰德里骑士之书》(*Book of the Knight of La Tour Landry*)的英文译本就批评女性"去某地朝圣更多是为了追求肮脏的欢愉，而非出于虔诚"，[22] 克里斯蒂娜·德·皮桑也警告说，有些女性去朝圣是"为了玩乐或寻欢作乐"。[23] 关于性化女性朝圣者的这个观念，一个特别引人注目的例子可以在一枚来自 14 世纪末或者 15 世纪初的荷兰朝圣者徽章中找到。[24] 这枚徽章将朝圣者描绘成一个行走的阴户，其形象清晰可辨，还穿着朝圣者装束——头戴一顶软塌塌的朝圣帽，手持一根手杖和一串念珠。女人被简化为她的生殖器官；朝圣的目的纯粹是为了性。虽然还有其他粗俗淫秽的朝圣者徽章——包括一枚画着一名女性推着一辆塞满了阳具的手推车的徽章，以及一枚刻画了三个阳具抬着一个轿子，轿上坐着一个戴王冠的阴户的徽章——但这一枚徽章特别引人注目，因为性器官本身被变成了一位朝圣者。这枚奇异徽章的存在强烈印证了莫里森（Morrison）的一个论点，即"在大瘟疫后的英国想象中，被性化的女性朝圣者位于象征性的中心地位"。[25]

将女性朝圣者装扮成阴户的这个想法，隐藏在对经常旅行、性事沽跃的艾莉森的刻画之中，但就像前面所论述的一样，乔叟对艾莉森的描绘是错综复杂的。反女权主义者希望以这样的方式看待艾莉森，乃至全体女性，而艾莉森有时候也会扮演这个角色，当她高声欢呼"欢迎第六任丈夫！"（45 行）时，她甚至在暗示她要在坎特伯雷朝圣之旅中寻找下一任丈夫。但是，正如她去过的地方都是当时真实的朝圣地一样，当她的旅行仅成为她生活的一部分时，一种现实主义而非刻板印象的基调也被注入了她的朝圣史。她告诉我们，"当我从耶路撒冷回来时"（495行），第四任丈夫已经去世了。文本中没有任何关于她在朝圣期间不忠或淫荡的暗示。虽然在总引中提到她三次访问圣地的说法略显夸张，易让人联想到当时的讽刺作品，但是在她自己的引子中，这个细节被融入日常生活。50行之后，艾莉森提到，朝圣不是一种虔诚的训练，也不是一种性冒险。对她来说，朝圣是一项社交活动。她告诉听众，她经常"挨家挨户地"串串门——就像《箴言》中的诱惑者一样——而且，她这样做不是为了通奸，而是"去听各种故事"（547行），正如整个坎特伯雷朝圣小组在朝圣途中听故事一样。艾莉森继续描述她的休闲活动，包括参加守夜和游行、听布道、进行朝圣、观看奇迹剧和参加婚礼等（555—558行）。所有这些都是宗教活动，但也是社交场合——对艾莉森来说，它们是她能盛装打扮、穿上"鲜艳的大红斗篷"（559行）的好机会。但是，在更长的坎特伯雷朝圣之旅中，她有意避开那些精致头饰和猩红色长袜之类的服装；考虑到旅行路上的实际困难，她戴着一顶宽大的朝圣帽、包着一条头巾以防尘防晒，还穿着骑马的罩裙（一种可以系起来保护骑手衣服的衬裙）（总引，470—472行）。她根本没有打扮成一个专注于性征服的诱惑者的样子，而是为旅途的困难作好了准备，如同一个经验丰富的朝圣者。[26]

事实上，中世纪的女性和中世纪的男性一样，会出于各种各样的原因去朝圣，但是，对所有女性朝圣者来说，这些旅程提供了与在家的日常生活截然不同的机会和体验。中世纪的女性旅行者，以及关于中世纪女性旅行者的故事多种多样，当然，它们并非全都遵循着漫游的妓女/戴朝圣帽的阴户那类陈腐的刻板印象。贝弗利的玛格丽特（Margaret of Beverley）就是一个迷人有趣的例子，她是一位富有冒险精神、贞淑贤惠且坚韧不拔的中世纪朝圣女性。她的故事被记载在一首拉丁语诗歌作品中，据称由她的兄弟撰写，尽管她的经历是以第一人称叙述的。[27] 很有可能他们两是共同作者，尽管同样明显的是，这个故事并非完全真实——它是圣徒传记式的，并使用了一些陈旧的套路。根据这首诗，玛格丽特的父母在她母亲怀孕时从约克郡前往耶路撒冷，因此，玛格丽特本人在1155年左右出生于耶路撒冷。后来，她在1187年再次返回那里，而这一年在耶路撒冷的历史上是至关重要的一年：她告诉我们，"我为耶路撒冷的陷落而悲伤哀叹"（370行）。在那里，她卷入了萨拉丁（Saladin）对城市的围攻，并与萨拉丁的军队作战，头上戴着一个炊具（371行）当头盔。在战争双方签订条约时，玛格丽特被困在了城中的错误地带，她争取支付赎金以重获自由，并加入了一群同样是"被赎者"的团体。再次被俘后，玛格丽特经受了一系列磨难——她遭受酷刑，并被迫做苦役——"我得捡石头，我还得拾木头"（372行）。在描述那段漫长的被囚日子时，玛格丽特写道，"长日漫漫又炎热，而休息时间却少得可怜且短暂"（372行）。最终，一位心地仁慈的男性在圣母升天节①（the Feast of the Virgin）那天为这群被囚者支付了赎金。自此之后，玛格丽特独自四处漫游，唯有随身携带的《诗篇》（Psalter）能够安慰她。她食不果腹，忍受着极度的贫困。后来，一个土耳其

---

① 一般认为是8月15日。从6世纪开始，天主教教会将每年的8月15日定为圣母升天节，认为圣母玛利亚是以完整的肉身出现在天堂之中的。

人偷走了她的《诗篇》，但后来他又感到懊悔并将它还给了她。到达安条克之后，玛格丽特被诬告盗窃并被判处死刑，但是，在祈求圣母玛利亚后，她被释放了。接着，她回到了耶路撒冷，然后得以返回欧洲，继续前往孔波斯特拉和罗马进行朝圣。在法国，她与她弟弟弗鲁瓦蒙的托马斯（Thomas of Froidmont）重逢，后者是一名僧士，曾在托马斯·贝克特（Thomas Becket）家中待过一阵子。在蒙特勒伊（Montreuil），玛格丽特自己也成了一名修女。

我们没有理由怀疑玛格丽特的存在和她在圣地及广泛朝圣之旅中的经历，尽管有些细节几乎可以肯定是杜撰的美化，比如，说她头上顶着一个炊具作战，或者只凭一片面包在荒野中游荡数日。就算这个故事完全是虚构的，它仍然能告诉我们，在那个时代，一位贤德的、敢于冒险的女性朝圣者是可以想象且令人钦佩的。玛格丽特非凡故事中的一些细节，与其他中世纪女性的经历相吻合。例如，她母亲在怀孕之后从英国出发前往圣地，尽管这听起来似乎令人惊讶，但当时的女性的确会在怀孕时去朝圣。罗马的英国收容所在他们的规章中特别提到，"孕妇可被接收直至完成洁净礼"。[28] 耶路撒冷圣约翰医院的第二任院长雷蒙德·德·普伊（Raymond de Puy）曾写下关于如何对待孕妇朝圣者和朝圣途中的新生儿的指示。[29]

在 14 世纪时，伊索尔达·帕雷瓦斯特尔（Isolda Parewastel）的经历为玛格丽特最惊心动魄的经历提供了一些有趣的对比。1366 年，伊索尔达向乌尔班五世（Urban V）递交了一份教皇请愿书，请求获得建立一座小教堂的许可。她在这份请愿书中说，她到访圣地三年，在此期间，她遭受过酷刑和殴打，最终从撒拉逊人（Saracens）手中逃脱。伊索尔达卷入了 1365 年的一些冲突——顺带一提，乔叟对这些冲突都了如指掌。那一年发生了臭名昭著的亚历山大港之战，据称，乔叟笔下的骑士曾参与其中，而这场战役也成了暴行的一个代名词。[30] 苏丹对基督徒展开了报复，包括在耶路撒冷的朝圣者；锡安山的方济各大会教堂被毁；那里的僧士受到酷刑折磨，有些甚至被杀害；圣墓教堂（the Church of the Holy Sepulchre）被关闭，同时面临被摧毁的威胁。根据伊索尔达的请愿书，她"为基督之名而被剥光衣物，倒吊在刑架上，遭受了极其残酷的鞭打，半死不活后被遗弃，竟奇迹般地从撒拉逊人的手中逃脱"。[31] 考虑到这个故事出现在一份教皇请愿书中，因此要说这全然是幻想的并不太可能，而且，她参访圣地的时间——正值对亚历山大港的报复行动期间——进一步增加了这个故事的可信度。她很有可能曾住在索菲亚·德·阿坎吉利斯设立的女性收容所里，也因此她才在对方济各会的袭击中被抓。[32] 中世纪的英国女性确实会在她们的旅程中遇到严重的危险，并且也会在她们的"朝圣－十字军"途中遭遇一些戏剧性的、有时甚至是创伤性的经历。伊索尔达和贝弗利的玛格丽特一样，求助于最具标志性的女性圣人——圣母玛利亚，以此来解释她最终从俘虏者手中逃脱的原因，她还请求教皇允许她建造一座小教堂，"为了荣耀和赞美光荣的圣母玛利亚"。

英国中世纪最著名的朝圣女性是玛格丽·坎普，像巴斯的艾莉森和贝弗利的玛格丽特一样，她游历了耶路撒冷、罗马和圣地亚哥这三大朝圣地。坎普声称自己是在基督的特别感召之下才这样做的（《玛格丽·坎普之书》第1卷，第15章）。玛格丽·坎普在40岁初期曾有过一段密集的旅行时期，尽管她人生中还有许多次在英国境内和境外的旅行。她的朝圣狂热始于1413年，大约在她40岁生日的时候，她动身穿越欧洲，在威尼斯过了冬，并于 1414 年春天乘船前往耶路撒冷圣地。同年晚些时候，她经由阿西西和罗马返程，在罗马停留了大约 6 个月，并在 1415 年的复活节之后回到了家。两年之后，她进行了一次范围较小的西班牙之旅：坎普于 7 月初从布里斯托（Bristol）启航前往圣地亚哥，并于次月返回。独一无二的是，她给我们留下了她的自传，其中详尽描述了她在这些朝圣过程中的实际经历和灵修体验。[33]

与贝弗利的玛格丽特和伊索尔达·帕雷瓦斯特尔一样，玛格丽·坎普是在没有丈夫或其他保护者随行的情况下去旅行的，也没有带一大群随从。像带着 20 个仆人的内维尔夫人伊达，以及带着 12 个仆人的阿格尼斯·巴道夫，都得以免受旅行中的许多实际困难，而这些实际困难是那些旅行条件不那么优越的女性必须应对的。坎普十分担心她自己的人身安全。与反女权主义者声称女性朝圣者是为求欢的指控形成鲜明对比的是，她们其实面临被强奸的风险，坎普一再表达了她对此事的恐惧。在康斯坦茨时，她祈祷，祈求基督"守护好我发誓献给你的贞洁，请叫我永远都不会被玷污，因为主啊，要是我被玷污了，我发誓此生永远都不会重返英国"（第 1 卷，第 27 章）。对强奸的这种恐惧是坎普在旅行时（其实在其他时候也是如此）持续存在的压力：在晚年前往亚琛时，牧师们用"下流话"嘲笑她，并"为她的贞洁而感到恐惧"。她要求旅店的女主人让她和其他女性同睡一屋，但尽管如此，她还是"因为害怕被玷污而不敢入睡"（第 2 卷，第 6 章）。她也害怕遭到抢劫和暴力——在考虑离开罗马开始返程回家时，"他们听说路上有很多窃贼，会抢走他们的财物，甚至可能会杀了他们"（第 1 卷，第 42 章）。坎普还讲述了一些较小的事件，例如有一次，在从威尼斯到耶路撒冷的航船上，同伴中的一位牧师偷了她的床单，并且发誓说那是他自己的（第1卷，第28章）。

事实上，坎普的大部分困扰确实都来自与她一道旅行的团体内部。独自旅行并不明智，因此，无人陪伴或只有一两个仆人或同伴就出发的朝圣者，会加入一个有着更多人的团队——就像我们在《坎特伯雷故事集》总引中看到的在泰巴旅店发生的事情那样，乔叟这个人物角色加入了一群陌生人去朝圣。当坎普动身前往耶路撒冷时，她在雅茅斯（Yarmouth）加入了一个朝圣团体，准备乘船去荷兰，但是这个团体很快就不满她的生活习惯，并且常会欺负她。根据坎普自己的说法，"同行者"一方面对她的素食主义感到特别恼火，另一方面因为"她哭泣不止，并且总是会提起我们主的爱与仁慈"（第1卷，第26章）。甚至她自己的女仆也跟同行者们沆瀣一气，他们试图将坎普完全赶出团体——不过最终，他们还是允许她继续同行，但会把她打扮成一个穿短袍的傻子，还让她远离他们，坐在餐桌的最末席。的确，在朝圣的大部分时间里，坎普描述了她与这些同行者的紧张关系，他们确实在康斯坦茨驱逐了她，但在博洛尼亚，这群人又允许她回到他们的团体之中（但前提是，她不再念福音书，而是要"安静地坐着，与众人同乐，就像我们所做的那样，无论在午餐还是晚餐时"（第1卷，第27章）。很明显，坎普自己对朝圣的看法与她的同伴们的看法大相径庭，后者更专注于放松和作乐。当她违背约定，又开始谈论《圣经》时，他们便拒绝再和她一道吃饭，并且还罚她待在她自己的房间里一个人吃了六个星期。在圣地朝圣结束后，他们返回威尼斯时，同行的团队又再次抛弃了她（第1卷，第30章）。

在坎普多次被同伴抛弃的境遇中,她遇到了真正的困难:她不能安全地独自旅行,所以,她需要找到一个受人尊敬且愿意保护她的人。在康斯坦茨,一位来自德文郡的老人威廉·韦弗(William Weaver)承担了这一角色,尽管坎普还是会因为没能和大部队同行而感到非常恐惧(第1卷,第27章)。后来,当坎普需要从威尼斯前往罗马时,爱尔兰的理查德(Richard of Ireland)曾陪她同行。理查德是一个"驼背的"①男人,在坎普离开英国之前,她就已收到天启,得知将会得到他的帮助。理查德并不是很情愿承担这一职责——他明确表示她和一大群人同行时,他们有弓箭等武器保护她,但如果她和他一起旅行,他们都会面临被抢劫的危险,而且她还有被强奸的风险(第1卷,第30章)。在圣地时,坎普将她的英国同胞的行为与撒拉逊陌生人的行为并置对照。她自己的团队拒绝帮助她爬上耶利哥附近的一座小山,那里正是耶稣当初受试探之地。但随后,一位路过的穆斯林同意帮助她,正如稍后穆斯林群体普遍"对她非常尊敬,护送她并带她去任何她想去的地方"。坎普甚至说,"她发现所有人都对她和蔼友善,唯独她的同胞除外"(第1卷,第30章)。

一位女性在此时旅行的困难,都在坎普的自传中得到了清晰的呈现,但对坎普来说,由于她经历了强烈的宗教体验,因此这些困难都是值得忍受的。但对于其他女性来说,旅行提供了更多的实际机会——足以改变一个人的生活和事业的机会。坎普前往圣地和罗马进行朝圣的故事,也是她的女仆的故事,这个女仆会偶尔出现在整个叙述之中。[34] 这个角色是个十分迷人的例子,它说明在这一时

---

① 在中世纪宗教语境中,身体常被赋予灵性意义。

期，服侍他人可以为一个聪明的（虽然在这个例子中可能是不择手段的）女性带来一些社会流动的可能。³⁵ 在自传的第 1 卷第 26 章中，坎普告诉我们她和自己的女仆一起旅行，但这个女仆背叛了她。当她陷入与其他朝圣者的冲突时，"同伴中她最信任的一些人，以及她自己的女仆，都说她不能再待在他们的团体中，而且他们还说会把她的女仆从她身边带走，这样女仆就不会在她身边沦为一个荡妇"。根据这个说法，玛格丽的女仆与其他人联手对抗她——这被描绘成终极背叛，因为她最信任的人和她"自己的"女仆都背弃了她。部分而言，这有助于坎普将自己塑造成像基督般的人物，即被自己的追随者背叛。³⁶ 同行旅伴怂恿女仆离开她的具体理由很有趣，而且是带有性别色彩的——尽管坎普特别看重贞操，但她的古怪言行就足以让同伴对她进行性指控，他们声称，女仆要是待在她身边，最终可能会沦为一名"荡妇"。又或许，这意味着他们也认同，没有男性保护的女性旅行者易于受到性侵犯。

女仆的背叛，以及她选择依附新朋友及新雇主的行为，将在下一章中得到进一步阐释。坎普告诉我们，其他朝圣者偷了她的钱，而且，"他们还扣留了她的女仆，不让她和她的女主人一道，要知道，女仆曾经向女主人承诺并保证，她绝不会因为任何事而抛弃她"。在这里，坎普明确表示女仆违背了她自己的承诺，并且暗示整个团体都拒绝为她伸张正义。要是在家里，坎普可能还有更多的申诉途径；但是在朝圣的路上，人们可以更加自由地选择自己的道路。在自传第 27 章末尾，当坎普被安排在她的房间里独自用餐时，她又聊到了女仆这个话题，并重申"她的女仆抛下她独自一人，去为团体其他伙伴们备餐、洗衣，而对于她曾经承诺侍奉的女主人，则再不理睬

第 5 章 漫游的女人 123

了"。这再一次强调了女仆对其承诺——她的誓言——的背叛，以及玛格丽所遭受的孤立。这个时候可能很难看清女仆究竟得到了些什么——毕竟，她还在做着同样的仆役工作。但或许，她得到的报酬更高了；或许她想确保自己能安全地留在团体之中，而不是和玛格丽一起被赶出去自谋生路；又或许，她和团体中的其他人一样，只是不喜欢玛格丽谈论上帝或是受不了她的习惯。

当我们再一次见到这名女仆时，她显然做了一些精明的选择。在罗马，当玛格丽终于获准入住圣托马斯英国收容所时，她发现自己的女仆已经跻身更高阶层——女仆的旅行让她获得了收入丰厚的新工作。坎普这样告诉我们：

> 在那里她发现了她从前的女仆，她本应规规矩矩地在她身边待着，但她却住在收容所里，生活安稳富有，因为她是那里酒窖的管理员。而此造物（玛格丽自称）有时谦卑地造访她（女仆），向她讨要食物和饮料，女仆也乐意给她，有时还会给她一枚格罗特银币。然后，她向她的女仆抱怨，说她对她的离开感到非常难过，而且因为她们分开，人们对她恶语相向、诋毁诽谤，但女仆始终不愿再回到她身边。（第1卷，第39章）
> （强调为作者所加）

坎普在这里叙述说，她发现她以前的女仆处在一个更高且更负责任的职位上。现在，她是大型且重要的英国收容所的酒窖管理员，主要负责管理葡萄酒。这位前女仆为玛格丽分发食物和饮料，而且她现在确实过得很好，甚至向她的前女主人慷慨施舍（"有时还会给她一枚格罗特银币")。玛格丽抱怨女仆的离开,但女仆不考虑重新回到她身边为她服务。在朝圣的过程中,这名仆人成功地彻底颠倒了她们主仆的位置,以至于现在女仆才是掌控者,甚至处于一个施恩者的位置上。

在英国收容所工作是一份非常理想且责任重大的工作。在罗马的英国人群体以约翰·谢泼德和爱丽丝·谢泼德（John and Alice Shepherd）为首,他们于1362年买下了这处房产,它后来变成了收容所。[37]其他国家也在罗马设有基地,专门服务于他们自己的同胞,不过英国收容所也会为爱尔兰人、威尔士人和苏格兰人提供服务。随着时间的推移,英国收容所不仅会为有需求的人提供住宿和照顾,它还能出借金钱、照看一些成员的财物,并为旅行者和侨民代收邮件。在英国旅客收容所的历史早期,许多英国男女为它的开支捐资助款——其中包括伟大的伦敦商人约翰·菲利波特（他后来与玛格丽特·斯托德耶结了婚）和他的妻子简（Jane）,以及最臭名昭著、同时也是最成功的英国雇佣兵约翰·霍克伍德爵士（Sir John Hawkwood）,乔叟曾在1378年与后者在伦巴第谈判。很快,这家收容所就以"善举"而闻名,并且收到了来自英国的大量捐款,捐款者以此换取赎罪券。居住在罗马的英国男女也向它遗赠了很多财产:一个典型的例子便是埃琳娜·克勒克（Elena Clerk）,她在1390年将位于皮佐梅尔（Pizzomerle）的一所房子遗赠给收容所,前提条件是阿格尼斯·泰勒（Agnes Taylor）可以终生住在那里,而且,要是阿格尼斯同意的话,塞西莉亚·豪登（Cecilia Howden）也可以一直居住在此。埃琳娜还给收容所留下了她最好的三张床、三床被褥、三套床单和一个大铜水壶。到了1406年,收容所共拥有20所房子和两个独立的店铺。[38] 后来的一份清单（1501）表明，在平时，那里大约可以容纳60人，但在一年中的旺季，也可以塞下更多的人。[39] 由此可见，这家收容所可是一项大生意，玛格丽的女仆一定很聪明，才能在那里获得这么一份责任重大的工作。旅行因而可以为女性提供重塑自我的机会。

正如这名女仆的经历所示，旅行者往往会与其本国同胞结伴而行。这位女仆和玛格丽最初与来自她们国家的一群人一起旅行，而在罗马时，她在英国收容所找到了一份工作，服务和共事的对象主要是英国人。为朝圣者写的一些指南有时会令人不适地暴露出作者的偏见。例如，12世纪的一本引人入胜的《圣地亚哥－德孔波斯特拉朝圣指南》（*Pilgrim's Guide to Santiago de Compostela*）花很多篇幅描述了"沿途地区及其人民的特点"。[40] 其中，对纳瓦拉人（Navarrese）的描述尤为偏激，开头评价他们"穿着令人厌恶，饮食也令人作呕"。接着，作者继续让他自己陷入厌恶的狂热之中，并告诉他的读者：

> 这是一个野蛮的种族，在习俗和性格上不同于任何其他种族。他们满怀恶意，肤色黝黑，面目狰狞，堕落，乖戾，背信弃义，缺乏信仰，并且腐败、好色、酗酒，会做一切暴力之事，凶残且野蛮，不诚实且道德败坏，不敬神且待人苛刻，残忍且好斗，他们对所有善事一无所知，却对所有邪恶和不义之事都极为精通，就像耶阿特人（Geats）和撒拉逊人那样恶毒。

作者继续写到纳瓦拉人的性癖好，声称纳瓦拉男人会为女人和骡子舔阴，称之为"对女人和骡子阴户的淫邪之吻"。也许，这是作者发出的最可怕的警告：在旅行中，要是你与一个纳瓦拉男人打交道，那么你可能最终会经历口交——被形容为一种等同于兽行的恶习。然而，作者还暗示，英国旅行者可能不需要走那么远就能发现这样的行为，因为纳瓦拉人"通常被认为是苏格兰人的后代，因为他们在习俗和外貌上都非常相似"。[41]

不过，其他一些文本确实暗示了人们希望在旅途中与自己旅行团体以外的人交往。《语言方式》(*Manières de Langages*) 系列文本是会话手册，旨在帮助英国人掌握法语口语。这类手册对于人们在英国和欧洲大陆的旅行可能都会有帮助，因为英国境内的许多人（包括英国人和外国游客）都懂法语，而且法语在许多国家被广泛使用。[42] 文本中的一些角色扮演场景设置在旅行的路上，包括一个发生在旅店就寝时间的场景。这个场景帮助旅客与其他旅行者讨论他们的臭虫问题："啊！这些跳蚤咬我咬得真厉害，给我带来了极大的痛苦和伤害，因为我用力挠背部，都抓出血来了，乃至全身都结了痂，整个身体都被咬得痛死了。"[43]《语言方式》文本假设旅行者想要能够用不同语言讨论发生在他们身上的事情，以确保别人能听懂——这里的一个假设是，人们在旅行时，能够用母语以外的语言进行交流至关重要。例如，文本中有一个角色扮演场景甚至在教人们如何去寻找一位朝圣同伴："你好！我的朋友，我要去朝圣，寻找坎特伯雷的圣托马斯。你愿意和我一起同行吗？"与此同时，它也提供了一种巧妙的应答方式来礼貌地拒绝这类邀请——对话者请他的同行旅客瞧瞧他的腿，那条腿"发炎"得如此厉害，以致他非常"担心它会变成坏疽"。[44]

第 5 章 漫游的女人

玛格丽·坎普多次提到语言困难，以及她希望能与外国熟人进行交流——事实上，她一直对她在其他国家遇到的人赞不绝口，包括上文提到的在圣地遇见的穆斯林。当她和玛格丽特·弗洛伦汀（Margarete Florentyn）因为没有共同语言而"无法很好地理解彼此，只能通过手势、象征性标志及少数常用词汇"时，她给我们描绘了一幅非常容易辨识的尝试交流的画面。接着，她们设法用混杂语言进行交流。玛格丽特问她："玛格丽啊，身处贫困吗？"玛格丽回答道："是的，非常贫困，夫人。"（第1卷，第38章）玛格丽当时的经历是，她的英国旅伴都排斥她，但陌生人却很欢迎她，并在她朝圣的各个地方尽力帮助她。然而，在前往亚琛的旅途中，她本人也成为仇外的刻板印象的攻击目标，彼时，一群德国神父辱骂她，使用了针对英国人的常见诽谤——说他们有尾巴，并称呼玛格丽为"英国尾巴"（第2卷，第6章）。[45]

然而，在许多朝圣记述中，旅行者都会尽量减少与本国以外的人接触，他们只是进行朝圣，住在与他们本国有关联的旅客收容所和地区，并且购买纪念品带回家。《圣地亚哥-德孔波斯特拉朝圣指南》是一位法国作家写的，讨论了法国人通常从圣地亚哥德孔波斯特拉教堂的哪个门进入，并且描写了"法国人街"上比比皆是的货币兑换商、旅店老板和商人。希罗尼穆斯·芒泽（Hieronymus Munzer）在15世纪时写道，在圣地亚哥，市民们"肥得像猪一样，而且很懒惰，因为他们根本不需要耕种田地，只靠来往的朝圣者就能生活"。[46]《圣地亚哥-德孔波斯特拉朝圣指南》还告诉它的朝圣读者，在教堂北侧的广场那里，旅行者可以买到一系列对朝圣有用的东西，包括"酒瓶、凉鞋、鹿皮卷轴、小袋子、系带、腰带和各种药草和其他香料",以及最重要的是,还可以买到扇贝壳,这至今仍是人们广泛认可的圣地亚哥朝圣标志。[47]正如劳拉·霍奇斯(Laura Hodges)所推测的那样,《坎特伯雷故事集》的总引的当代读者可能会想象,巴斯妇是朝圣团体中唯一戴着传统朝圣帽的成员,她会遵循"传统的习俗惯例,在这顶帽子的帽冠上展示她购自耶路撒冷、罗马、布洛涅、加利西亚和科隆的朝圣徽章"。[48]中世纪的朝圣者想要展示他们的旅行记录和国际化经历,但并不总想要与其他文化及地方进行有意义的接触,往往更愿意待在他们的心理舒适区。

※※※

在15世纪,一位匿名作者曾想象了乔叟的这群朝圣者到达坎特伯雷后可能会发生的事情。这一文本——被称为"坎特伯雷插曲"(Canterbury Interlude)——出现在《坎特伯雷故事集》的阿尔恩维克(Alnwick)手抄本中,其中的故事被编排成一次双向旅程,中间插入了"插曲"和一个并非乔叟作品的故事。[49]这部引人入胜的同人虚构作品描述了朝圣者们抵达坎特伯雷的"箍桶旅馆"(Cheqer of the Hoop)——这是一家真实的旅馆,建于14世纪90年代,主要为朝圣者贸易而建,位于商业巷(Mercery Lane)和主街(High Street)的西角。卖赎罪券者先是与酒吧女招待兼妓女吉特(Kit the tapster)调情,并试图与她发生性关系;朝圣者们一般会先安顿好住宿,然后前往大教堂,在那里欣赏彩绘玻璃、献上祭品、祈祷、亲吻圣物,以及购买纪念品。诗人写道,"他们在那儿买了标志性纪念品/好让乡亲们知道他们寻访过谁"(171—172行),这明确表达了他们自我标榜的动机。在箍桶旅馆吃过晚饭以后，骑士和其他人去看了坎特伯雷的城墙和防御工事，而教士们则出去喝酒了。除了此时正在追求酒吧女招待吉特的卖赎罪券者之外，其他朝圣者大都去探索坎特伯雷了，不过女修道院院长（Prioress）和巴斯妇没有去。

在该文本中，艾莉森并没有出去"顺路漫游"。相反，我们被告知，"巴斯妇感到非常疲惫，她根本不想走路了"（281行）。因此，她没有出门去冒险，而是让女修道院院长和她一起到花园里看看草药，然后，她们和旅馆主人的妻子一起坐在客厅里，安静地品酒。草药花园这处舒适的环境被这样描述给我们："所有的小径都被修剪得整齐漂亮，围上了围栏，精心打造／鼠尾草和牛膝草被圈起来，立上了桩。"女性朝圣者所处的环境被反复强调为——两行诗中用了足足5个动词——受困之状。花园被修剪、围栏、打造、圈起来、立桩，这是在暗示，巴斯妇也处于一种半囚禁状态之中，被想象在一个传统的女性空间（封闭的花园）里，被安全地框定并安置在她应处的位置上。[50] 与乔叟笔下好奇且爱冒险的艾莉森的形象，以及女性旅行者能够完成和体验的历史现实形成鲜明对比的是，这个15世纪的作者匆忙地将艾莉森推回了封闭的家庭空间，而许多人认为女性就应该本分地待在那里。本书的后半部分将会更多着墨于艾莉森的来世，进一步探索她在走出乔叟的文本之后所发生的一系列故事。

第二部分
艾莉森的来世,自 1400 年至 2021 年

引子 "现在更快乐,也更成熟了"

艾莉森刚开始闯荡世界,就引起了轰动。从 14 世纪末到现如今,她从未远离聚光灯,她的后世影响也从未中断,并且她不断地被重新诠释、重新塑造和重新想象。有些人在回应中公开提到了巴斯妇;也有一些人并没有承认他们对巴斯妇的借鉴。一些对艾莉森的再创作出现在经典文本和传统形式中,如诗歌、戏剧或小说;另一些则更为晦涩、更具实验性:我们能够在电影、广播、方言、配音诗歌(dub poetry)以及海报中发现艾莉森的身影。如今,我们甚至可以在最意想不到的地方找到她,比如奶酪店:巴斯妇牌奶酪推出了多个版本,其中就包括一款"新巴斯妇"奶酪,其广告语是"更快乐,更醇厚!"¹另一个我最喜爱的是巴斯妇牌香皂,其广告语是:"女人最渴望的香皂!"①²

艾莉森一出现在乔叟的作品中,便立即引起了读者的回应,并且是持续不断的回应,读者对她比对乔叟笔下其他人物——甚至可能是任何其他文学人物——都表现出了更多的热情、情绪、爱慕、崇拜乃至愤怒和恐惧。人们注意到了她,她也引起了反响。但正如

---

① 在《坎特伯雷故事集》中,《巴斯妇的故事》讲述的便是"女人最渴望的东西是什么?"的故事。

我在导论中所述，令人沮丧的是，随着时间的推移，人们对艾莉森回应中的厌女倾向却并未逐渐减少。对艾莉森最具攻击性的一些解读出现在 20 世纪，因为此时的读者越来越关注她的身体和她的性欲（而不是比如说她强大的修辞能力和说服力，这些是 15 世纪的抄写员非常关注的方面）。对艾莉森的许多回应都是复杂的：詹姆斯·乔伊斯（James Joyce）对艾莉森的借鉴是一个重塑巴斯妇的绝佳范例。一方面，它以一种相当倒退的方式简化了艾莉森，将其简化成了一个更加泛化的女性类型，另一方面，它又发展了乔叟所做之事，提出了一个有关女性声音之地位的更为大胆的想法。

在这本传记的后半部分，我将追溯自乔叟去世之后巴斯妇所遭遇的一切，从 15 世纪抄写员忧心忡忡的评注，到 2021 年扎迪·史密斯（Zadie Smith）的戏剧。我将探索各类素材，从莎士比亚的戏剧到帕索里尼的电影，从伏尔泰对艾莉森故事的改述到共产主义波兰时期她的视觉形象。在重新演绎艾莉森的这一路上，我们将会看到，印刷商由于印刷有关她的民谣而遭监禁，根据她的故事改编的大型舞台剧在全欧洲上演，在 18 世纪的伦敦、20 世纪的美国和 21 世纪的巴西都有关于她的戏剧创作。有些回应紧密基于《巴斯妇的引子》和 / 或《巴斯妇的故事》，例如，薇拉·查普曼（Vera Chapman）1978 年的小说《巴斯妇》（*The Wife of Bath*）。其他一些则与乔叟文本的关系更为间接：例如，莎士比亚的戏剧折射而非直接重现她的故事；再如，伏尔泰通过德莱顿的视角来解读艾莉森。

事实上，巴斯妇以无数种方式融入了文本文化中：有些是直接的（例如，标题中就带有"巴斯妇"的戏剧、民谣和小说），有些则是间接的。这种更为间接地运用艾莉森的一个例子，是玛格丽特·阿特伍德（Margaret Atwood）的《使女的故事》（*The Handmaid's Tale*，1985）。在书名中，阿特伍德便有意识地让人联想起乔叟，在2017年版的导言中，阿特伍德还说，她之所以这样给小说命名，"部分是为了纪念乔叟的《坎特伯雷故事集》"。[3] 题为"历史记载"的小说尾声中明确提到了乔叟的《坎特伯雷故事集》。事实上，在这些"记载"中，皮艾索托（Pieixoto）教授探讨了中世纪英语中"taill"（尾巴）一词的双关用法——它既有"故事"的意思，也有"女性生殖器"之意，它还把女性身体和叙述过程联系了起来。[4] 这个双关语很明显在《船长的故事》（这个故事最初是为巴斯妇准备的）中被提到过。在"历史记载"中，一位（虚构的）男性学者拿这个双关语开玩笑，还探讨了他自己和同事在将文本——这些文本发现于卡式磁带中——公之于众的过程中所扮演的编辑和控制的角色。巴斯妇是由男性作家创造的女性角色，她本人对男性权威文本的文化主导地位也深感兴趣，而《使女的故事》则由一位女性作家创作，由一位女性人物讲述——但她的口述还是由一位居高临下的男性人物来转写和编辑的。因此，这两部作品都凸显了作者身份和性别问题中的某些复杂性。更广泛而言，《使女的故事》的本质——由一位世俗女性所讲述的有关父权制压迫以及操控女性身体、声音和经历的故事——很容易被解读成是对巴斯妇的一种回应，尽管它显然不是一种直接的改写，况且艾莉森本人也从未被提及。

我写这本书的目的，并不是要罗列并讨论后世对巴斯妇的每一次重述或者重要回应。与此相反，在本书的后半部分，我会追踪作家们——有时也包括其他艺术家和电影制作人——受艾莉森启发的模式和倾向。接下来的五章大致按照时间顺序进行，但有时候会回溯和重叠。在第 6 章中，我主要的侧重点是压制艾莉森的那些企图，以及为何这样做是不可能的，主要考察 15 世纪手抄本中的抄写员评注以及 16 世纪和 17 世纪的民谣，并涉及如约翰·盖伊（John Gay）等后世作者。第 7 章主要关注莎士比亚对巴斯妇的复杂回应，不过我也讨论了其他早期现代作家和一位更晚近的艺术家。接下来，在第 8 章中，我继续探讨了艾莉森在国外——主要是在欧洲和北美——的一些冒险经历，主要关注的是从 18 世纪到 20 世纪 70 年代的戏剧、故事和电影。本书倒数第二章探讨了艾莉森这一表演性人物在纯散文和部分散文体裁（partly prose versions）中的流变，这些文本包括乔伊斯的《尤利西斯》(Ulysses）和卡罗琳·伯格瓦尔（Caroline Bergvall）的实验性作品《艾莉森在歌唱》(Alisoun Sings）。最后一章探讨了在 21 世纪，很多有色人种女性——包括佩兴斯·阿格巴比（Patience Agbabi）、琼·"宾塔"·布雷兹（Jean "Binta" Breeze）和扎迪·史密斯——如何在后殖民语境中重新恢复艾莉森的声音。艾莉森的故事在世间流传，跌宕起伏；它跨越了各大陆和数世纪，跨越了语言和性别，也跨越了流行文化和高雅文化的分野。她的故事，直到今天也依然鲜活生动并不断被发展重塑。

当艾莉森第一次登上文学舞台时，无论她是作为一个年迈的肥皂剧明星出现在朱莉·沃尔特斯（Julie Walters）的书中，还是作为佩兴斯·阿格巴比笔下尼日利亚巴法的妇人（Nigerian Wife of Bafa），抑或是扎迪·史密斯的阿尔维塔（Alvita），她们都曾是绝对无法想象的。但是，乔叟的早期读者们自身就在积极地、创造性地回应艾莉森——虽然有时也带着几分沮丧和不赞许。我们将从15世纪的手抄本开始讲述艾莉森的来世故事,那时的一些抄写员对读者会如何解读乔叟非凡的文学实验感到忧心忡忡。

第 6 章　让艾莉森消音

> 兹令处理由爱德华·阿尔迪（Edward Aldee）和威廉·怀特（William White）以及爱德华·怀特（Edward White）印刷出版的关于巴斯妇的一首不守规则的民谣，所有该等民谣均须收缴并烧毁。
> ——伦敦书商公会登记簿，1600 年 6 月 25 日

在其文本生命的早期，艾莉森就跳出了她自己的文本。中世纪的读者惯于见到某些类型的人物进行跨文本活动：像高文和亚瑟这样的传奇人物，海伦和狄多这样的古典人物，康斯坦斯和格里塞尔达（Griselda）这样的民间故事和准圣徒传的主人公，以及直言不讳的道德人物如农夫皮尔斯。[1] 这些角色并不会被视为是某个特定作者"所有"，它们的各种版本层出不穷。但是，一个显然是由某位作者创造的人物逃离其自身的文本，则并不常见。实际上，乔叟本人允许艾莉森跳脱出《坎特伯雷故事集》，进入他的另一首诗歌——《派往布克顿的信使》——而他笔下的其他人物都没有被赋予这种冒险经历。当其他作者开始回应《坎特伯雷故事集》时，他们尝试以各种方式拿乔叟笔下的人物进行实验，但是，还没有哪一个人物能像艾莉森那样受到诗人、抄写员、评论家、剧作家和民谣作家们的关注。在 15 世纪，几乎每一位主要诗人都以这样或那样的方式

改编过她：霍克利夫（约 1421）、利德盖特（约 1420 年代）、邓巴（Dunbar，15 世纪末）和斯凯尔顿（Skelton，15 世纪末或 16 世纪初）都与她有过互动。[2] 与此类似，在 16 世纪和 17 世纪初，我们在斯宾塞（Spenser）、莎士比亚、格林（Greene）和弗莱彻（Fletcher）的作品中也看到了艾莉森的影响，而到了十七十八世纪之交，蒲柏、盖伊和德莱顿都写过关于她或她讲的故事的各种版本。[3]

虽然读者被巴斯妇吸引，渴望放大她的声音和身体，但许多人也对她的声音和身体表现出了强烈的不安，并且还希望让她噤声。在艾莉森诞生之后的几十年和几个世纪中，我们看到抄写员试图与她争论以盖过她的声音；印刷商因出版关于她的文本而遭到监禁；有关她的剧作和歌谣不断被撰写并反复改写，以呈现这个不羁人物的可接受版本。围绕艾莉森的不适感，部分来自她适应性极强、独立且富有吸引力这个事实——她是一个读者能够认同的角色。抱有敌意的读者担心其他读者（特别是女性）可能会相信她对世界的看法，并可能会尝试模仿她的行为。这种认为读者可能被文学人物诱导并试图模仿他们——忘记他们的虚构性——的想法由来已久。一个典型的中世纪例子，便是但丁在《神曲·地狱篇》第五歌中遇见的通奸情侣保罗（Paolo）和弗朗西斯卡（Francesca）。正是阅读导致了他们的毁灭：他们阅读了兰斯洛特的故事，以及他对已婚的桂妮薇儿的不正当的爱恋；阅读书中他们亲吻的情节导致保罗和弗朗西斯卡也接了吻，放弃了阅读，并展开了他们注定会失败的恋情。詹金和艾莉森的阅读场景则戏仿了这个著名的情节，在他们的阅读场景中，这对夫妇的阅读并非因为激情而突然中断，却是因暴力而告终，因为艾莉森摔了那本教导男人憎恨女人、而不是去爱她们的书籍。[4]

在西欧，女性以及异教徒和非基督教读者历来都会被污名化为只照字面意义阅读的人。[5] 他们被认为无法辨别多重含义，也无法做出适当解释，因而会因其对文本的简单理解而遭到批评。艾莉森玩弄了这个观念，她告诉我们她更喜欢原文本，而不是评注，她还将男性的评注和解释活动与他们的性行为联系起来（"男人可以猜测和评注，上上下下［……］/那动听的经文，我自能很好地理解"［26—29 行］；"他是如此善于哄骗我/当他想得到我那好东西时"［509—510 行］[6]）。女性读者被认为可能特别容易简单地模仿文本中人物的行为，这一点在《学士的故事》结尾被提及，那时，学士特别（且不无讽刺地）提到巴斯妇以及他对她的爱——"为了巴斯妇的爱"（《学士的故事》，1170 行）。他鼓励"贵妇们"铭记她的榜样，管束她们的丈夫，用"尖刻雄辩"之箭去攻击她们的丈夫（1183、1203 行）。旅店主人对女性读者的看法也完全相同，尽管他是从一个不同的角度来看的。旅店主人回答说，他真希望他的妻子听说过格里塞尔达（1212b—1212d）的故事——暗示那样她以后就会效仿格里塞尔达的顺从。

近年来，关于女性可能会受到文本的不良影响，并会天真地模仿她们所钦佩的女性人物的行为这一观点，也没有消失。在电影《末路狂花》（*Thelma and Louise*）大获成功之后，评论家们担心看过这部电影的女性会格外认同其中的角色，以至于她们想要模仿电影中的女性人物，对男性施暴。约翰·里奥（John Leo）为这部电影写了一篇名为《有毒的女权主义》（"Toxic Feminism"，1991）的影评，他在评论中称，"电影观众，尤其是女性，很难在情感上有所抽离，并且难以与电影本身保持距离"。他认为，《末路狂花》不是艺术，而是"愤世嫉俗的宣传"，旨在煽动一种被他比作法西斯主义的女性暴力。[7] 我绕道谈论这个例子，是为了强调女性被文本或艺术品引诱而对男性行恶的观念源远流长。一些读者认为巴斯妇同样有问题，他们视其为一个有着不良影响的人，她的观点亟待反驳和中和。在乔叟死后的数十载乃至数百年里，很多参与文本文化的人，都希望能够遏制巴斯妇艾莉森并使其消音——然而，也有其他一些人乐于见到她的无限繁衍，并为此欢呼雀跃。

关于乔叟的早期读者是如何回应巴斯妇的这一点，从15世纪开始，在《坎特伯雷故事集》手抄本上撰写评论和注释的抄写员们倒是为我们提供了一些有趣的证据。在现存的83份1500年前的《坎特伯雷故事集》手抄本中，有12份都没有评注。[8] 其他手抄本在文本页边所写的评注或抄写员评论的数量和类型上，有着巨大的差异。纵观手抄本历史，《巴斯妇的引子》显然引起了抄写员们的特别关注。事实上，评论家还指出，不仅她的引子是"《坎特伯雷故事集》中被评注最多、最频繁的一个部分"，而且她的话语也"在读者中引起了非同寻常的强烈反响"。[9] 即使在抄写员评注相对温和的情况下——例如权威的埃尔斯米尔手抄本——大量的评注仍在文本中形成了一种清晰的反对之声。[10] 与其他故事相比，对《巴斯妇的引子》的评注密度是极为惊人的。此外，这些评注是用与正文一样大的字体书写的，被写在宽大的页边空白处，使用的是更具权威的拉丁文，这与艾莉森的英语形成了鲜明的对比。尽管埃尔斯米尔手抄本的评注者本质上是在通过引用片段来支持艾莉森，但留给读者的印象还是：艾莉森不像她身边的其他讲述者，她需要来自男性、拉丁文、文本权威的认可。

第6章 让艾莉森消音

在其他手抄本中，抄写员可能会直言不讳地表示对艾莉森的不满。在剑桥大学图书馆 Dd 4.24（Cambridge University Library Dd 4.24）手抄本中，在艾莉森的那句戏言——"没有哪个男人能够像女人一样／如此大胆地发誓和撒谎"——旁边，抄写员严肃又毫不幽默地简单标注，"Verum est"（此言属实）或"It is true"（这是真的）。他还在他认为特别真实地揭示了女性本质的句子旁边，加上了简注"Nota"（注意）。其中就包括艾莉森进一步的戏谑之语，比如"越是禁止我们触碰的东西，我们就越是渴望"（519行），以及艾莉森直接引自詹金那厌女的长篇大论的话，包括："［谁］允许其妻子去寻找神圣之地（即去朝圣），／这个人就应该在绞刑架上被吊死"（657—658行），和"［宁可］住在屋顶高处，也不愿与悍妻同待在一个屋檐下；她们是如此邪恶又叛逆"（778—780行）。他还在艾莉森引用的谚语旁边加上了一个自大的"注意"提醒，那句谚语道"谁若不听从别人的教训，／他自己必将成为他人的教训"（178—180行），所以这位抄写员在暗示（男性）读者应该注意《巴斯妇的引子》中的教训（即他已经亲自向他们指出的那些），以避免落得个艾莉森的丈夫们的下场。

虽然有几组评注在多份手抄本中重复出现，但一些手抄本还是揭示了对艾莉森的特定态度和担忧。伦敦大英图书馆附加手抄本 5140（London British Library Additional 5140）和伦敦大英图书馆埃格顿手抄本 2864（London British Library Egerton 2864）源自一个共同的、现已遗失的母本，在《巴斯妇的引子》一篇中它们就有五十多条相同的非传统型评注。[11]（为方便起见，我将遵循其他评论家的做法，称这些评注的作者为"埃格顿评注者"［Egerton glossator］。）探索这些评注为我们了解《巴斯妇的引子》的一种解读方式提供了一个十分有趣的视角——这种解读方式是评注者试图鼓励手抄本的未来读者们采用的。正如苏珊·施巴诺夫（Susan Schibanoff）所言，这位埃格顿评注者"对《巴斯妇的引子》"充满"愤怒和愤慨"，并且试图"压制巴斯妇"，以"大加挞伐艾莉森的道德败坏和恶行"。[12]

许多抄写员主要局限于引用直接的文本来源，或着重强调他们认为很重要的文本内容。然而，埃格顿评注者全身心地投入争论和攻击之中，经常偏离这些常规做法，他会引用与艾莉森说的话没有直接关联的《圣经》文本。例如，艾莉森告诉我们，她过去经常"斥责"（419行）她的那些丈夫，她是这么说的，"即使在他们自己的餐桌旁，我也不会放过他们／凭我的真理，我要一言一语地清算"（421—422行）。在这几行旁边，埃格顿评注者添加了一条格外长的边注：

> 说出侮辱言辞者当是愚蠢的，这是所罗门的箴言。之后说："宁可坐在屋顶的一角，也不愿与争吵的妇人同处一室。"又说："宁可住在荒野中，勿与一个争吵易怒的妇人同住。"又于别处写道："老年人爬沙波有多难，文静的男人摊上多舌的妻子就有多惨。"（《德训篇》）另有使徒雅各之言："妇人的舌头，没有人能够驯服。"

这个冗长甚至过度的愤怒评注将几处不同的《圣经》引文拼接在了一起："口吐侮辱言辞的是愚昧之人"（《箴言》10：18）；"宁可坐在屋顶的一角，也不愿与争吵的妇人同处一室"（《箴言》21：9）；"宁可住在荒野中,勿与一个争吵易怒的妇人同住"(《箴言》21∶19);"老年人爬沙坡有多难,文静的男人摊上多舌的妻子就有多惨"(《德训篇》25∶17);"妇人的舌头,没有人能够驯服"(《雅各书》3∶8)。很明显,这位抄写员正在积极地介入文本,他下定了决心要攻击巴斯妇的性格和观点,并且,为了支撑他自己的厌女立场,他还提供了大量的《圣经》来源。他鼓励读者将艾莉森视作一个反面典型,不仅谴责她说的话,还要谴责她说话这个事实——他自己的反击主要集中在"一个开口说话的女人有多么可怕"这一点上。她是"好争吵的"和"吵闹的";女人长着舌头是令人无法忍受的。他决定要一次又一次地反驳她,在这里,他引用了《圣经》中许多不同的内容。有趣的是,他还全然错误地引用和歪曲了《圣经》,以使其贴合他自己的目的。其评论的最后一部分来自《雅各书》第3章第8节,但正确的经文其实是:"但是,没有人可以驯服舌头。"该段经文的上下文讨论的是自制的重要性,并强调要远离咒骂、嫉妒和纷争。它压根就不是关于女性或者两性关系的。然而,这位埃格顿抄写员却悄悄地在这节经文中插入了"女性的"(mulierum),将其含义歪曲成了针对女性言说(女性的舌头)的一种攻击。这位评注者以自身作为示范,向我们展示了那些男性作者是如何歪曲甚至篡改《圣经》来支持他们自己的观点——与此同时,这位抄写员还以令人瞠目的虚伪批评艾莉森言论不当,并暗示她需要接受他自己那高人一等的《圣经》知识的教育。

这位读者对文本的典型反应,在于他异常执着地罗列出大堆例子并反驳艾莉森所说的话。一次又一次地,这位埃格顿评注者既没有向读者指出文本的来源,也没有扩展和解释艾莉森的话,而是采取了与艾莉森截然相反的立场,并努力向读者展示为什么她是错误且不道德的——对于一个抄写员来说,这是非常奇怪和反常的态度。例如,艾莉森介绍了她丈夫詹金如何用厌女的谚语和轶事来给她上课,她评论道:"我不想老被他纠错。/ 我憎恨数落我错处的人,/ 上帝知道,我们女人中很多都是这样,不只我一人。"(661—663 行)换句话说,她受不了丈夫的批评,而且她和很多人一样,并不喜欢别人来给她指错。那位抄写员愤怒地回应了这一点,在旁边写了一条长长的注解。该注解包括 9 条不同的《圣经》引文,全部都来自《箴言》,他以此增加例子来证明艾莉森拒绝接受责备和纠正是错误的。他认为自己扮演的角色不是文学性的,而是**道德性的**——他亲自承担纠正艾莉森的职责,并确保让读者看到,他们不应该钦佩她或站在她那一边。他对此非常焦虑,以至于觉得需要用非常大量的例子来支撑他自己的立场。此外,他的例子很能说明问题。第一个例子是这么写的"Disciplinam autem domini fili mi ne abicias",直接取自《箴言》第 3 章第 11 节(不过加上了"autem",意为"但是")。这节经文的意思是:"我的孩子,不可轻视主的管教。"因此,这显然不适用于艾莉森的话;她明明是在说丈夫对她的批评,而这节经文是有关上帝纠正人类的。这位评注者将詹金——不管以什么标准来衡量,詹金都是一个偏执、暴力的家暴者——与上帝相提并论,这是在暗示,丈夫应自然具有一种神圣的地位。[13] 事实上,这位抄写员自己正在试图纠正艾莉森,这便使他与詹金结了盟,而且根据他自己的那套逻辑,这也就等于是和上帝立场一致。于是,他建立了一种不对等的文本权力动态,在其中,他、艾莉森的丈夫和上帝站在了同一边,而艾莉森那难以约束且罪孽深重的声音则被孤立在了另一边。事实上，评注者想要纠正艾莉森的欲望，似乎正是他评注项目的一大驱动力。

纵观整个手抄本，许多例子都表明，这位抄写员对艾莉森的个性和话语感到愤慨，而且他决心要将文本和读者对文本的诠释歪曲到不同的方向。他既想要表现他那过人的理解力，又想要剥夺艾莉森身上的权威，这种欲望有时会让他陷入矛盾的境地。例如，在《巴斯妇的引子》的最初，艾莉森宣称，"上帝命令我们要生养众多"（28行）。许多手抄本在这行旁边都添加了一个评注，往往简单地写着《创世记》第1章第28节中的 "Crescite et multiplicamini"——"生养众多"。然而，埃格顿评注者可不会就此止步，而是纳入了他的一个超长评注，与巴斯妇文本的7行原文并置的，是他整整10行的密密麻麻的评注，其中引用了《圣经》中4节不同的经文。相当可笑的是，这条评注的长度意味着抄写员从巴斯妇文本较早的一处就开始写了，因此（在伦敦大英图书馆附加手抄本5140中），他那密密麻麻的评注直接出现在艾莉森那句讽刺"男人"喜欢"上上下下地评注"（26行）的评论上，恰恰展示了艾莉森正在嘲笑的那种（接管文本的）欲望。在我看来，更引人注目的是抄写员在这里引用的最后一句："因为，大卫的两个妻子也被俘虏，其中一个是以色列人亚希暖（Achinoam），另一个是迦密人拿八的妻子亚比该（Abigail）。"[14] 这句话在很大程度上似乎是无关紧要的，直到我们跟随艾莉森的话语，在接下来的几行文字中看到，她说上帝"没有提过数目，/关于是重婚还是八婚"（32—33行）。埃格顿抄写员肯定是在回应这一点——实际上是在说，上帝确实谈到了重婚。那么，他的（可能是无意的）暗示则是，重婚是完全可以接受的，因为大卫有两任妻子——尽管艾莉森根本不是在谈论那种意义上的重婚；与之相反，她指的是丧偶后的再次结婚。为了表明他对《圣经》知识的掌握大大超过了艾莉森，而且我们读者应该关注他、而不是艾莉森，这位抄写员最终提出了一些完全违背基督教教义的观点，并且他似乎要遵循从字面解读《圣经》的方式，而这种解读方式历来是与女性和非基督教徒挂钩的。我认为，他选择收集如此多的引文来支持他的论点，动机也是为了通过他拉丁文权威的绝对分量来压制艾莉森并使其消音——不论他是否有意如此，但大量评注的文本的确会对许多读者产生这种影响。这些评注并不是有帮助的文献来源提示（例如我们经常在《牧师的故事》旁看到的那类）；这里的评注代表的是一场与女性言语的斗争。

评注者批评了艾莉森对詹金的暴力，然而，詹金对艾莉森的攻击，他却未予置评。他沉迷于不厌其烦地卖弄自己的知识（即使这些知识常常有误，而且还经常错误地援引）。有一次——而且仅有一次——他确实对女人做出了积极的评价，但他这么做纯粹只是为了证明艾莉森是错的，从而来证明他对她的权威和优越性。当她说"请相信，这是不可能的／没有哪个教士会说妻子的好话"（688—689行）时，他得意地用《箴言》第31章第10节来注解："才德的妇人谁能得着呢？"当然，如果人们不知道此处的上下文，听上去很容易让人觉得，好像真的没有人能够找到一位有才有德的女性。然而，假设大多数读者知道《圣经》的背景，这句话实际上是对一位令人敬仰、有道德、有智慧、勤劳的女性的大段描述的开头部分。然而，在这份手抄本的语境下，艾莉森的观点已经完全得到了证明：这位特定的神职人员没有为女性说过任何好话，而且他将评注全都集中在对艾莉森无情且愤怒的攻击上。这唯一的积极评价，是为了进一步谴责艾莉森这位特定女性，并主张，他——这位男性神职人员——要比她懂得更多。[15] 虽然评注者试图通过他对《巴斯妇的引子》的解读来消除她话语中的权威，谴责作为一个角色的她，并通过让艾莉森消音来拔高他自己的观点，但总体效果只是表明她让他多么不安。值得注意的是，巴斯妇的一些最为重要的评论是无法回答的——不仅他答不上来，其他抄写员也是如此。她曾断言，如果女性有机会写故事，那么经典将会大为不同（693—694行），没有一份手抄本会在这则断言旁边附上评论。即使在最具敌意的手抄本中，艾莉森的声音，以及她有关男性试图让女性消音的断言，也能被清晰地听到。

抄写员在手抄本页边与艾莉森进行着互动，与此同时，在整个中世纪晚期和早期现代时期，诗人也在他们自己的文本中让艾莉森客串角色。在这里，我们看到的是放大，而不是消音——读者们对巴斯妇的痴迷远远超过了对其他乔叟人物的兴趣。一个典型的例子是斯凯尔顿，他在他的诗《菲利普·斯帕罗》（"Phyllyp Sparowe"）中介绍了《坎特伯雷故事集》。他写道：

> 关于《坎特伯雷故事集》
> 有一些悲伤，有一些快乐，
> 比如帕拉蒙（Palamon）和阿尔塞特（Arcet），
> 忒修斯公爵（Duke Theseus）和帕特莱特（Partelet），
> 以及巴斯妇，
> 她带来了许多危害

> 当她的故事流传
>
> 在大胆的家庭主妇们中间。
>
> 她如何随心所愿地
>
> 控制她的丈夫们,
>
> 并且轻视他们
>
> 以最粗俗的方式,
>
> 让其他妻子们心生想法,
>
> 将她们的丈夫视若无物。(614—627 行)

在这里,斯克尔顿总共用了四节诗行来描述整个《坎特伯雷故事集》,将其总结为部分"悲伤"、部分"快乐",并且提到了《骑士的故事》和《修女院教士的故事》(The Nun's Priest's Tale)中的人物。接着,他转向了巴斯妇——她自己就占了 10 行,这些诗句都集中于《巴斯妇的引子》,而不是《巴斯妇的故事》。在此,斯克尔顿还特别提到,巴斯妇的动机是诱使其他女性效仿她的行为,控制她们的丈夫。

从在其他诗人——以及其他人物——的文本中客串,到艾莉森在她自己的新文本中占据舞台中心,仅需一小步。这些文本中最受热捧、最经久不衰的是一首通常题为《放荡的巴斯妇》(The Wanton Wife of Bath)的民谣,而当权者试图压制的也正是这首民谣。在这种形势下,有关艾莉森的著作被烧毁,她的传播者甚至会锒铛入狱。

《放荡的巴斯妇》大约写于 1600 年之前;它在 1700 年左右被重写,并在整个 18 世纪和 19 世纪都很受欢迎,现存于 54 种不同的民谣印本和选集中。¹⁶ 在 1600 年和 1632 年，它都引起了很大争议。在较早的时间，即 1600 年的 6 月 25 日，印刷商爱德华·阿尔迪和威廉·怀特各被罚款 5 先令；销售商爱德华·怀特被罚款 10 先令；并得到指令必须烧毁所有库存。当局的解释很简单，因为这是一首"不守规则的"民谣，所以，印刷商是因"印刷中不守规则的行为"而被罚款，而销售商则是因"其销售中的过失和不守规则的行为"而遭到罚款。¹⁷ 还有入狱的威胁，但记录上说他们的监禁"暂缓至下次执行"。然而，在 1632 年 6 月 24 日，另一位印刷商亨利·戈斯金（Henry Goskin）则因印刷了这首民谣而被传唤到高等宗教事务法庭，并被送进了布赖德韦尔（Bridewell）监狱。此时，这首民谣遭受批评是因为在其中，《圣经》的历史被粗鄙地滥用"。¹⁸ 那么，这首民谣中到底有什么内容引起了如此大的恐慌，以至于要焚书和监禁呢？为什么当权者想要再次让艾莉森消音呢？¹⁹

这首民谣讲述了艾莉森死后发生的故事，结合了她的引子和故事中的很多情节，并写到了她来到天堂的事。民谣押 ABCB 的韵脚，以四行诗节的形式进行，交替使用不同长度（8 音节，6 音节）的诗句，历来会配以知名曲调《飞扬的名声》（"Flying Fame"）或《切维山狩猎》（"Chevy Chase"）演唱，这是一首基于舞台表演的歌曲，深受人们欢迎。它描述了艾莉森如何快乐地生活，死去，来到了天堂之门，却被禁止入内。一系列《圣经》人物一个接一个地登场，告诉她，她不受欢迎，而她逐一驳斥了他们，并提醒他们注意他们自己的罪恶，这让他们退避三舍。亚当首先到来，她告诉亚当，他才是"我们所有苦难的根源"（19 行）。接下来是雅各（Jacob），艾莉森指责他是一个"虚伪的骗子"（27 行），欺骗了他的父亲和兄弟；

第三个是罗得(Lot),她斥责他是个"醉驴"(35行),因为他睡了自己的女儿们。故事就这样继续下去——从朱迪斯、大卫、所罗门、约拿(Jonas)、多马(Thomas)、抹大拉的马利亚(Mary Magdalen)、保罗到彼得。没有一个人是她的对手。最后,基督降临,她请求他怜悯。他反驳说她已经拒绝此恩,但艾莉森坚称她会回到他的羊群中。基督告诉她说,她明知他的律法,却还是选择不服从。艾莉森承认这是事实,但她说,尽管如此,父亲还是原谅了浪子。于是,基督原谅了她,让她进入天堂,并说因为她"悔改的哭声"(138行),他不能拒绝她。讽刺的是,虽然这个文本将她置于天堂,但1600年的伦敦当局却将她投入了柴火堆。

正如这个总结所表明的,这位巴斯妇,就像乔叟笔下的巴斯妇一样,始终反对《圣经》权威人物,指出他们的罪过,拒不接受他们对她的评判,并以一种不敬的方式说话,但基本上而言,她对他们行为作出的评论都是不可否认、真实不虚的。那为什么这在1600年会如此令人不安呢?"不守规则的"这个词并不一定能告诉我们很多信息——从技术角度来讲,这只意味着这首民谣是在没有获得书商公会许可的情况下出版的。[20]然而,在当时的其他语境中,"不守规则的"一词意为"违反道德规范"或"暴乱的",并与道德上的罪恶行为联系在一起。[21]鉴于民谣本身对权威的挑战,这层言外之意很可能也在读者和出版商的脑海中回响。

这首民谣的一个更长的新版本源自苏格兰,大约于1700年写成,它为我们了解为什么一些读者会被早期版本冒犯提供了一些线索。新版本声称已经删除了"旧版"民谣中"有关教皇或异端"的内容。[22]这个新版本通常被简称为《巴斯妇》(*The Wife of Beith*),

有时会将其中关键的形容词"放荡的"(wanton)改为"值得的"(worthy)。它显然是在倡导一种新教救赎观,其重点是信仰和恩典——而不是忏悔和罪之赦免。因此,彼得告诉妇人,"如果你有信仰,你就能进来",并补充说,"信仰是你走进来的双脚",以及"笃信不疑,否则万劫不复"(478、480、484 行)。这位妇人遵从这个教诲,对基督说,"但是,哦!你的怜悯永存/拯救信靠你的灵魂",接着她补充道,"我将躺卧在你恩典的脚凳前"(623—624、634 行)。基督确认道,"你的信仰,可怜的灵魂,已经拯救了你"(638 行)。而在早期版本中,根本没有这样的内容。这部写于苏格兰的《巴斯妇》传达了与一百年前乃至更早的《放荡的巴斯妇》截然不同的信息。此时,很明显的是,改写者想要让旧版的巴斯妇消音,并用一个净化过的版本——一个安稳地皈依了宗教改革的妇人——取而代之。

然而,这并不意味着在 1600 年和 1632 年禁止这首民谣是出于新教的担忧。一位评论家确实提出,17 世纪初的读者对《放荡的巴斯妇》中的天主教神学感到愤怒,认为巴斯妇通过简单直接且程式化的忏悔就轻易地得到了宽恕,但是,几乎没有证据表明这点引起了 17 世纪上半叶的读者们的不满。[23] 如果我们倒回去看,在 1632 年,确实有一个针对《放荡的巴斯妇》内容的评论——说它"粗鄙地滥用了"《圣经》。虽然这可能暗示了新教徒的愤怒情感,但这并没有清楚地表明该文本被视作亲天主教或是反新教。这条评论听起来很像 15 世纪的抄写员一直在进行的那类攻击:艾莉森摘引了《圣经》的一些片段,并断章取义地或者片面地运用它们,从而歪曲了《圣经》的真理。毕竟,这首民谣讲述的是一些最受尊敬和最重要的

《圣经》人物的过错和罪恶,而没有更系统全面地讨论他们的生平与美德。此外,这首民谣描绘了这位普通女性与《圣经》权威人物进行辩论并获胜,最后叫他们铩羽而归。这一点,再加上文本是未经许可印刷的事实,似乎足以让高等宗教事务法庭将这首民谣视作对权威的冒犯性攻击,是一篇支持反叛者的文本——而且还是在一个充满普遍不安的时期,即在查理一世试图无国会统治时期这样做的。1632 年的巴斯妇是缺乏对权威尊重的一个颠覆性人物。

早期对这首民谣攻击的确切历史时刻更加耐人寻味。1600 年夏天的伦敦氛围狂热,充满了怀疑、对叛乱的恐惧以及对文本影响公众舆论力量的焦虑。[24] 正是在 1600 年 6 月,埃塞克斯伯爵罗伯特·德弗罗(Robert Devereux)出席了在约克宫(York House)举行的特别听证会,他被指控犯有叛国罪。[25] 对他的指控包括违抗伊丽莎白女王在爱尔兰的命令,违背她的意志缔结休战协议,以及凭个人权力擅自册封许多人为骑士——这些行为似乎挑战甚至篡夺了他的君主的权威。在约克宫举行听证会后仅 20 天,就下达了烧毁《放荡的巴斯妇》的命令。有关中世纪的文学和历史文本,是埃塞克斯伯爵的控告者们格外怀疑的对象。[26] 例如,1599 年,约翰·海沃德(John Hayward)爵士出版了《国王亨利四世的生平和统治:第一部》(*The First Part of the Life and Reign of King Henry the IIII*)。他在其中加入了一篇演讲,坎特伯雷大主教在演讲中辩称,在某些情况下,忠诚之士采取行动反对坏国王具有正当性。海沃德还写了一篇献给埃塞克斯伯爵的献词,用这样的话赞美他:"你现在因充满希望而伟大,因对未来的期许而更伟大。"[27] 次年,总检察长科克(Coke)声称,作者"打算将它应用于当下这个时局"。[28] 这种对 1399 年至 1400 年历史——在这几个月中，亨利·博林布鲁克（Henry Bolingbroke）回到英国、击败理查二世、登上王位，并最终谋杀了他的堂兄——的某个版本的担忧，让人想起围绕这一历史事件的一个更著名版本的焦虑。长期以来，莎士比亚的《理查二世》一直与埃塞克斯伯爵联系在一起。最重要的是，他的支持者们在 1601 年 2 月 7 日还观看了莎士比亚的这部戏剧，这恰好是在他们叛乱的头一晚。在审判埃塞克斯的主要盟友之一盖利·梅里克（Gelly Meyrick）爵士时，下令演出这部戏剧的行为被明确定性为叛国罪。[29]

这就是书商公会下令焚烧有关巴斯妇的民谣的时代背景。我认为，这首民谣极不可能是为了"影射"当代政治而**写**，但它很有可能被用这种方式**解读**。《放荡的巴斯妇》描绘了一个敢于对权威说话的人，她反抗上级，甚至有可能是在向权力讲真话。此外，她的叛逆和直言不讳最终没有受到惩罚，反而得到了奖励。权威人物（基督）原谅了她，向她表示了仁慈，并欢迎她进入天国。因而，这是一个劝告人们不要惩罚和报复，并提倡和解与接纳的文本。这无疑与 1600 年夏天埃塞克斯的境况有所共鸣，当时，埃塞克斯迫切地希望伊丽莎白能够原谅他在爱尔兰的所作所为，并将他召回宫廷。伊丽莎白有句（也许是人们杜撰的）名言："我就是理查二世。你们难道不知道吗？"[30] 也许，就《放荡的巴斯妇》而言，她就是基督，而罗伯特·德弗罗，这位士兵兼宠臣、镀金的埃塞克斯伯爵，同样可以恰当地宣称，"我就是巴斯妇。您不知道**这点**吗？"——虽然我们很难想象温文尔雅的伯爵穿上艾莉森的服饰会是何种模样。极为有趣的是，印刷商喜欢随意地重复使用木刻版画，在 1660 年印刷的一版民谣中，艾莉森竟神似伊丽莎白本人。

大约在 1700 年，对这首民谣的改写消除了其中的一些对立和颠覆性倾向，这一方面是通过将艾莉森的"放荡"换成了"值得"，另一方面，更为重要的是通过使她的宗教信仰与当代苏格兰新教相契合。改写和重塑巴斯妇的文本，以试图让她不那么任性逾矩、更加循规蹈矩，这也并不是唯一一次。约翰·盖伊的戏剧《巴斯妇》（*The Wife of Bath*）也经历了一个类似的过程。它于 1713 年在德鲁里巷（Drury Lane）剧院首演，尽管盖伊获得了丰厚的版权费（25 英镑），但戏剧只上演过两次（分别在 5 月 12 日和 5 月 15 日）。在将近 20 年后，盖伊重新修改了这部戏剧，并于 1730 年再次上演。同样，它没有取得什么戏剧上的成功——只演出了三场——但盖伊从版权销售中获利颇丰（75 英镑）。重写的剧本对早期版本进行了极大弱化。用一位评论家的话来说，它被"美化和净化了，变得适合风雅的上流社会"。[31] 戏剧中的流行音乐被删除，滑稽元素也被大大削弱，因此该剧变得更加严肃、不那么生气勃勃、表演性更低。在第一个版本中，乔叟这个人物主导情节，他将自己伪装成占星师，并计划要与米蒂拉女士（Lady Myrtilla）结婚，以免她去当修女。这个角色在后来的版本中被完全删除，并变成了"哈里·冈特雷特爵士"（Harry Gauntlet）。删除乔叟这个人物真是令人费解——也许，盖伊在他的源文本和他自己之间划清了界限，明确表示这是一位 18 世纪、而不是 14 世纪的巴斯妇。在后来的一个版本中，他还羞辱了巴斯妇。1713 年，在该剧的最后一幕，当所有情侣终成眷属时，艾莉森向平民地主建议他们应该在一起，请他握住她的手，并说这世界上再也找不到"另一对这样的情侣"，还说他们代表着"甚至超越春天的意大利之秋"（第五幕，63页）。此时，其他人物角色陆续登场，而平民地主还没作出回应，因此，我们大可以假设他们的确（在字面和隐喻意义上）携手在一起了。³² 在1730年的版本中，他们最后的相遇反映的是1713年剧中较早的一个情节。艾莉森向改名为"普劳登"（Plowdon）的平民地主求爱，建议他们应该"消遣［他们］自己"以"嬉闹"一场，并建议他："通过你自己的婚姻来报复你自己。"他的回答也毫不含糊：普劳登反驳说，如果他那样做了，报复也会"落到我自己的头上"，并尖刻地补充道，"我希望女人不要那么莽撞无礼"（第五幕第七场，78页）。³³ 艾莉森遭到了彻底的拒绝，不久之后，她向所有人指出，只有她是单身："除了我，每个人都有伴儿！"（第五幕第九场，79页）。盖伊将艾莉森从喜剧的"大团圆结局"中除名了，标示她不配成为这类戏剧传统结局中成双成对的情侣中的一员。

与此类似，后来一部关于巴斯妇的戏剧也被重写，其目的是让艾莉森回到她原本的位置上。在20世纪初期，珀西·麦凯（Percy MacKaye）创作的戏剧最初名叫《巴斯妇》。然而，当资助者和演员都对一个女性角色主导作品表示惴惴不安时，麦凯同意改写剧本甚至更换戏剧名，将艾莉森的戏份减少，并将戏剧重新命名为《坎特伯雷朝圣者》（The Canterbury Pilgrims，1903）。³⁴ 纵观历史，我们看到创作者们不仅创作巴斯妇的文本，而且，他们在了解观众的反应之后会焦急地回到这些作品再进行修改，通常都是为了以这样或那样的方式来削弱、惩罚或限制艾莉森。³⁵

约翰·德莱顿明确表示，巴斯妇的某些方面根本不适合他的观众，必须被抹去。事实上，这些方面才是巴斯妇作为一个角色的一切,但德莱顿的译本只保留下了她叙述的故事。1700 年,德莱顿出版了他著名的《古今寓言集》(*Fables, Ancient and Modern*),包括对薄伽丘、乔叟、荷马和奥维德等人作品的翻译。在前言中他说:"要是我更想取悦,而不是教导,那么牧师、磨坊主、船长、商人、法庭差役,尤其是在其故事引子中的巴斯妇,本可以为我赢得朋友和读者,其数量堪比城里所有的花花公子和风流女士。"然而,他接着说,他不希望"冒犯良好的礼仪",如果有任何"亵渎""潜入"了他的诗中,他会完全否认(这是典型的乔叟风格,乔叟以在字面上推诿责任而闻名)。在这里,他表明在某种程度上他很想翻译《巴斯妇的引子》,但最终决定不这样做,不过他还是无法对她置之不理。几页之后,德莱顿再次提到不翻译《巴斯妇的引子》的问题,他写道:"我首先翻译了乔叟的作品,在其中特别挑选了《巴斯妇的故事》,但正如我前述所说,我不敢冒险翻译《巴斯妇的引子》,因为它的内容太放荡了。"[36] 于是,《巴斯妇的引子》便成了《古今寓言集》背后的一种存在——作为一个他想翻译但又不敢尝试的文本,一个他无法公开言说但深知他的读者会乐于听见她声音的文本。

然而,亚历山大·蒲柏确实翻译过《巴斯妇的引子》,该译本于 1713 年出版,并出现在了《乔叟坎特伯雷故事集:多人合作改写版》(*The Canterbury Tales of Chaucer, Modernis'd by Several Hands*,1741)中。18 世纪晚期,约瑟夫·沃顿(Joseph Warton)曾斥责蒲柏试图翻译《巴斯妇》,他写道:

> 《巴斯妇》是蒲柏选择模仿的另一部乔叟的作品。我们不禁对他的这一选择感到惊讶,也许只有鉴于他还年轻,这点才

能够被原谅。德莱顿素来以不那么挑剔而著称，但他告诉我们，他不会将《巴斯妇》诗化，因为它太不雅了。然而，蒲柏却已经删去或者淡化了其中更为粗俗和更令人反感的一些段落。[37]

蒲柏的译本大约只有原版长度的一半。他选择性地删掉了很多内容，例如：有关生殖器用途的那部分内容（115—137行）、有关"如果没有性就不会有贞操"的有趣评论（71—72行），艾莉森宣称她拥有"最好的宝贝"（608行），她提到她的"维纳斯之室"（618行），以及她的"私密处"（620行）有火星玛斯（Mars）的印记。他也删除了她说她在早上和晚上都会和丈夫发生性行为（152行）以及丈夫们是她的奴隶（155行）等言论。虽然蒲柏试图通过改动原文，让她在15岁而不是12岁时成婚（蒲柏，7行），以使中世纪的法律规范看起来不那么令人震惊，但他还是让巴斯妇个人显得更有罪，他说她在仍处于婚姻状态中就向詹金"典当了［她的］名誉"（蒲柏，293行）（而在乔叟的版本中，她和詹金只有暧昧的"调情"［565行］）。蒲柏还淡化了故事情节中的经济方面，说巴斯妇的前三任丈夫只是给了她一些礼物，而不是将土地转让给了她（蒲柏，64行）。随着卖赎罪券者和托钵修士的打断被完全删除，对厌女症的描述变得不那么引人注目，因此，我们不再看到男性神职人员对女性言论感到不适的种种表现。这是一个不那么有趣、没有什么社会地位的巴斯妇——而且，最显著的是，这个角色的言辞远没有那么露骨和大胆。

德莱顿抑制巴斯妇个人声音和故事的动机，据他自己说，是因为那"太放荡了"，而这显然也是蒲柏有所选择的翻译背后的一个动因。这与埃格顿评注者以及更早期的审查者们的动机有所不同。埃格顿评注者认为，巴斯妇过于咄咄逼人且傲慢无礼；而 1600 年和 1632 年民谣的审查者们认为她过于叛逆。再者，与苏格兰改写者的动机也不同，后者认为她太像个天主教徒。德莱顿对《巴斯妇的引子》比对其他任何被其拒绝的文本都要更加着迷，这一点我们从他在前言中反复提及《巴斯妇的引子》中可以看到，但是，他认为它与 5 个故事大致相似——其中 4 个故事在性方面都很露骨，而且与通奸主题有关（即《管家的故事》《磨坊主的故事》《船长的故事》和《商人的故事》），另外一个故事则详细讨论了放屁的科学（《法庭差役的故事》）。对于德莱顿来说，更成问题的似乎是艾莉森对身体和性方面的讨论，而非她对教会教会神父和《圣经》解释的攻击。德莱顿想要宣扬的乔叟形象，可以从他在《古今寓言集》中收录的那些故事中明确窥见:《骑士的故事》《巴斯妇的故事》《修女院教士的故事》，以及一部伪作《花与叶》(*The Flower and the Leaf*)。前两个故事都是浪漫传奇，以婚姻和稳定父权制的延续而告终，这与描绘父权制在乾坤颠倒的世界中垮台的寓言故事形成了鲜明的对比。《修女院教士的故事》最终也描绘了秩序的重建、父权的恢复以及遭到入侵和混乱后的现状，而《花与叶》则推崇宫廷娱乐和童贞的价值。有点滑稽可笑的是，德莱顿选择了一个根本就不是乔叟的文本来作为乔叟著作的最佳代表。相比之下,《巴斯妇的引子》可能会动摇德莱顿所精心构建的乔叟形象——这位"英国文学之父"在《坎特伯雷故事集》中的创作意图。

在本章中，我一直在考察一些截然不同的文本和作家，但他们有一个不变的共同点是，对巴斯妇作为一个颠覆性和挑战性人物的担忧不断浮现。不论读者和作家更担心她是性、政治还是宗教上的叛逆者,那些想让她消音的人,都出于将艾莉森视为对现有权威和既定秩序的威胁。但是,尽管如此,我们也还是能不断地看到艾莉森的回归。她催生了比其他任何坎特伯雷朝圣者都要多得多的评论和新文本——有民谣、戏剧,还有诗歌。即使作家们对艾莉森感到疑虑不安,他们仍然不能对她弃之不顾——因此,手抄本中反复出现关于她的评注,而且关于她的故事也会不断地被改写下去。如果像德莱顿这样的作家选择不译《巴斯妇的引子》,他仍然觉得有必要反复提醒我们去注意这种缺失。显然,巴斯妇根本**没有**被消音,但男性读者们坚持要压制她的声音,这种企图本身就讲述了他们自己的一个故事,一个关于他们发现巴斯妇是多么迷人、令人不安且具有威胁性的故事。

第 7 章 当莎士比亚遇见艾莉森

我听说过巴斯妇,我想是从莎士比亚那儿听说的。

——乔纳森·斯威夫特致约翰·盖伊的信,1729 年 11 月 20 日

威廉·莎士比亚是一位伟大的乔叟迷。[1]事实上,乔叟是伊丽莎白时代和詹姆士一世时代诗人和剧作家中的泰斗级人物,他的影响在这几十载中几乎每一位重要作家的作品中都显而易见,包括斯宾塞、皮尔(Peele)、戴伊(Day)、锡德尼(Sidney)、李利(Lyly)、马洛(Marlowe)、马斯顿(Marston)、琼森(Jonson)、戴克尔(Dekker)、格林、查普曼、米德尔顿(Middleton)、博蒙特和弗莱彻。[2]虽然古书籍研究者们和学者们对乔叟的作品很着迷,但正如我们所见,其作品通过民谣以及戏剧和诗歌广为流传。[3]1532 年,威廉·锡恩(William Thynne)出版了一套完整的《杰弗里·乔叟作品集》(*Works of Geoffrey Chaucer*)。这是历史上第一次有方言作家获得出版宏大作品全集的殊荣,而在接下来的 70 年中,又出版了五部这样权威的对开本版本(锡恩,1542,1550;斯托[Stow],1561;斯佩特[Speght],1598,1602),并且它们开始附有正式的文本辅助资料——传记梗概、家谱和内容摘要等。[4]乔叟被重新包装为一位原始新教徒,使他特别合乎读者口味,福克斯(Foxe)在他的《事迹

与纪念碑》(*Acts and Monuments*，1570)中明确称乔叟为"正统的威克里夫派"。[5] 乔叟的这个新形象得益于锡恩和他的继任者们广泛的编辑工作，他们将绝不是由乔叟写的威克里夫派文本——《杰克·阿普兰》(*Jack Upland*)和《农夫的故事》——也收入《乔叟作品集》中。这是一个认同伊丽莎白时代国家的新教及改革主义价值观的乔叟。在其他方面，乔叟仍然是多变的：斯宾塞更为关注的是一个"浪漫传奇式"的乔叟，格林想象的是一个粗俗的、寓言风的乔叟，这与更为严肃的高尔形成了鲜明对比。很多戏剧是根据乔叟的个别文本改编的，而《坎特伯雷故事集》作为一个整体的概念，激发了诸如《坎特伯雷的补鞋匠》(*The Cobbler of Canterbury*)这类文本的灵感，它是一部由从伦敦乘船前往肯特的朝圣者们讲述的故事集。[6]

对于伊丽莎白时代和詹姆士一世时代的继任者们来说，乔叟意味着很多东西。他是一位兼具浪漫和道德严肃性的诗人；他是一位哲学家和天文学家；他下流、粗鲁；他是一位不合格的诗人；他是他们的文学之父。[7] 在这几十年中，巴斯妇的身影不仅在广受欢迎的民谣中占据重要地位，而且，例如，在弗莱彻基于他的故事改编的戏剧《取悦女人的方法》(*Women Pleas'd*)中，或者在布拉思韦特(Brathwait)的《评论》(*Commentary*)——第一篇有关英国本土诗歌的"批评"作品，分析了磨坊主和巴斯妇——中，也都举足轻重。[8] 巴斯妇的一个有趣的方面在于，她的引子和故事并置了乔叟关切的不同方面。巴斯妇的引子和故事，尤其是故事，都是道德且严肃的，故事着重强调了教育、改革和基督教高贵品行的重要性。然而，引子也是非常惊世骇俗的，点缀着露骨的性表达和离经叛道的想法。在这里，我们既可以看到粗俗无礼的乔叟，也可以看到严肃虔诚的乔叟。

罗伯特·格林是莎士比亚的同时代人,他曾令人印象深刻地将他的这位剧作家同行贬斥为"暴发户乌鸦",他与乔叟的关系格外有趣,他既视乔叟为文学先驱,又认为他有些粗俗和无关紧要。在他的两部"乔叟式"的文本中,格林都围绕着巴斯妇来讲述。几乎可以肯定的是,格林就是《坎特伯雷的补鞋匠》的作者,而在他的《幻象》中,格林又刻意地否认这个文本。[9]在《坎特伯雷的补鞋匠》中,从比林斯盖特(Billingsgate)到格雷夫森德(Gravesend)的驳船上有六名乘客在讲故事。其中一位是个"老妇人"。事实上,很明显的是,对格林来说,《坎特伯雷故事集》最重要的一方面就是让一位老妇人来讲一个故事,他写道:"在这只小小的驳船上,我们模仿了我们的文学之父乔叟,就像他在旅行中那样讲述各种各样的故事,其中就有老妇人的故事。"[10]这里的老妇人是巴斯妇和一个被生动描绘的丑陋妇人形象的结合体。在格林的《幻象》中,乔叟本人也成了一个角色。在格林看来,乔叟和高尔是代表了两种不同文学形式的元老——简单而言,乔叟代表了喜剧,高尔代表了严肃文学。最后,高尔赢了,但随后,高尔又被所罗门比了下去。在辩论期间,乔叟和高尔各自讲述了一个故事,这本身就是对《坎特伯雷故事集》中说故事比赛的一种模仿,而作为一个整体的文本,其基础是对他们作品的细心回应。[11]乔叟讲述的故事有很多个来源——最明显的是乔叟自己的《管家的故事》以及《坎特伯雷的补鞋匠》中的《绅士的故事》。它也与巴斯妇的引子和故事密切相关:他描述了一个有工作的妇女,在结婚后仍然四处漫游,尽管这让她的丈夫心生嫉妒,担心邻居会跑到他家来看她;女人们也闲聊、密谋、想计她们的丈夫安安分分。故事中有几处致敬了乔叟的几个寓言故事，但是，这个大胆的漫游女子更像艾莉森，而不像乔叟其他寓言故事的女主人公，因为她们往往都待在家中。格林的两部作品说明，在当时，乔叟对其他作家的想象力有着某种强大影响，他是一位不可忽视的作家，必须被作家们以某种方式重写、掌握或改进。[12]

在莎士比亚和弗莱彻合著的《两贵亲》（*The Two Noble Kinsmen*）的引子中，乔叟被显要突出。在略带滑稽地将戏剧比作童贞之后，两位剧作家谈到这部戏剧时说：

> 它有一个高贵的创作者，
> 纯粹，博学，还从未有哪位诗人
> 在波河（Po）和银色特伦特河（Trent）之间名声更盛。
> （所有人钦佩的）乔叟提供了这个故事；
> 它将永远长存。
> 如果我们让这份高贵陨落，
> 这个孩子听到的第一个声音是嘘声，
> 这将如何撼动那位好人的骸骨，
> 让他从地下哭喊，"哦，愿风
> 从我身上吹走这样一个作家的无知糠秕，
> 它玷污我的桂冠，让我最有名的作品
> 比罗宾汉还要轻贱！"这就是我们的恐惧；
> 因为说实话，这是一件永无止境的事情，
> 我们太野心勃勃，企图追上他，
> 我们如此虚弱，几乎喘不过气地挣扎

在这深水里。(10—25 行)

在此,关于莎士比亚和弗莱彻如何定位自己和乔叟,有着许多有趣的方面:当他们试图追随大师时,他们呈现的是在水中挣扎的形象,这便树立了一个非常权威的前辈形象,一位"所有人钦佩"的严肃的诗人,其他人根本望尘莫及。用来描述他的语言也表明,两位剧作家对乔叟的全部作品了解得很透彻:这个引子在很大程度上受惠于乔叟的一个引子,即《学士的引子》,其中也提及了波河,以及一位权威但已死去且被埋葬的作家来源——在这个引子中,指的是彼特拉克(Petrarch,29、48 行)。正如彼特拉克之于乔叟,乔叟之于莎士比亚和弗莱彻亦然——在这两种情况下,这份崇敬都伴随着不加掩饰的提醒,即他们的先人已故,并由此暗示他们正在衰朽,可能会变得无关紧要,现在他们正被新鲜的声音所取代,只能通过在地下发出异响来萦绕于新文本之中。换句话说,当代作家们在承认他们自己欠前人一笔巨大债务的同时,也宣称要去创造一个新的、有生命力的艺术作品。[13] 在《两贵亲》中,乔叟被描绘成一个作者及其观众都熟知的人物,并且他在方言诗人中无与伦比。最终,莎士比亚和弗莱彻对中世纪方言文学有时不入流的名声也表示认同,但他们将乔叟的诗歌与流行的浪漫传奇、粗俗的故事和口头民谣明确区分开来,后几者在这里就用了一个笼统的术语"罗宾汉"来加以概括。

  莎士比亚如此招摇地凸显乔叟是很少见的——事实上,这些戏剧台词可能要更多地归功于弗莱彻,而不是莎士比亚——但在莎士比亚的许多戏剧中都显而易见的是,他对乔叟的大量作品进行了细致的阅读。有些戏剧明显受惠于乔叟：比如，《特洛伊罗斯与克瑞西达》（*Troilus and Cressida*）受惠于《特罗勒斯与克丽西德》，而《仲夏夜之梦》（*A Midsummer Night's Dream*）与《两贵亲》受惠于《骑士的故事》，这些都是最为明显的例子。例如，《仲夏夜之梦》和《骑士的故事》都使用了忒修斯和希波吕忒的婚礼作为框架，故事发生在雅典及其附近的树林中，情敌们为争夺一个女子而战。具体的语词呼应包括："菲洛斯特拉忒"（Philostrate）这个名字，在女主人公不愿结婚的背景下提到狄安娜的祭坛，以及一些短语，例如，"向五月清晨致敬"（《仲夏夜之梦》，第一幕第一场，166 行）和"向五月礼拜致敬"（《骑士的故事》，1500 行）。几乎在每一部莎士比亚的戏剧中，评论者都追踪到了数十处直接引用和化用乔叟文本的例子。[14] 但我们也大可以认为，莎士比亚对乔叟的回应远非只是记住某些特定句子或是复刻一些情节，而是有更为深刻的内涵。正如马奎尔（Maguire）和史密斯所写，"最重要的来源可能已经被最彻底地同化、最潜移默化地吸收了——因此也是最不可见的"。[15] 同样，库珀（Cooper）认为，莎士比亚"对乔叟作品进行了彻底的概念重建，以至于几乎无法辨认"。[16] 在别处，库珀还写道，乔叟为莎士比亚提供了"能激发他想象力的高能量燃料"。[17] 在分析《仲夏夜之梦》时，库珀不仅指出了该剧对《骑士的故事》的明显借鉴，她还暗示，它也是对《坎特伯雷故事集》本身的彻底移置（transposition），重新演绎了《坎特伯雷故事集》对社会范围以及风格和文化冲突的兴趣，同时还使用了《贤妇传说》和《托帕斯爵士的故事》等多种文本。[18]

然而，莎士比亚对乔叟的借鉴，以及他对乔叟作品的阅读深度和兴趣一直都被低估了，评论家们往往对莎剧中的古典或欧洲来源比对英国来源更感兴趣。例如，令人惊讶的是，在讨论《坎特伯雷的补鞋匠》与《温莎的风流娘儿们》的相关性时，最近的一本书告诉读者，《坎特伯雷的补鞋匠》是对《塔尔顿的新闻》(Tarleton's News)和如《十日谈》这样的意大利短篇小说的回应，而这本书仅在括号中非常简短地提及了另一个故事集来源，这个来源明显是在前往坎特伯雷的路上上演的，并在《坎特伯雷的补鞋匠》中被直接提到过。[19] 在这里，莎士比亚与他英国中世纪的前辈们明显分开了。同样，另一篇关于《温莎的风流娘儿们》的文章，题为"女人想要什么？"，着重探讨弗洛伊德对这个问题的极大兴趣，却完全没有提到一个事实，即这个问题推动了《巴斯妇的故事》的整个叙述——尽管毫无疑问，莎士比亚十分熟稔《巴斯妇的故事》。[20]

事实上，正如本章余下部分将要讨论的那样，巴斯妇对莎士比亚的影响深远。首先，也是最无足轻重的一点，我们可以在直接用典的层面上看到这一点。在《理查二世》中，博林布鲁克（Bolingbroke）对火和高加索的提及显然呼应了巴斯妇在她的故事中使用的火和高加索的意象。[21] 但这些隐喻的"含义"则完全不同，所以在我看来，这表明莎士比亚是多么深受乔叟的影响——他记得，或者几乎"误记"了乔叟的话，将其纳为己用，作为自己词库的一部分。[22] 在《终成眷属》(All's Well That Ends Well)中，国王发表的演讲让人强烈地想起《巴斯妇的故事》中那位丑妇的演讲：两者都着重强调不要轻视出身的低微，以及，荣誉关乎行动而非血统。[23] 有趣的是，在两部截然不同的戏剧中，这两个时刻让人想起了《巴斯妇的故事》中的同一个演讲，在那个关键时刻，丑妇向犯有强奸罪的骑士教授伦理、偏见和美德。

然而，巴斯妇对莎士比亚的影响远比这些具体时刻所显示的还要深远得多。当莎士比亚遇见艾莉森时，发生了两件大事。她影响了莎士比亚对于文学人物可以成为什么以及能够做些什么的思考——她经过转化和性别转换，以约翰·福斯塔夫（John Falstaff）的形象出现。此外，她激发了莎士比亚唯一一部以英格兰为背景、唯一一部关于中产阶级的戏剧，一部有关女性赋权、变形、教育骑士和女性道德行为的戏剧：《温莎的风流娘儿们》。

巴斯妇之于乔叟就像福斯塔夫之于莎士比亚。乔叟和莎士比亚都创造了一个完全不同于他们笔下其他人物的角色。在这两个案例中，角色都跨越了多部作品和体裁（前者包括《巴斯妇的引子》和《巴斯妇的故事》《学士的故事》《商人的故事》《派往布克顿的信使》；后者则包括《亨利四世》上下篇、《亨利五世》《温莎的风流娘儿们》），就好像他们无法被拘于一处。艾莉森和福斯塔夫都是玩弄文字的大师和世界的创造者；他们都很有趣；他们都充满活力，热情赞美身体和本能欲望；他们都挑战权威。两人也都滑稽且执着地引用、误引以及重新解释《圣经》，来作为他们构建论点和自身世界观的一部分。而且，这两个角色都滔滔不绝甚至是不加节制地言说，主导文本，将所有注意力都集中到自己身上。至关重要的是，两个角色都充分意识到了他们自己的罪恶，并承认了它。这种自我认知在激怒一些人的同时，也解除了许多读者的戒心，并促使读者将他们视为令人惊叹的文学人物而欣赏。他们都十分了解自己，我们（或者说我们中的许多人）也想去了解他们。他们的确使评论家们产生分歧，"说教式评论家"对这两个角色都报以恐惧和厌恶；[24] 诚如罗伯茨（Roberts）恰如其分地评论说，福斯塔夫就像读者的罗夏墨迹测验①（Rorschach test）。²⁵ 他们都激发了读者对他们的痴迷——就像他们也让他们的作者对其着迷一样，两位作家都无法对他们置之不理。艾莉森和福斯塔夫都可以被看作生命和活力的代表。他们都是中年角色，已经不再那么年富力强，但他们都拒绝放慢脚步。此外，在各自的文本中，他们都没有真正死去——而且，他们都参与了复活场景。

当然，相关并不是因果，艾莉森和福斯塔夫之间的许多相似之处，单独来看，似乎只是巧合。但是，当我们将所有这些巧合放在一起考量时，这个论点就很令人信服了。哈罗德·布鲁姆（Harold Bloom）断言，"福斯塔夫只让莎士比亚欠下一笔确凿的文学债务"，他认为福斯塔夫和艾莉森之间的联系是"微弱但充满活力的"。²⁶ 重要的是要记住——正如我一直在讨论的——我们很确信，莎士比亚是《坎特伯雷故事集》的专注读者，并且十分了解《巴斯妇的引子》和《巴斯妇的故事》。我认为，这是一个已经被莎士比亚"彻底吸收"的文本来源，以至于来源本身都几乎变得看不见了，成了一个隐藏的基础，若是没有这个基础，莎士比亚的文本便无法以同样的方式呈现出来。读者总是能够看到艾莉森和福斯塔夫深刻的相似之处，并以相似的方式回应他们。事实上，这两个角色都在后续其他人写的文本中获得了长久的后世生命。我们也许可以将本书中纳入考量的文本（例如《放荡的巴斯妇》、约翰·盖伊的《巴斯妇》和琼·"宾塔"·布雷兹的《布里克斯顿市场的巴斯妇》[*The Wife of*

---

① 瑞士精神医生赫曼·罗夏（Hermann Rorschach）编制的一种人格测验方法，于1921年完成，现已被世界各国广泛使用。它主要是通过观察被试对一些标准化的墨迹图样的自由反应，分析判断其性格特征。

Bath in Brixton Market ］)与威廉·肯里克(William Kenrick)的《福斯塔夫的婚礼》(Falstaff's Wedding)、威尔第(Verdi)的歌剧《福斯塔夫》,以及罗伯特·奈伊的《福斯塔夫:一部小说》(Falstaff: A Novel)等进行一番比较。

《亨利四世》的上下篇已经被一些评论家重新命名为《福斯塔夫传奇》,因为福斯塔夫几近全面地占据了这两出戏剧。[27] 他凭借台词的数量和力量主导了这些戏剧。福斯塔夫的讲话,洋洋洒洒且引人注目,就像《巴斯妇的引子》使《坎特伯雷故事集》中任何其他人的引子都相形见绌一般。这两个人物角色都要求我们的关注,凭借的是他们要被倾听的决心和他们语言上的能力——他们的机智,他们对复杂句子和思想的灵活运用,以及他们使用意象和文字游戏的技巧。他们通过忏悔与听众建立联系。例如,福斯塔夫告诉我们,他"本来很少发誓,每刻钟最多只赌一次骰子,借了钱也还了大概三四次,生活得挺好,不走歪路,而现在却一团混乱,完全偏离了人生的正道"(《亨利四世》上篇,第三幕第三场,15—20行)。巴斯妇则将她的整个引子编排成一场自白的忏悔,充满了各种言论,例如,"我何必费心去取悦他们/如果不是为了我的利益和快乐?"(213—214行)以及"哦,主啊!我对他造成的痛苦和悲伤,/完全是无辜的,凭上帝甜蜜的痛苦起誓!"(384—385行)艾莉森和福斯塔夫都向我们表明,他们知道自己的缺点,甚至直白地告诉我们他们爱说谎。例如,福斯塔夫假装杀死了霍茨波(Hotspur)。他找到了他的尸体,并告诉我们,"我发誓是我杀了他",并补充说,"除了亲眼看见,谁也无法驳倒我,但没有人看见我"(《亨利四世》上篇,第五幕第四场,125—127行)。同样,艾莉森在一开场向听众坦诚了她的谎言，并详细说明了她如何骗詹金，说她梦见了他和一张血淋淋的床，她还向我们补充道："一切都是假的；我根本什么都没有梦到。"（582行）艾莉森使用了相同的短语"一切都是假的"（382行），来描述她如何对她的前三个丈夫撒谎，假装他们在喝醉时家暴了她。他们的这种欺骗，以及他们对自己和听众坦诚这种欺骗，使得许多读者和听众感到是他们的同谋，甚至会不自觉地同情他们。他们都对自己感到满意，而他们那种快乐的唯我论（delighted solipsism）也将许多读者引入他们的世界。

他们两人还通过言语的力量吸引我们的注意和兴趣；他们都以其修辞技巧和对修辞手法的精妙运用而著称，例如，使用首语重复法（ananphora）、等长句式（重复等长的从句或句子）以及设问。[28] 他们组织句子和表达个性的方式都非常有效。例如，艾莉森像这样训斥卖赎罪券者：

> 当我和你说完我的故事
> 关于婚姻中的磨难，
> 在我这把年纪，对此我是专家——
> 也就是说，我自己成了鞭子——
> 那么你可以选择是否愿意啜饮
> 我将要打开的那桶酒。（172—177行）

这个长句以三个从句（当……；关于……；也就是说……）开始，接着，艾莉森才来到延迟的主句——"那么你可以选择……"这些限定性从句增加了读者的期待，同时也展示了艾莉森对她的内容和对

第7章 当莎士比亚遇见艾莉森 171

话者的绝对掌控。它们也会让我们觉得艾莉森是一位热情洋溢的演说者,她的想法会不断扩展、离题、漫溢。简而言之,这个结构代表了艾莉森拒绝被约束限制,拒绝直奔主题然后再退下。她的语言也很吸引人:她在前一句话中曾把倾听比作喝酒,在此继续使用这个隐喻,与此同时,她也引入了一个有关她自己的隐喻,将自己描述为"鞭子"。她的用词和诗律也值得注意,尤其是在听觉上引人注目地将完全由十个单音节词组成的诗行且仅包含四个词(其中一个有五个音节,另一个有三个音节)的诗行并置:"当我和你说完我的故事 / 关于婚姻中的磨难。"(And whan that I have tooled thee forth my tale / Of tribulacion in mariage.)在整个句子中,她的自我意识体现在她坚持使用第一人称上——"当我和你说完";"我是专家";"我将要打开"。在最后一句短语中,她坚称自己对未来有所掌控,尽管在那个时刻根本还不能如此确定——但她声称她可以想象并决定接下来将发生的事情。艾莉森通过她的言语创造了一个世界。

福斯塔夫创造世界的才华也主导着他的演说。以下便是一个例子:

> 我不知道:他在这里,我把他交给您,我恳求殿下将其记入今日功绩簿中,否则,凭主起誓,我将把它写成一首特别的歌谣,把我自己的画像印在上面(柯维尔[Coleville]亲吻着我的脚),如果我被迫采取这种做法,如果你们所有人都像镀金的两便士①一样对我显现,我的英明就会把你们全盖过去,就像晴

---

① 两便士是银铸的,若镀上金则可以冒充半克朗金币。此处福斯塔夫暗讽对方虚有其表。

朗天空中的满月照着煤灰的余烬（对月亮来说，它就像针尖儿一样），那么请不要相信贵族说的话。(《亨利四世》下篇，第四幕第三场，45—54行)

我们再一次看到，说话者希望尽可能地延长句子以吸引听众的注意——艾莉森所表现的拒绝被束缚。这是一个整句，包含了多个从句和冗余的细节。在这里，福斯塔夫主张他有权按照自己的意愿来创造世界：他构建了一个夸张的未来，他将出现在一首纪念歌谣中，并添加了一些细节（"柯维尔亲吻着我的脚"），还以崇高的意象吸引他的听众——他把自己比作满月；把他的同伴们比作一群小星星，他们在他旁边小得像针尖似的。这种层层比喻再次表明福斯塔夫渴望掌控叙事、继续言说。他反复使用第一人称，并坚持自己的行动有力量——"我把他交给您"，"我恳求"，"我将……"——揭示了他决定要主导讨论的决心。此外，当艾莉森在与一名男性教士对话并反驳他时，福斯塔夫正在向一位皇室王子宣示他的立场：当直面观点对立的权威时，他们都声称自己有权在这个世界上为自己创造一个空间。

挑战权威以及权威思想是艾莉森和福斯塔夫身份认同的核心。（这在文学人物中并不罕见，尤其多见于"狂欢节"[carnival]人物，但是这一点仍然值得注意。）也许，福斯塔夫最著名的演讲要数他对荣誉观念的鞭挞。它的结尾如下：

什么是荣誉？不过一个词而已。"荣誉"这个词里有什么呢？"荣誉"到底是什么？是空气。好一个漂亮的算计！谁拥有它?刚死于星期三的那个人。他能感觉到它吗?不能。他能听到它吗?不能。那么,荣誉就是无知无觉的。是的,对死者而言就是这样。但是,它不能与生者共存吗?不能。为什么呢?诽谤容不下它。因此,我对它不屑一顾,荣誉只是一个盾形纹章罢了。至此,我的这番自问自答也就结束了。(《亨利四世》上篇,第五幕第一场,133—141行)

这种对思想的攻击,以及服务于生命的实用主义主张,也正是艾莉森的核心特质。一个很好的例子是她对教会神父们过分强调童贞的攻击,例如,她质问道"童贞,那么它应从何而来?""他在何处规定要守住童贞?""为了什么目的/创造了生殖器官,/而且由完美智慧的[造物主]所造?"(72、62、115—117行)正如这些例子所示,这两个角色都特别喜欢使用反问句,他们的结论看似理所当然,因此他们也就赢得了我们的赞同。

福斯塔夫和艾莉森对权威的挑战,尤其体现在他们使用《圣经》的方式上——这也是他们言语最显著的特征之一。福斯塔夫被称为"莎士比亚笔下最了解《圣经》的角色",一位评论家评论说,"没有哪个角色(比他)更自觉、更频繁或者说更大胆地修正式误用《圣经》"。[29]这句话同样可以用在艾莉森身上,她对《圣经》,特别是对保罗书信的滑稽歪曲,堪称恶名昭彰。这两个角色甚至都使用过同一句保罗的话来为他们自己的不良行为辩护。这节经文取自《哥林多前书》17:20①:在武加大译本中写作:"各人蒙召时是什么身份,

---

① 实应为7:20。

仍要守住这身份。"威克利夫《圣经》(大约 14 世纪 80 年代)将其翻译为:"每个人蒙受何种呼召,就应坚守其中。"而巴斯妇的版本则是:"上帝召唤我们处于何种地位 / 我们就坚持在哪里。"(147—148 行)日内瓦《圣经》(1560)的译文写道:"各人应当保持自己蒙召时的身份。"这也在福斯塔夫那里有了呼应:"为什么?哈尔!这是我的天职,哈尔,一个人在其天职中劳作没任何罪过。"艾莉森谈论的是有很多(婚内)性行为;福斯塔夫讲的是偷窃:在这两种情况下,他们都滑稽地假称上帝召唤他们担任这些角色,这是对保罗话语的明知故犯的误用。两人都一贯地表现出对《圣经》普遍缺乏尊重,并坚持将《圣经》用于他们自己的目的。

除了过分话多以外,福斯塔夫和艾莉森还都过于强调身体,他们以极端的肉体、夸张的体型彰显其存在——这种超乎寻常的身体特质,正是许多读者在他们两人身上看到的蓬勃生命力的核心所在。艾莉森不断强调她的性事——"我拥有最好的宝贝"(608 行)——以及她对"甜美的葡萄酒"(459 行)很有胃口。福斯塔夫的身体是我们了解他的头一件事,正如哈尔所描述的那样,他"畅饮陈年的萨克酒①而脑满肠肥,吃了晚饭还得解开肚皮上的扣子"(《亨利四世》上篇,第一幕第二场,2—3 行),身体的肥胖成了他的代名词:"你不是告诉我这个胖子死了吗?"(《亨利四世》上篇,第五幕第四场,132 行),以及"他把我所有的家产,都塞进了他那肥肚腩中"(《亨利四世》下篇,第二幕第一场,74—75 行)。他们都受欲望驱使的这个事实,是将这两个人物作为生命之象征进行描绘的一

---

① 萨克酒(Sack),一种西班牙白葡萄酒。

部分。³⁰艾莉森决心不管年龄和衰老，都要保持活跃的性生活——在《巴斯妇的引子》开头，她告诉我们她正在寻找第六任丈夫（45行），后来，在承认岁月已经夺走了她的美貌（475行）之后，艾莉森仍然坚称她将会继续拥抱生活，"虽然如此，对作乐我仍有贪图"（479行）。福斯塔夫不愿思考自己的死亡，这在他对桃儿（Doll）说的话中得到了淋漓尽致的体现："别像个死人脑袋一样说话，别叫我想起自己的终局。"（《亨利四世》下篇，第二幕第四场，234—235行）他们都抗拒死亡，这一点通过他们各自上演一场复活场景而得以精彩诠释。

  艾莉森的复活场景出现在她引子的结尾部分，当时，她假装自己死了，躺在地板上"就像死了一样"（796行）。她的丈夫吓坏了，她假装说出临终遗言，说她在死前还要亲吻他。于是，他走近艾莉森、请求她原谅，而就在这时，她立刻狠狠打了他一巴掌，充满生气地复活了。福斯塔夫的复活场景也出现在其文本中第一部分的结尾，即《亨利四世》上篇的倒数第二场。和艾莉森一样，福斯塔夫假装死亡，哈尔哀悼他的离世，对他说"永别了，可怜的杰克"（第五幕第四场，103行）。而哈尔退场之后，剧本指示告诉我们福斯塔夫会站起来，并和我们说他是在"假装"垂死（117行）。这两个角色在各自的文本中上演了他们的复活，这一事实也是他们此后在时间长河中不断复活的一种预见性先兆。他们一次又一次地被赋予新生：这种自我重塑的能力甚至内嵌在他们最初的文本之中，这般巧妙真是恰如其分。

  虽然艾莉森从未死去，但在《亨利五世》中，我们被告知福斯塔夫已经死了。但这立即在奎克莉（Quickly）夫人的断言中得到修正,后者说他"在亚瑟的怀抱中"——这是对"亚伯拉罕的怀抱"的滑稽误用,但它也提醒了我们关于亚瑟不朽的传说,亚瑟作为昔日英伦精神的象征,这位永恒之王栖居在阿瓦隆(Avalon)。《温莎的风流娘儿们》中为福斯塔夫设定的另一条时间线,也使他的死亡需要被重新审视。尽管如此,《亨利》系列剧的叙事弧线——亨利的掌权,他对福斯塔夫的摒弃,以及福斯塔夫的失宠和死亡——表明莎士比亚对正统政治权力结构必然胜利的看法要比乔叟更加悲观。

在《亨利四世》上篇中,当福斯塔夫被介绍给我们时,有一些有趣的迹象表明,莎士比亚心中想着乔叟。这些戏剧都以中世纪为背景,包括乔叟自己认识的一些人物(例如亨利四世本人)。福斯塔夫取材于真实的中世纪人物:约翰·奥德卡斯尔爵士(Sir John Oldcastle)和历史上的法斯托夫。与之前创作的历史剧截然不同,莎士比亚在这部剧中在酒馆和宫廷之间切换,这种方式与我们在《坎特伯雷故事集》第一组故事中看到的从泰巴旅店到故事、从原始现实主义到浪漫传奇的转换却非常相似。像《坎特伯雷故事集》一样,《亨利四世》上篇强调"狂欢节"的概念,正如旅店老板哈利·贝利在《坎特伯雷故事集》中扮演"混乱之王"①(Lord of Misrule)或酒馆国王的角色一样,当福斯塔夫和哈尔进行角色扮演时,他扮演的也是酒馆中的国王一角。在剧中早些时候,波因斯(Poins)告诉他的同伴,"有朝圣者带着丰盛的供品前往坎特伯雷,还有商人带着鼓鼓的钱包骑马去伦敦"(第一幕第二场,125—127行),这是对该剧的中世纪背景的刻意暗示,这种暗示或许是在鼓励观众去联想一首前

---

① 在中世纪圣诞狂欢中担任主持的人。

往坎特伯雷途中朝圣者的著名诗歌。

可见,乔叟是《亨利四世》上下篇背后萦绕不散的强烈存在,而巴斯妇尤其是福斯塔夫的主要灵感来源。福斯塔夫也有其他的灵感来源——比如"吹牛的士兵"(miles gloriosus)形象,其最早起源于阿里斯托芬(Aristophanes),后来经过普劳图斯(Plautus)的过滤,又在16世纪的许多戏剧中重新出现。正如安妮·巴顿(Anne Barton)所说,比如在尼古拉斯·尤德尔(Nicholas Udall)的《拉夫·罗伊斯特·多伊斯特》(*Rafe Royster Doyster*,1552)中,马修·梅里格里克(Mathew Merygreeke)将此类角色与道德剧中的恶习角色相结合。[31] 这种角色类型是一位自私自利的老男人,一个受欲望驱动的骗子,他不屑于理想——这种角色非常像乔叟笔下的潘达洛斯(Pandarus)。福斯塔夫身上的某些特质,例如,他对武士价值观(warrior values)的拒斥,以及他与哈尔的关系,在很大程度上都深受这种角色类型的影响。然而,福斯塔夫身上也有许多方面并没有从这些人物中汲取,而是莎士比亚在巴斯妇身上找到的。尤其是他深刻的忏悔式自我意识和对时间性的理解,他那迷人且持久的生命力,他对《圣经》的运用,以及他极端的语言技巧,都将他与艾莉森联系在一起。最终,哈罗德·布鲁姆称福斯塔夫是巴斯妇的"独生子",这个评价十分精辟。[32]

然而,比莎士比亚利用巴斯妇来创造他自己最喜欢的角色这件事更重要的是,他还利用《巴斯妇的引子》和《巴斯妇的故事》创造了他最不受青睐的一部戏剧。《温莎的风流娘儿们》并不总是不受欢迎的戏剧;有时恰恰相反。直到18世纪中叶,它都是莎士比亚最受欢迎的戏剧之一。在第一篇公开发表的关于莎士比亚的评论文章中，玛格丽特·卡文迪什（Margaret Cavendish）特别赞扬了莎翁笔下的女性角色，专门挑了 8 位来探讨——其中 4 位都来自《温莎的风流娘儿们》。在 18 世纪上半叶，这部剧上演了 200 多次，在《剧场指南》(*The Companion to the Playhouse*, 1764)中，大卫·埃尔金·贝克（David Erkine Baker）评论说，没有任何文本"展现如此广泛的一群完美且十分饱满的人物"。[33] 在 19 世纪和 20 世纪中，这部剧的流行程度有所下降：正如菲利斯·拉金（Phyllis Rackin）所指出的那样，这部讲述贤惠女性的力量与能力的喜剧失去了观众的青睐，而强调（或许是赞同）虐待女性的令人不安的戏剧《驯悍记》(*The Taming of the Shrew*)却比以往任何时候都更受欢迎，这真是对 20 世纪观众品味的一个有趣的评论。[34]

请想象这样一部作品。它讲述的是人到中年、有经济能力的已婚女性们相互结盟，她们捉弄男性，惩罚男性的残忍，嘲笑男性的嫉妒，而她们自己却坚守着婚姻誓约。这部作品继续处理的主题还有：教育男人更正确地看待女性，特别是要教导骑士，女性并不一定在性方面对他有求必应。这是一部让女性对抗骑士，并展示女性最终获胜的作品。在森林中有这样一个场景：一位女性主宰着一切，她既是仙后，又是一位普通的年迈女性（变身之后），身边还有众仙女环绕。这个文本的一个终极寓意是，女性是值得信任的，而且，更进一步，她们可以被赋予驾驭男性的权力。

我在描述哪个文本？这个描述的全部内容都符合《巴斯妇的引子》和《巴斯妇的故事》以及《温莎的风流娘儿们》。这些文本是紧密相连的。再次强调，虽然其中的一两个联系看似巧合，但是，它们的相似之处如此之多，以至于我们很难相信莎士比亚对巴斯妇的阅读没有影响他自己的剧作架构。

《温莎的风流娘儿们》在莎士比亚的全部作品中是独一无二的存在，故事设定在当代英国。[35] 只有《驯悍记》中简短的"框架"故事才可以与之相提并论。《温莎的风流娘儿们》明确地审视了英国性（Englishness）和英国的过去。福斯塔夫本人是 15 世纪初的人物，他将自己比作中世纪的罗宾汉，称他的追随者为"斯嘉丽"和"约翰"（第一幕第一场，158 行）。该剧的标题本身就具有怀旧色彩——却是一种令人不安的，甚至是叛国的怀旧之情。在 16 世纪晚期，"欢乐世界"（merry world）这个短语与拒信国家的天主教徒紧密相关。从 1568 年至 1601 年，有 9 人因发表煽动性言论而被起诉，其中就包括提及宗教改革之前的"欢乐世界"。[36] 该剧援引了各种各样的民间习俗：从猎人赫恩（Herne the Hunter）的传说，到在森林里围绕仙后的舞蹈，再到被称作"斯基明顿"①（skimmington）和"大声喧闹"②（charivari，在该传统中，一名男子被装扮成女性并被按入水中）的狂欢节激烈传统。[37] 这部戏剧强调了在伊丽莎白时代，古老的传统、文本和思想还持续存在。

福德夫人（Mistress Ford）和佩奇夫人（Mistress Page）反映并折射了巴斯妇文本的许多方面。她们是中产阶级的中年女性角色，对于一部莎士比亚戏剧来说，这是极不常见的。当佩奇夫人收到福斯塔夫的情书时，她自己告诉我们，她已经过了美貌的"佳期"。接着，她向我们朗读了他那滑稽的、不讨人喜欢的求婚："你不再年轻

---

① 一种历史悠久的公开羞辱的游行仪式。
② 指以敲击锅具等厨房用具制造不和谐的嘈杂喧闹声，用于嘲笑、惩罚违背道德或违反社会规范的人。欧陆传统，常见于法国，英国也有变体。

了,我也不再年轻了;那就这样吧,我们般配得很。你生性风流,我也一样;哈哈!那更加般配了。你喜欢喝酒,我也是;你还奢求更契合的人吗?"(第二幕第一场,2—10行)换句话说,他向她求爱,是因为她已人到中年、她的"风流"举止,以及她享受喝酒。这两位女性的这些特质,以及她们作为外省市民妻子的坚实中产阶级身份,显然让人想起了巴斯妇。事实上,福德夫人甚至也叫爱丽丝①。这两个女人开始教导福斯塔夫,"妻子可以既快乐又忠贞"(第四幕第二场,105行)——从本质上讲,女性可以健谈、外向,甚至言语略带挑逗,但无损于她们的贞德。这与巴斯妇形成了非常有趣的对比,艾莉森是一位艳丽的女人,她在婚姻之外并没有通奸或放荡——这是对诸如"老妇人"等先例的关键改变。福德夫人在同一场景中使用的一个意象,也让人想起巴斯妇的话。福德夫人说,她们应该给予福斯塔夫希望,直到"邪恶的欲望之火将他融化在他自己的油脂中"(67—68行)。[38]在《巴斯妇的引子》中,艾莉森说她和别人调情是为了惹恼丈夫,为了"让他在他自己的油脂里受尽煎熬/因为愤怒,也因为真正的嫉妒"(487—488行②)。某人在自己的油脂中煎熬或融化的这种想法,偶尔也会在其他文本中出现,但通常是在某人真的被烧死的语境下。我发现的另外一个唯一以隐喻形式来使用这个意象的例子是在利德盖特的一首小诗中,而它显然受到了巴斯妇的影响。[39]在这里,艾莉森的丈夫和福斯塔夫都被想象成在自己的油脂中煎熬,并因他们自己的过度情绪(欲望或愤怒)——

---

① 中世纪英语中,Alison(艾莉森)是 Alice(爱丽丝)的昵称变体。
② 参见本书28页同引及中译本,此处行数疑误。

通常由女性的蓄意行为激起——而受到惩罚。

《温莎的风流娘儿们》的情节围绕女性需要对男性进行教育，让他们更加了解女性而展开。福德被教导他不应该嫉妒自己的妻子，而应该允许她享有自主权（"夫人，从今以后做你想做的事"［第四幕第四场，6—7 行］）。福斯塔夫是一名骑士，他被教导不应该自以为女性在性方面可以任他予取予求，并且，在女性的聪慧面前，他已经相形见绌了（"我确实开始意识到我成了个蠢驴"［第五幕第五场，119 行］）。这里与乔叟的文本有着明显的相似之处：詹金被教导不要试图控制他的妻子，并要允许她在他们的婚姻中享有权利（"他把财产支配权全交给了我"［813 行］）；强奸他人的骑士因为臆断他可以强行与女性发生性关系而受到惩罚，被教导要思考女性想要什么，并将权利交给她们，这位骑士最终承认他妻子有卓越的智慧（"我将自己置于你明智的管治之下"［1231 行］）。聚焦于教育男性，允许女性掌控自己的身体和婚姻，以及展示女性在制定建设性惩罚方面的聪明才智，这些都是乔叟和莎士比亚的文本中十分有趣的相似之处。

莎士比亚将乔叟笔下森林中神秘的仙境变成了极致闹剧（high farce）。在《巴斯妇的故事》中，寻求答案的骑士骑马穿过一片森林，看到一大群女士在跳舞。当他走近时，她们就消失了，只留下一位现在看起来又老又丑的女人。她最终被证明是具有权威的（她救了骑士的命，并教他道德伦理），有神奇的变形能力，而且其实也很美丽。在《温莎的风流娘儿们》中，没有魔法场景，但是有变形。奎克莉夫人是一位年长的女性，她打扮成仙后在树林里主持法庭，身边陪伴着欢闹的仙女们（由孩子们装扮而成）。在《巴斯妇的故事》中，森林是强奸犯骑士开始蜕变的地方，他遇到了一个女人，这个女人会教给他有关"女人想要什么？"问题的答案，教他了解女性的欲望，并最终嫁给他，还教育他什么是高贵品行。在《温莎的风流娘儿们》中，林地场景是福斯塔夫被全面揭示其行为错误之处的节点——尽管在这里，它是通过羞辱来完成的，以一场奇怪而又非凡的替罪仪式展现。[40]

莎士比亚在创作中对巴斯妇的回应涉及性别化的变形。当然，巴斯妇本身是由一个男人创造和写就的，在对该文本的早期阅读中，几乎可以肯定的是，她也是由一位男性扮演的（乔叟向朋友和熟人大声朗读他的文本），这增加了这个人物身上的喜剧效果。在莎士比亚的戏剧中，所有的女性角色都由男性扮演。[41] 在乔叟和莎士比亚身处的文化中，通常由男性扮演女性角色，异装表演（drag）是舞台表演的一个标准操作。虽然莎士比亚也经常写一些女性角色乔装打扮成男性的戏剧（例如，罗莎琳德［Rosalind］或薇奥拉［Viola］），但《温莎的风流娘儿们》是莎士比亚唯一一部有成年男性装扮成女性的戏剧（并且在该剧的第五幕第五场，还有两个男孩装扮成安妮·佩奇）。在第四幕第二场中，福斯塔夫打扮成"勃兰福的女巫"（witch of Brainford）——因为他穿上了那身衣服，所以福德就盯上了他，福德知道他可以攻击和殴打这个老妇人而不受惩罚，可以指责"她"行占卜、施咒语，以及在男人不在场时做其他的秘密之事（174—178行）。[42] 在该剧的早些时候，福斯塔夫也被当作女人对待：他躲在洗衣篮里，藏匿在脏衣服下，其中还有女士的内衣，并且最终，福斯塔夫被人扔进了泰晤士河中并被按入水下（第三幕第三场；第三幕第五场）。这模仿了传统上对性滥交女性的惩罚。[43] 与此相反，福德夫人也想象她自己改变了性别，并且成了一名骑士。当她收到福斯塔夫的爱情告白时，她告诉佩奇夫人她"可以被加封爵士"，这既指她可以与骑士发生性关系，也指她可以成为一名骑士。佩奇夫人假装只理解第二层意思，并称呼她为"爱丽丝·福德爵士"（第二幕第一场，50—51行）。乔叟的读者可能就会想到《坎特伯雷故事集》总引中艾莉森的肖像：通过描写她那尖锐的靴刺和看起来像盾牌的帽子，乔叟将她塑造得像名骑士一样（470—473行）。她讲的故事中也将骑士置于女性的位置，尤其是在骑士失去对自己性命运的掌控，并乞求那位丑陋的妇人"放过［我］的身体"（1061行）时。更宽泛而言，乔叟和莎士比亚的文本都涉及性别游戏，它们都在一种狂欢的氛围中坚持女性居上的思想，即女性扮演男性角色并掌控事件。

在回应巴斯妇时，莎士比亚实际上将她解构了——将她分散在福斯塔夫和风流娘儿们之间。温莎的妇人们与艾莉森后来讲述的更合乎礼法的"故事"更接近——她们都是贤惠、有德行的年长女性，在教育一名骑士。她们也确实具有巴斯妇本人的某些特征——例如，见于福德夫人获得对嫉妒她的丈夫的控制权，以及见于对女性结盟的描述。但是，正如在《巴斯妇的引子》中所展示的那样，巴斯妇作为一个角色的大部分特征都被转移到了福斯塔夫身上。巴斯妇强烈的自我意识和自我欣赏，她对使用语言重构世界的痴迷，以及她对《圣经》和文本权威的强有力的攻击，这些特质都被福斯塔夫、而不是温莎的妇人们继承了。艾莉森身上令人不安的复杂性被赋予了一个男性角色，以致乔叟作品中的激进主义被稀释掉了。

尽管如此,《温莎的风流娘儿们》仍是《巴斯妇的引子》和《巴斯妇的故事》的合格继承者。乔叟和莎士比亚都熟悉狂欢节的概念：那是一个世界天翻地覆的时节。男孩主教可能取代真正的主教；女人也许会殴打男人；肉体也许能够战胜精神；节日的喜剧气氛可能会压倒严肃的道德。当狂欢节结束时，既定的等级制度就会回归——关于狂欢节到底是作为安全阀在运作，还是具有真正变革和无政府主义的潜能，一直存在很多批判性的争论。[44] 在历史剧中，如果福斯塔夫代表了狂欢节，那么，当哈尔在《亨利四世》下篇结尾抛弃福斯塔夫，以及当福斯塔夫在《亨利五世》中在舞台之外死去时，狂欢节就彻底地回归了原位。但是，在《温莎的风流娘儿们》中，结局却大不相同。福斯塔夫确实被打倒了，但他又被重新吸纳了；而剧中狂欢节的另一个化身——女性的力量，却并没有回归原位。相反，在该剧的结尾，福德夫人仍然掌控着她的婚姻，就像《巴斯妇的引子》结束时艾莉森也大获全胜地掌控着她的婚姻一样。莎士比亚从巴斯妇那里汲取、并在《温莎的风流娘儿们》中重新演绎的，是女性值得信赖、有德行而且能掌管一切的激进思想。

***

作为本章的附言，我想着重介绍一幅具有双重影像的画，由亨利·富塞利（Henry Fuseli）在 18 世纪晚期所绘。这幅画现在归国家信托机构（National Trusts）所有，在西萨塞克斯郡的佩特沃斯庄园（Petworth House）展出，画的是《巴斯妇的故事》中的一个场景，展现了强奸犯骑士拉开帷幔，看向罩帐卧床，并看到妻子很美丽的一幕。[45] 在这幅画中，女人赤裸着身体，当她向他伸出手时，光线落在她的身上。然而，这幅画中我特别感兴趣的是被隐藏了的那部分。在画布的背面，隐藏着一幅福斯塔夫的画像。这幅画像在1957年的修复过程中被发现，它隐藏在一层橙色颜料下面，画的是《温莎的风流娘儿们》中被藏进洗衣篮里的福斯塔夫。画中的女性清晰可见，但福斯塔夫本人要么是没画完，要么就是被刮掉或损坏了。[46] 这个场景的完成版画作收藏在苏黎世美术馆（Kunsthaus, Zurich），它使富塞利对这一场景的诠释更加清晰。[47] 这些女性正在用厚重的、帘幕般的织物盖住福斯塔夫，而另一个男人，大概是福德，在透过门缝窥视。富塞利确实将这些场景画在了同一张画布的正反两面：一面显示一个男人被隐藏了起来，另一面则展示一个女人正暴露于男性的凝视之下。这两面都是有关变形的场景：一个男人被迫消失，隐藏在女性衣物之下；一位老妇人变成了一个年轻的欲望对象。富塞利将他的画布从莎士比亚的画面转变为乔叟的画面，体现了艺术自身的能动性——并且颠倒了乔叟文本被隐藏在莎士比亚文本之下的过程。在一幅人物画像的背后，我们发现了另一幅画像，这正如巴斯妇会继续转变人们对文学人物和女性在现实世界中的道德力量的文化认知一样。

第 8 章　艾莉森在国外

我必须承认，只是因为你说的话，我才一直关心巴斯妇的故事及其引子。我过去一直特别不喜欢它们，因为我知道，事实上，在我认识的读过这些故事的男性之中，十个有九个都是出于不正当的理由。但是，在读了你说的话之后，我换了个视角，重新拿起并阅读它们，如今，我十分赞同您的观点。

——西奥多·罗斯福（Theodore Roosevelt）致托马斯·朗斯伯里（Thomas Lounsbury）的信，1892 年 [1]

18 世纪，艾莉森开启了四处游历之旅，并以新的化身出现在许多国家和语言之中。从 18 世纪的法国哲学家伏尔泰，到 20 世纪意大利的马克思主义电影导演兼诗人皮埃尔·保罗·帕索里尼（Pier Paolo Pasolini，1922—1975），她受到众多非凡思想家的青睐。艾莉森以各种不同的文本形式来到她的改编者手中：伏尔泰阅读的是德莱顿的译本，而帕索里尼阅读的是意大利语译本。[2] 因此，伏尔泰只知道巴斯妇讲述的故事，他将其改编成了一则短篇故事（*conte*）《取悦女士之道》（*Ce qui plaît aux dames*，1763），而帕索里尼只对《巴斯妇的引子》感兴趣，这后来成了他的电影《坎特伯雷故事集》（*I racconti di Canterbury*，1972）的一部分。[3] 这还只是欧洲大陆上对巴斯妇有所回应的两个案例,巴斯妇最终在一出大型舞台剧《仙女乌尔盖尔》(La fée Urgèle,1765)中获得了蓬勃的新生。这部剧在欧洲各地巡回上演,包括巴黎、日内瓦、布鲁塞尔、阿姆斯特丹、海牙、哥本哈根、维也纳、莫斯科以及整个德国。[4] 与此同时,从17世纪开始,她还远渡美洲,并在跨越了几个世纪的戏剧、歌剧和表演中频繁现身。[5] 最引人注目的一个例子,是在1917年根据珀西·麦凯1903年的戏剧《坎特伯雷的朝圣者》制作的一出歌剧,其中,巴斯妇是主要人物。这部歌剧由大都会歌剧院在纽约上演,演员阵容主要都是德国人。在第五场演出进行到一半时,有消息传来,说美国总统已要求国会对德宣战。观众唱了(两遍)国歌,当由一位德国歌手扮演的巴斯妇登台时,她立刻晕倒了。这位名叫玛格丽特·阿恩特-奥伯(Margarethe Arndt-Ober)的歌手不再被视为美国的朋友,她很快被草率地解雇,因为德国歌剧和德国歌剧歌手此时都被边缘化了。奥伯以违约为由提起诉讼,但实际上还是被迫离开美国,返回了她的祖国。[6] 但不同的是,艾莉森本人并没有被她的任何一个收养国遣返英国;与此相反,她继续在世界各地享有由多种语言塑造的新生——其中有许多甚至完全扭曲了她在乔叟文本中的人生。

1763年末,伏尔泰创作了他自己版本的巴斯妇的故事。[7] 他当时已经69岁,大多数时候居住在他位于费尔内(Ferney)的城堡中。自前一年开始,他一直专注于一起骇人听闻的司法不公案,该案针对一名胡格诺派(Huguenot)教徒,他被错误地定罪并遭受处决。伏尔泰收集的关于此案的小册子强调了法国秘密司法系统的各种问题,最终送到了蓬帕杜夫人(Madame de Pompadour)和首相舒瓦瑟尔（Choiseul）手中。紧随其后的是他在1763年出版的《论宽容》(*Treatise on Tolerance*)，此书着力揭露法国天主教会的腐败、不宽容和狂热。[8]在这场严肃的运动中，伏尔泰也回归了诗歌创作，并在那个冬天写下了一系列短篇故事。《取悦女士之道》是他写的七篇故事中的第一篇，并于次年以笔名出版。[9]18世纪中叶，乔叟的作品在法国经历了一次小小的流行。1755年，《卖赎罪券者的引子》的一部分被直接从中古英语翻译成了法语，1756年，德莱顿译本的《骑士的故事》出了精简版译本。但是，真正大受欢迎的还要数德莱顿版的《巴斯妇的故事》：它于1757年被翻译，在1764年又再度被翻译。[10]伏尔泰似乎是在1763年11月完成了他创作的巴斯妇故事。对伏尔泰来说，阅读德莱顿的英文版肯定没有任何问题：从1726年至1728年，其间伏尔泰曾定居英国，结识了蒲柏、斯威夫特、康格里夫（Congreve）、盖伊和西伯（Ciber）等人，他经常去剧院看戏，并能说一口流利的英语。[11]

伏尔泰写信给杜·德芳侯爵夫人（Marquise du Deffard），说他希望他的故事"能够消磨一刻钟的时光，冬夜是如此漫长"。[12]他开头就将读者置于冬季，并劝告他的"朋友们"，值此"冬夜再次来临"之时，他们应该"聆听"并享受一则"餐后"故事（4—6行）。[13]他将这个故事看作一种娱乐，供一群听众（也许是在沙龙里）在晚餐之后消磨时光。在这则故事中，他为法国设想了一个神话般的过往。国王不是亚瑟，而是603年至639年在位的墨洛温（Merovingian）王朝君主达戈贝特（Dagobert）。桂妮薇儿也被查理曼的母亲贝尔特（Berthe）所取代。在故事的结尾，伏尔泰告诉我们，在过去，人们"围坐在每个城堡大厅的壁炉旁"（419行）聆听这样的故事，在那些日子里，即使是神职人员也能与这种娱乐和谐相处，因为"是牧师在讲述女巫的故事"（420行），然而，在他生活的时代，仙女和童话故事都遭到禁止，而这"使人们的心灵在灰暗的世界中变得迟钝"（426行）。童话是通往想象、智慧和神奇世界的大门，它提醒人们存在一个超越庸常生活的文化世界。与此同时，伏尔泰还利用这个故事来抨击当时的教会，强调它腐败，因为"所有的钱财似乎都落入了教会的囊中"（20行）。鉴于乔叟自己的文本是以针对托钵修士的玩笑话开场，伏尔泰的这个版本也符合他自己的基调和关切。

然而，当我们注意到故事中的性别政治时，伏尔泰其实对他面前的文本做出了更为激进和令人不安的修改。正如我们所看到的那样，德莱顿拒绝翻译《巴斯妇的引子》，声称它太"放荡"了，自己无法接受。[14] 然而，他翻译的《巴斯妇的故事》的确清晰地将这个故事与其女性讲述者联系在了一起——它的标题是《巴斯妇：她的故事》(The Wife of Bath Her Tale)——相当忠实于它的来源。但是，译本中也有一些重大的变化。乔叟版本的故事缺乏对女性外貌的关注，因而能在其他版本中脱颖而出。巴斯妇没有告诉我们任何关于强奸受害者外貌的信息，我们也许可以将其解读为她拒绝暗示她的外貌与这场犯罪有任何关联。这也将我们的视角从强奸犯之所见和欲望对象转向他的犯罪行为。在"丑妇"故事中独树一帜的是，在丑妇登场时，巴斯妇同样拒绝详述这位老妇人的外貌细节。相比之下，其他中世纪的版本都倾向于巨细靡遗地描述女性衰老的恐怖，乐此不疲地描绘她那不再年轻的容颜和身体的各个方面。德莱顿采取了一些行动来扭转原作者乔叟这些非常有趣的决定。在他的译本中，他用了五行半来描写受害者的外貌，告诉了我们她的着装，以及她从背面和正面看时的样子，鼓励我们透过强奸者的眼睛去看她（《古今寓言集》，481页）。然而，他对强奸事件保持了绝对清晰的认知，说骑士："通过暴力实现了他那淫秽的欲望。"当他描述丑妇时，德莱顿再次略微填补了乔叟的原文本："但远比/印度森林中的老猿还要丑陋/她倚靠在一棵枯萎的橡树上。"（《古今寓言集》，487页）。

伏尔泰借鉴了德莱顿的故事，并进一步颠覆了原作中的性别政治。正如德莱顿将乔叟写的"他看见一位少女"扩展以聚焦她的魅力一样，伏尔泰也吸收了德莱顿的句子并基于它们创作，鼓励读者通过他的主角约翰·罗伯特（通常也称为罗伯特）的眼睛来看这个女孩。首先，伏尔泰告诉我们：

> 他瞥见活泼娇俏的玛东（Marton），
> 她的金发上系着一条漂亮的丝带；
> 身姿曼妙，步态轻盈，
> 短裙微扬，露出细腿纤纤。（29—32行）

在下一行中，骑士走近女孩，与她四目相对。现在我们被告知，她的眼神"甚至能够诱惑天堂里的圣徒"（34行）。很明显，罗伯特即将做的事情可被原谅：这个女孩是个诱惑者，没有人能够抗拒她。另外有五行在描写她两胸之间的花朵，以及她美丽的肌肤。伏尔泰解释说，玛东当时正要去市场上卖食货。故事还在继续，罗伯特下马，"他的情欲此刻完全被挑起"（44行）。因为是她在诱惑他，所以罗伯特在这里是被动的，他在被他无法控制的外力所挑动。现在，以防她不愿意，他出钱向她求欢。接下来发生的事情以一种极度令人不安和模棱两可的方式呈现：玛东拒绝了性要求，但罗伯特推倒了她，并强行压在她身上。虽然这些诗句描写的是强奸，但伏尔泰在随后的诗句中强烈暗示他并不认为这是一次"真正的"强奸。他描绘了玛东平静地整理头发，并索要她的钱。由于罗伯特的马和钱都在他强奸玛东时被人偷走了，所以他无法付钱给她。正是这一拒绝付账的行为让玛东觉得不公平，才将他告到了国王那里。在这里，她控诉强奸，但又补充道，更严重的罪行是他不付钱给她。我们是应该将她想要这笔钱的愿望理解为卖淫的报酬，还是像诸多法典中常见的那样，作为一种强奸罚款或赔偿，无论以哪种方式理解，她都没有以一个遭受痛苦的受害者形象示人。而这与乔叟笔下的场景截然不同——"他凭借暴力夺走了她的贞洁"；也不同于德莱顿的"通过暴力实现了他那淫秽的欲望"；同样不同于1757年的法文译本："他使用暴力，一逞其兽欲。"[15] 伏尔泰版故事中这一场景的画外音是，美丽的女人遭到强奸都是自找的，或者至少可以说，她们很容易就被人用金钱说服或者安抚。乔叟决定以强奸作为故事中的罪行，并明确判定骑士有罪，这一点便已经使他的故事与其他版本的丑妇故事有了明显区别。乔叟的这些激进的选择使这个故事更加连贯和有力，特别是它强调了惩罚的教诲作用：一个不关心女性想要什么的男性必须考虑女性的欲望。伏尔泰的改编则削弱了《巴斯妇的故事》的威力，并且极大地改变了其中的性别政治。

　　伏尔泰对该故事中性别政治的不同态度，也体现在他对这位丑妇本人的描述上。我们再一次看到，乔叟——或者说巴斯妇——选择不在老妇人的外貌细节上赘述，而只是简单地说，"没有人能够想象出更加丑陋的生物"（999 行）。如上所述，德莱顿只是略微扩展了这一描述，将其与"印度森林中的老猿"相比较，并且含蓄地与她所倚靠的"枯萎的橡树"相联系。可是，伏尔泰却放弃了这种克制，写法更接近其他丑妇故事的叙述风格。对这个异常丑陋的老妇人的详细描述，他写了整整 8 行，"没了牙齿"，"因年老而佝偻"，"皱巴巴的大腿"，"干瘪的下巴"和"长满褐色痂皮的双眼"。她丑陋的老态还混杂着肮脏和贫穷：她浑身上下脏兮兮的，没洗过澡，裹着破布，而非衣服——如此塑造她的结果是令那位我们被鼓励认同的可怜男人害怕不已："她吓坏了我们勇敢的骑士。"（140 行）[16] 随着故事的进行，伏尔泰不断地提醒我们她是多么的令人厌恶，以及这对罗伯特来说有多么可怕。最终，尽管他保留了乔叟和德莱顿版本中的某些方面，并且也确实将这位丑妇描绘得睿智且有趣，但其故事的重点，不在于赋予骑士（厌女式的）选择（即他的妻子要么丑陋而忠诚，要么美丽但不可靠）；不在于承认高贵品行是可以存在于年老、贫穷和丑陋之中的品质；不在于教育罪犯让他真正了解自己做错了什么的思想；也不在于表明女人可以比男人，甚至比骑士更有道德的观念。相反，伏尔泰故事的重点是罗伯特难以勃起，以及他最终克服困难并与可怕的丑妻发生性关系所展现的非凡韧性和男子气概。

他们第一次上床时，一想到婚内的"艰巨职责"（devoirs rigoureux）[17]，他就感到恶心，事实上，他觉得这对他来说是"不可能的"。他心想，在罗马，人们说恩典会赐予欲望和能力（le vouloir et le faire），但在这种情况下，恩典无疑是匮乏的。过了一会儿，他告诉他妻子，他也想像她渴望他那样渴望她，但他就是做不到。他问"我能怎么办？（que pourrai-je?）"，而她回答说他可以做到"任何事（tout）"，而且在他这个年纪理应轻而易举。只要有注意力、技巧和勇气（des soins, de l'art et du courage），他就能够做到。现在，在对获得"荣耀"（gloire）的欲望驱使之下，他调动起自身"罕见的勇气"（rare valeur），并祈求上天（ciel）的帮助。在以这种方式积聚了所有力量之后，他终于能够开始尽职尽责（mit a son devoir）。伏尔泰用英雄史诗的笔调写出了罗伯特试图勃起的故事，设想女士们"将会庆祝这一爱的奇迹"（Celebreront ce prodige d'amour），从而使这一场景变得异常滑稽。在该故事中，正是这一被描写成格外骑士风范的举动使罗伯特配得奖赏——不仅妻子变成了一位实际是仙女的美丽女人，他的住所也变成了一座闪闪发光的宫殿。他的勃起在这个故事中占据主导，使故事成了对男性阳刚气概的颂扬，哪怕他此时面对的是一个年迈、没有吸引力的女人也能获胜。这的确是对巴斯妇讲述的关于伦理、教育性惩戒和女性力量的故事的一个非常彻底的异变。

回到英国，在同一个世纪末，一位贵族女性正在对德莱顿译本的巴斯妇作出回应。戴安娜·博克勒克夫人（Lady Diana Beauclerk）——本名戴安娜·斯宾塞（Diana Spencer）夫人——在 1797 年为《巴斯妇：她的故事》绘制了插图。她是第一个绘出强奸受害者的人——但与伏尔泰对她性吸引力的描述恰相反，博克勒克将她刻画成了一个孩子，被包裹在层层的衣服之中。正如鲍登所写："她不可能显得比这更不具性挑逗性，或受到更周全的严密保护了。"[18] 这幅插图着重强调受害者格外年幼和纯真无邪，因此，它暗示强奸犯的堕落，这与伏尔泰对这一场景的阐释形成了鲜明的对比。然而，博克勒克选择将遭到强奸的女孩想象成是一个孩子的做法，在其他方面也令人深感不安：在对婚床闺闱场景的描绘中，她将骑士和变形后的丑妇都画成了孩子，这一画面很古怪且让人不适。这些插图还表明，最初的受害者与丑妇/新娘是同一个人，这一情节转折也在《仙女乌尔盖尔》的故事中有所发展。

将老妇变成仙女——仙女乌尔盖尔——是伏尔泰的另一大创新。在不同版本的故事中，丑妇/年轻的美丽新娘的"真实"身份也有着不同的处理方式。丑妇故事的基本梗概——当男主人公与一个可怕的丑女人发生性接触之后，她就变成了一个美丽的、令人心动的女孩——在许多不同文化的神话故事中都可以找到。在许许多多这样的神话故事中，这位妇人代表着大地本身的力量。[19]一个例子是爱尔兰神话故事中厄哈伊德·穆格梅登（Eochaid Mugmedon）的儿子们的故事。她的五个儿子——四个合法的和一个私生子（尼尔[Niall]）——出门打猎、寻找水源。他们依次走到一口井边，发现井旁守着一个丑陋的老妇人，她说他们只有亲吻她才能够得到水。四个儿子都拒绝，只有尼尔同意了，当他热情地亲吻老妇人时，她就变成了一个美丽的女人。接着，老妇人告诉他，她是这个国家的无上君主——艾琳（Erin，即爱尔兰）。当尼尔回到兄弟们身边时，他们都把长子权让给了他，在父亲去世之后他便做了国王。[20]事实上，在许多传统中，例如在印度和柬埔寨，这个故事又被构建为一个关于移民武士或王子的神话，他通过与大地女神的某种性结合获得了统治权，这位女神往往以蛇、龙或美人鱼的形象现身。[21]在这些传统神话中，丑妇始终都具有一种超自然力量。

中世纪的故事版本改变了这一点。在《弗洛伦特的故事》和

《高文爵士和瑞格蕾尔小姐的婚礼》中,这位丑妇的真实身份就是一个普通的凡人。在这两个故事中,很重要的一点是,她都是被一个更年老的邪恶女人施加的黑魔法所改变容貌的。故事不再是原始神话,而成了一个关于魔法的童话。女性力量不再是幽暗神秘的;而是一种恶毒的诡计,而男主人公真正与之发生性关系的女性是一位率直的、年轻的、出身名门的迷人少女。与这两种可能性相反,巴斯妇却没有给我们提供任何这方面的解释。我们从未被告知哪个身份是"真实"的,甚至连这位女士是否拥有一个"真实"的身份我们也不知道。伏尔泰有了一些创新之举,他把这位女士塑造成一个有名字的仙女——乌尔盖尔——从而把整个故事变成了一则童话,在其中,女主人公和仙女教母的形象合二为一了。

这项创新被证明非常受欢迎,当这个故事被改编为大型舞台剧(由夏尔-西蒙·法瓦尔〔Charles-Simon Favart〕编剧,埃吉迪奥·杜尼〔Egidio Duni〕作曲)时,它被命名为《仙女乌尔盖尔》。在这部制作多次、印刷频繁的诙谐剧(opera comique)中,还采取了进一步的措施来为乔叟的强奸犯平反。《仙女乌尔盖尔》开场时,玛东——现在也是乌尔盖尔——向罗伯特表白爱意。她自己策划了整个纠葛,有效地诱惑了男主人公。他并没有强奸她,也没有任何关于这件事的暗示——作为情节的催化剂,他只是亲吻了她。[22] 这个故事版本像野火一样传遍了法国、德国、俄罗斯、丹麦、奥地利、比利时和瑞士。它不再是关于男性犯罪和有必要教育男性思考女性欲望的故事。至关重要的是,它变成了一个观众的同情完全给予男性主人公的故事。这个故事对于大众观众来说是安全的,就像在儿童版本中,所谓的"罪行"往往被含糊其词地描述成"侮辱"

(insult)。[23]

事实上，儿童版《坎特伯雷故事集》在19世纪和20世纪十分流行，虽然《巴斯妇的故事》最受人们青睐，但是由于删去了强奸情节，它的冲击力和震撼力都减弱了。然而，即使在面向儿童的故事版本中，骑士的罪责往往比他在《仙女乌尔盖尔》中还要更多。例如，在维多利亚时代早期，在查尔斯·考登·克拉克（Charles Cowden Clarke）于1833年出版的《乔叟的故事集》(*Tales from Chaucer*)中，这位骑士看到一名女性，"在任性和残忍的失控状态下，他虐待了她"（114页）。[24]但在这个以及其他的儿童改编版本中，对于讲故事的人是巴斯妇的削删，改变了这个故事的整个框架和总体效果。这个版本并没有以艾莉森那夸张而激烈地要求掌控丈夫结束，而是以这位女士"凡事顺从他，以他的快乐作为她的幸福"（121页）作结。在其序言"致年轻读者的话"中，克拉克写道，他的主要目的是让他的读者"通过[故事中]描述的可爱、善良的人物典范而变得聪明善良"（1页）。鉴于他选择的故事中**没有任何**颠覆父权制权威（比如《磨坊主的故事》《管家的故事》《厨师的故事》《商人的故事》《船长的故事》等）的寓言故事，但包括了**所有**女性违背自己意愿、屈服于压迫性父权欲望的故事（如《骑士的故事》《律师的故事》《学士的故事》等），一个女人以男人的快乐作为自己的幸福这种想法似乎也体现了克拉克对"可爱、善良的人物"所展现的"聪明善良"的理解。在这种删节改编中，巴斯妇锋芒尽失，所有个性荡然无存。她从文本中被删除得如此彻底，以致《学士的故事》末尾提到她以及妻子统治的可能性的那些内容，也被从文本中删除干净了（145页）。

20世纪初期的美国，巴斯妇被搬上舞台时，观众的同情都远离了艾莉森，而直接指向了男性角色，正如在18世纪欧洲大陆发生的那样。就像《仙女乌尔盖尔》一样，珀西·麦凯的《坎特伯雷的朝圣者》成了一场奢华的奇观，它以戏剧、歌剧和极尽盛大的露天历史剧的形式演出。与伏尔泰和他的模仿者们不同，也与那些为儿童改编故事的人不同，麦凯对《巴斯妇的引子》比对其故事更感兴趣，尽管他的版本中的确囊括了《巴斯妇的故事》的部分内容。在整部戏剧中，巴斯妇被设定为剧中正派男性的反面。他们卷入了一场斗智斗勇的冲突之中。这个故事基于艾莉森想嫁给一名叫作乔叟的朝圣同伴的愿望。而乔叟爱上了女修道院院长——一位甜美、纯真的少女。这沿袭了一个长期存在的批评传统，即将这两个女人视作女性特质的两个极端：布莱克写道："乔叟的女性角色可以分为两类：女修道院院长和巴斯妇。这些女人难道不是各个时代男性的领袖吗？在某些时代，女修道院院长占据着主导地位；在另外一些时代，则是巴斯妇。"[25]

在麦凯的戏剧中，女修道院院长正要去见她失散多年的兄弟，他将会通过她佩戴的"爱征服一切"（Amor vincit omnia）胸针认出她。她的这位兄弟实为骑士。艾莉森告诉戏中人物乔叟，她确信，女修道院院长实际上是去见她的情人；乔叟对女修道院院长的贞德确信无疑，他承诺，要是女修道院院长把胸针送给除兄弟以外的任何人，他就娶艾莉森为妻。（这一情节设计本身改编自《巴斯妇的故事》中的承诺，以及《平民地主的故事》中的轻率承诺。）这促使艾莉森在一场耐人寻味的异装场景中扮成了骑士，这一场景虽然回到了故事本身突出的"骑士对抗女性"的主题，但呈现方式却截然不同。在这里,骑士是受害者——被艾莉森和她的随从绑架并捆绑了起来——而女人正在戏剧性地篡夺他的角色,并对父权制构成威胁。这番异装是精心策划的计谋,旨在说服女修道院院长艾莉森就是她的兄弟,这样一来,假扮骑士的艾莉森便可以收到胸针,迫使乔叟和她结婚。然而,乔叟知道,特权男性之间的联盟将能够打败所有女人。在最后的胜利场景中,艾莉森被挫败了。当他们到达坎特伯雷时,乔叟与这片土地上最重要的人物——冈特的约翰和理查二世本人——以及以律师为代表的法律机制密谋。这些有权势的男人高高兴兴地当场就制定法律来击败艾莉森,并告诉她,女人结六次婚是不被允许的——除非她们嫁给磨坊主。于是,艾莉森就这样被压制于她应处的位置,被迫与低贱卑微的磨坊主结婚,而更富有、受过更多教育的男人则可以为战胜她而欣喜,这场胜利是显赫的受教育的男性角色对粗鄙底层人士的阶级胜利,也是对性事活跃的女性的驯服。

在本书第一部分的引子中,我写到了厌女文本与生活经验、文学与生活之间的紧密联系。1917年,麦凯的戏剧在伯克利演出时,宣传材料竟以欢快的口吻鼓励观众将它视为一种学习经历,一种严格按性别区分的经历。海报上写着:

> 女孩:你想抓住一个男人吗?看看巴斯妇是怎么做的。
>
> 男人:你是厌女者吗?如果是,当心艾莉森,她已经逮住四十个男人了。[26]

该剧在教导观众,如果男人善用智慧与男性社交网络,就不必成为诡计多端的女人的牺牲品。观剧的"女孩们"都被明确教导,成功男士最终总会获胜。

法瓦尔和麦凯在他们对巴斯妇的诠释中都将男性塑造为受害者,在他们精心设计的故事中,女性计划诱骗男性结婚,并认为她们自己强大的性欲要比男性的欲望更重要。虽然这似乎是对艾莉森关注女性自主权至高地位的合理发展,但实际上,这是对她故事中的道德主张以及她关注男性侵略和男性性暴力的严重歪曲。这也歪曲了《巴斯妇的引子》:麦凯把一个有趣、聪明、寻欢作乐、能与任何男人进行争辩的巴斯妇变成了一个准强奸犯,她想违背乔叟自身的意愿嫁给他,但她最终还不够聪明,无法战胜乔叟和他的那些男性盟友。

随着时间的推移,帕索里尼对巴斯妇的诠释同样歪曲了她的性格和价值观,并彻底改变了她所代表的性别政治。和伏尔泰一样,帕索里尼对男性勃起和男性阳刚之气的兴趣,远远超过了他对虐待女性或父权制社会扭曲的性别权力动态的兴趣。

皮埃尔·保罗·帕索里尼至今仍是20世纪最声名显赫、最具争议的艺术电影导演之一。电影《坎特伯雷故事集》是他"生命三部曲"系列的第二部,前一部根据薄伽丘《十日谈》而改编,后一部则基于《一千零一夜》(*Arabian Nights*)。《坎特伯雷故事集》于1972年首映,并在柏林国际电影节上斩获金熊奖,尽管大多数评论家和观众的反响并不那么热烈。这部电影没有试图将讲述者和故事联系起来。它以一个聚焦于部分朝圣者的场景开始,旅店老板最终提议举办一个讲故事比赛,但在此之后,故事并不是由朝圣者"讲述";朝圣者也没有在故事间串联过渡处评论或出现。有些故事与乔叟这个人物形象——由帕索里尼本人扮演——联系在一起,他试图写出这些故事,并对它们进行反思。开场镜头突出展现了巴斯妇,她穿着奢华的大红衣物,头戴一顶巨大的帽子,滔滔不绝地谈论她自己。我们在这里看到和听到的有关她和她引子的内容,比其他所有人物的都要多得多。这一幕之后是8个独立的故事:《商人的故事》《托钵修士的故事》《厨师的故事》《磨坊主的故事》《巴斯妇的引子》《管家的故事》《卖赎罪券者的故事》和《法院差役的故事》。影片最终以某种抵达坎特伯雷的场景结束,人物乔叟也完成了他的书。

　　帕索里尼对故事的选择,以及他对故事的处理和润饰,都清楚体现了他的兴趣所在。这些兴趣是严重扭曲和失衡的:用一位评论家的话来说,这部电影是"对乔叟构思之精妙和宏伟的严重扭曲"。[27] 在他后来对"生命三部曲"的自我否定中,帕索里尼写道,在这些电影中,他希望表现出身体及其"性器官蕴含的原始、黑暗又充满动态的暴力",并将此视为"现实最后的堡垒"。[28] 他挑选的故事包括三则关于通奸的故事(《商人的故事》《磨坊主的故事》《管家的故事》);一则关于卖淫的故事(《厨师的故事》);一则关于多次结婚的故事(《巴斯妇的引子》)。虽然他选择的其他故事在《故事集》中与性无关,帕索里尼对它们进行了戏剧性的大改写。《托钵修士的故事》以窥视男同性恋者的露骨场景以及一名男同性恋被烧死而开场。《卖赎罪券者的故事》以口交和鞭笞的妓院场景开场。《法院差役的故事》则以对地狱的骇人描绘结尾,将乔叟文本中简短的指涉发展成一段漫长的特写,展现了魔鬼那鲜红而异常宽大的肛门正在排出成群的托钵修士。在所有的故事中,帕索里尼同情的始终是年轻而性活跃的男性。电影镜头反复聚焦于阴茎，赤裸时松垂，衣服遮掩下勃起。身体在此唾手可得，《商人的故事》中的梅和达米安、《磨坊主的故事》中的艾莉森和尼古拉斯、《管家的故事》中的学生们和磨坊主的妻女，以及《厨师的故事》中珀金及其友人和妓女，这些角色的性爱都被描绘得生机勃勃、欢乐洋溢。事实上，当帕索里尼公开否定这些电影时，他哀叹电视和教育已经"将所有青年和男孩贬低为最劣等的二流群体，是难以取悦的、情结缠身的、有种族主义的资产阶级"。[29] 对于帕索里尼来说，底层无产阶级（sub-proletariat），尤其是男孩和年轻男性，不应该被资产阶级价值观腐蚀，而应该保持一种原始的活力。[30] 他强烈反对消费主义和性解放，他认为，这是一种虚假的（因为不彻底）宽容。[31]

这就是帕索里尼——评论家们认为他有"厌女盲区"——改编《巴斯妇的引子》的背景。[32] 该片段以艾莉森和第四任丈夫同床开场，她正与他交欢，但又渴望尽早离开。她丈夫显然已体力透支，但她仍在他奄奄一息时丢下他，去见朋友。她和朋友一起通过钥匙孔偷窥她朋友的房客，这时的镜头流连于他赤裸的身体，并在他的生殖器部位停留。在她丈夫死于性事时，艾莉森去参加了一个春日庆典。她一身红衣，头戴一顶骇人的红帽子，将詹金从人群中拉出来，在他看书时替他手淫，并且告诉他必须娶她。在一个公认的喜剧场景中，她在教堂的一侧参加第四任丈夫的葬礼，然后她就穿过教堂跑去另一侧与詹金结了婚。接着，镜头切换到他们的新婚之夜，帕索里尼将詹金表现为一个对艾莉森的求欢不感兴趣的被动者。他始终在读那本"恶妻之书"，而艾莉森猛烈地攻击这本书。就在这时，他不经意地把艾莉森撞倒了。她戏剧性地装死，而当他弯腰凑近她的脸庞时，她恶狠狠地咬住了他的鼻子。

这类改编想传达的主要信息便是：与年长、经验丰富的女性发生性行为，无异于一种死亡。与电影中年轻男子在与其他女性发生性行为时展现的生机活力——伴随着欢笑、绮梦和狂喜——截然相反（也与乔叟笔下艾莉森那种广受评论的生命力相反），帕索里尼塑造的巴斯妇是死亡的使者。实际上，毫不夸张地，与她发生性关系直接杀死了她的第四任丈夫。詹金和她在一起时无法勃起——在春季集市场景中是疲软无力的，在艾莉森替他手淫时也无甚反应；在他们的新婚之夜，他也同样没有被唤起。就像伏尔泰《取悦女士之道》中的约翰·罗伯特一样，他对这位年长的女性根本提不起性趣，而她却想强迫他发生性行为。再一次地，正如麦凯的文本，女人变成了强奸犯。在该场景的最终时刻，有关"艾莉森是致命的"这一想法有了新的转折。她猛烈地咬住詹金的鼻子不放，这是一个明显而且可识别的阉割象征。[33] 事实上，与艾莉森发生性关系将招致死亡的恐惧，与许多文化中普遍存在的"阴道有齿"（vagina dentata）神话有相似之处，即认为女性会吞噬并摧毁男人的阳刚之气。[34] 这个激起恐惧的神话，与早期丑妇神话背后的恐惧如出一辙：女人可能看起来很漂亮，但暗地里却隐藏着她们的怪异；她们的性欲令人恐惧；男人必须驯服和控制她们的性力量。乔叟并没有借巴斯妇之口来讲述这些故事。他有意识地背离了这些故事，他强调艾莉森那吸引人的生命力和智慧，并转向准现实主义（quasi-realism）而不是神话，以及将故事彻底改写成一个关于男性犯罪和女性道德的故事。但是，我们一次又一次地看到乔叟的后继者们以父权制厌女神话重新书写这个故事，不断渲染女性性欲之恐怖。

关于艾莉森在其传播过程中遭到扭曲的最后一个例子来自波兰，就像帕索里尼的电影一样，该例可以追溯到20世纪70年代。这个例子非凡地证明了巴斯妇这一角色的力量，她跨越诸多文化、世纪、政治体制和文类传统，始终是一个至关重要的人物。1976年，波兰人民共和国正经历一场危机。国家制定的食品价格大幅上涨，导致了6月份的抗议和罢工浪潮，随后当局进行了大规模的镇压，并因此成立了工人保卫委员会（后来更名为社会自卫委员会），这是一个反对波兰统一工人党的团体，也是团结工会运动的先驱，它支持工人和政府暴行的受害者。就在这动荡的一年，《坎特伯雷故事集》的波兰语版（*Opowieści Kanterberyjskie*）于12月5日在奥波莱（Opole）的扬·科哈诺夫斯基（Jan Kochanowski）剧院首演。[35]它的宣传海报由持不同政见的艺术家扬·萨夫卡（Jan Sawka）设计。同年，萨夫卡被流放，之后他去了法国，最终去了美国。他在晚年曾与很多机构进行合作，例如塞缪尔·贝克特剧院以及感恩而死（Grateful Dead）乐队。在波兰期间，他与支持扩大言论自由，不满现行政府的知识分子交往。在艺术方面，他们积极拥抱波普艺术和政治讽刺作品而不关心当时波兰的主流艺术形式。[36]

　　萨夫卡设计的《坎特伯雷故事集》海报以高度性化的巴斯妇身体为中心。在她身后是乳白色的天空，一轮火红的夕阳正在落下。她仰面躺着，茫然地向上凝视，她的脸几乎被那夸张、充了气似的乳房所遮蔽。她的腿上穿着紫色和橙色相间的条纹长筒袜，袜带系在紫色内衣上，红色的鞋子依稀可见，而她的肤色是一种可怕的艳粉色。她的双臂和双脚埋入了一团黑色的泥沼或织物中，仿佛扎根于其中。从她的胸腿之间冒出来三个作窥视状的迷你男人（tiny men），戴着帽子和太阳镜。[37] 巴斯妇的身体化作一张桌子，上面摆满了瓶子、杯子、食物，还有一整只烧鸡。这张海报在视觉上引人注目并且令人震惊，其含义有多重。作为一部朝圣题材戏剧的宣传广告，它在暗示，女性的身体是这些迷你男人可以沿其旅行的朝圣之路。他们是主动的窥视者，看向观众，而她则仰卧着，沉入地下，俨然一个被亵渎的地母。其身体充当桌子的设定再次强调了巴斯妇的被动性，以及她被用以承载男性欲望——她的身体和在性方面的可用性就如同铺在她身上的酒和肉。然而，我们当然不是鼓励认同海报中的男性形象：他们被描绘成堕落淫逸的老年男性，对肉体的物质享受垂涎三尺。如果他们是波兰统一工人党的代表，那么，他们似乎正沉溺于享受奢华的生活，特别是他们声称要谴责的西方文化。巴斯妇是他们腐败堕落的同谋吗？在这里，她并没有表现出一星半点的自在。与此相反，她是一个被动的、躺卧着的人物。这张海报似乎也将巴斯妇和卖赎罪券者联系在了一起：这三个享受盛宴的老饕让人想起《卖赎罪券者的故事》中那三个堕落的纵欲之徒。

于是，在萨夫卡这张极具冲击力的海报中，巴斯妇已经失去了所有自主性，更不用说机智、欲望和智慧了。她已经成为肉体、欲望和腐败的象征。巴斯妇的形象主要被描绘成一个高度性化的肉体，她也代表了衰老男性日渐萎靡的欲望。尽管他们没有察觉，但他们的世界正如夕阳西下般缓缓落幕。不过，这张海报的风格本身以及它对当代波普艺术的强烈致意，也将《坎特伯雷故事集》带入了 20 世纪 70 年代的鲜活文化当中。[38] 也许，最有趣的是，巴斯妇仍然是一个足够强大的人物，哪怕在 1976 年波兰的一张政治化的艺术海报中，她也占据着中心位置。

艾莉森周游世界的旅程，带她走遍世界各地，也让她卷入了各种各样的政治漩涡。但她从未失去震撼人心、激发回应的能力。大多数时候这种回应使人们试图以某个标签来定义她，将她当作原始女性气质（primal femininity）或肉体本身的象征。各类改编倾向于简化她身上的复杂性，回归有关性别和大地的神话，并将她呈现为被男人征服的形象，将她置于从属地位。这些改编背离了乔叟的旨趣，他感兴趣的是原始现实主义，以及描绘一个聪明、有趣而且能完全意识到父权文本和性文化偏见的女人。在各种改编中，她的戏谑精神、自嘲意愿，以及在唇枪舌战中不落下风的能力都逐渐消失了。事实证明，即便是伏尔泰和帕索里尼等著名自由思想家，在涉及女性问题时，也并没有进行多么自由的思考：改编巴斯妇暴露了他们思想中相当根深蒂固的保守和厌女底色。

令人耳目一新的是，2017 年巴西女演员梅特·普罗恩萨（Maite Proenca）受委托并主演了《巴斯的一个女人》（A Mulher de Bath），该剧改编自若泽·弗朗西斯科·博特略（Jose Francisco Botelho）2013 年的葡萄牙语版《坎特伯雷故事集》。[39] 梅特·普罗恩萨本人是一位受过高等教育、游历甚广的作家和女权主义者。该剧的宣传材料告诉我们，这是一个有关"一位阅历丰富、激情雄辩的女性"的故事。[40] 在此，她的两大特点是——"阅历丰富"和"激情雄辩"：巴斯妇再次成为一名修辞学家，一位耀眼的演说家，她凭借非凡的言语力量而非身体力量，征服了文本，风靡了各大洲。在对巴斯妇的阐释中，这部剧是更加忠实于原作的国际性改编。她曾让历史上无数男性作家和艺术家感到恐惧和害怕，但最终，她仍是无法被压制的。

第 9 章 艾莉森与小说

尽管如此,她还是坚持到底。

——米奇·麦康奈尔(Mitch McConnell)谴责伊丽莎白·沃伦(Elizabeth Warren),2017 年

巴斯妇是一位表演者。乔叟为她精心设计了一种独特的声音,这个声音既腹语般模仿丈夫们和教会权威的声音,又将其彻底推翻,这是一种常被朝圣的男性神职人员打断却最终无法战胜的声音。14 世纪的中世纪文本文化的性质决定了《坎特伯雷故事集》需要给一大群人朗读;它本身就是为表演和倾听而设计的。[1] 正如我们所见,几个世纪以来,对艾莉森的回应往往也以口头形式呈现:16 世纪和 17 世纪的民谣,从 16 世纪至今的戏剧,18 世纪中伏尔泰的短篇故事,以及现代的影视改编作品。在本书的最后一章,我将讨论 21 世纪的表演诗歌和戏剧改编对巴斯妇的引子及故事的重述。然而,在 20 世纪,艾莉森也变形融入了传统上无声的小说形式。将艾莉森植入散文文体,植入一种通常是私密且无声的文学形式,会带来特别的挑战——但这些挑战都已经通过各种创造性的方式得到了解决。在本章中,我将讨论三部小说:一部直接明了的小说,一部高度实验性的现代主义小说,以及一部混合了散文、诗歌、歌曲

和多种语言的全新形式的小说。也许，令人惊讶的是，尽管经历了伏尔泰和麦凯等作家的歪曲，当她融入散文体时，竟又上演了一次复出。

她人生的这一章始于20世纪20年代，此时，詹姆斯·乔伊斯（James Joyce）正在重新定义小说的诸多可能。有趣的是，巴斯妇化身成了《尤利西斯》的一个核心人物莫莉·布鲁姆（Molly Bloom），她也是20世纪文学中最著名的女性人物之一。《尤利西斯》通常被认为是现代主义文学的典范之作，故事发生在1904年6月16日这一天，围绕与《奥德赛》中人物相对应的三个角色而展开，他们是：利奥波德·布鲁姆（Leopold Bloom，对应奥德修斯）、斯蒂芬·代达勒斯（Stephen Dedalus，对应忒勒马科斯）和莫莉·布鲁姆（Molly Bloom，对应珀涅罗珀）。这是一部极富于暗示且错综复杂的小说，它既高度结构化，又看似联想丰富、离题万里。乔伊斯是一位狂热的中世纪文学爱好者，他在小说中以多种方式对乔叟的作品进行了移置和变形。特别重要的是，乔伊斯对艾莉森这个角色和她说话的形式都作出了回应。事实上，在我看来，乔伊斯对乔叟最深刻的改写就在于他对艾莉森言语的**结构性**回应（*structural* response）。

尽管鉴于《尤利西斯》是基于对《奥德赛》情节的重新想象，很多人可能会更直接地将乔伊斯视为一名古典主义者。但乔伊斯本人也说过："在我看来，中世纪比古典主义具有更多的情感渲染力（emotional fecundity）。"[2] 可见，乔伊斯知识世界的这一方面，通常没有得到充分的讨论。然而，最近的一本文集声称乔伊斯"具有中世纪特质……这一点肯定无可争议"，它还引用了《芬尼根的守灵夜》

(Finnegan's Wake)来描述乔伊斯本人："我告诉你，他是个怪人，甚至他的植物灵魂①都透着中世纪邪恶（middayevil down to his vegetable soul）。"³ 在《尤利西斯》的"太阳神的牛"②（Oxen of the Sun）章节中，乔伊斯展示了他对英语散文风格的跨时代的掌控力，他戏仿了每个时代，从古英语"未出生的婴孩已有福佑，于子宫之中便获崇敬"开始，再到中世纪晚期的风格："且让我们谈谈那些意在纵情醉酒的伙伴们。"⁴ 他模仿了大批作家——包括弥尔顿（Milton）、布朗（Browne）、佩皮斯（Pepys）、笛福（Defoe）、斯特恩（Sterne）、佩特（Pater）、狄更斯（Dickens）和纽曼（Newman），直至语言最终瓦解为各种方言、俚语和打油诗。这不是一种目的论式的进展，而是对散文风格考古学（the archaeology of prose style）的精彩描述，体现了乔伊斯对英国文学史的深刻了解。⁵ 然而，他与英语这门语言的关系是模棱两可的。中世纪的欧洲和20世纪的爱尔兰之间也有一些相似之处，在这两个地方，都有一种"通用语言"（common language）在对抗更加权威的、跨国性的语言（方言对抗拉丁语；爱尔兰语对抗英语）。⁶

乔伊斯对中世纪的兴趣远不止于英语。他还被中世纪的思想、哲学和文学的多个方面所吸引，而且他也知识渊博，但乔叟在他的

---

① 在经院哲学的传统中，植物灵魂（vegetable soul）控制着人类生命的营养和生殖功能，被认为比动物灵魂（animal soul）和理性灵魂（rational soul）更低级，而且不完整。
② "太阳神的牛"是《尤利西斯》的第14章，场景设定在都柏林霍尔斯街妇产医院，斯蒂芬·代达勒斯和一群医生、学生讨论哲学、宗教、科学，并且酗酒狂欢。本章标题源于荷马史诗《奥德赛》第12卷，其中奥德修斯手下因屠杀了太阳神赫利俄斯（Helios）的圣牛而遭受神罚。乔伊斯借用了这个神话，并将其与生育、生命循环和语言演变等主题结合在一起。

想象中仍占据着特殊地位。乔伊斯曾说:"在所有英国作家中,乔叟是最清晰的"——当然,我们不应该忽略这里的限定词"英国"。[7]他的朋友路易·吉莱(Louis Gillet)写道,乔伊斯"总是对乔叟怀有无限的钦佩之情",他认为《坎特伯雷故事集》的总引是"一个艺术奇迹"。[8]1912年,乔伊斯在帕多瓦(Padua)创作《乔叟的好牧师》("The Good Parson Chaucer"),并大获好评。[9]对《牧师的故事》的详细解读,表明乔伊斯对《坎特伯雷故事集》的整体复杂性有着透彻的了解。他有两套学术评注版乔叟全集,还有几本包含其作品节选的文学选集。[10]有一次在巴黎,他没有办法查阅自己的藏书,他发现很有必要立即去借一本乔叟的作品。[11]1919年,就在乔伊斯努力创作《尤利西斯》时,他还向他的朋友弗兰克·巴金(Frank Budgen)朗读了《坎特伯雷故事集》的总引。[12]20世纪30年代,他花费了惊人的精力游说出版商出版乔叟的《圣母ABC》("ABC to the Virgin"),这是乔叟的一首短诗,可能是其早期诗作。乔伊斯说服女儿露西娅(Lucia)为诗创作插画,她使用了精美的花体首字母(Lettrines)。鼓励(患有严重精神疾病的)露西娅将这些花体首字母与乔叟的诗结合,并推动其出版,成了乔伊斯的一大重要项目,他最终促成该版本以300册的印量付梓,其中还附有路易·吉莱写的序言。[13]这段非常规出版经历证明,乔叟在乔伊斯的整个成年生活中有着特殊的重要性。

这种重要性在他创造莫莉·布鲁姆时体现得尤为明显,很多评论家都将她与巴斯的艾莉森相比较。[14]例如,贾斯特曼(Justman)写道,"莫莉·布鲁姆是对巴斯妇的强有力的印证,就像巴斯妇印证了她自己更接近的原型一样",而库珀则称《巴斯妇的引子》是"莫莉演说最完整的文学先驱"。[15] 还有其他人也指出了她们之间密切的相似之处，但他们认为这不是乔伊斯有意作出的决定，暗示乔伊斯可能没有意识到他对乔叟的阅读在多大程度上塑造了他自己的作品，而且人物之间的一些相似之处源于乔叟和乔伊斯的一些相似处境，他们都生活在父权制天主教社会中。[16] 在乔伊斯生前，他的朋友吉莱指出，莫莉也许"是那位爱笑、活泼和丰满的巴斯妇的后代"，这一评论得到了乔伊斯本人的赞赏。[17]

这两个角色以及她们非凡的言语之间确实有着惊人的相似性。两位女性皆口若悬河——一个是以内心独白的方式（《尤利西斯》的最后一部分，题为"珀涅罗珀"），另一个则是讲给朝圣同伴听——而且，它们似乎都是用一种未经过滤的独白形式（confession）。艾莉森的引子比其他任何人的引子要长很多倍，而莫莉的句子则因其语言无拘无束地奔涌——第一句话就长达2500词——立刻脱颖而出。她基本没有使用标点符号，那种看似真实的记忆和观点的流动复制了听到某种声音的幻觉。乔伊斯在这里对散文风格进行了创新，它代表了对于以非口头形式创造声音这一难题的一种处理方式。

这两个人物都向我们讲述了她们自进入性经济以来的生活：我们听说了艾莉森自12岁起的数段婚姻，以及莫莉在少女时期与穆尔维中尉（Lieutenant Mulvey）的性经历。她们都意识到了自己是渐趋年长的女性——艾莉森40多岁，莫莉33岁——并且谈起她们的回忆，尤其是有关情人和性经历的回忆，它们被描述得有声有色。莫莉对她生命中那些男人的描述，与艾莉森对其几任丈夫的详细描述更加相似，而不是珀涅罗珀试图抵挡求婚者。艾莉森和莫莉都对20岁左右的年轻男性更有"性趣"（"我猜想，他应该二十啷当岁，/ 而我四十岁了，若我说实话。/ 但我依然有小马驹的牙口。"［600—602 行］"我疑惑他是不是太过年轻了……我猜想他已经 20 岁或者更大些，我对他来说，还不算太老。"［725 行］)。她们专注于身体和欲望，尊重性欲的自然本性，并声称性行为具有显而易见的正当性："为了什么目的 / 创造了生殖器呢？"［115—116 行］)"那我倒是想知道，要不是为了性，我们为什么被赋予这些欲望呢？"（726—727 行）

尽管这两个角色都不完全和原型（archetype）一样，也不是充分实现的个体，但乔伊斯比乔叟更加关心普遍性，此外，他构想的莫莉也要比乔叟想象出来的艾莉森更具神话色彩。乔伊斯是这样评价"珀涅罗珀"这章的：

> 它以女性化的单词"yes"（是）开头，也以其结尾。它像一个巨大的地球一样缓慢、稳定而匀速地一圈又一圈地旋转，它的四个基点是女性的乳房、臀部、子宫和阴部，分别由单词"because"（因为），"bottom"（底部，各种意义上的底部，比如最底部的纽扣、班级末尾、海底、他的心底）、"woman"（女人）和"yes"（是的）来表示。尽管这章可能比之前的任何一章都更加淫秽，但在我看来，它是完全理智的、完全非道德的、有生殖力的、不值得信赖的、迷人的、精明的，有限的、谨慎的、冷漠的女人。我是那永远肯定的肉体［Weib. Ich bin der Fleisch der stets bejaht］。[18]

乔伊斯在别处也重申了莫莉本质上代表普遍女性和肉体的观

点——这是一种非常中世纪的性观念，而乔叟在创作巴斯妇时对这种观念进行了提炼、细化并提出了质疑。[19] 正如我在整本书中一直讨论的，乔叟对艾莉森的刻画是在一定的限制条件下，将性别刻板印象、特定的历史语境和对一个个体的描绘有机结合在了一起。艾莉森这个人物的一个重要方面就在于，她明确突出了视女性为纯粹肉体、无知无识、无法构建论点的观念，并证明了这种观念源于有极度偏见的经典和权威。事实上，我们的确在莫莉的独白中听到了艾莉森问"是谁画的狮子？"的微弱回声。比如，她在阅读故事时说，"在所有这些虚构想象中，肯定没有女人什么事"（703行），她甚至还在一个滑稽的自我指涉的时刻说道，"我不喜欢书里有莫莉"（707行）。因而，乔伊斯允许莫莉复杂化他的陈述意图，使她看似超出了他的想象范围。但在这里，我们在莫莉身上看不到任何与艾莉森相似的精湛造诣，例如修辞技巧、教士式的引经据典，以及对教会神父们不足之处的详细了解。值得注意的是，那些认为她们是"同一原型角色"，或者认为她们具有"一样的基本女性本能"的评论家们，更多地暴露了他们自己，而不是他们对乔叟的理解。[20]

乔伊斯对于文本功用，以及他希望莫莉代表什么的构想，在很多方面都与乔叟对《坎特伯雷故事集》和巴斯妇的设想不同。但是，乔伊斯是一位会仔细阅读他的资料来源的人。翁贝托·艾柯（Umberto Eco）写道："乔伊斯的模仿概念，更接近于中世纪的模仿概念，它需要转换变形，而不是简单的复制。"[21] 在结构转变上，乔伊斯将放在中间的《巴斯妇的引子》变成了莫莉在结尾时的独白，我们在此看到了对艾莉森的关键性回应，这也就暗示了她对乔伊斯而言很重要。虽然乔叟没有为他的故事集设定一个明确的顺序，但毫无疑问的是，巴斯妇出现在文本中间的某个位置。她既不属于第一组——包括总引和四个故事——也不属于最后的四个故事。《牧师的故事》被明确定为故事集的最后一个故事，讲述这则故事时已经快要到坎特伯雷圣地了，一天也即将接近尾声，天秤宫正在升起，天空中犹如悬挂着审判的天平。最终话语权被赋予那位牧师，他是在《律师的故事》的结尾衔接中艾莉森似乎想反对之人，他也是艾莉森在更广泛层面所对抗的那个阶级的代表。这不一定能赋予牧师权威，但是，他确实拥有最后言说的权利。与之形成鲜明对比的是，乔伊斯让莫莉说出了最后一个词，字面意义而言，这最后一个词就是"yes"（是），而对乔伊斯来说，这个词代表的既是女性生殖器，也是一个普遍意义的表达肯定和生命力的一个词。就结构而言，虽然珀涅罗珀在整部《奥德赛》中都很重要，但是，奥德修斯在最后几章中才回到伊萨卡岛，他们才得以团聚——所以，在这个意义上，她比艾莉森扮演了更多"结尾性"的角色。然而，珀涅罗珀并不是最后一章的一部分（而且，她也从未像艾莉森和莫莉那样袒露自己内心的所思所想）。事实上，乔伊斯选择让他笔下相对普通、性事活跃、有工作的中年女性来结束他的小说，这是对艾莉森的一种改造，乔叟必然会对此欣赏有加。

50年之后，女作家薇拉·查普曼（1898—1996）写了一部就叫作《巴斯妇》的小说。查普曼是牛津大学首批正式录取的女性之一，也是托尔金协会（Tolkien Society）的创始人，写了很多受中世纪文学启发的小说。[22] 查普曼的版本在形式上并非实验性的：它是一部扩展了《巴斯妇的引子》和《巴斯妇的故事》的短篇小说，充实了艾莉森的早年生活以及朝圣经历细节，并给了她另一段婚姻作为一个美满的大结局。查普曼向我们讲述了艾莉森的父母和兄弟姐妹，她如何失去童贞，她的工作生活，她在巴勒斯坦和北非等地与其他异教男性的邂逅，以及她的孩子们。[23] 在其改编中，查普曼对艾莉森做了一些改变，使她更加传统，也不那么有趣，因为查普曼努力将她塑造得更"讨人喜欢"。

查普曼与巴斯妇的那些早期改编者有着很多相同的关注点，但她明显要比前辈们更加同情巴斯妇。例如，许多巴斯妇的改写者也重点写了女修道院院长，将这两位女性描绘成女性气质的两个对立面——一个纵欲放荡，一个贞洁高尚；一个大胆无畏，一个谦逊有德；一个沉迷世俗，一个避世隐修。在珀西·麦凯的改编版中，女修道院院长是乔叟爱恋的对象。她迷人而纯真，她那枚"爱征服一切"的胸针原本极具性暗示，然而麦凯坚持认为，它只与她的兄弟有关，于是，这种性暗示便被消解了。乔叟最终赢得了她的芳心并与她步入婚姻，所以在最后，她是一个修女的事实被简单地忽略了。在这一版本中，艾莉森自始至终都是她的反面。在约翰·盖伊的改编版中，以修女形象登场的人物是米蒂拉夫人（Lady Myrtilla），乔叟再次爱上了她。她一派纯真的女性气质与艾莉森的性衰老和性阅历丰富形成了强烈对比，在剧作的后期版本中，当其他女孩都嫁出去之后，艾莉森还是独自一个人。与这形成鲜明对比的是，查普曼以完全不讨喜的方式来刻画女修道院院长。艾莉森和女修道院院长是儿时旧识，现在的女修道院院长被描绘成了一个自私、恶毒的女人，她嘲笑艾莉森，并且折磨和她一起去旅行的年轻修女们。女修道院院长还发出了《巴斯妇的引子》中那种厌女的声音，她引用迦拿婚礼来告诉艾莉森，她只应该结一次婚。她是一个刻薄且令人不快的人物角色，相比之下，艾莉森更具吸引力。

同样，查普曼也改变了艾莉森与乔叟的关系。麦凯在其改编中设想艾莉森试图诱捕乔叟，使他们成为对立者，而查普曼则将他们描绘成盟友。虽然他们接吻过一次，但彼此都没有欲望——他们被描绘成朋友，乔叟如痴如醉地听着艾莉森对其前尘往事的独白。麦凯和盖伊都把艾莉森刻画成在坎特伯雷朝圣途中相当拼命地寻猎丈夫。在盖伊的戏剧中，她起初可能成功套牢了平民地主，但如前面所述，这在后来的版本中被改变了，所以最终她还是独自一人。而在麦凯的戏剧中，艾莉森因一些男人的法律诡计被迫与磨坊主结了婚。但在查普曼的小说中，艾莉森并没有绝望，她甚至拒绝了骑士的求婚。最终，艾莉森和平民地主幸福地结了婚，乔叟还为她送嫁。的确，事实证明，她早在几十年前就为平民地主失了身，但他们因为一系列的不幸而分开——父亲临终前，平民地主被急召回家，后来他再也无法联系上她。

我们一次又一次地看到，比起很多其他改编者，查普曼对艾莉森的塑造更加讨好。在摩洛哥发生的一个非比寻常的情节中，艾莉森英勇地拯救了一群修女，让她们免遭强奸，但取而代之的是，她牺牲了自己，主动献身给摩尔人首领贝伊（Bey）。在巴勒斯坦，她爱上了一个穆斯林，这体现了她思想开放的秉性。回到坎特伯雷附近时，出于对扈从的关切（他不希望自己的父亲再婚），她拒绝了骑士的求婚。她也拒绝了扈从本人，因为她知道他还太年轻，这种关系不合适。在查普曼的版本中，我们也被鼓励去同情她，因为她有两次差点沦为强奸的受害者，一次是在她年轻时，一次是在坎特伯雷朝圣途中。第一次，一个托钵修士侵犯了她；第二次则是法院差役。而每一次，她，一个典型的遇险少女（damselin distress[①]），都会被一个男人拯救，先是平民地主，而后是骑士。这些情节也让艾莉森所说的故事深刻影响了她自己的生活。她的故事以一个女孩在乡间被强暴开始；与此类似，对艾莉森的袭击都发生在郊外的树林里。在《巴斯妇的故事》的核心情节中，我们看到了一个奇异的仙境场景——树林中的神秘舞者突然都消失了。查普曼将这一场景移植到了坎特伯雷朝圣途中。乔叟和艾莉森一起在树林里看到了那些舞者，乔叟知道，这预示着艾莉森的生活即将发生某种改变（最终证明是她将要与吉尔伯特，也即平民地主重逢）。

查普曼对艾莉森生活的另一个重大改编是，明确让她成为有5个儿子的母亲，其中一个儿子在婴儿时期就早夭了。第一个儿子是婚外私生子，父亲是吉尔伯特，也以他的名字来命名，但艾莉森假称他是第一任丈夫的儿子。其他四个儿子都是她与第三任丈夫所生。乔叟自己从未说过巴斯妇没有孩子。我们对大多数男性朝圣者有没有孩子也一无所知，但这不会引发任何假设或推测。或许巴斯妇是否有孩子，与她想在引子中谈论的那些生活毫无关系。然而，她告诉了我们那么多她的私生活却丝毫没有提到孩子，这确实让我们更倾向于她是没有孩子的。总引对她的描述中甚至提到了一个短语，可能暗示她熟悉避孕措施和堕胎。叙述者告诉我们，她十分了解"爱的疗法"（总引，475行）。虽然这可能指的是奥维德的《爱的疗法》（Remedia Amoris），或指寻找爱情的方法，或指春药、爱情魔

[①] 特指需要男性拯救的落难女子。即使女性角色本身可能是有能力的，但仍然会处于这种情况。

药，或相思病的治疗方法，但根据《中古英语词典》(Middle English Dictionary)所示，也有可能指避孕和堕胎。[24] 在这个时代，当然存在很多形式的节育措施，这也符合艾莉森的总体形象，因为她能够掌控她自己的生育能力。[25] 撇开这些争论不谈，很明显的一点是，乔叟并没有主动积极地把艾莉森刻画成一位母亲。但对查普曼来说，艾莉森的母亲身份至关重要：晚年时，艾莉森与儿子儿媳在一起生活。正如查普曼通过反复将艾莉森置于"遇险少女"的角色，总是被英雄男士拯救，来鼓励读者对她施以同情一样，查普曼也通过将艾莉森塑造成一位慈爱的母亲，使她成为一个更加柔和、不那么具有威胁性的角色。女性"理应"具有生育能力、充满母性并爱她们自己的孩子。此外，她也被赋予了一个刻板的幸福美满的大结局，艾莉森与初恋真爱重逢，并一起回归安稳的家庭生活。因此，在整部小说中，查普曼都希望读者能够喜欢艾莉森，并且努力地让艾莉森讨人喜欢，但是，她这么做却让艾莉森不再具有鲜明的个性，而是更像那些我们所熟知的女主人公了。纵观整部小说，艾莉森失去了她的语言才华、她的智慧和她的复杂性，因为她被重塑成了一种相当传统的女人。

在对艾莉森的最新改编中，她的形象与任何我们熟悉的样子都迥异。卡罗琳·伯格瓦尔的《艾莉森在歌唱》(2019)不完全是一部小说——它主要由拆分成几个章节的散文构成，但也包括诗歌和歌谣。[26] 这是她的三部曲中的第三部，全系列都融合了中世纪文献和当代资料，并糅合了多种语言。《艾莉森在歌唱》部分由中古英语写成，部分由各种现代英语写成，有时书面，有时口语化，还有时模仿流行歌词，这是一部令人惊奇、独树一帜的文本。这部作品有趣的创新点在于，它通过强调说话声音（spoken voice）来解决口头文本被消音的这个问题。在此书序言中，伯格瓦尔将创作文本的过程描述成巴斯妇通过她来说话的一种经历。她写道，她花了数年时间聆听巴斯妇的声音，"在时光的面纱变薄的任何地方"（vii），她的声音就可以被听到。之后在书中，伯格瓦尔写到了艾莉森和作者（她自己）互相角力（58 页）。在书中的另一处，她也将她们的关系描述为剑拔弩张，部分原因是她难以重新想象艾莉森的说话声音："寻找合适的方法来重新塑造你这个标志性人物的说话习惯，描绘出你本身就是那种掷地有声、令人印象深刻、跨越时代的极致的女性形象，对于我这样一个身处困境、缺点多多、复杂纠结的 21 世纪作家斗士（writer fighta）来说，实在是一项相当艰巨的任务。"（49 页）

正如伯格瓦尔在这里明确表示的，她关注的是如何突出艾莉森与 21 世纪政治和问题的相关性，以及如何糅合不同的时代和不同发展阶段的语言。例如，在"针黹"（"Stitch"，69—87 页）一节中，她极其全面地介绍了艾莉森在布料贸易方面的工作，以及它与根特和佛兰德斯的贸易、纽扣制作的发展、禁奢法及 14 世纪时尚的诞生有何关联；还有艾莉森的工作与纺织厂、棉花生产方式造成的环境破坏、手工艺行动主义（Craftivism）、甘地（Gandhi），以及以色列、阿根廷、前南斯拉夫、英国、美国、加泰罗尼亚、乌干达和俄罗斯的妇女借助特定服装或颜色进行抗议的关联。又或者，以伯格瓦尔对一个用来描述艾莉森的词语的处理为例，她以一种联想式的、极具创造性的方式分析了"豁牙"（gat-toothed，总引，468 行；《巴斯妇的引子》，603 行）（97—101 页）一词。从这个描述词本身开始，她借用牙齿中的"缺口"（gap）来谈论性别差距、加洛林手写体（对"卡罗琳"的一种双关）的文字间隙，通过古弗里西亚语（Old Frisian）、古撒克逊语和低地德语追溯"gap"的词源，并与梵语和希腊语建立关联，接着，伯格瓦尔又转向玛丽·道格拉斯（Mary Douglas）的重要著作《洁净与危险》（Purity and Danger），这本书的重点是有关缺口和孔窍（orifices）应有功能的人类学思想，最后以一个关于轮奸和对妇女施暴的可怕故事结束，这将我们引向艾莉森耳朵受伤，含蓄地回应了总引对艾莉森耳聋的记述。伯格瓦尔告诉我们："我看到到处都是缺口！艾莉森着迷地喊道！"（99页）

伯格瓦尔沉浸在中世纪和现代的文化当中。诸如碧昂丝（Beyoncé）、吉娜·米勒（Gina Miller）、玛丽·比尔德（Mary Beard）、朱迪斯·巴特勒（Judith Butler）、奥黛丽·洛德（Audre Lorde）、黛安·阿博特（Diane Abbott）和阿兰达蒂·罗伊（Arundhati Roy）等女性都出现在了艾莉森的演说之中。[27]然而，中世纪的例子也很突出。例如，她重述了卡克斯顿（Caxton）的《埃涅阿斯纪》①（Eneydos）序言中的一则故事（29—30页）。她引用这个故事的事实便表明，她对中世纪的书写感兴趣，但这个故事本身也很重要：这是一个关于语言发生变化的著名故事，讲述了生活在英国国内的人们因为使用不同的词来表示同一个事物而无法互相理解（比如"鸡蛋"，有人说"eyren"，有的人说"egges"）。伯格瓦尔关注古老语言形式的异质性，并呈现这些语言形式。艾莉森经常谈论语言，比如她说："我有商人的语法，情人的变格，确实，我的下身或许不再行经流

---

① 威廉·卡克斯顿（William Caxton）于1490年翻译和印刷的一部作品，它是对法语版《埃涅阿斯纪》的英译和改编。卡克斯顿在翻译过程中对原作进行了调整，使其更符合当时英国读者的兴趣和理解。

血（稍后会再谈到这个），但我的爱液已超凡脱俗，刚刚开始涌出河岸。而当我这样说话时，我的思绪与冒险，就像我正坐在山鲁佐德的膝盖上，她要求它又长又响亮，这就是我的整套表达方式——放声高呼！"（Ive gotta traders grammar, lovers declension, indeedy me loins may stoppe blede, will get to that, but ma lovejuice is out of this worlde, has just begun aflowe the banks and whan I speech like this ma thoughts & aventures, tis like I am ysitting the lap of Sherazade & she axe for it 2 be longe 2 be loude, thats my whole megafony!）（5页）中古英语或仿中古英语的形式，比如动词开头的"y"或词尾的"e"，以及中古英语拼写如"whan"或"aventures"，会与非正式现代词汇如"lovejuice"和"magafony"，以及短语用语如"2"替代"to"并置在一起。这一整体效果并非单纯的模仿或再现，而显然是表演性的和过度夸张的，它在公开宣扬并沉溺于其人为性。这种写作方式本身就在演绎那个激发并驱动整个文本的问题——过去如何能以最佳方式在当下发声，并能与当下产生对话？

在某种程度上而言，这个问题在该书的最后一句话中得到了回答，当时艾莉森宣称她"并未成为过去，而是刚刚开始"（not bygone just bigonne, 120页）。换句话说，她没有终结于过去，也没有被留在过去；她才刚刚起程。这个双关语的文字游戏，以及使用古老的拼写和形式来宣称即时相关性，本身便是在坚持，语言和文学的历史对我们现今使用的词汇和讲述的故事还具有适用性。艾莉森被伯格瓦尔改变了，但也并非完全无法辨认。她将乔叟和中世纪带入了她的新化身中。

这部作品讲述了变形（metamorphosis）的重要性——形式的、

时间的、身体的和性别的变形。在"所有性别的艾莉森"（52页）当中，伯格瓦尔对酷儿和跨性别身体很感兴趣，她还让这些身体成为艾莉森对话中的一部分。她提到了切尔西·曼宁（Chelsea Manning，43页）等当代跨性别女性，并写到了她自身的酷儿关系（53—54页）。书中还讲述了一位中世纪跨性别女人约翰/埃莉诺·莱克纳（John/Eleanor Rykener）的故事（11—12页）。莱克纳生活在14世纪后期，她的故事在法庭文书中得以保留了下来。在还是一个男儿身时，他在一个老鸨的指使下"以女性身份"接客，主要是与神职人员发生关系，于是，她遭到了审判。从法庭文书中并不清楚"实际"发生了什么事：例如，这到底是一个跨性别女性还是一个异装的男人，以及妓院的客户是否确切知道发生了什么事。[28] 但是，这个案例证明了性和性别在中世纪的复杂性；正如伯格瓦尔所写，"许多这样的故事都充斥着大量的性以及待解决的法律问题。许多故事都酿成了更加可怕的后果"（12页）。

  伯格瓦尔并不回避描写那些可怕的后果。她的文本中充满了跨越多个时代的女性和酷儿遭受身体压迫的故事，有时是对性暴力的生动描述，有时隐晦地提及气候的变化，还有时是对政治压迫和不公正的描述。然而，它终究是一个极具肯定性的文本，它坚信过去的持久重要性，特别是这位独特的先锋女性人物艾莉森和她所代表的一切的重要性。在本章的前面部分，我提到了莫莉·布鲁姆说的最后的词是"是"，以及这位女性的肯定是乔伊斯这部杰作的最后一个词这一事实。"是"也是《艾莉森在歌唱》中的一个关键词。在"朝圣"一章的末尾，文本的诗意部分以六行诗节结尾（111页）。第一行写道："世间万物皆始于一个'是'。"接下来的五行，则是用另外五种语言重复了同样的情感：希腊语、阿拉伯语、德语、加泰罗尼亚语和葡萄牙语。这些语言既包含使用广泛的国家通用语言，也涉及少数族群的濒危方言，且使用了三种不同的字母系统。在这部作品中，艾莉森似乎代表着生存、反叛、挑战权威（尤其是当它以男性暴力形式出现时），以及说出自身真相的重要性，性欲和性经验的正当性，讲述故事的持久力量，保持语言和故事活力的重要性等理念，它们被呈现为跨越多种文化、语言和时代的理念。

《艾莉森在歌唱》对这些理念的力量抱持乐观态度。这本书鼓励甚至规劝读者，要在真正欢愉的时刻对艾莉森说"是"。伯格瓦尔用一种混合的形式和一种杂糅的语言进行写作，她创造出了这样一个角色，她身上的复杂性、生命力以及致力于反抗的精神都表明，一位女性可以在不牺牲她的享乐的情况下令这个世界大为不同。这部作品中的歌者艾莉森是一个异常奇怪、但又十分贴切的新版巴斯妇。

第 10 章　黑人艾莉森
布里克斯顿、巴法及威尔斯登的妇人们

她可不好惹，且心直口快。

——扎迪·史密斯，《威尔斯登的妇人》(*The Wife of Willesden*)

在 21 世纪，艾莉森经由后殖民时期英国的新作家之手又重获新生。在过去的几十年里，我们看到黑人女性诗人对艾莉森的不断改写和重新想象，不断让她发声、表演：从琼·"宾塔"·布雷兹的《布里克斯顿市场的巴斯妇》，曾在伦敦一个普通市场的多元文化空间中表演；到佩兴斯·阿格巴比的《巴法的妇人》("Wife of Bafa")，其中艾莉森成了来自尼日利亚的布料商爱丽丝·艾比·巴法（Alice Ebi Bafa）夫人；再到扎迪·史密斯的阿尔维塔，她生活在伦敦北部的威尔斯登、根植于西印度群岛，是一名结过多次婚的妇女。在所有这些案例中，艾莉森都成了一位跨越多种文化、具有跨国身份的黑人女性。在每个改编版本中，艾莉森都是由一名女性书写——终于，经过了数百年的男性挪用后，女性开始果断地夺回艾莉森的声音——而且，还是以口头形式呈现。这三部作品都可以在书页上进行阅读，也可以被聆听和观看，这恰好呼应了中世纪的阅读实践。在 21 世纪，艾莉森进行了一次自我重塑，她在许多内涵丰富的后殖民语境中开启了她的新生，成为一位坚实立足于当代时刻的巴斯

妇。在皇家莎士比亚剧团（Royal Shakespeare Company）2005 年出品的戏剧《坎特伯雷故事集》中，我们还看到了一个黑人巴斯妇，艾莉森由安提瓜裔英国女演员克莱尔·本尼迪克特（Claire Benedict）扮演。

世界其他地区的黑人女性诗人也受到了《坎特伯雷故事集》的启发，但具体指向巴斯妇的较少。玛丽莲·纳尔逊（Marilyn Nelson）的《卡舒埃拉故事集》（*The Cachoeira Tales*）、凯伦·金 – 阿里比萨拉（Karen King-Aribisala）的《踢踏之舌》（*Kicking Tongues*）和格洛丽亚·内勒（Gloria Naylor）的《贝利的咖啡馆》（*Bailey's Café*）都是以《坎特伯雷故事集》为起点，将原文本作为探索"非洲流散身份"（Africa diasporic identities）的一种方式。[1] 以上这三个文本都围绕故事讲述和身份问题展开。纳尔逊和金 – 阿里比萨拉通过朝圣式旅行的概念（从美国到巴西；从拉各斯［Lagos］到阿布依法［Abuifa]）来构建文本。事实上，纳尔逊明确地将她的文本定位为"一次反向流散"（a reverse diaspora）、"一次朝圣"，前往"黑人灵魂具有神圣性"的地方。[2] 这三位作家都对巴斯妇很感兴趣：杰西·贝尔（Jesse Bell）是《贝利的咖啡馆》（即哈利·贝利的泰巴旅店的另一个版本）中的一个角色，她是一位性关系复杂的女人，常谈论性交易的技巧，例如假装嫉妒，此外，她还感叹自己不像男人那样对文本有控制权。在《卡舒埃拉故事集》中，导演——像坎特伯雷朝圣者一样以其职业身份命名的角色——与巴斯妇有着诸多明显的相似性。她是"一个丰满的中年姐妹"，被刻画成"一杯信仰与愤怒调制的香槟鸡尾酒 / 随时绽放的笑容中缺了一颗牙"。[3] 这明显是对艾莉森的豁牙特征的指涉。然而，她也与其他朝圣者有很多相似。她对艺术的苦行式奉献让人联想到学士。她讲述的那则聚焦于在滑雪坡上露出的光屁股的短篇故事,让人想起了一点《磨坊主的故事》,其结局也涉及一个裸露的臀部。[4]《坎特伯雷故事集》中不同部分对《卡舒埃拉故事集》的影响既迥异又充满创意。我认为,该作品中的另一个时刻尤其受到了巴斯妇的影响。飞行员讲述了一个关于某人参加罗夏墨迹测试的故事。他是这样结束他的轶事的:

> 所以精神科医生说,"我的天哪,格林先生,
> 你有我见过的最肮脏的思想!"
> 那位兄弟说,"这简直就和白人一样
> 把错怪到黑人头上!史密斯医生,你尽可
> 随意评说,但你必须承认是你,
> 给我看了所有那些肮脏的图片!"[5]

这与"是谁画的狮子?"异曲同工,它们强调有权势者可以掌控叙事,但是,叙事的对象对所发生的事情会有截然不同的视角。然而在这里,权力动态从男人和女人变成了白人和黑人。巴斯妇是这些深受乔叟启发的文本的一部分,但是,这些诗人都没有将巴斯妇作为她们的关注焦点,而且,我们可以很公平地说,这些改编与乔叟的文本并没有紧密联系,它们都不像我将在本章重点讨论的那些文本。

尤为引人注目的是,21世纪三位最重要的英国黑人女诗人创作的文本都直接而明确地将巴斯妇重构为她们新诗或新剧的核心。这三个人都创造出了现代版本的巴斯妇,并在新的背景下重

述她的人生——其中两部作品还重述了巴斯妇讲的故事。琼·"宾塔"·布雷兹于 1957 年出生于牙买加,1985 年移居英国,2021 年去世,她是一位先锋诗人,是第一位创作和表演配音诗歌的女性。[6] 她于 2000 年发表了她的《巴斯妇在布里克斯顿市场演说》("Wife of Bath Speaks in Brixton Market"①),该诗被收录进诗集《亮眼的到来和其他诗歌》(*The Arrival of Brighteye and Other Poems*)之中。[7] 该诗集的同名诗歌是作者在 1998 年受英国广播公司(BBC)委托而创作的,作为纪念 1948 年 "疾风一代"(Windrush generation)抵达 50 周年庆典的一部分。《巴斯妇在布里克斯顿市场演说》是一部意译(loose translation)作品,它将《巴斯妇的引子》前 130 行翻译成了牙买加英语。可以在 Youtube 平台上观看这首诗歌的一段精彩表演:布雷兹一边穿过布里克斯顿市场,一边朗诵这首诗,市场里如往日一般人头攒动,挤满了买卖货物的双方,很多人都对这位魅力四射的女士在市场中穿行、向镜头朗诵诗歌的行为感到有些困惑。[8]

在本章中,我讨论的第二个巴斯妇的改编版本是佩兴斯·阿格巴比的《巴法的妇人》。阿格巴比于 1965 年出生在伦敦,父母都是尼日利亚人。她最初用尼日利亚英语将《巴法的妇人》创作为一篇独立的文本,它是《巴斯妇的引子》的一个改编版。她写道,自从在牛津大学研究乔叟之后,她"有毕生都去重新诠释这个角色(巴斯妇)的雄心壮志",她说艾莉森是"一个永恒的、复杂的角色",而且无论阿格巴比在哪里表演,她都能得到认可。阿格巴比是一位

---

① 与上文提及的《布里克斯顿市场的巴斯妇》可能是同一首。

表演诗人，在对这首诗的讨论中，她强调它在"每次呈现时"都会发生变化。[9]《巴法的妇人》于2000年出版，收录在诗集《变形女王》①（*Transformatrix*）中。于是，阿格巴比——就像许多跨时代的作家们一样——意识到她与艾莉森的故事并没有结束，所以她重新回到这个人物身上，也回到了整个《坎特伯雷故事集》。2014年，她出版了《讲述故事》（*Telling Tales*），对整个文本进行了彻底的重新混合（remix），囊括了《坎特伯雷故事集》中的每一个故事。《巴法的妇人》也在这部作品中得到了扩展，加入了一个以加纳为背景的改编版《巴斯妇的故事》和《巴斯妇的引子》。[10]

我在本章中将要探索的最后一个文本是扎迪·史密斯的《威尔斯登的妇人》，这是一部雄心勃勃的基于《巴斯妇的引子》及《巴斯妇的故事》的戏剧改编作品，并重构了总引和"撤回声明"②（Retraction）作为框架。这部戏剧原定于2020年首演和出版，当时伦敦的布伦特自治市（Brent）正当选"伦敦文化区"（London's Borough Culture）。全球新冠疫情的大流行导致演出和出版都被延迟，最终于2021年11月首演。《威尔斯登的妇人》是巴斯妇——现在在这部剧中叫阿尔维塔——的一个忠实而富有创意的改编版本。阿尔维塔是一位有着牙买加背景的女性，她在伦敦一个充满多元文化且被精心勾画的当地社区生活和恋爱。当她讲述她自己的故事，并对

---

① 或译"转化女神"，原标题中的这个词融合了"transform"（转变、变形）和"matrix"（母体、矩阵），暗示变革、创造力和语言的力量。它是英国诗人阿格巴比出版的一部诗集，结合了中古英语诗歌、现代口语、说唱（rap）、表演型诗歌（spoken word）等多种语言形式，探讨了种族、性别、身份和文化变迁等议题。她以声音、节奏和叙事为核心，重新演绎并挑战了传统的诗歌形式。
② 乔叟在故事集最后一部分为自己创作的世俗作品表示后悔，并向上帝忏悔。

婚姻和性议题发表看法时，她的声音分散在多个角色中，他们将她描述的场景表演了出来。其中包括她的姨妈、她的侄女以及她的几任丈夫，但其他人物则是该文本中的权威人物——包括苏格拉底、上帝和圣保罗。纳尔逊·曼德拉（Nelson Mandela）甚至也在文本中露了个面。在舞台指示中，阿尔维塔被形容为"一位世界级的讲故事者"，说话带有"北韦兹"（North Weezy）口音——也即伦敦西北部某个特定地区的口音①——但她是一位完美的表演者，时而陷入"刻意的拿腔作调""牙买加方言"或"伦敦土话"。¹¹ 该剧以总引的风格开篇——在一家酒馆里，有一次"全民禁闭"（General Lock-In），酒馆老板提议进行一场讲故事比赛。随后，阿尔维塔重新演绎了《巴斯妇的引子》。她的重述是对引子的一种敏锐解读，它直接翻译了很多想法、习语和意象，同时，她的改编也使《巴斯妇的引子》与时俱进。与原来的引子一样，这次改编也是长篇且内容丰富。

一旦阿尔维塔开始讲述她的故事，场景就会被标记成"从亚瑟王的卡米洛特②（Camelot）转移到牙买加的马隆镇③（Maroon Town）"（71页），我们会再次听到一个既熟悉又陌生的故事。故事的设定不是在前基督教时期的亚瑟王时代的英国，而是在18世纪的牙买加。在牙

---

① 伦敦西北部的口音尤指威尔斯登及其周边地区的口音。
② 卡米洛特是传说中亚瑟王的宫殿所在地，被描绘为一座理想化的城市，象征着骑士精神、正义与传奇。卡米洛特也是圆桌骑士团的所在地，骑士们在此追寻荣耀、正义和圣杯。
③ 也有译作"马龙镇"的，这里采用约定俗成的译名，参见 2012 年《世界历史名词》第一版中的介绍。马隆人（maroons）指的是从西非被贩运至加勒比地区的奴隶，他们在西班牙殖民统治结束后逃入牙买加山区，建立了独立的社区，并展开长期的反抗斗争。

买加，民间传说和对恶灵／鬼魂（duppy）的信仰占据着主导地位。该剧首演于基尔恩剧院（Kiln Theatre），由非凡的克莱尔·珀金斯（Clare Perkins）担任主演。她主宰了整个舞台，完全契合艾莉森在《坎特伯雷故事集》中对叙事空间的主导，她喝止插话者，与观众互动并赢得掌声，要求其他演员化身她的记忆，并演绎出她脑海中的声音与画面。文本的细微之处也通过舞台设计被出色地呈现：马隆人强奸犯自怜地哀叹他失去了身体自由，而遭到他强奸的受害者则静静地出现在舞台上，她直视他眼睛的那一刻极具震撼力。在这部戏剧中，14 世纪的诗歌进入了 21 世纪 #MeToo 运动的世界。

正如布雷兹的文本因与《亮眼的到来》有关而与"疾风一代"产生了紧密联系一样，史密斯也"带着满满的爱意和敬重"将她的戏剧献给了"疾风一代"。1948 年 6 月 22 日，"HMT 帝国疾风号"轮船抵达埃塞克斯郡的蒂尔伯里码头（Tilbury Docks），这标志着战后有色人种从加勒比地区大规模移民到英国的时代，因为这是继 1948 年《英国国籍法》（British Nationality Act）颁布后第一艘抵达英国的船只。这项法律赋予在英国殖民地出生的任何人英国公民身份以及在英国定居的权利，促使英国人口结构发生重大改变，现如今，英国的非白人人口远比以前多得多。[12] 在过去数年间，"疾风一代"已经成为英国制度性种族主义的一个象征。针对移民的政府政策（2012）颁布之后，在这种"敌对环境"中，"疾风一代"的许多成员遭到驱逐出境，这通常是因为他们缺少相关移民文件。但他们其实根本不需要这些文件，因为他们本身就是作为英国公民来到英国的。在很多情况下，那些自幼童时就来了英国、上了年纪的英国人会被驱逐到他们可能五十多年都不曾去过的国家，他们在那里也没有任何家人或朋友。自 2017 年以来，这一丑闻一直被广泛报道，从那以后，对"疾风一代"的致敬，一方面不可避免地让人想起他们在 20 世纪 40 年代抵达英国的经历，以及移民们在机遇和压迫中为自己讨生活的境遇，另一方面还会让人想起过去几年中对这一代人所施加的持续暴行。[13]事实上，《威尔斯登的妇人》始终是关乎当下的一个文本，但它也是有关过去的一个文本，这部戏剧将巴斯妇刻画成"骨子里的基尔伯恩女孩"①（a Kilburn girl at heart），但书写她时完全沿用了乔叟的五音步抑扬格诗体。[14]

那么，巴斯妇是如何引起这三位诗人的关注的呢？诚然，她们三位诗人的创作取向各有不同，但是显然有一些共同的关切和兴趣。首先，她们为什么选择乔叟作为灵感来源呢？这三位诗人都聚焦于何谓英语和英国性上，她们也对具体的地方是如何讲述一个处于变化中的国家的故事感兴趣。和乔叟一样，布雷兹、阿格巴比和史密斯的生活都与伦敦地区息息相关。几个世纪以来，乔叟一直被视为英国文学之父，居于英国文学经典（English canon）之首。对一些人来说，他是最初的"已故的白人男性"（dead white male），象征着一种特殊的权威和排他性，并且代表着一个由男性创造、以支持保守的白人建制的国家及其文学传统。乔叟确实是一个已故的白人男性，这一点无可辩驳，但是，说他代表保守的权威和单一文化的英国实则具有深深的误导性。乔叟是一位实验性的，甚至是激进的诗人，他的诗学基础是要倾听多种声音和各方观点，他曾强调倾听边缘小

---

① 基尔伯恩是伦敦西北部的一个多元文化社区，主要以爱尔兰移民、加勒比文化和工人阶级背景而闻名。

人物的声音很重要。乔叟出生在伦敦移民最多的地区,从小就看着远洋船舶驶入,带来远至印度尼西亚等地的香料。[15] 他生活在一个多语言的环境中,游历甚广,甚至去过纳瓦拉①(Navarre),那里有数量众多的犹太社区和穆斯林社区。[16] 我们知道,乔叟了解穆斯林学者们的学术成就,事实上,他曾将一篇论文从拉丁语翻译成英语,而该论文本身是从阿拉伯语翻译成拉丁文的。[17]

正如历史学家所讨论的,英国一直都有黑人。这也是小说家的一个重要议题:第一位获得布克奖的黑人女性伯纳丁·埃瓦里斯托(Bernardine Evaristo),在 2001 年写了一部无韵诗体小说《皇帝的宝贝》(The Emperor's Babe,与布雷兹和阿格巴比创作各自版本的艾莉森几乎同时),重点关注罗马时期伦敦的黑人女性。[18]《皇帝的宝贝》围绕 3 世纪初生活在伦敦的一位苏丹女性,使读者注意到英国悠久的移民历史。[19] 在乔叟时代,同样也有证据表明有游客从非洲来到伦敦,例如,"非洲的彼得"(Affrikano Petro)。[20] 在《威尔斯登的妇人》的引言中,史密斯提到了威尔斯登圣玛利教堂的"黑圣母②"(Black Madonna, x),这所教堂也出现在她的早期小说《西北》(NW)中。数百年来,威尔斯登的黑圣母一直是人们朝圣的焦点,

---

① 纳瓦拉指的是位于伊比利亚半岛的一个历史地区,包括现代西班牙管辖的纳瓦拉自治区(Comunidad Foral de Navarra)以及法国西南部的一部分地区。在乔叟生活的时代,纳瓦拉是一个独立王国——纳瓦拉王国(824—1620),曾与阿拉贡、卡斯蒂利亚、法国等势力交错影响。1512 年,卡斯蒂利亚吞并了南纳瓦拉,最终并入西班牙。北纳瓦拉仍保持独立,直到 1620 年并入法国。
② 黑圣母是指绘画或雕像等肖像作品,通常圣母的脸是黑色或深肤色的,主要出现在天主教和东正教传统中。这些圣母像通常具有特殊的灵性意义,被认为具有神秘力量,并受到朝圣者的崇敬。在一些天主教传统中,黑圣母被认为象征大地母亲、苦难、慈悲和神秘智慧。

一直持续到它在宗教改革中被摧毁。在 16 世纪早期，一位改革者轻蔑地将这尊圣母像称为"烧焦尾巴的精灵"（a brunt-tailed elf），1535 年，它被说成具有"乌木一样的颜色"。[21] 黑圣母像在这一时期遍布整个欧洲。对于任何对历史和文化感兴趣的人来说，最重要的是要认识到，乔叟的世界并不是一个单一文化的、全都是白人的世界：那是一个充满多样性的社会环境，它与全球体系的其他部分紧密相连。[22]

这种对历史多样性的认知也延伸到了对英语这种语言的考察中。乔叟使用英语方言写作，它后来成了标准英语，这种英语通过印刷术被进一步推广，今天的一些地方方言常以标准英语为参照定义自身，或者被定义为文化资本较低的语言形式。但在乔叟写作时，他不是用标准英语写作，而是用东米德兰方言①（East Midland dialect）。虽然我们可以说，这种方言已经比《高文爵士》诗人的西北方言更具声望、更通用流行（因为东米德兰/伦敦方言是英国大法官法庭在处理官僚文件时使用的英语），但是，它仍然是一种不断变化的语言形式，比如说，它缺乏固定的拼写规范。[23] 和他的同时代人一样，乔叟本人也从其他语言中借用了很多单词，他们都试图扩展自己相对贫乏的方言，使之成为他们想写的诗歌的合适载体。此时的英语远不是它后来所成为的那种殖民压迫者的语言，它还只是一种地位不高的语言，其声望远不及拉丁语或法语——曾经殖民英国的

---

① 东米德兰方言是靠近伦敦的英格兰东米德兰地区的一种英语方言，在英语发展历史中起到了重要作用，特别是在中古英语时期，东米德兰方言是乔叟在《坎特伯雷故事集》中使用的主要方言之一，它直接影响了现代标准英语（Modern Standard English）的发展。

那些民族的语言。所以,英语是一种明显处于变化和发展状态的语言;它很灵活,适应性很强;它与稳定的权威语言——比如拉丁语,它是种没有(太多)变化的语言——截然不同。至关重要的是,诗歌在中世纪也是一种口头艺术形式:乔叟的诗歌既要供人倾听,又要能书面阅读,而现代的表演诗歌和戏剧,与中世纪大声朗读诗歌的文化规范也有着密切关联。[24]

阿格巴比、布雷兹和史密斯主张英国(特别是伦敦)的多元文化特质,并强调各种当代方言(如牙买加英语和尼日利亚英语)的动态即时性,因此彰显了乔叟所生活的世界的一些方面,与此同时,她们也关注乔叟的诗歌如何在我们的时代和地区与新的社群对话并为它们发声。科波拉(Coppola)在撰写关于布雷兹和阿格巴比的文章时指出:"她们恢复并且创造性地运用了乔叟作品中早已存在的大部分颠覆性元素。"(强调为作者所加)[25]

伦敦社会不断变化的特质,以及当下居民对其悠久历史(包括最新的一些变化)的投入和参与,是这些诗歌的重要组成部分。布雷兹选择布里克斯顿市场作为巴斯妇——由她本人扮演的一位黑人移民女性——发言的地方,她探讨了泰晤士河南岸特定地区的历史。《坎特伯雷故事集》始于布里克斯顿以北约三英里外的萨瑟克①(Southwark),这两个地方都属于南伦敦地区,该地区自20世纪40年代以来就以多元文化而著称。"疾风一代"到来之后,许多移民最初都在克拉珀姆(Clapham)地区安家,并前往附近的布里克斯顿就

---

① 有时也译作"南华克"的,这是英国南伦敦的一个地区。它位于查令十字街以东1.5英里,北面紧邻泰晤士河,是伦敦最古老的地区之一,也是大伦敦政府的市政厅所在地。

业中心寻找工作；后来，在 20 世纪 80 年代，它成了一个与种族有关的骚乱爆发中心。1998 年，当布雷兹正在写一首颂扬"疾风一代"的诗歌时，布里克斯顿的一个广场被更名为"疾风广场"（Windrush Square），但是，布里克斯顿的地形图上还留下了英国文学经典的印记：它包含乔叟路、斯宾塞路、莎士比亚路和弥尔顿路，各路相互平行。²⁶ 萨瑟克也有很高比例的非白人居民，尤其是尼日利亚人。布雷兹选择布里克斯顿市场作为她的巴斯妇的演说环境，这是在提醒我们：南伦敦既是乔叟笔下朝圣者们的家园，也是英国最多元化的社区之一，此外它既是旅程的终点，也是起点。这里是很多人在 20 世纪 40 年代抵达并留驻定居之地，而对于泰巴旅店的那群人来说，这里也是他们朝圣的出发点。

"流动"的概念在布雷兹对文本的演绎中得以体现，她穿过市场，表演出她所描述的那种生活的动态流动，以及诗歌本身的流动特质。阿格巴比也强调了在伦敦－肯特郡环境中以及更远地方的流动和旅程。她将故事集设定在传统的朝圣路线上，穿过老肯特路（Old Kent Road）、射手山（Shooter's Hill）、达特福德（Dartford，爱丽丝·艾比·巴法夫人在这里讲述了她的故事）、斯通（Stone）、格雷夫森德（Gravesend）、斯特罗德（Strod）、罗彻斯特（Rochester）、锡廷伯恩（Sitingbourne）、哈布尔登①（Harbledown），最后到达坎特伯雷圣地。严格意义上说，达特福德属于肯特郡，但今天它已是伦敦郊区，位于 M25（伦敦环城公路）之内。阿格巴比说，她想象笔

---

① 也有译作"哈布尔顿"或"哈包道恩"的，该地是肯特郡的一个历史悠久的村庄，是朝圣者抵达坎特伯雷前的最后一站，许多朝圣者会在此短暂停留，然后继续前往大教堂，瞻仰托马斯·贝克特的圣墓。

下的人物"向伦敦观众讲述她的故事",但她又补充说道,她的听众范围显然远不止于此。[27] 在想象的与伦敦一位观众的交流中,巴法的妇人立即将伦敦确定为全球中心,并通过她这样的人物与世界很多其他地方都联系了起来。巴法的妇人在第二诗行就告诉我们,她来自尼日利亚,然后她继续尝试销售她那些来自拉各斯、意大利和荷兰的商品。又几句话之后,她详细介绍了她的几任丈夫——他们来自加纳、塞拉利昂、英国和尼日利亚。前往耶路撒冷等地朝圣再回到英国的巴斯妇发现她第四任丈夫已经死了,而巴法的妇人则来到英国,返回尼日利亚时发现她的第四任丈夫已去世。换句话说,英国是她的朝圣目的地,而不是她的家园,她的家园对她而言是一个被边缘化了的地方。[28]

在所有这三位诗人中,史密斯对刻画一个想象丰富、历史悠久、多民族的地方最关心。事实上,地方身份认同(local identity)的概念,特别是对她的童年家园的认同,一直是史密斯整个写作生涯的一大关切:瓦迪(Vaddi)指出:"在史密斯的小说中,成为本地人意味着成为一个共同创造的社区的一分子,对这个地方的想象仍然是一个未完成的项目。"[29]《威尔斯登的妇人》的创作源于某种委托(这本身就是一种相当中世纪的文本生成方式),正如史密斯在引言(ix)中所描述的那样。伦敦的这个地区是史密斯的童年家园:她就出生在威尔斯登。该剧场景并非设定在哈利·贝利位于南伦敦的泰巴旅店,而是另一家酒馆:位于基尔伯恩高街(Kilburn High Road)上的科林·坎贝尔(Colin Campbell)酒馆,由女老板波莉(Polly)经营。科林·坎贝尔酒馆在现实中真实存在,它创立于1898年,以一位英国陆军军官的名字命名。这位军官有着很长的职业生涯,参加过许多场战役，后来还成了驻印度的英军总司令。因此，他的名字带有浓厚的殖民色彩，与酒馆内聚集的多元群体——这群人正在讲故事以赢得"一份正宗的英式早餐"（7页）——产生了有趣的效果。在这里，英国性和英国身份（Britishness）都是宽泛的身份认同：

> 那晚酒馆里聚集了形形色色的人，
> 年轻与年长的，富有与贫穷的，黑人、棕色人种与白人——
> 但他们都是本地人：学生、商人，还有一位法警，
> 来自教堂、庙宇、清真寺与犹太会堂的人们。（7页）

这里的关键是，"形形色色的人"都是"本地人"：对这个社区有着强烈的自我认同，一种以"北威基"口音为标识的身份，但这种身份也拥抱并赞美许多不同的来源地、宗教和族裔。牙买加、尼日利亚或孟加拉国等国家被隐晦地标记为英国身份的一部分，就像亚瑟王传说构建了英国的过往一样，这些国家的历史也构建了现代英国。小说中有个人物叫阿斯玛（Asma），是个穆斯林，她由于出门未戴头纱而被丈夫抛弃（51页）。一位福音派基督教牧师打断了阿尔维塔的话，他还试图从观众那里骗取钱财（64、94页）。那位波兰法警（64页）可能是一个新近移民，他和阿尔维塔一样"属于"这里，阿尔维塔似乎来自一个定居时间更久的牙买加移民家庭，而且这两人就像黑圣母本人一样，都是威尔斯登地区不可或缺的一分子。

  对英国本土身份具有多样性和多元文化性这一理念的支持，通过英语本身得到了最强有力的表达。《巴斯妇的引子》是这样开篇的：

经验，即便世上没有权威典籍

对我而言已经足够

来讲述婚姻之悲苦。

各位先生们，自我十二岁起——

感谢永生的上帝，

在教堂门口，我已嫁了五任丈夫——

如果我能够这样频繁地结婚的话——

他们个个都是值得尊敬之人。（1—8行）

布雷兹将这些诗行改译成牙买加英语，并用来为她的《巴斯妇在布里克斯顿市场演说》开场：

我的生活就是我自己的《圣经》，

当提到婚姻生活中

所有的磨难时

因为我自从十二岁起，

感谢永恒的上帝，

我有过五个丈夫

（如果那能被允许的话）

但每个人都有其价值

以他们自己的方式（62页）

布雷兹的改编高度忠实于乔叟的原文本，将其移植到牙买加习语中的同时，有时还会进行一些特定的改动。这一用《圣经》取代权威的改写，既契合乔叟文本的意涵，也呼应在当今许多社群（包括许多英国黑人群体）中仍然存在的权威传统。对牙买加方言的精准翻译突显了文本的口头性；它模仿的是特定社群内部的口头用语。

阿格巴比的文本同样具有显而易见的可表演性：

> 我叫爱丽丝·埃比·巴法夫人，
> 我来自尼日利亚。
> 我特别好，难道不是吗？
> 下次生日，我将要……二十九岁了。
> 我是做生意的女人。
> 您想买些布料吗？（31页）

第5行中冠词的缺失和第3行中"isn't it"（难道不是吗？）的使用，使这个文本的语言成了非标准英语，以强调它是尼日利亚英语。它的口头性也通过向听众发问表现了出来。这些口语化的文本宣告了各类英语变体的生命力，并通过后殖民英语重构了中古英语时期的诗歌。

和布雷兹一样，史密斯在阿尔维塔独白的开篇也相当直接地移植了乔叟的开场白：

> 让我告诉你一些事：我不需要
> 任何许可或大学文凭

来谈谈婚姻生活有多大的**压力**。自打
十九岁以来，我就结过该死的五次婚！
从我的眼睛还在膝盖那儿的时候（mi eye deh a mi knee[①]）。
但我挺了过来，
感谢上帝，我不得不说，在这五个男人中，
没有一个是彻头彻尾的废物。（10页）

她的一些说话方式，例如，"该死的五次"，"我不得不说"或"彻头彻尾的废物"，都是稍微口语化的；而比如"让我告诉你一些事：我不需要/任何许可或大学文凭"（Let me tell you something: I don't need /Any permission or college degree），则是标准英语；其他一些部分则明显是方言（patois），比如："从我的眼睛还在膝盖那儿的时候。"事实上，这个方言短语还加了一个脚注，就像在乔叟的现代版本中会对晦涩难懂的中古英语单词和短语进行注释和解释那样。因此，史密斯创造出一种印象，即英语是一种密集的语言，这种语言有如此丰富的层次，以至于一些读者/听众总需要特定口音或方言单词的释义。史密斯还使用了与乔叟相同的诗歌形式——五音步抑扬格，这就使得阿尔维塔宣称不需要大学文凭的说法显得滑稽可笑。事实上，当她说婚姻生活"压力"重重时，"压力"这个词不仅用斜体表

[①] "mi eye deh a mi knee"是一句用牙买加方言（或叫作牙买加克里奥尔语）写的短语，将英语与西非语言元素融合在一起。具体解释如下："mi" = "my"，"eye" = "eye"，"deh" = "is/are"或"there"（取决于具体上下文），"a" = "at"或"on"，"knee" = "knee"。因此，"mi eye deh a mi knee"在标准英语中大致可以翻译为"my eye is on my knee"。这句话的大意即是"从我小时候起"或"自从我还是小孩的时候"。

示了强调，而且它还落在五音步抑扬格诗行的第四个重音上而得到强调。戏剧的舞台指示已经告诉我们，阿尔维塔是一位"世界级的讲故事大师"（10页），而她在这里的第一句话就向我们证明了，她确实是一位完美的表演者，完全掌握了所谓的本真性表演（authentic performance）。这也可能是在提醒我们，作者在英语诗歌传统方面接受过高等教育，而且她来自伦敦的一个多元文化社区——和阿格巴比、布雷兹以及我们中的大多数人一样，史密斯的身份认同具有多重维度，与许多不同社群和传统有着密切关联。这三位诗人都突出了她们所属社群的声音，并通篇使用方言，以此从排他性的标准化传统中夺回英语诗歌，这暗示了乔叟的文本和英语诗歌本身会产生更广泛的共鸣。

在本章中，到目前为止，我一直在研究为什么乔叟和《坎特伯雷故事集》是布雷兹、阿格巴比和史密斯的灵感来源。现在，我想更加具体地谈一谈巴斯妇这个人物本身。她对这些作家的吸引力印证了我在本书中一直论证的观点：艾莉森是独一无二的，是一个与众不同的文学人物，她跨越时间，对不同时代的读者和作者都具有磁石般的吸引力。如果作者想找一个戏剧性的、有趣的、超凡脱俗又平易近人的女性人物，而且这个人物要极具辨识度，又在英国文学史上长期存在，那除了艾莉森，他们还能去哪里找寻呢？作为一个模糊了极端刻板印象与平凡女性之间界限的人物，她集众身份于一身，既是一位有趣的表演者，又是女性话语权与反暴力的捍卫者，还是一位技巧娴熟的演说家、一个自认的说谎者，是知识和自我认知的源泉，艾莉森是一个极其丰富的灵感来源。具体而言，她对一些黑人女性诗人的吸引力可能还在于，她具象地体现了一种向权力发声的边缘化的声音。"是谁画的狮子？"的诘问——隐含对失语者无权自述的控诉——在黑人女性的语境中获得了更大的力量，因为她们受到厌女症和种族主义的双重压迫。在《威尔斯登的妇人》中，讲故事的群体被描述为：

> 都在讲述他们的故事。主要是
> 男人。这不是因为他们有更好的故事
> 而是因为他们坚信我们应该
> 听他们说话。（7页）

几行之后，我们被提醒，"当女人说出通常由男人说的话时／震惊永远不会停止"（9页）。而当用伦敦西北部方言和牙买加方言说出这些话时，震惊甚至会更加强烈。

厌女症的压迫性经典在詹金的"恶妻之书"中得到了具象体现。虽然布雷兹未涉及《巴斯妇的引子》的后半部分，但阿格巴比和史密斯都对这部分进行了现代化改编。在《巴法的妇人》的故事中，这本书变成了色情杂志《花花公子》（*Playboy*），该杂志以"女性的身体是男性的凝视对象和快感来源"为前提，女性受到重视只会是因为她们的身体，而且只有当其身体符合年轻、曼妙和美丽等特定规范时才行。在《威尔斯登的妇人》中，汇集了近期一批由男性撰写的极度厌女的书籍：乔丹·彼得森（Jordan Peterson）的《人生十二法则》（*Twelve Rules for Life*）、沃伦·法雷尔（Warren Farrell）的《男性权力的迷思》（*The Myth of Male Power*）、尼尔·施特劳斯（Neil Strauss）的《爱情游戏：深入搭讪艺术家的秘密社团》（*The Game:*

*Penetrating the Secret Society of Pick-Up Artists*①）和史蒂夫·莫克森（Steve Moxon）的《女人的骗局》（*The Woman Racket*）等。[30] 这些作者大多认为，男性才是西方社会中的弱势性别，父权制和厌女症皆是迷思。这些都是异常畅销的、被广泛阅读的书籍，就像《花花公子》是一本被人广泛"阅读"的杂志一样，这种令人不安的相似性提醒着我们，"恶妻之书"中的观念至今仍有影响。这些书籍披着伪学术推理的外衣，充斥着似是而非的统计数据，仅重申很多读者愿意相信的东西，最终包装出属于21世纪的厌女文化并带有指责女性的论调。书籍作为统治集团压迫性权威的象征，其重要性让人想起霍米·K.巴巴（Homi K. Bhabha）的论述，他说它是殖民话语中权威的"徽章"（insignia）。巴巴讨论了殖民主义文学中反复出现的一个场景，即"突然、偶然地发现某本英语书籍"，这是将英语书写作为文明、教育、知识、宗教和权力标志的一种神话。但是，正如巴巴所言，"文学的耀眼光芒只会照亮黑暗地带"。[31]

阿格巴比和史密斯改写了构成《巴斯妇的故事》的亚瑟王传奇，将其故事背景从英国本土分别转移到了加纳（阿格巴比）和牙买加（史密斯）。这种地理位置变化的重要意义在于，它挑战了读者/听众/观众，扩大了他们对一个历史问题的理解，即在21世纪的英国，哪些历史是重要的或相关的。这并不是说，亚瑟王传奇和关于英国

---

① Pick-Up Artist，首字母缩写为"PUA"，意为"搭讪熟手"或"搭讪艺术家"，俗称"恋爱大师"。原指一方为了发展恋情，系统性地学习如何提升情商和互动技巧，以吸引另一方，直至发生亲密接触。亦泛指很会吸引异性、让异性着迷的人及其相关行为。现在，PUA已不再局限于两性关系，而是延伸至职场、亲子、朋友等人际关系中，多指一方通过言语打压、行为否定、精神打压的方式，对另一方进行情感操纵和精神控制。

地理的神话都不再重要，而是说所有现代英国人，无论其族裔背景如何，都应该思考这样一个事实：比如说，牙买加的历史和加纳的历史也都是英国历史的组成部分。

《巴法的妇人》的故事细节，以及它的讲述方式，都在不断提醒我们关注它的加纳背景。在这个故事中，骑士变成了住在国王"宫廷"（compound）中的"大人物士兵"（big man soldier）。当他找寻"女人最想要什么？"这个问题的答案时，他遇到了"穿着由肯特布（kente cloth）制成的，/加纳传统服饰在跳舞"的女人，在他回答女王时，"连蚊子都屏息静气等他的答复"（34—35行）。史密斯的故事要更长些，它详细描述了18世纪的牙买加。故事明确发生在牙买加的马隆镇，正值娜妮女王（Queen Nanny）和库乔上尉①（Captain Cudjoe）的时代，这两人都是真实存在的历史人物。顾名思义，马隆镇就是由马隆人建立的城镇。娜妮女王——又被称为"娜妮奶奶"（Granny Nanny）以及"马隆人的娜妮"②（Nanny of the Maroons）——在18世纪初曾带领着"迎风马隆军团"（Windward Maroons）进行了第一次对抗英国的马隆战争③（First Maroon War）中。根据传说，她

---

① 库乔上尉是黑人抗争精神的象征和马隆文化的奠基者，在马隆日（Maroon Day，1月6日），牙买加马隆人仍然会举行传统仪式和庆典，纪念库乔及其代表的马隆人抗争精神。在一些口述历史和文化传承中，他也被尊称为库乔将军（General Cudjoe），以表彰他在第一次马隆战争（1728—1739）中的卓越领导才能。
② 前者是后者的昵称，"Nanny"这个词可能源于阿坎族（Akan）的"Nana"，在加纳的阿散蒂（Ashanti）文化中意为"长者"或"尊贵的首领"，"娜妮女王"是对其更加正式的尊称，她曾领导东部马隆人在第一次马隆战争中成功抵抗英国殖民者，同西部马隆人的领袖库乔一样，都是牙买加黑人抗争历史中的关键领袖和传奇人物。她的肖像被印在牙买加的500元纸币上，以示纪念。
③ 也有译作"栗色战争"的。马隆战争是牙买加人民对抗英国殖民者的战争，反映了殖民地人民对殖民统治的激烈反抗以及他们维护自由和自治的决心。

于 1686 年左右出生在加纳，一直活到了 1755 年左右。³² 库乔上尉（约 1690 年代——1764）领导了 18 世纪牙买加的另一支主要的马隆军团，即"背风马隆军团"（Leeward Maroons）。至此，《巴斯妇的故事》中的仙女们就变成了主宰加勒比民间传说的恶灵和鬼魂："整座岛上满是恶灵和鬼魂。"其中还特别提到了河母（River Mumma）和老妖婆①（Ol'Higue），她们在一处脚注中被形容为"牙买加民间传说中令人闻风丧胆的女性人物"（72 页）。（在其《亮眼的到来和其他诗歌》诗集中，布雷兹也收录了一首题为《鬼魂之舞②》["Duppy Dance"] 的诗。）³³ 当我们谈到有关"高贵品行"时，巴斯妇强调了一个事实，即高贵的出身并不会自然赋予人们道德。巴斯妇的这一论述被史密斯赋予了殖民语境下的新解，正如她笔下那位丑妇所言：

如果要成为贵族，只需要扎根在

---

① 河母和老妖婆是牙买加民间传说中两个可怕的女性角色，各自代表着不同的超自然力量和恐惧。河母是一位美丽而神秘的水中精灵，类似美人鱼。她被认为是所有河流和泉水的守护者。传说她经常坐在河边梳理自己长长的头发，有时会用金梳子诱惑人类。若有人试图偷走她的梳子，水流便会变得危险，甚至会导致洪水泛滥。她的传说提醒人们尊重自然和水资源，否则会遭到她的惩罚。老妖婆则是牙买加和更广泛的加勒比地区的女妖。据传，她是一种类似于吸血鬼的女巫。她白天可能是一个普通老妪，但到了夜晚，就会蜕去皮肤，变成一团火球，在黑暗中飞行，寻找婴儿或无助的人以吸取他们的生命能量。

② "鬼魂之舞"是一个与加勒比文化和民间传说相关的概念，其中"duppy"是牙买加克里奥尔语中的鬼魂或恶灵。这个词在加勒比地区广泛使用，尤其是在牙买加民间故事、音乐和诗歌中，经常用来描述超自然的存在。这种神秘舞蹈反映了加勒比地区关于灵魂和来世的信仰。在某些故事中，人们相信鬼魂可以被召唤或驱赶，而它们在夜间出现时，可能会"跳舞"或以其他方式显现。在雷鬼诗歌中，鬼魂之舞也是一种象征性的舞蹈，代表一种神秘、狂野或超现实的节奏。此外，牙买加文化中经常使用"duppy"这个词来隐喻困境、恐惧或过去的影响。

> 某个古老家族的地界上，那么这些来自
> 英格兰的望族，带着他们显赫的名字和
> 制糖生意，世世代代都该是好人。
> 可是**他**殴打妻子。**他**经营种植园。（91 页）

这让我们想起了 18 世纪牙买加的英国殖民者和糖业贸易带来的骇人恐怖。在上文引用的最后一行中，虐待妇女和通过奴隶制（拥有种植园是种暗示）虐待黑人被相提并论。

这种道德训诫也被直接带到了当下，体现在阿尔维塔说的话中，她说那些被称为"里斯 – 莫格（Rees-Mogg）之流的人"应该意识到"你在灵魂深处仍然是个'小混混'"（chav，92 页）。这里指涉的是雅各布·里斯 – 莫格（Jacob Rees-Mogg），现任保守党右翼议员，以其继承的财富、对欧洲和同性婚姻等问题的极端立场，以及他那古板做作的个人形象而闻名。这里的"chav"是个贬义词，指的是下等阶层、衣着邋遢、举止粗俗之人，在英国，这个词通常被用来贬损贫困群体。在整部作品中，通过提到 Time's Up 运动[①]、吹嘘炫耀（flexing）、电臀舞（twerking）以及人们所享有的特权等等（75、51、26、25 页），史密斯将这个故事直接带入当下。

《威尔斯登的妇人》的引子和故事在意义、效果和基调上都与乔叟的原版作品极其贴近。然而，故事的结尾却有一个耐人寻味的

[①] Time's Up 运动是一个发起于 2018 年的社会运动，旨在反对职场性骚扰、性别歧视和不平等，并为受害者提供法律支持。2017 年，哈维·韦恩斯坦（Harvey Weinstein）性骚扰丑闻曝光后，在全球范围内掀起了对性骚扰问题的关注。Time's Up 运动正是在这一背景下诞生的，该运动是 #MeToo 运动的进一步行动，也是全球女性权利运动的重要组成部分。

变化。在《巴斯妇的故事》中，当老妇变形时，骑士看到"她是如此美丽，又如此年轻"（1251 行），明确强调她年轻貌美。但在《威尔斯登的妇人》中，老妇最终变形成了阿尔维塔本人，在角色表中，阿尔维塔被形容为一个五十多岁的女人。在发生这种变形后，舞台提示词强调了她的"中年之美"（98 页）。这是对那种认为青春与美丽必然共存的想法的明确拒斥，也是对巴斯妇在这一点上（至少是短暂地）所赞同的浪漫主义幻想（the romance fantasy）的拒斥。阿尔维塔还宣称，她比碧昂丝、卓丹·邓（Jourdan Dunn）或娜奥米·坎贝尔（Naomi Campbell）都要更美（97 页）。以上这三位都是以美貌著称的黑人女性。她们的年龄不尽相同——碧昂丝出生于 1981 年，邓出生于 1990 年，而娜奥米·坎贝尔出生于 1970 年。美貌再一次与年龄脱钩，艾莉森肯定会赞成史密斯的这一举动，她强调，衰老不应该让女性沦为隐形人，也不应该让她们远离性活动和吸引力的世界。以阿尔维塔为代表的中年妇女们同样可以象征美丽，不管是在 18 世纪牙买加民间传说的世界里，还是在当下的伦敦布伦特区中。

***

史密斯以乔叟式的撤回声明作为其戏剧的尾声，诙谐地模仿了《坎特伯雷故事集》的结尾。史密斯盛赞乔叟，说她会为自己剧作中的一切错误负责，她还为过往著作中的许多其他问题作了额外的普遍致歉，例如，"为我第一本书中所有的粗口和文化挪用"（103 页）。在剧作尾声的台词中，她请求宽恕，就如乔叟在他全书的最后一句话中祈求救赎一样。³⁴ 最后的舞台指示写道,"作者与阿尔维塔进行了一场'你能跳得多低'(how-low-can-you-go)的斗舞,灯光渐暗,幕落"(104页)。这一时刻凝练了不同时代的作家对巴斯妇艾莉森所做的一切:在一场狂野的能量、激情和思想交流中与她共舞。现在,这种舞蹈融入了更多的传统和创新,但它仍然是以14世纪那部非凡的文本为核心。在21世纪,如果说有什么不同的话,那就是艾莉森的足音比以往任何时候都要更加响亮。

致　谢

这本书的大部分内容，都是我在新冠疫情的第一年中完成的。那是一段奇怪的时光，似乎时间和空间的运作方式都与以往不同了。现在，回想起那阵紧张的日子，每天在家授课、每日外出散步一次，四处疯狂搜罗用来做饭的面粉，我比平时更加感谢我的三位家人——埃利奥特（Elliot）、塞西莉亚和彼得。你们让我的生活充满阳光。在我修订这本书的大部分时间里，我的膝头总卧着一只名叫卡斯特（Kastor）的可卡犬，它也是我们家的一分子，使我们家充满了更多欢声笑语，但也让家里更凌乱了。

我在学术上继续以乔叟为业，我的其他家人们可能仍然对此感到惊讶，但我认为他们也会为我感到高兴的。谢谢凯蒂（Katie）、达蒙（Damon）、迈克尔（Michael）和茹比（Ruby）、伯纳德（Bernard）和黛安、莫伊拉（Moira）、丽塔（Rita），以及所有亲友。最后，当然还有我的爸爸妈妈，感谢他们自我 1976 年出生以来一直做我的坚强后盾并不懈地为我加油鼓劲。

书籍是由一群人共同创造的——那些会倾听你尚不成熟的想法的人，那些阅读零散章节的人，那些主动分享他们的作品以供讨论的人，或者那些"只是"对你写的书感兴趣的人。这本书的诞生得益于许多群体的帮助，尽管在它漫长的孕育过程中，我们只能通过网络联系，毕竟那时我们都处在各自奇特的隔离状态。

在普林斯顿大学出版社，本·泰特（Ben Tate）仍然是最优秀的编辑。本，谢谢你一直支持我。普林斯顿出版团队的其他成员也都非常热心、乐于助人、全情投入，并且对我的工作充满信任。我的出版经纪人乔治·卡佩尔（George Capel）的热忱始终是我工作的坚固基石。谢谢你们。

在牛津大学，我要感谢的人就太多了。限于篇幅，这里仅列出部分：同僚中研究中世纪的学者们，特别是文森特·吉莱斯皮（Vincent Gillespie）、丹·韦克林（Dan Wakelin）、海伦·斯威夫特（Helen Swift）、尼克·珀金斯（Nick Perkins）、马克·威廉姆斯（Mark Williams）、卡罗琳·拉林顿（Carolyne Larrington）和弗朗西斯·莱内根（Francis Leneghan）；传记写作同好，如罗伯特·道格拉斯－费尔赫斯特（Robert Douglas-Fairhurst）、劳里·马奎尔（Laurie Maguire）、巴特·凡·艾斯（Bart van Es）、埃勒克·鲍莫（Elleke Boehmer）、玛丽娜·麦凯（Marina McKay）、赫敏·李（Hermione Lee）、苏菲·拉特克利夫（Sophie Ratcliffe）、乔·莫申斯卡（Joe Moshenska）；包括艾玛·史密斯（Emma Smith）、亚当·斯密思（Adam Smyth）、凯蒂·墨菲（Katie Murphy）、尼克·加斯基尔（Nick Gaskill）、海伦·斯莫尔（Helen Small）、罗斯·巴拉斯特（Ros Ballaster）以及罗娜·哈特森（Lorna Hutson）在内的我的杰出同事们。还有其他未具名的所有同仁——这里是一个适合工作的好地方。

耶稣学院（Jesus College）的跨学科学术共同体由奈杰尔·沙德博特（Nigel Shadbolt）领导，它为我提供了另一个学术家园，我很荣幸能够成为那里的一员，我在该院以及在奥利尔学院（Oriel College）

的本科生们都很优秀。此外，研究生和博士后们是这一领域的未来；我和这个群体中的很多人都有过对话，敏锐而富有洞见的他们包括：杰克·科利（Jack Colley）、迈卡·麦凯（Micah McKay）、彼得·布坎南（Peter Buchanan）、艾莉·迈尔森（Ellie Myerson）、帕梅拉·卡斯克（Pamela Kask）、雪莱·威廉姆斯（Shelley Williams）、丽贝卡·门缪尔（Rebecca Menmuir）、汉娜·鲍尔（Hannah Bower）和露西·弗莱明（Lucy Fleming）。特别感谢费莉西特·布朗（Felicity Brown），在我撰写本书时，她为我提供了研究上的宝贵帮助。我不奢望比她更周到尽责的助手了。你是无与伦比的。

我也得到了一群卓越的国际学者的支持，他们帮助我成长为如今的我——因为人数众多，实难逐一列举，尤其是新乔叟学会（New Chaucer Society）中的学人们，他们的学术成果以及和他们的谈话都让我受益良多。我很幸运自己能够成为这样一个温暖而又严谨的团体的一分子。

我一直都感激普林斯顿大学出版社的匿名审稿人，感谢他们为审阅我的书稿所投入的时间，以及他们不吝提出的宝贵意见。同行评审工作既非常耗时，也吃力不讨好——只能对你们说声感谢。是你们让这本书变得更好。

我最早的读者是挚友保罗·斯特罗姆（Paul Strohm），他是我此生最重要的人之一。谢谢你——你的细致审读在关键阶段对我帮助很大，就像你对我其他专著的帮助一样。尤其感谢安东尼·贝尔（Anthony Bale），我的另一位挚友兼同事，二十多年来，我们常常边喝着鸡尾酒，边愉快地讨论乔叟。还要感谢我的众多其他朋友，在新冠疫情肆虐的岁月里，虽然我们鲜少见面，但他们对本书的出版依然至关重要——尤其感谢伊莎贝尔·戴维斯（Isabel Davis）、瑞秋·韦维尔（Rachel Wevill）、蒂姆·菲利普斯（Tim Phillips）、克莱尔·哈曼（Claire Harman）、亚历克斯·吉莱斯皮（Alex Gillespie）、内德·弗莱彻（Ned Fletcher）和娜塔莉·沃克（Natalie Walker）。

感谢对我上本书《乔叟：欧洲生活》（*Chaucer: A European Life*）提出了诸多意见和建议的深思熟虑的读者们，他们也塑造了这本书。读者们对我前本书的回应——通常是手写的信件，或是文学节里愉快的谈话——坚定了我继续这类写作的信念，也即，创作基于学术研究，同时又能跨越象牙塔、触及广泛读者的书籍。我知道我有多么幸运，能有读者喜爱这类书，并愿意与我一同踏上独特的思想之旅。真心希望你们也能够喜爱这本书。

注 释

导 论

1. William Blake, *The Complete Poetry and Prose of William Blake*, ed. David V. Erdman (Berkeley: University of California Press, 1982), 537; D. W. Robertson, *A Preface to Chaucer* (Princeton: Princeton University Press, 1962), 317.

2. 阶级（class）是一个现代概念；中世纪的人当然也会考虑社会内部的秩序和分类，但他们会使用诸如"等级"（estate）之类的字眼。但由于这些术语在今天已无法引起共鸣，所以，我在必要时还是使用"阶级"这个词以便于理解。

3. Calendar of the Plea and Memoranda Rolls of the City of London: Volume 2, 1364–1381. London: His Majesty's Stationery Office, London, 1929, Roll A 14: 1368–69. https://www.british-history.ac.uk/plea-memoranda-rolls/vol2/pp96-113.

4. 关于这些女性，参见安妮·F. 萨顿（Anne F. Sutton）的文章，'Two Dozen and More Silkwomen of Fifteenth Century London,' *Ricardian* 16 (2006): 1–8。

5. David Harry, *Constructing a Civic Community in Late Medieval London: The Common Profit, Charity and Commemoration* (Woodbridge: Boydell and Brewer, 2019).

6. 参见娜塔莉·泽蒙·戴维斯（Natalie Zemon Davis）对文献文本的文学特征的开创性论述：*Fiction in the Archives* (Stanford: Stanford University Press, 1987)。另见：Hayden White, *The Content of the Form: Narrative Discourse and Historical Representation* (Baltimore, MD: Johns Hopkins, 1987)。

7. Alain Renoir, 'Thebes, Troy, Criseyde, and Pandarus: An Instance of Chaucerian Irony,' *Studia Neophilologica* 32 (1960) : 14–17; Leah Schwebel, 'What's in Criseyde's Book?' *Chaucer Review* 54:1 (2019) : 91–115.

8. Geoffrey Chaucer, *The Riverside Chaucer*, ed. Larry Benson, F. N. Robinson, and Christopher Cannon, 3rd ed. (Oxford: Oxford University Press, 2008) . 除非另有说明，否则所有对乔叟作品文本的引用均指此版本。

9. 参见 Anthony Bale, *Margery Kempe: A Mixed Life* (London: Reaktion Books, 2021) 。

10. Lynn Staley, *Margery Kempe's Dissenting Fictions* (University Park: Pennsylvania State University Press, 1994) .

11. 参见 Sebastian Sobecki, '"The writyng of this tretys": Margery Kempe's Son and the Authorship of Her Book,' *Studies in the Age of Chaucer* 37 (2015) : 257–283; 以及 Anthony Bale, 'Richard Salthouse of Norwich and the Scribe of *The Book of Margery Kempe*,' *Chaucer Review* 52 (2017) : 173–187。

12. Ted Hughes, 'Chaucer,' in *Birthday Letters* (London: Faber, 1998) . See also James Robinson, 'Hughes and the Middle Ages,' in Terry Gifford (ed.) , *Ted Hughes in Context* (Cambridge: Cambridge University Press, 2018) , 209–218.

13. 詹姆斯·辛普森（James Simpson）认为，巴斯妇的引子和故事是一个"尚未完成"的开放性文本，只有将它放在更长的历史中才能加以释读，参 The Not Yet Wife of Bath's Prologue and Tale, 'in Jennifer Jahner and Ingrid Nelson (eds.) , *Gender, Poetry, and the Form of Thought in Later Medieval Literature: Essays in Honor of Elizabeth A. Robertson* (Bethlehem, PA: Lehigh University Press, 2022) , 201–221。

第一部分　引子

1. 例如，参见：Rosemary Horrox (ed. and trans.) , *The Black Death* (Manchester: Manchester University Press, 2013) 。有关《劳工法》和禁奢法，参见 Christopher

Given-Wilson (ed.), *Parliament Rolls of Medieval England, 1275–1504* (Woodbridge: Boydell and Brewer, 2005), Edward III: February 1351, item 47; 以及 Edward III: October 1363, item 25。

2. 卡罗琳·巴伦（Caroline Barron）曾有力地论证过一个观点，即中世纪晚期的伦敦存在过一个女性的黄金时代，The Golden Age of Women in Medieval London,' *Reading Medieval Studies* 15 (1989): 35–58。杰里米·戈德堡（Jeremy Goldberg）基于约克的证据，赞同存在过一个黄金时代；见 P. J. P Goldberg, *Women, Work, and Life-Cycle in a Medieval Economy: Women in York and Yorkshire c. 1300–1520* (Oxford: Oxford University Press, 1992), 336–337。这种观点并不普遍：马乔里·麦金托什（Marjorie McIntosh）就曾写道，她同意女性在大瘟疫之后有了更多经济上的机会，但她认为女性的总体处境仍不太"乐观"（30 页）。见 Marjorie Keniston McIntosh, *Working Women in English Society, 1300–1620* (Cambridge: Cambridge University Press, 2005), 28–34。朱迪思·M. 贝内特（Judith M. Bennett）强烈批评了"存在黄金时代"这一说法，但她也承认，"黑死病之后的几十年内劳动力短缺，这种情况似乎有可能提高了女性的工资收入潜力"，而且在这几十年里，女性也可能能够争取更高薪酬和同工同酬，不过她认为这只是一种暂时性的改善。见 Judith M. Bennett, 'Medieval Women, Modern Women: Across the Great Divide,' in David Aers (ed.), *Culture and History, 1350–1600: Essays on English Communities, Identities and Writing* (Detroit: Wayne University Press, 1992), 147–175, especially 162。又见 Judith M. Bennett, *Ale, Beer, and Brewsters in England: Women's Work in a Changing World 1300–1600* (Oxford: Oxford University Press, 1996)。

3. Barron, 'Golden Age,' 36, 40.

4. Marion Turner, *Chaucer: A European Life* (Princeton, NJ: Princeton University Press, 2019), 458–465.

5. 参见 Cordelia Beattie, *Medieval Single Women: The Politics of Social Classification in Late Medieval England* (Oxford: Oxford University Press, 2007), 3, 147–148。

6. Georges Duby, 'Histoire Sociale et Idéologie des Sociétiés, ' in Jacques Le Goff and P. Nora (eds.) , *Faire de l'histoire* (Paris: Gallimard, 1974) , 1: 147–168, 148.

7. Elaine Treharne, 'The Stereotype Confirmed?: Chaucer's Wife of Bath, ' in Elaine Treharne (ed.) , *Writing Gender and Genre in Medieval Literature: Approaches to Old and Middle English Texts* (Cambridge: D. S. Brewer, 2002) , 93–116.

8. Virginia Woolf, *A Room of One's Own and Three Guineas* (Oxford: Oxford University Press, 1992) , 39.

9. Ralph Hanna III and Traugott Lawler (eds.) , *Jankyn's Book of Wikked Wyves. Vol. 1: The Primary Texts* (Athens: University of Georgia Press, 1997) , 88.

10. Joseph L. Baird and John Robert Kane, *La Querelle de la Rose: Letters and Documents* (Chapel Hill: University of North Carolina Press, 1978) , 136. See discussion in Marilyn Desmond, 'The Querelle de la Rose and the Ethics of Reading, ' in Barbara K. Altmann and Deborah L. McGrady (eds.) , *Christine de Pizan: A Casebook* (New York: Routledge, 2003) , 167–180, 171. See also Kathryn Gravdal, *Ravishing Maidens: Writing Rape in Medieval French Literature and Law* (Philadelphia: University of Pennsylvania Press, 1991) .

11. 参见 Otto Gerhard Oexle, 'Perceiving Social Reality in the Early and High Middle Ages: A Contribution to the History of Social Knowledge, ' in Bernhard Jussen (ed.) , *Ordering Medieval Society: Perspectives on Intellectual and Practical Modes of Shaping Social Relations*, trans. Pamela Selwyn (Philadelphia: University of Pennsylvania Press, 2001) , 92–143, 92–100; 以及 Beattie, *Medieval Single Women*, 1–5。

第1章 人物角色的创造

1. Harold Bloom, *The Western Canon: The Books and School of the Ages* (London: Macmillan, 1995) , 113, 115; Warren Ginsberg, *The Cast of Character: The Representation of Personality in Ancient and Medieval Literature* (Toronto:

University of Toronto Press, 1983), 134; A. C. Spearing, *Medieval Autographies: The "I" of the Text* (Notre Dame, IN: University of Notre Dame Press, 2012), 77.

2. Jill Mann, *Chaucer and Medieval Estates Satire: The Literature of Social Classes and the General Prologue to the Canterbury Tales* (Cambridge: Cambridge University Press, 1973), xi, 2, 8.

3. Elizabeth Fowler, *Literary Character: The Human Figure in Early English Writing* (Ithaca, NY: Cornell University Press, 2003), 10, 36, 34–35.

4. Antonina Harbus, *Cognitive Approaches to Old English Poetry* (Woodbridge: Boydell and Brewer, 2012).

5. R. N. Swanson, *The Twelfth-Century Renaissance* (Manchester: Manchester University Press, 1999); Alex J. Novikoff (ed.), *The Twelfth-Century Renaissance: A Reader* (Toronto: University of Toronto Press, 2017); Laura Ashe, *The Oxford English Literary History. Vol. 1: 1000–1350: Conquest and Transformation* (Oxford: Oxford University Press, 2017).

6. Karen Winstead, *The Oxford History of Life-Writing* (Oxford: Oxford University Press, 2017), 1:5.

7. 关于忏悔，参见 Christopher Cannon, *Middle English Literature: A Cultural History* (Cambridge: Polity, 2008), 27–35; Mary Flowers Braswell, *The Medieval Sinner: Characterization and Confession in the Literature of the English Middle Ages* (Rutherford, NJ: Farleigh Dickinson University Press, 1983); John Ganim, 'Chaucer, Boccaccio, Confession, and Subjectivity,' in Leonard Michael Koff and Brenda Dean Schildgen (eds.) *The 'Decameron' and the 'Canterbury Tales': New Essays on an Old Question* (Madison, NJ: Fairleigh Dickinson University Press, 2000), 128–147。

8. 参见 Sarah Kay, Terence Cave, and Malcolm Bowie, *A Short History of French Literature* (Oxford: Oxford University Press, 2003), 75–80。

9. 关于马肖（Machaut）对这一体裁和叙述者角色的发展，参见 Deborah

McGrady, 'Guillaume de Machaut, ' in Simon Gaunt and Sarah Kay (eds.) , *The Cambridge Companion to Medieval French Literature* (Cambridge: Cambridge University Press, 2009) , 109–122; Kevin Brownlee, *Poetic Identity in Guillaume de Machaut* (Madison: University of Wisconsin Press, 1984) ; Helen Swift, 'The Poetic I, ' and Anne-Helene Miller, 'Guillaume de Machaut and the Forms of Pre-Humanism in Fourteenth-Century France, 'both in Deborah McGrady and Jennifer Bain (eds.) , *A Companion to Guillaume de Machaut* (Leiden: Brill, 2012) , 15–32 and 33–48。

10. Jerry Root, '*Space to Speke,*' *The Confessional Subject in Medieval Literature* (New York: Peter Laing, 1997) , 126.

11. Michel Zink, *The Invention of Literary Subjectivity*, trans. Davis Sices, (Baltimore, MD: Johns Hopkins, 1999) , 140.

12. Spearing, *Medieval Autographies*, 7–9.

13. 参见 Turner, *Chaucer: A European Life*, 130–131。

14. Christopher Cannon, *From Literacy to Literature: England, 1300–1400* (Oxford: Oxford University Press, 2016) , 119–124.

15. 斯皮林（Spearing）评论道，这本"非抒情性的、由第一人称话语写作的各种合集，在所有早期的中古英语著作中也是相当无可匹敌的"，他称其是一种"全新的和引人瞩目的现象"。*Medieval Autographies*, 53。

16. Fowler, *Literary Character*, 34–35.

17. 值得注意的是，朱斯提努斯一直是反对婚姻的。

18. 我从贾斯泼·福德（Jasper Fforde）的"星期四·耐克斯特"系列小说（Thursday Next series）中借用了"bookrunner"这个术语。参见 *The Eyre Affair* (London: Hodder and Stoughton, 2001)。

19. J. M. Manly, *Some New Light on Chaucer: Lectures Delivered at the Lowell Institute* (London: Bell, 1926) , 227, 231.

20. Donald Howard, *Chaucer: His Life, His Works, His World* (New York: Dutton, 1987) , 447, 96.

21. Dolores Palomo, 'The Fate of the Wife of Bath's "Bad Husbands,"' *Chaucer Review* 9:4 (1975) : 303–319; Beryl Rowland, 'On the Timely Death of the Wife of Bath's Fourth Husband,' *Archive* 209 (1972–1973) : 273–282.

22. Donald B. Sands, 'The Non-Comic, Non-Tragic Wife: Chaucer's Dame Alys as Sociopath,' *Chaucer Review* 12:3 (1978) : 171–182, 171.

23. Harry Berger Jr., '"What Did the King Know and When Did He Know It?" Shakespearean Discourses and Psychoanalysis,' *South Atlantic Quarterly* 88:4 (1989) : 811–862, 823; L.C. Knights, *How Many Children Had Lady Macbeth? An Essay in the Theory and Practice of Shakespeare Criticism* (Cambridge: Minority Press, 1933) , 6–7.

24. 参见 David A. Brewer, *The Afterlife of Character, 1726–1825* (Philadelphia: University of Pennsylvania Press, 2005) , 3。

25. 这并不是加尼姆自己的观点, 而是他对决定论（determinist）和后结构主义（poststructuralist）思想的描述。John Ganim, 'Identity and Subjecthood,' in Steve Ellis (ed.) , *Chaucer: An Oxford Guide* (Oxford: Oxford University Press, 2005) , 224–238, 225。

26. Lee Patterson, '"For the Wyves Love of Bathe": Feminine Rhetoric and Poetic Resolution in the *Roman de la Rose* and the *Canterbury Tales*,' *Speculum* 58:3 (1983) : 656–695, 658.

27. Brewer, *Afterlife*, 3.

28. Blakey Vermeule, *Why Do We Care About Literary Characters?* (Baltimore: Johns Hopkins University Press, 2010) , 246; Martha Nussbaum, *Poetic Justice: The Literary Imagination and Public Life* (Boston: Beacon Press, 1995) .

29. 另见 Uri Margolin, 'Character,' in David Herman (ed.) , *The Cambridge Companion to Narrative* (Cambridge: Cambridge University Press, 2007) , 67, 77–78。

30. 'Hire browe broun, hire yen [eyes] blake / [...] With middel [waist] small and wel ymake / [...] Hire swire [neck] is whittere than the swan'（她的眉毛深棕, 她的眼睛漆黑/……腰身纤细而婀娜/……她的脖颈比天鹅更白）[14, 16, 28]。这首

诗（又名"Bytuene Mersh and Aueril"["Between March and Apriel"]）能够在互联网上轻松找到原文，并存在多个版本，其一可见于 John Hirsh (ed.), *Medieval Lyric* (Oxford: Blackwell, 2005), 101–102。

31. 有关中世纪戏剧中涉及女性的讨论，参见 Katie Normington, '"Faming of the Shrews": Medieval Drama and Feminist Approaches,' *Yearbook of English Studies* 43 (2013): 105–120。

32. Mann, *Chaucer and Medieval Estates Satire.*

33. 相关讨论见 Lawrence Besserman, 'Lay Piety and Impiety: The Role of Noah in the Chester Play of Noah's Flood,' in Eva von Contzen and Chanita Goodblatt (eds.), *Enacting the Bible in Medieval and Early Modern Drama* (Manchester: Manchester University Press, 2020), 13–27。

34. James I. Wimsatt, *Chaucer and His French Contemporaries: Natural Music in the Fourteenth Century* (Toronto: University of Toronto Press, 1991), 205. See also John Scattergood, 'The Love Lyric before Chaucer,' in Thomas G. Duncan (ed.), *A Companion to the Middle English Lyric* (Cambridge: D. S. Brewer, 2005), 39–67; William W. Kibler and James I. Wimsatt (eds.), 'The Development of the Pastourelle in the Fourteenth Century: An Edition of Fifteen Poems with an Analysis,' *Mediaeval Studies* 45 (1983): 22–78.

35. Carolyn Dinshaw, *Chaucer's Sexual Poetics* (Madison: University of Wisconsin Press, 1989).

36. 更多讨论见 Dinshaw, *Chaucer's Sexual Poetics*, 22–25。

37. R. Howard Bloch, *Medieval Misogyny and the Invention of Western Romantic Love* (Chicago: University of Chicago Press, 1991), 50–51.

38. Saint Augustine of Hippo, *Confessions*, trans. Henry Chadwick (Oxford University Press, 2008), 1:13:15.

39. Marilynn Desmond, *Reading Dido: Gender, Textuality, and the Medieval 'Aeneid'* (Minneapolis: University of Minnesota Press, 1994).

40. 他在《声誉之堂》(*House of Fame*)和《贤妇传说》中讲述了狄多的故事。关于《贤妇传说》，请特别参阅卡罗琳·科莱特(Carolyn Collette)的 *The Legend of Good Women: Context and Reception* (Cambridge: D. S. Brewer, 2006) 以及 *Rethinking Chaucer's Legend of Good Women* (York: York University Press, 2014)。另见 Suzanne Hagedorn, *Abandoned Women: Rewriting the Classics in Dante, Boccaccio, and Chaucer* (Ann Arbor: University of Michigan Press, 2004)。例如，关于乔叟对克丽西德的重塑，参见 James Simpson, 'Chaucer as a European Writer, ' in Seth Lerer (ed.), *The Yale Companion to Chaucer* (New Haven: Yale University Press, 2006), 55–86, 75–76。

41. 中古英语词典 https://quod.lib.umich.edu/m/middle-english-dictionary/dictionary。

42. 老妇人的演说在《玫瑰传奇》第 12902—12918 行，为方便起见，可参见 Robert M. Correale and Mary Hamel (eds.), *Sources and Analogues of 'The Canterbury Tales'* (Cambridge: D. S. Brewer, 2005), 2:372–373。

43. 例如，哈罗德·布鲁姆对她的评价是一个"伟大的活力论者"，具有"对生活的强烈渴望"，"在她身上只有生命"。*Western Canon*, 112, 113, 115。

44. 关于巴斯妇的回忆，参见 H. Marshall Leicester, *The Disenchanted Self: Representing the Subject in 'The Canterbury Tales'* (Berkeley: University of California Press, 1990), 82–113; 有关巴斯妇和时间的进一步讨论，参见 Sachi Shimomura, *Odd Bodies and Visible Ends in Medieval Literature* (New York: Palgrave Macmillan, 2006), chap. 3。

45. 下列著作对此进行了讨论：Lee Patterson, *Chaucer and the Subject of History* (Madison: University of Wisconsin Press, 1991), 308。

46. 有关这一意象的进一步讨论，见本书第 7 章。

47. R. Pratt, 'The Order of the Canterbury Tales, ' *PMLA* 66:6 (1951): 1141–1167. 有关《坎特伯雷故事集》手抄本中这一文本混乱的进一步讨论，见本书第 3 章。

48. Alastair Minnis, *Fallible Authors* (Philadelphia: University of Pennsylvania Press, 2011), 253.

49. Correale and Hamel, *Sources and Analogues*, 2:388.

50. Correale and Hamel, *Sources and Analogues*, 2:398.

51. 关于抄写员试图激起读者对这一评论的愤怒的讨论，见本书第 6 章。

52. 关于哲罗姆对这一案例的使用，参见 Correale and Hamel, *Sources and Analogues*, 2:366。

53. 有关巴斯妇使用多种文类和传统的讨论，参见 Susan Crane, 'Alison's Incapacity and Poetic Instability in the Wife of Bath's Tale, ' *PMLA* 102:1 (1987) : 20–28。

54. 参见 Christopher Cannon, '*Raptus* in the Chaumpaigne Release and a Newly Discovered Document Concerning the Life of Geoffrey Chaucer, ' *Speculum* 68 (1993) : 74–94; Susan S. Morrison, 'The Use of Biography in Medieval Literary Criticism: The Case of Geoffrey Chaucer and Cecily Chaumpaigne, ' *Chaucer Review* 34 (1999) : 69–86; Samantha Katz Seal and Nicole Sidhu, 'New Feminist Approaches to Chaucer Introduction, ' *Chaucer Review* 54 (2019) : 224–229; Sebastian Sobecki, 'Wards and Widows: *Troilus and Criseyde* and New Documents on Chaucer's Life, ' *ELH* 86 (2019) : 413–440。

55. Correale and Hamel, *Sources and Analogues*, 2:405–409. 在本书第 8 章中，我会进一步探讨有关这个故事的一些全球起源。

56. 关于这一传统的探讨，参见 S. Elizabeth Passmore and Susan Carter, *The English 'Loathly Lady' Tales: Boundaries, Traditions, Motifs* (Kalamazoo, MI: Medieval Institute Publications, 2007)。

57. 参见 Carissa M. Harris, *Obscene Pedagogies: Transgressive Talk and Sexual Education in Late Medieval Britain* (Ithaca, NY: Cornell University Press, 2018), 104。

58. Minnis, *Fallible Authors*, 294.

59. 更多详细讨论见本书第 8 章。

60. 本书第 4 章会有更多详细的讨论。

61. Minnis, *Fallible Authors*, 311.

62. Mann, *Chaucer and Medieval Estates Satire*, 8.

63. Margolin, 'Character,' 67–69, 77–78.

64. Fowler, *Literary Character*, 94.

第 2 章 职业女性

1. David Herlihy, *Opera Muliebria: Women and Work in Medieval Europe* (London: McGraw-Hill, 1990), xi.

2. Caroline Barron, 'Golden Age'; McIntosh, *Working Women*, 28–34. 更多参考文献见第一部分引子中的注释 2。

3. 关于吕底亚，见《使徒行传》16:14–15, 40。另见 Tom Wright, *St Paul: A Biography* (London: SPCK, 2018), 179。

4. 关于菲比，参见 Wright, *St Paul*, 327。

5. 我将在本书第 3 章将更为详细地讨论葆拉。关于哲罗姆和葆拉，参见 Andrew Cain, 'Jerome's *Epitaphium Paulae*: Hagiography, Pilgrimage and the Cult of St Paula,' *Journal of Early Christian Studies* 18:1 (2010): 105–139。

6. Kay E. Lacey, 'Women and Work in Fourteenth and Fifteenth Century London,' in Lindsey Charles and Lorna Duffin (eds.), *Women and Work in Pre-Industrial England* (Abingdon: Routledge, 2013 [1985]), 24–82.

7. Goldberg, *Women, Work, and Life-Cycle*, 368, 93.

8. 参见 T. H. Lloyd, *The English Wool-Trade in the Middle Ages* (Cambridge: Cambridge University Press, 1977); Alwyn Ruddock, *Italian Merchants and Shipping in Southampton* (Southampton: University College, 1951)。

9. 参见 Turner, *Chaucer: A European Life*, 151–155。

10. Mary Carruthers, 'The Wife of Bath and the Painting of Lions,' *PMLA* 94:2 (1979): 209–222, 209–210.

11. Maryanne Kowaleski, 'Women's Work in a Market Town: Exeter in the Late Fourteenth Century,' in Barbara Hanawalt (ed.), *Women and Work in Pre-Industrial*

Europe (Bloomington: Indiana University Press, 1986), 145–164, 152.

12. Carruthers, 'Wife of Bath, ' 210.

13. 有关巴斯妇和继承权的进一步讨论，参见 Samantha Katz Seal, *Father Chaucer: Generating Authority in 'The Canterbury Tales'* (Oxford: Oxford University Press, 2019), pp. 57–91; 以及 Lee Patterson, *Temporal Circumstances: Form and History in the Canterbury Tales* (New York: Palgrave Macmillan, 2006), 43。

14. Woolf, *A Room of One's Own*, 149.

15. 例如，参见 McIntosh, *Working Women*, 46; 以及 Goldberg, *Women, Work, and Life-Cycle*, 327–328。

16. Jan Luiten van Zanden, Sarah Carmichael, and Tine de Moor, *Capital Women: The European Marriage Pattern, Female Empowerment and Economic Development in Western Europe, 1300–1800* (Oxford: Oxford University Press: 2019), 38.

17. Iris Origo, 'The Domestic Enemy: The Eastern Slaves in Tuscany in the Fourteenth and Fifteenth Centuries, ' *Speculum* 30:3 (1955) : 321–366, 324.

18. Origo, 'Domestic Enemy, ' 336.

19. Van Zanden et al., *Capital Women*, 35.

20. Goldberg, *Women, Work, and Life-Cycle*, 327.

21. P. J. P Goldberg, 'Migration, Youth, and Gender in Later Medieval England, ' in *Youth in the Middle Ages*, ed. P. J. P Goldberg and Felicity Riddy (York: York Medieval Press, 2004), 86, 97.

22. 参见 Beattie, *Medieval Single Women*; 以及 Maryanne Kowaleski, 'Singlewomen in Medieval and Early Modern Europe: The Demographic Perspective, ' in Judith M. Bennett and Amy M. Froide (ed.), *Singlewomen in the European Past, 1250–1800* (Philadelphia: University of Pennsylvania Press, 1999), 38–81。科瓦勒斯基（Kowaleski）讨论了地中海地区的婚姻模式，它导致此地终生单身女性的数量远少于其他地区（50页），他还论及欧洲的犹太人社区，在其中，终生单

身的女性"几乎不存在"（62页）。科瓦勒斯基将这些情况与英格兰、可能还有佛兰德斯和一些大陆城镇的情况进行了对比，有证据表明，在这些地方的中世纪后期，存在"相当大量的单身女性"（64页）。

23. George Shuffelton (ed.) , 'Item 4, How the Good Wife Taught Her Daughter, ' in *Codex Ashmole 61: A Compilation of Popular Middle English Verse* (Kalamazoo, MI: Medieval Institute Publications, 2008) . https://d.lib.rochester.edu/teams/text/shuffelton-codex-ashmole-61-how-the-good-wife-taught-her-daughter.

24. Felicity Riddy, 'Mother Knows Best: Reading Social Change in a Courtesy Text, ' *Speculum* 71:1 (1996) : 66–86, 85–86.

25. Van Zanden et al., *Capital Women*; Kowaleski, 'Singlewomen.'

26. Van Zanden et al., *Capital Women*, 45.

27. Van Zanden et al., *Capital Women*, 11.

28. 关于婚姻作为一项圣礼（sacrament）的演变，以及有关合意和圆房问题的深入探讨，参见 P. Reynolds, *How Marriage Became One of the Sacraments: The Sacramental Theology of Marriage from Its Medieval Origins to the Council of Trent* (Cambridge: Cambridge University Press, 2016) , especially 157–243；以及 Bloch, *Medieval Misogyny*, 183–186。

29. Van Zanden et al., *Capital Women*, 26, 30–31, 24.

30. McIntosh, *Working Women*, 8.

31. Goldberg, 'Migration, ' 86, 97.

32. Goldberg, *Women, Work, and Life-Cycle*, 12; R. H. Hilton, *The English Peasantry in the Later Middle Ages: The Ford Lectures for 1973, and Related Studies* (Oxford: Clarendon Press, 1975) 102–103; Lord Beveridge, 'Westminster Wages in the Manorial Era, ' *Economic History Review* 8:1 (1955) : 18–35.

33. Van Zanden et al., *Capital Women*, 10.

34. 更多讨论和参考文献，见本书第一部分引子。

35. Goldberg, *Women, Work, and Life-Cycle*, 93; Barbara Hanawalt, *The Wealth*

of Wives: Women, Law, and Economy in Late Medieval London (Oxford: Oxford University Press, 2007), 174.

36. Goldberg, *Women, Work, and Life-Cycle*, 132.

37. Hilton, *English Peasantry*, 102–103; Goldberg, *Women, Work, and Life-Cycle*, 125. 这艘船名为"约克的安妮丝"（Anneys de Yhork），由厄比的尼古拉（Nichola de Irby）于 1395 年在遗嘱中遗赠。

38. Margery Kempe, *The Book of Margery Kempe,* ed. Barry Windeatt (Cambridge: D. S. Brewer, 2000), chap. 2.

39. Elspeth Veale, 'Matilda Penne, Skinner (d. 1392–3),' in Caroline M. Barron and Anne F. Sutton (eds.), *Medieval London Widows, 1300–1500* (London: Bloomsbury, 1994), 47–54.

40. Christine de Pizan, *The Treasure of the City of Ladies; or, The Book of the Three Virtues,* trans. Sarah Lawson, rev. ed. (London: Penguin, 2003), 110.

41. Christine de Pizan, *Treasure*, 110–112.

42. Rowena E. Archer, ' "How ladies ... who live on their manors ought to manage their households and estates": Women as Landholders and Administrators in the Later Middle Ages, ' in P. J. P. Goldberg (ed.), *Woman Is a Worthy Wight: Women in English Society c. 1200–1500* (Stroud: Alan Sutton, 1992), 149–181, 150.

43. 威廉·德·拉·波尔的遗嘱可以在以下著作中找到：J. W. Clay (ed.), *North Country Wills* (Durham: Andrews, 1912), 50–51。威廉写给约翰的信件收录在诺曼·戴维斯（Norman Davis）编辑的著作中：Norman Davis (ed.), *Paston Letters and Papers of the Fifteenth Century*, Early English Text Society s.s. 20–22, 3 vols. (Oxford: Oxford University Press, 2004), 3:82–83, 83。

44. 约翰·帕斯顿三世在 1482 年至 1484 年间致玛格丽特·帕斯顿的信件。Davis (ed.), *Paston Letters*, 1:621。

45. Carol M. Meale, 'Reading Women's Culture in Fifteenth-Century England: The Case of Alice Chaucer, ' in Piero Boitani and Anna Torti (eds.), *Mediaevalitas:*

Reading the Middle Ages (Woodbridge: D. S. Brewer, 1996), 81–102, 93. 另见《牛津国家人物传记词典》(*Oxford Dictionary of National Biography*, Oxford University Press, 2004) 中的相关条目。

46. John Watts, *Henry VI and the Politics of Kingship* (Cambridge: Cambridge University Press, 1996), 205–254.

47. Joseph Stevenson (ed.), *Letters and Papers Illustrative of the Wars of the English in France During the Reign of Henry the Sixth, King of England* (London: Longman and Green, 1864), 2:768.

48. Given-Wilson (ed.), *Parliament Rolls*, Henry VI: November 1450, item 16.

49. Stevenson (ed.), *Letters and papers*, 2:770.

50. Harris Nicolas (ed.), *Proceedings and Ordinances of the Privy Council*, 7 vols. (London: Printed by G. Eyre and A. Spottiswoode, 1834–1837), 6:245–6.

51. Helen Castor, *Blood and Roses: The Paston Family and the Wars of the Roses* (London: Faber and Faber, 2004), 81, 147–148, 189–190.

52. Davis (ed.), *Paston Letters*, 1:323.

53. Castor, *Blood and Roses*, 147.

54. 爱丽丝的父亲托马斯·乔叟是冈特的约翰和凯瑟琳·斯温福德所育博福特家族子女的表兄。博福特家族后代中最年长的约翰，是亨利·都铎的母亲玛格丽特·博福特的祖父。约翰的妹妹琼是约克家族的爱德华四世和理查三世的祖母。博福特家庭成员是亨利四世同父异母的手足，因此，他们是亨利六世的叔伯祖父母。

55. Calendar of the Plea and Memoranda Rolls of the City of London, vol. 2, 1364–1381. (London: HMSO, 1929), https://www.british-history.ac.uk/plea-memoranda-rolls/vol2/pp96-113. 另见 Goldberg, 'Migration, Youth, and Gender,' 224; 以及 Marian K. Dale, 'The London Silkwomen of the Fifteenth Century,' in *Economic History Review* 4:3 (1933): 324–335。

56. Woolf, *A Room of One's Own*, 106–109.

57. Sutton, 'Two Dozen and More Silkwomen, ' 6.

58. 参见 Veale, 'Matilda Penne, ' 49。

59. Christine de Pizan, *Le Livre de la mutacion de Fortune*, ed. S. Solente (Paris: A. & J. Picard, 1959–1966). 有关这些诗行的翻译和讨论，参见 Marilynn Desmond, 'Christine De Pizan, ' in Simon Gaunt and Sarah Kay (eds.), *The Cambridge Companion to Medieval French Literature* (Cambridge: Cambridge University Press, 2008), 123–136, 128。

第3章 婚姻市场

1. Hanawalt, *Wealth of Wives*, 45.

2. 多丽根的版本因过分夸张而带有某种喜剧色彩，而且她明显没有效仿这些女性的先例。

3. Bonnie Thurston, *The Widows: A Women's Ministry in the Early Church* (Minneapolis: Thurston Press, 1989), 11.

4. B. Jussen, 'Virgins—Widows—Spouses: On the Language of Moral Distinction as Applied to Women and Men in the Middle Ages, ' *History of the Family* 7 (2002): 13–32, 15.

5. Barron, 'Golden Age, ' 36–38.

6. Hanawalt, *Wealth of Wives*, 6–7, 12, 20.

7. Hanawalt, *Wealth of Wives*, 68, 113–114.

8. Carole Rawcliffe, 'Margaret Stodeye, Lady Philipot (d. 1431), ' in Barron and Sutton (eds.), *Medieval London Widows*, 85–98.

9. W. J. Hardy and W. Page, *A Calendar to the Feet of Fines for London and Middlesex, vol. 1: Richard I—Richard III* (London: Hardy and Page, 1892), 143.

10. 在 *Letter-Book H* 的第 1b 张中，约翰·伯林厄姆的孩子托马斯、伊多尼亚以及遗腹子约翰的监护权，都被授予约翰·菲利波特。参见 Reginald R. Sharpe (ed.), *Calendar of Letter-Books of the City of London: H, 1375–1399*

(London: His Majesty's Stationery Office, 1907)。

11. Martin Crow and Clair Olson (eds.), *Chaucer Life-Records* (Oxford: Clarendon Press, 1966), 8; Turner, *Chaucer: A European Life*, 118.

12. 1376 年 3 月 22 日立的约翰·斯托德耶的遗嘱称,玛格丽特已嫁给了约翰·菲利波特。参见 Reginald R. Sharpe (ed.), *Calendar of Wills Proved and Enrolled in the Court of Husting, London: Part 2, 1358–1688* (London: Her Majesty's Stationery Office, 1890), Roll 104 (123)。

13. 关于布雷姆布雷,请特别参阅 Pamela Nightingale, *A Medieval Mercantile Community: The Grocers' Company and the Politics and Trade of London, 1000–1485* (New Haven: Yale University Press, 1995), 194–262。

14. Sharpe, *Calendar of Wills*, 25 July 1389.

15. *Calendar of the Patent Rolls Preserved in the Public Record Office: Richard II*, vol. 5 *1391–1396* (London: HMSO, 1891), 4.

16. Guildhall Library, London, MS 9531/3, f. 346v. 另见 Rawcliffe, 'Margaret Stodeye,' 96。

17. Rowena E. Archer, 'Neville [married names Mowbray, Strangways, Beaumont, Woodville], Katherine, duchess of Norfolk (c. 1400–1483),' in ODNB, https://ezproxy-prd.bodleian.ox.ac.uk:2102/10.1093/ref:odnb/54432.

18. 塞西莉和理查德是爱德华四世和理查德三世的父母。塞西莉也是一位有书者,她和丈夫拥有一本克里斯蒂娜的《女士之城》。参见 A. S. G. Edwards, 'Northern Magnates and Their Books,' *Textual Cultures* 7:1 (2012): 176–186, 177。

19. 威廉·伍斯特将其称为"魔鬼的嫁妆"(maritagium diabolicum)。参见 Stevenson (ed.), *Letters and Papers*, 2:783。

20. Rowena E. Archer, 'Chaucer [married names Phelip, Montagu, de la Pole], Alice, duchess of Suffolk (c. 1404–1475),' in ODNB, https://ezproxy- prd.bodleian.ox.ac.uk:2102/10.1093/ref:odnb/54434.

21. H. C. Maxwell Lyte, *Calendar of Close Rolls: Richard II, vol. 5: 1392–1396*

(London: His Majesty's Stationery Office, 1925), 446; Turner, *Chaucer: A European Life*, 449–450.

22. 进一步讨论详见本书第 2 章。

23. 玛格丽特·帕斯顿（Margaret Paston）致约翰·帕斯顿二世（John Paston II）的信，推定日期为 1470 年 11 月 15 日，收录于 Davis (ed.), *Paston Letters*, 1:356–357, 357。

24. 威廉致约翰的信，刊于 Davis (ed.), *Paston Letters*, 3:82–83。

25. Mary Carruthers, 'The Wife of Bath and the Painting of Lions,' *PMLA* 94:2 (1979): 209–222, 213–4.

26. 原文见 Saint Augustine, 'Tractate 15,' in Jacques-Paul Migne, *Patrologia Latina* 35 (Paris, 1845), cols. 1510–1522. 译文见 John W. Rettig, *Tractates on the Gospel of John*, vol. 79 (Washington, DC: Catholic University of America Press, 1988)。详细讨论见 Robert Longsworth, 'The Wife of Bath and the Samaritan Woman,' *Chaucer Review* 34:4 (2000): 372–387。

27. Tertullian, *Cum Samaritinae maritum negat, ut adulterum ostendat numerosum maritum*, in Jacques-Paul Migne, *Patrologia Latina* 2 (Paris, 1844), col. 940B.

28. Warren S. Smith, 'The Wife of Bath Debates Jerome,' *Chaucer Review* 32:2 (1997): 129–145, 134–135.

29. Hanna and Lawler (eds.), *Jankyn's Book of Wikked Wyves*, 27.

30. Wright, *St Paul*, 424.

31. Hanna and Lawler (eds.), *Jankyn's Book of Wikked Wyves*, 18, 19–20, 17.

32. 卡鲁特斯也讨论了这一特定引用的重要意义，见 Carruthers, 'Painting of Lions,' 211。

33. Andrew Cain, 'Jerome's *Epitaphium Paulae*: Hagiography, Pilgrimage and the Cult of St Paula,' *Journal of Early Christian Studies* 18:1 (2010): 105–139.

34. James A. Brundage, 'Widows and Remarriage: Moral Conflicts and Their Resolution in Classical Canon Law,' in Sue Sheridan Walker (ed.), *Wife and Widow*

in *Medieval England* (Ann Arbor: University of Michigan Press, 1993), 17–31. 对于婚姻作为圣礼的演变的深入讨论，参见 Reynolds, *How Marriage Became One of the Sacraments*, especially 157–243。

35. Rawcliffe, 'Margaret Stodeye,' 97.

36. 参见 Karma Lochrie, *Margery Kempe and Translations of the Flesh* (Philadelphia: University of Pennsylvania Press, 1994), 220–225。

37. 利·帕特森（Lee Patterson）认为，教区牧师和巴斯妇的互动是僧士和磨坊主（Monk-Miller）互动的重演，"For the Wyves love of Bathe": Feminine Rhetoric and Poetic Resolution in the *Roman de la Rose* and the *Canterbury Tales*,' *Speculum* 58:3 (1983): 656–693, 685。

38. R. Pratt, 'The Order of the Canterbury Tales,' *PMLA* 66:6 (1951), 1141–1167.

39. 这被称为"布拉德肖转变"（Bradshaw Shift）。参见 George R. Keiser, 'In Defence of the Bradshaw Shift,' *Chaucer Review* 12:4 (1978): 191–201。我们知道，《船长的故事》是为巴斯妇写的，因为它在开篇使用了女性声音。

40. 最低阶层的朝圣者——农夫——没有讲故事。

41. 本书第8章将对此展开讨论。

第4章 讲故事的女人

1. 'Avianus,' in J. Wight Duff and Arnold M. Duff (ed. and trans.), *Minor Latin Poets* (Cambridge, MA: Harvard University Press, 1934), 669–749, 718–721.

2. Kamila Shamsie, 'Let's Have a Year of Publishing Only by Women—A Provocation.' Guardian, 5 June 2015, https://www.theguardian.com/books/2015/jun/05/kamila-shamsie-2018-year-publishing-women-no-new-books-men.

3. Richard de Bury, 'The Complaint of Books against the Clergy Already Promoted,' in *Philobiblon*, trans. E. C. Thomas (London: Kegan Paul, 1888), chap. 4.

4. 相关讨论见 Jill Mann, *From Aesop to Reynard: Beast Literature in Medieval Britain* (Oxford: Oxford University Press, 2009), 92–93。

5. David Wallace, *Chaucerian Polity: Absolutist Lineages and Associational Forms in England and Italy* (Stanford: Stanford University Press, 1997), 377.

6. 参见 Joan M. Ferrante, *To the Glory of Her Sex: Women's Roles in the Composition of Medieval Texts* (Bloomington: Indiana University Press, 1997), 8, 14。

7. Woolf, *A Room of One's Own*, 63.

8. Diane Watt, *Women, Writing, and Religion in England and Beyond, 650–1100* (London: Bloomsbury, 2020), 2–4.

9. Jean Devaux, 'From the Court of Hainault to the Court of England: The Example of Jean Froissart,' in C. T. Allmand (ed.), *War, Government and Power in Late Medieval France* (Liverpool: Liverpool University Press, 2000), 1–20; Jean Froissart, *Le Joli Buisson de Jonece*, ed. Anthime Fourrier (Geneva: Droz, 1975), line 237.

10. Turner, *Chaucer: A European Life*, 95–119.

11. Nicola McDonald, 'Chaucer's *Legend of Good Women*, Ladies at Court and the Female Reader,' *Chaucer Review* 35:1 (2000): 22–42; and 'Games Medieval Women Play,' in *The Legend of Good Women: Context and Reception*, ed. Carolyn P. Collette (Cambridge: D. S. Brewer, 2006), 176–197.

12. Carole M. Meale, '"Alle the Bokes that I have of Latyn, Englisch, and Frensch": Laywomen and Their Books in Late Medieval England,' in Carole M. Meale (ed.), *Women and Literature in Britain 1150–1500*, 2nd ed. (Cambridge: Cambridge University Press, 1996), 128–158, 136–141; Karen K. Jambeck, 'Patterns of Women's Literary Patronage: England, 1200–ca. 1475,' in *The Cultural Patronage of Medieval Women*, ed. Jane Hall McCash (Athens: University of Georgia Press, 1996), 228–265, 233, 235, 239.

13. Durham, University Library, MS Cosin V.iii.9.

14. MS Cosin V.iii.9, fol. 95r.

15. 相关讨论见 David Watt in *The Making of Thomas Hoccleve's Series* (Liverpool:

Liverpool University Press, 2014), esp. 54–55. 另见 Sebastian J. Langdell, *Thomas Hoccleve: Religious Reform, Transnational Poetics, and the Invention of Chaucer* (Liverpool: Liverpool University Press, 2018), 33–34。

16. Meale, ' "Alle the Bokes, " ' 145.

17. Jambeck, 'Patterns, ' 239–241; Meale, ' "Alle the Bokes, " ' 136.

18. Karen Jambeck, 'The Library of Alice Chaucer, ' *Profane Arts* 7:2 (1998): 106–135, 133.

19. Meale, 'Reading Women's Culture, ' 81–101; Jambeck, 'Library of Alice Chaucer, ' 133–134.

20. Oxford, St John's College, MS 56.

21. Meale, 'Reading Women's Culture, ' 91–92.

22. John Goodall, *God's House at Ewelme: Life, Devotion and Architecture in a Fifteenth-Century Almshouse* (Aldershot: Ashgate, 2001), 11–12; H. Anstey (ed.), *Epistolae Academicae Oxon*, 2 vols., OHS 35–36 (Oxford: Oxford Historical Society, 1898), 1:303, 326, 2:369–370.

23. Martin Michael Crow, 'John of Angoulême and His Chaucer Manuscript, ' *Speculum* 17:1 (1942): 86–99, 89 n.5; Ralph Hanna and A.S.G. Edwards, 'Rotheley, the De Vere Circle, and the Ellesmere Chaucer, ' *Huntington Library Quarterly* 58:1 (1995): 11–35, 16–17.

24. Meale, ' "Alle the Bokes, " ' 142.

25. Diane Watt, *Women, Writing, and Religion*, 2.

26. Guillaume de Lorris and Jean de Meun, *The Romance of the Rose*, trans. Frances Horgan, (Oxford: Oxford University Press, 1994), 134–135.

27. 有关厌婚的三种传统——禁欲传统、哲学传统和通俗传统——的讨论，参见 Glenda McLeod and Katharina Wilson, 'A Clerk in Name Only—A Clerk in All But Name. The Misogamous Tradition and "La Cite des Dames, " ' in Margarette Zimmerman and Dina De Rentiis (eds.), *The City of Scholars: New Approaches to*

Christine de Pizan (Berlin: De Gruyter, 1994), 67–76, 68。

28. Betty Radice (trans.), *The Letters of Abelard and Heloise*, revised by M. T. Clanchy, (London: Penguin Random House, 2003).

29. Constant J. Mews, *Abelard and Heloise* (Oxford: Oxford University Press, 2005), 8; Barbara Newman, 'Authority, authenticity, and the repression of Heloise, ' *JMEMS* 22:2 (Spring 1992): 121–157, 130.

30. Peter the Venerable, 'Letter (115) to Heloise, ' in Radice (trans.), *Letters of Abelard and Heloise*, 217–223, 218.

31. Hugh Metel, Letter 16, trans. M. T. Clanchy, in Constant J. Mews (ed.), 'Hugh Metel, Heloise and Peter Abelard, ' *Viator* 32 (2001): 89.

32. 相关讨论见 Mews, *Abelard and Heloise*, 15–17。

33. Newman, 'Authority, ' 125.

34. Newman, 'Authority, ' 122–125.

35. 参见 Barbara Newman (ed. and trans.), *Making Love in the Twelfth Century: Letters of Two Lovers in Context* (Philadelphia: University of Pennsylvania Press, 2016)。

36. 有关布尔盖修道院院长博德里（the abbot Baudri of Bourgueil）和昂热康斯坦斯修女（the nun Constance of Angers）之间情色信件的讨论，参见 Katherine Kong, *Lettering the Self in Medieval and Early Modern France* (Woodbridge: Boydell and Brewer, 2017), 15–54。

37. Mews, *Abelard and Heloise*, 70–71.

38. Newman, 'Authority, ' 127.

39. 有关 16 世纪诸版本的讨论，参见 Lochrie, *Margery Kempe*, 220–225。

40. Hilton Kelliher, 'The Rediscovery Of Margery Kempe: A Footnote, ' *British Library Journal* 23:2 (1997): 259–263, 260–261.

41. Charity Cannon Willard, *Christine de Pizan: Her Life and Works* (New York: Perseus Books, 1984).

42. Christine de Pizan, *The Book of the City of Ladies*, trans. Rosalind Brown-Grant (London: Penguin, 1999) , 5–11.

43. 'S'on me dit li livre en sont tuit plein / [...] / Je leur respons que les livres ne firent / Pas les femmes'; 'Mais se femmes eussent li livre fait / Je sçay de vray qu'aultrement fust du fait' (ll. 409– 411 and 417–418) ; in Thelma S. Fenster and Mary Carpenter Erler (eds.) , *Poems of Cupid, God of Love: Christine de Pizan's 'Epistre au dieu d'amours' and 'Dit de la Rose, ' Thomas Hoccleve's 'The Letter of Cupid, ' Editions and Translations, with George Sewell's 'The Proclamation of Cupid'* (Leiden: E. J. Brill, 1990) , 54–55.

44. Baird and Kane, *La Querelle de la Rose*, 136.

45. Fenster and Erler (eds.) , *Poems of Cupid*, 52–53.

46. 第一个评论来自贡蒂埃·科尔，第二个评论来自让·德·蒙特斯伊，均被援引在：Baird and Kane, *La Querelle de la Rose*, 60, 153。威拉德也讨论了这一点，见 Willard, *Christine de Pizan*, 84, 86。

47. 关于克里斯蒂娜作为女学士的论述，参见 Lori Walters, 'Chivalry and the (En) Gendered Poetic Self, Petrarchan Models in the "Cent Balades, "' in Zimmerman and de Rentis, *City of Scholars*, 43–66; 以及 McLeod and Wilson, 'A Clerk in Name Only, ' 75。

48. Kevin Brownlee, 'Discourses of the Self: Christine de Pizan and the Rose, ' *Romantic Review* 79:1 (1988) : 199–221.

49. 侧重她们之间差异性的论述，参见 S. H. Rigby, 'The Wife of Bath, Christine de Pizan, and the Medieval Case for Women, ' *Chaucer Review* 35:2 (2000) : 133–165。

50. Paul Strohm, *Social Chaucer* (Cambridge, MA: Harvard University Press, 1989) , 41–46, Turner, *Chaucer: A European Life*, 377–382.

51. 参见 J. C. Laidlaw, 'Christine de Pizan, the Earl of Salisbury, and Henry IV, ' *French Studies* 36 (1982) : 129–143。

52. 另见 Theresa Coletti, 'Paths of Long Study: Reading Chaucer and Christine de

Pizan in Tandem,' *Studies in the Age of Chaucer* 28 (2006) : 1–40。

53. Laidlaw, 'Christine de Pizan,' 133, 139.

54. 这一点在本书第 2 章中有详细讨论。

55. 见本书第 2 章。

56. Willard, *Christine*, 186.

57. Jennifer Summit, *Lost Property: The Woman Writer and English Literary History, 1380–1589* (Chicago: University of Chicago Press, 2000) , 61.

58. Stephen Scrope, *The Epistle of Othea to Hector; or, The Boke of Knyghthode, Translated from the French of Christine de Pisan with a Dedication to Sir John Fastolf, K.G.*, ed. George F. Warner (London: J. B. Nichols and Sons, 1904) , 3. 另见 Misty Schieberle, 'Rethinking Gender and Language in Stephen Scrope's Epistle of Othea 1, ' *Journal of the Early Book Society for the Study of Manuscripts and Printing History* 21 (2018) : 97–121, 322。

59. Summit, *Lost Property*, 72–75. 拉丁文原文见 William Worcester, *The Boke of Noblesse*, ed. J. G. Nichols (London: Roxburghe Club, 1860) , 54, n. 151: 'Notandum est quod Cristina [fuit] domina præclara natu et moribus, et manebat in domo religiosarum dominarum apud Passye prope Parys; et ita virtuosa fuit quod ipsa exhibuit plures clericos studentes in universitate Parisiensi, et compilare fecit plures libros virtuosos.'

第 5 章　漫游的女人

1. 参见 Anthony Bale and Sebastian Sobecki (eds.) , *Medieval English Travel: A Critical Anthology* (Oxford: Oxford University Press, 2019) , 397–400。

2. Saint Augustine, *De Doctrina Christiana*, bk. 1, chap. 4, http://ezproxy-prd.bodleian.ox.ac.uk:2855/llta/pages/Toc.aspx?ctx=545701.

3. John Lydgate, *Payne and Sorowe of Evyll Maryage*, 119, in *The Trials and Joys of Marriage*, ed. Eve Salisbury (Kalamazoo, MI: Medieval Institute

Publications, 2002), https://d.lib.rochester.edu/teams/text/salisbury-trials-and-joys-payne-and-sorowe-of-evyll-maryage.

4. T. F. Mustanoja (ed.), *The Good Wife Taught Her Daughter, The Good Wife Wold a Pylgrymage, The Thewis of Gud Women* (Helsinki: Academia Scientiarum Fennica, 1948).

5. Felix Fabri, *The Book of Wanderings of Brother Felix Fabri*, trans. Aubrey Stewart (London: Palestine Pilgrims' Text Society, 1896), 11–12, 153, 166–167.

6. Jonathan Sumption, *Pilgrimage: An Image of Medieval Religion* (London: Faber and Faber, 1974), 111–112, 141–143, 170.

7. Susan Signe Morrison, *Women Pilgrims in Later Medieval England: Private Piety as Public Performance* (New York: Routledge, 2000), 17.

8. 相关经典论述见 R. W. Southern, *The Making of the Middle Ages* (New Haven, CT: Yale University Press, 1953), 219–257。另见 Swanson, *Twelfth Century Renaissance*, 以及以下著作中的各篇论文：Robert Louis Benson, Giles Constable, and Carol Dana Lanham (eds.), *Renaissance and Renewal in the Twelfth Century* (Toronto: University of Toronto Press, 1999)。

9. George B. Parks, *The English Traveller to Italy: The Middle Ages (to 1525)* (Rome: Edizioni di Storia e Letteratura, 1954), 376.

10. Sumption, *Pilgrimage*, 228–229.

11. Sumption, *Pilgrimage*, 286.

12. 涉猎更广的文献，参见 Bale and Sobecki, *Medieval English Travel*; 关于乘船需要携带的物品，参见 Sumption, *Pilgrimage*, 26–227; 关于西班牙的河流，参见 Jeanne Krochalis, Alison Stones, Annie Shaver-Crandell, and Paula Lieber Gerson, *The Pilgrim's Guide to Santiago de Compostela: A Critical Edition* (London: H. Miller, 1998), 2:19。

13. Morrison, *Women Pilgrims*, 2.

14. Ronald C. Finucane, *Miracles and Pilgrims: Popular Beliefs in Medieval*

England (London: Dent, 1977),126–129.

15. 如欲探索这扇窗户的更多内容，请访问 https://stainedglass-navigator. yorkglazierstrust.org/window/pilgrimage-window。

16. Calendar of Close Rolls, Edward III, vol. 9: 1349–1354 (London, His Majesty's Stationery Office, 1906),8 September 1350, membrane 11d.

17. *Calendar of the Patent Rolls Preserved In the Public Record Office, Henry IV, vol. 2: 1401–1405* (London: HMSO, 1891),14 March 1403, membrane 33.

18. 比较研究方面参见 Sylvia Schein, 'Bridget of Sweden, Margery Kempe and Women's Jerusalem Pilgrimages in the Middle Ages,' *Mediterranean Historical Review* 14:1 (1999),44–58。

19. 参见 Margaret Harvey, *The English in Rome, 1362–1420: Portrait of an Expatriate Community* (Cambridge: Cambridge University Press, 2000),128. 关于威廉·斯旺（William Swan）提到爱丽丝的书信，请参他的书信集（现藏于大英图书馆），MS Cotton Cleopatra E iv。

20. Girolamo Golubovich, *Biblioteca Bio-Bibliografica della Terra Santa e dell'Oriente francescano*, 5 vols. (Quaracchi: Collegio di S Bonaventura, 1906–1927),5:60–68, 105–109, 156–159, 196–199, 218. 另见 Anthony Luttrell, 'Englishwomen as Pilgrims to Jerusalem: Isolda Parewastell, 1365,' in Julia Bolton Holloway, Constance S. Wright, and Joan Bechtold (eds.),*Equally in God's Name: Women in the Middle Ages* (New York: P. Lang, 1990),184–197, 187。

21. Ephraim Emerton (ed. and trans.),*The Letters of Saint Boniface* (New York: Columbia University Press, 1940),140.

22. Thomas Wright (ed.),*The Book of the Knight of La Tour Landry* (London: Kegan Paul, 1906),50.

23. Christine de Pizan, *Treasure of the City of Ladies*, 135.

24. Van Beuningen Collection, Cothen, The Netherlands, Inv. no. 2184. H. J. E Van Beuningen and A. M. Koldeweij (eds.),*Heilig en Profaan. 1000 laatmiddeleeuwse*

insignes uit de collectie H.J.E. van Beuningen, Rotterdam Papers 8 (Cothen: Stichting Middeleeuwse religieuze en profane insignes, 1993), cat. no. 663. 这枚徽章在以下著作中也有所讨论: Leigh Ann Craig, *Wandering Women and Holy Matrons: Women as Pilgrims in the Later Middle Ages* (Leiden: Brill, 2009), 21–22。

25. Morrison, *Women Pilgrims*, 124.

26. Laura F. Hodges, 'The Wife of Bath's Costumes: Reading the Subtexts, ' *Chaucer Review* 27:4 (1993) : 359–376, 365–367.

27. Joseph Fr. Michaud and Joseph Toussaint Reinaud (eds.), *Bibliothéque des Croisades* (Paris: A L'Imprimerie Royale, 1829), 3:369–375. 另见 Paul Gerhardt Schmidt (ed.), 'Peregrinatio periculosa: Thomas von Froidmont über die Jerusalem-Fahrten seiner Schwester Margareta, ' in Ulrich Justus Stache, Wolfgang Maaz and Fritz Wagner (eds.), *Kontinuität und Wandel: Lateinische Poesie von Naevius bis Baudelaire, Franco Munaro zum 65. Geburtstag* (Hildesheim: Weidmann, 1986), 461–485; Morrison, *Women Pilgrims*, 21; 以及 http://www.umilta.net/jerusalem.html。

28. Rev. F. C. Hingeston, *The Register of Edmund Stafford (AD 1395–1419) : An Index and Abstract of Its Contents* (G. Bell and Sons, 1886), 308.

29. Morrison, *Women Pilgrims*, 20.

30. Celia M. Lewis, 'History, Mission, and Crusade in the *Canterbury Tales*, ' *Chaucer Review* 42:4 (2008) : 353–82.

31. Archivio Vaticano, Reg. Supp. 45, fol. 55–55v (15 January 1366), 由卢特雷尔(Luttrell)英译,并刊于: 'Englishwomen as Pilgrims, ' 191–192。

32. Luttrell, 'Englishwomen as Pilgrims, ' 189.

33. 关于坎普的朝圣之旅的进一步讨论,参见以下著作,例如: Anthony Goodman, *Margery Kempe and Her World* (London: Longman, 2002); Clarissa Atkinson, *Mystic and Pilgrim: The Book and the World of Margery Kempe* (Ithaca, NY: Cornell University Press, 2003); John H. Arnold and Katherine A. Lewis (eds.), *A Companion to the Book of Margery Kempe* (Cambridge: D. S. Brewer, 2004);

以及 Terence N. Bowers, 'Margery Kempe as Traveler,' *Studies in Philology* 97:1 (2000) : 1–28。

34. 据我所知，唯一讨论过这位女仆的学者是戴恩·瓦特（Diane Watt），见 Diane Watt, 'Margery Kempe,' in L. H. McAvoy et al. (eds.) ,*The History of British Women's Writing, 700–1500* (Basingstoke: Palgrave Macmillan, 2012) , 232–240, 236–238。

35. 参见前面第 2 章对宗教服务的讨论。

36. 有关坎普对"模仿基督"（imitatio Christi）的兴趣，以及她将自己塑造成一位殉道者的论述，例如，可参见 Sarah Salih, *Versions of Virginity in Late Medieval England* (Cambridge: D. S. Brewer, 2001) ; 以及 Lochrie, *Margery Kempe*。

37. 谢泼德家族从安东尼奥·斯姆卢奇（Antonio Smerucci）手中买下了这座房子，而后，他们又将其卖给了代表罗马的英国人社群的约克的威廉·钱德勒（William Chandler）。因为谢泼德家族还持续经营收容所，所以显而易见的是，他们购买这栋房子的最初目的是要服务社群。参见 Harvey, *English in Rome*, 10–11。

38. Harvey, *English in Rome*, 30, 57–39, 65, 69, 76, 112.

39. Parks, *English Traveler to Italy*, 372.

40. Krochalis et al., *Pilgrim's Guide*, 2:11.

41. Krochalis et al., *Pilgrim's Guide*, 2:29–31.

42. Rory G. Critten, 'The *Manières de Langage* as Evidence for the Use of Spoken French within Fifteenth-Century England,' *Forum for Modern Language Studies* 55:2 (April 2019) : 121–137.

43. P. Meyer (ed.) , *La Manière de Langage qui Enseigne Parler et a Écrire Le Français: Modèles de Conversations Composés en Angleterre a la Fin du XIV Siècle* (Paris: Librairie A. Franck, 1873) , 404（译文由作者自译，特别感谢海伦·斯威夫特 [Helen Swift]）。

44. Meyer, *Manière*, 401（译文由作者自译）。乔叟笔下的厨师也长着一处恶疮，但这并不妨碍他继续朝圣。

45. P. Rickard, 'Anglois Coué and L'Anglois Qui Couve,' *French Studies* 7 (1953)：48–55.

46. Ludwig Pfandl, 'Itinerarum Hispanicum Hieronymi Monetarii, 1494–1495,' *Revue Hispanique* 48 (1920)：1–179, 94; 相关讨论见 Sumption, *Pilgrimage*, 202。

47. Krochalis et al., *Pilgrim's Guide*, 2:73.

48. Hodges, 'Wife of Bath's Costumes,' 366.

49. John Bowers (ed.), 'The Canterbury Interlude and Merchant's Tale of Beryn,' in *The Canterbury Tales: Fifteenth-Century Continuations and Additions* (Kalamazoo, MI: Medieval Institute Publications, 1992), https://d.lib.rochester.edu/teams/text/bowers-canterbury-tales-fifteenth-century-interlude-and-merchants-tale-of-beryn-introduction.

50. 关于中世纪将《雅歌》中的花园解释为圣母玛利亚的身体，参见 Ann Astell, *The Song of Songs in the Middle Ages* (Ithaca, NY: Cornell University Press, 1995); 以及 Brian E. Daley, 'The Closed Garden and Sealed Fountain: Song of Songs 4.12 in the Late Medieval Iconography of Mary,' in Elizabeth MacDougall (ed.), *Medieval Gardens* (Washington, DC: Dumbarton Oaks, 1986), 254–278, esp. 263–267。关于乔叟和花园意象的讨论，参见 Turner, *Chaucer: A European Life*, chap. 14; 以及 Laura Howes, *Chaucer's Gardens and the Language of Convention* (Gainesville: University Press of Florida, 1997), 83–109, esp. 100–101。

第二部分　引子

1. https://www.thecheeseshed.com/from-the-mongers-mouth/new-wyfe-of-bath.

2. https://www.theliterarygiftcompany.com/products/wife-of-bath-soap.

3. Margaret Atwood, *The Handmaid's Tale* (London: Penguin Random House, 2017), xi.

4. Atwood, *The Handmaid's Tale*, 303.

第 6 章　让艾莉森消音

1. 康斯坦斯和格里塞尔达（Griselda）分别是《律师的故事》和《学士的故事》的女主人公，但她们亦见于乔叟版本问世前后的其他文本中。农夫皮尔斯因为兰格伦的诗而广为人知，但亦见于与 1381 年起义相关的其他文本之中。请特别参阅 Steven Justice, *Writing and Rebellion: England in 1381* (Berkeley: University of California Press, 1994)。

2. Thomas Hoccleve, *Dialogue with a Friend*, in *My Compleinte and Other Poems*, ed. Roger Ellis (Liverpool: Liverpool University Press, 2001), line 694; John Lydgate, *A Mumming at Hertford*, in *Minor Poems of John Lydgate*, ed. Henry Noble MacCracken, Early English Text Society extra ser. 107, o.s. 192 (London: Oxford University Press, 1911–1934; reprinted 1961), vol. 2, 676–680, I. 168; William Dunbar, *Tua Mariit Wemen and the Wedo*, https://digital.nls.uk/firstscottishbooks/page/?folio=77; John Skelton, *Phyllyp Sparowe*, in *The Complete English Poems*, ed. V. J. Scattergood (Harmondsworth: Penguin Books, 1983), 71–105, II. 618–627.

3.《巴斯妇》的影响可见于 Edmund Spenser, *The Faerie Queene Disposed into Twelue Bookes, Fashioning XII: Morall Vertues* (London: Printed for William Ponsonbie, 1596); Robert Greene, *Greene's Vision Written at the Instant of his Death* (London: Thomas Newman, 1592); John Fletcher, *Women Pleased*, in *Comedies and Tragedies Written by Francis Beaumont and John Fletcher*, Dddddd1ʳ–Ffffff3ᵛ (London: Humphrey Robinson, 1647)。有关巴斯妇、斯宾塞和弗莱彻的进一步讨论，参见 Helen Cooper, 'The Shape-shiftings of the Wife of Bath, 1395–1670,' in Ruth Morse and Barry Windeatt (eds.), *Chaucer Traditions: Studies in Honour of Derek Brewer* (Cambridge: Cambridge University Press, 1990), 168–184, 173–180, 以及，对格林的《幻象》的分析，参见 Jeremy Dimmick, 'Gower, Chaucer and the Art of Repentance in Robert Greene's *Vision*,' *Review of English Studies*, n.s., 57:231 (2006): 456–473。关于《巴斯妇》对莎士比亚的影响，见本书第 7 章。在 18 世纪初，盖伊写了一部关于巴斯妇的戏剧，几

乎可以肯定是，蒲柏为此剧写了收场白，而德莱顿则翻译了《巴斯妇的故事》。蒲柏还创作了《巴斯妇的引子》的节译本。下文将详论盖伊、蒲柏和德莱顿的不同版本的《巴斯妇》，以及关于蒲柏是否为收场白作者。另见 Calhoun Winton, *John Gay and the London Theatre* (Lexington: University Press of Kentucky, 1993), 39。

4. 肯尼斯·克拉克（Kenneth Clarke）评论说，这个场景"诙谐地让人想起了保罗和弗朗西斯卡"，他将他们炙热的激情与书籍的焚烧相类比。*Chaucer and Italian Textuality* (Oxford: Oxford University Press, 2011), 150。

5. 参见丽塔·科普兰（Rita Copeland）的权威论文：'Why Women Can't Read: Medieval Hermeneutics, Statutory Law, and the Lollard Heresy Trials,' in Zipporah Batshaw Wiseman and Susan Sage Heinzelman, *Representing Women: Law, Literature, and Feminism* (Durham, NC: Duke University Press, 1994), 253–286。关于将犹太人视为只理解经文字面意思的读者这种长期刻板印象的讨论，参见 Jeremy Cohen, *Living Letters of the Law: Ideas of the Jew in Medieval Christianity* (Berkeley: University of California Press, 1999), 59。

6. 参见 Dinshaw, *Chaucer's Sexual Poetics*, 3–27 and 113–131。

7. John Leo, 'Toxic Feminism on the Big Screen,' *US News and World Report*, 110:22 (October 6, 1991), 22, 20. 另见芮塔·菲尔斯基（Rita Felski）对此的论述，见 'dentifying with Characters,' in Amanda Anderson, Toril Moi, and Rita Felski (eds.), *Character: Three Inquiries in Literary Studies* (Chicago: University of Chicago Press, 2019), 77–126, 99。

8. 关于《坎特伯雷故事集》手抄本中所有评注的转写，均来自斯蒂芬·帕特里奇（Stephen Partridge），'Glosses in the Manuscripts of the *Canterbury Tales*: An Edition and Commentary' (PhD diss., Harvard University, 1992)。

9 Partridge, 'Glosses,' sec. III-2（未编页码）。

10. 有关埃尔斯米尔手抄本评注的讨论，参见 Clarke, *Chaucer and Italian Textuality*, 130–151; 以及 Susan Schibanoff, 'The New Reader and Female

Textuality in Two Early Commentaries on Chaucer, ' *Studies in the Age of Chaucer* 10 (1988)：71–108。另一种观点见 Graham D. Caie, 'The Significance of the Early Chaucer Manuscript Glosses (with Special Reference to "The Wife of Bath's Prologue") ,' *Chaucer Review* 10:4 (1976)：350–360。

11. 附加手抄本 5140 已经全面数字化，可在线查看：http://www.bl.uk/manuscripts/Viewer.aspx?ref=add_ms_5140_fs001r。埃格顿手抄本 2864 也已经数字化，可在线查看：http://www.bl.uk/manuscripts/Viewer.aspx?ref=egerton_ms_2864_f092r。

12. Schibanoff, 'New Reader, ' 78–79。

13. 这让人想起对沃尔特和格里塞尔达故事的寓言式解释，在其中，施虐者（沃尔特）即代表上帝。彼特拉克就是这样来理解这个故事的，在他的版本中学士中援引了这个阐释（1142—1212 行）。有关彼特拉克的政治观、诗学以及对格里塞尔达故事的处理方式的详细讨论，见 Wallace, *Chaucerian Polity*, 261–98。

14. 我的文本转录要特别感谢丹尼尔·韦克林（Daniel Wakelin）。在这里要特别指出，帕特里奇将 "due" 误读成了 "duc"。

15. 参见 Schibanoff, 'New Reader, ' 80。

16. 参见 Betsy Bowden, *The Wife of Bath in Afterlife: Ballads to Blake* (Bethlehem, PA: Lehigh University Press, 2017) , 1–19。鲍登还在附录 A1、A2 中刊印了早期和晚期民谣的各个版本，307—328 页。库珀也在以下文章中讨论过放荡的妻子，Shape-shiftings, ' 180–182; 以及 'After Chaucer, ' *Studies in the Age of Chaucer* 25 (2003)：3–24。

17. Edward Arber (ed.) , *A Transcript of the Register of the Company of Stationers of London, 1554–1640* (London: 1875–1877) , 2:831.

18. J. S. Burn, *The High Commission: Notices of the Court and Its Proceedings* (London: J. R. Smith, 1865) , 47.

19. 关于近代早期民谣文化以及口头、书面与印刷文本之间交互关系的论述，参见 Adam Fox, *Oral and Literate Culture in England, 1500–1700* (Oxford: Oxford University Press, 2002)。

20. Hyder E. Rollins, 'The Black-Letter Broadside Ballad, ' *PMLA* 34:2 (1919) : 258–339, 285– 286.

21. 'disorderly, adj. and n.' meaning 2a, OED Online, https://ezproxy-prd.bodleian.ox.ac.uk:2446/view/Entry/54865?rskey=h9dadx&result=1.

22. British Library, London, 11630.ee.15 [28].

23. Bowden, *Wife of Bath in Afterlife*, 5.

24. 6月12日，掌玺大臣（Lord Keeper）批评了"时代的弊端，认为这是由淫荡且游手好闲者造成的，他们通过诽谤的方式，对他们在权威之下的行为和行动征税"。他还特别"谈到了埃塞克斯伯爵"，并且说，"一些邪恶的人通过诽谤来干涉，来挑剔女王陛下的所作所为"。Arthur Collins, *Letters and Memorials of State* (London: T. Osborne, 1746) , 2:202。

25. 请参阅《牛津国家人物传记词典》（ODNB）中关于他生平的有用总结。Paul E. J. Hammer, 'Devereux, Robert, second earl of Essex (1565–1601) , ' in ODNB, https://ezproxy-prd.bodleian.ox.ac.uk:2102/10.1093/ref:odnb/7565。

26. 厄涅斯特·库尔（Ernest Kuhl）把放荡的巴斯妇和埃塞克斯伯爵联系在一起，见 'The Wanton Wife of Bath and Queen Elizabeth, ' *Studies in Philology* 26:2 (1929) : 177–183。

27. 相关讨论参见 Jonathan Bate, *Soul of the Age: The Life, Mind, and World of William Shakespeare* (London: Penguin, 2008) , 160–263。

28. Mary Anne Everett Greene (ed.) , *Calendar of State Papers Domestic Series: Elizabeth* (London: Longman, 1869) , 275:449.

29. Bate, *Soul of the Age*, 249–253, 278, 281–286.

30. 参见 Jason Scott-Warren, 'Was Elizabeth I Richard II? The Authenticity of Lambarde's "Conversation, "' *Review of English Studies* 64 (2013) : 208–230。

31. Winton, *John Gay and the London Theatre*, 28–39, 146–147, quote

at 147. 另见 Andrew Higl, 'The Wife of Bath Retold: From the Medieval to the Postmodern, ' in *Inhabited by Stories: Critical Essays on Tales Retold*, ed. Nancy Barton-Smith and Danette DiMario (Newcastle: Cambridge Scholars Publishing, 2012) , 294–313。

32. John Gay, *The Wife of Bath, a Comedy: As It Is Acted at the Theatre-Royal in Drury-Lane, by Her Majesty's Servants; by Mr. Gay* (London: Printed for Bernard Lintott, 1713) .

33. John Gay, *The Wife of Bath, a Comedy; As It Is Acted at the Theatre-Royal in Lincoln's-Inn-Fields; Written by Mr. Gay, Revised and Altered by the Author* (London: Printed for Bernard Lintot, 1730) .

34. Candace Barrington, *American Chaucers* (Basingstoke: Palgrave Macmillan, 2007) , 61–62.

35. 我将在本书第 8 章中更详细地讨论麦凯的戏剧。

36. John Dryden, 'Preface' to *Fables: Ancient and Modern* (London: Jacob Tonson, 1700) , 8, 11.

37. Joseph Warton, *An Essay on the Genius and Writings of Pope* (London: J. Dodsley, 1782) , 2:69.

第 7 章 当莎士比亚遇见艾莉森

1. 参见 Helen Cooper, *Shakespeare and the Medieval World* (London: Bloomsbury Arden Shakespeare, 2010) , esp. pp. 204–234; and E. Talbot Donaldson, *The Swan at the Well* (New Haven, CT: Yale University Press, 1985) 。

2. 参见 Ann Thompson, *Shakespeare's Chaucer: A Study in Literary Origins* (Liverpool: Liverpool University Press, 1978) , 16。关于琼森，请特别参阅 Robert C. Evans, 'Ben Jonson's Chaucer, ' *English Literary Renaissance* 19:3 (1989) , 324–245; 以及 Kathryn Jacobs and D'Andra White, 'Ben Jonson on Shakespeare's Chaucer, ' *Chaucer Review* 50 (2015) , 198–215。关于马洛，

参见 Loren Cressler, 'Asinine Heroism and the Mediation of Empire in Chaucer, Marlowe, and Shakespeare,' *Modern Language Quarterly* 81:3 (2020) : 319–347。关于斯宾塞，参见 Anne Higgins, 'Spenser Reading Chaucer: Another Look at the "Faerie Queene" Allusions,' *Journal of English and Germanic Philology* 89:1 (1990) : 17–36。另见 Philip Sidney, *A Defence of Poetry*, ed. J. A. van Dortsten (Oxford: Oxford University Press, 1966)。

3. 关于古书籍研究者，参见 Megan L. Cook, *The Poet and the Antiquaries: Chaucerian Scholarship and the Rise of Literary History, 1532–1635* (Philadelphia: University of Pennsylvania Press, 2019)。

4. 关于"作品集"的重要意义，参见 Cooper, *Shakespeare and the Medieval World*, 205。

5. John Foxe, *The Acts and Monuments of John Foxe* (London: R. B. Seeley and W. Burnside, 1837–1841) , 4:249. 相关讨论参见 Holly Crocker, 'John Foxe's Chaucer: Affecting Form in Post-Historicist Criticism,' *New Medieval Literatures* 15 (2013) : 149–182。

6. 相关讨论参见 Cooper, 'Shape-shiftings,' 173–175。

7. 关于乔叟作为英国文学之父的形象，参见 Seth Lerer, *Chaucer and His Reader*s: *Imagining the Author in Late Medieval England* (Princeton, NJ: Princeton University Press, 1993)。

8. Richard B. Brathwait, *Richard Brathwait's Comments in 1665 upon Chaucer's Tales of the Miller and the Wife of Bath*, ed. C.F.E. Spurgeon (London: Kegan Paul, Trench, Trubner, 1901) .

9. 参见 Donna N. Murphy, 'The Cobbler of Canterbury and Robert Greene,' *Notes and Queries* 57:3 (2010) : 349–352。

10. 参见 *The Cobler of Caunterburie, Or, An Inuectiue Against Tarltons Newes Out of Purgatorie. A merrier iest then a clownes iigge, and fitter for gentlemens humors. Published with the cost of a dickar of cowe hides* (London: Printed by Robert

Robinson, 1590), 67。

11. Jeremy Dimmick, 'Gower, Chaucer and the Art of Repentance in Robert Greene's *Vision*,' *Review of English Studies*, n.s., 57 (2006) : 456–473.

12. 参见 Harold Bloom, *The Anxiety of Influence: A Theory of Poetry* (Oxford: Oxford University Press, 1975)。

13. 参见 Misha Teramura, 'The Anxiety of *Auctoritas*: Chaucer and *The Two Noble Kinsmen*,' *Shakespeare Quarterly* 63:4 (2012) : 544–576。

14. Thompson, *Shakespeare's Chaucer*, 220–221.

15. Laurie Maguire and Emma Smith, 'What Is a Source? Or, How Shakespeare Read His Marlowe,' *Shakespeare Survey* 68 (2015) : 15–31, 30.

16. Cooper, 'After Chaucer,' 17.

17. Cooper, *Shakespeare and the Medieval World*, 210.

18. Cooper, *Shakespeare and the Medieval World*, 212–218; 'After Chaucer,' 17.

19. Melissa Emerson Walter, *The Italian Novella and Shakespeare's Comic Heroines* (Toronto: University of Toronto Press, 2019), 81–83, 16.

20. Jonathan Goldberg, 'What Do Women Want? The Merry Wives of Windsor,' *Criticism* 51:3 (2009) : 367–383.

21. William Shakespeare, *Richard II*, in G. Blakemore Evans and J. J. M. Tobin (eds.), *The Riverside Shakespeare*, 2nd ed. (Boston: Houghton Mifflin, 1997), I.iii.294–295; Wife of Bath's Tale, 1139–1143. 参见 Thompson, *Shakespeare's Chaucer*, 77。

22. 关于莎士比亚的"受启发的误记",参见 Colin Burrow, 'Shakespeare and Humanistic Culture,' in Charles Martindale and A. B. Taylor (ed.), *Shakespeare and the Classics* (Cambridge: Cambridge University Press, 2004), 9–28, 14。

23. Shakespeare, *All's Well that Ends Well*, II.iii.123–135; Wife of Bath's Tale, 1146–1164.

24. Bloom, *Western Canon*, 112.

25. Jeanne Addison Roberts, 'Falstaff in Windsor Forest: Villain or Victim?' *Shakespeare Quarterly* 26:1 (1975), 8–15, 8.

26. Bloom, *Western Canon*, 47.

27. Harold Bloom, *Falstaff: Give Me Life* (New York: Scribner, 2017), 1.

28. Laurie A. Finke, 'Falstaff, the Wife of Bath, and the Sweet Smoke of Rhetoric,' in E. Talbot Donaldson and Judith J. Kollmann (eds.), *Chaucerian Shakespeare: Adaptation and Transformation* (Detroit: Michigan Consortium for Medieval and Early Modern Studies, 1983), 7–24, 11–12.

29. Beatrice Groves, '"The ears of profiting": Listening to Falstaff's Biblical Quotations,' in Julie Maxwell and Kate Rumbold (eds.), *Shakespeare and Quotation* (Cambridge: Cambridge University Press, 2018), 60–71, 61; Hannibal Hamlin, *The Bible in Shakespeare* (Oxford: Oxford University Press, 2013), 234.

30. 唐纳森称他们都是有着"巨大生命力"的"粗鄙唯我论者"(gross solipsists),见 Donaldson, *Swan at the Well*, 129。

31. Anne Barton, *Essays Mainly Shakespearean* (Cambridge: Cambridge University Press, 1994), 70–74.

32. Bloom, *Western Canon*, 112.

33. Evelyn Gajowski and Phyllis Rackin, *The Merry Wives of Windsor: New Critical Essays* (London: Routledge, 2015), 1–4.

34. Phyllis Rackin, *Shakespeare and Women* (Oxford University Press, 2005), 51.

35. Graham Holderness, 'Cleaning House: The Courtly and the Popular in *The Merry Wives of Windsor*,' *Critical Survey* 22:1 (2010): 26–40, 27.

36. Harriet Phillips, 'Late Falstaff, the Merry World, and *The Merry Wives of Windsor*,' *Shakespeare* 10 (2014): 111–137.

37. 斯基明顿游行常涉及异装,通常是为了羞辱被戴绿帽的丈夫。大声喧闹的活动往往包含将女性浸水和殴打她们,一般用于惩罚妓女或通奸的女性。在《温莎的风流娘儿们》中,福斯塔夫是这两种仪式的受害者。参见

Natasha Korda, *Shakespeare's Domestic Economies: Gender and Property in Early Modern England* (Philadelphia: University of Pennsylvania Press, 2002), 94; 以及 Martin Ingram, 'Flyting, Polemics, Charivaris,' in Martin Ingram et al. (eds.), *The Cambridge Guide to the Worlds of Shakespeare* (Cambridge: Cambridge University Press, 2019), 516–523。

38. 有关福斯塔夫与油脂的更广泛的关联，参见 M. P. Tilley, 'Two Shakespearean Notes,' *Journal of English and Germanic Philology* 24:3 (July 1925): 315–324。

39. 它出现在两份《玻璃神庙》(*Temple of Glas*) 的手稿中（该文本深受乔叟影响，特别是其作品《声誉之堂》），语境为一位女性抱怨其丈夫嫉妒成性，并说因为这种嫉妒，他"在自身油脂中煎熬"（fryed in his owen grese, 349 行）。在 J. 阿兰·米切尔的版本中，第 335—369 行注释中引用了这几行，见 John Lydgate, *The Temple of Glass*, ed. J. Allan Mitchell (Kalamazoo, MI: Medieval Institute Publications, 2007), https://d.lib.rochester.edu/teams/text/mitchell-lydgate-temple-of-glas。它还作为一句谚语出现在约翰·海伍德的书中，见 John Heywood, *A Dialogue Conteinyng the Nomber in Effect of All the Prouerbes in the Englishe Tongue Compacte in a Matter Concernyng Two Maner of Mariages, Made and Set Foorth by Iohn Heywood* (London: Thomas Berthelet, 1546), pt. 1, chap. 11。

40. J. A. Bryant Jr, 'Falstaff and the Renewal of Winter,' *PMLA* 89:2 (1974): 296–301; Jan Lawson Hinely, 'Comic Scapegoats and the Falstaff of the Merry Wives of Windsor,' *Shakespeare Studies* 15 (1982): 37–54; and Roberts, 'Falstaff in Windsor Forest.'

41. 关于演员与性别模糊化的关联的讨论，参见 Patricia Parker, *Shakespeare from the Margins: Language, Culture, Context* (Chicago: University of Chicago Press, 1996), 143。

42. 戈德堡讨论了福德对于"女人做一些男人不理解也办不到的事情"的恐惧，见 'What Do Women Want?', 376。

43. 魏汀森认为，福斯塔夫被"持续地女性化"，并成了"贬义的女性刻板印象"的"混合物"，见 Phil Withingson, 'Putting the City into Shakespeare's City

Comedy, ' in David Armitage et al. (eds.), *Shakespeare and Early Modern Political Thought* (Cambridge: Cambridge University Press, 2010), 197–216, 210。

44. 参见 Peter Stallybrass and Allon White, *The Politics and Poetics of Transgression* (London: Methuen, 1986)。

45. http://www.nationaltrustcollections.org.uk/object/486148.

46. https://artuk.org/discover/artworks/group-of-five-women-mocking-an-effaced-figure-falstaff-in-the-laundry-basket-mocked-by-women-219657.

47. http://www.hellenicaworld.com/Art/Paintings/en/Part8654.html.

第 8 章　艾莉森在国外

1. 相关讨论参见 Thomas A. Kirby, 'Theodore Roosevelt on Chaucer and a Chaucerian, ' *Modern Language Notes* 68:1 (1953): 34–37。

2. 有关帕索里尼在电影中使用意大利语翻译，以及他对方言和语言的关注的讨论，参见 Louise D'Arcens, 'The Thunder After the Lightning: Language and Pasolini's Medievalist Poetics, ' in *Postmedieval* 6:2 (2015): 191–199。

3. Voltaire, *Contes en Vers et en Prose*, ed. Sylvain Menant (Paris: Bordas, 1992), 1:331–346.

4. Bowden, *Wife of Bath in Afterlife*, 142.

5. 坎达丝·巴林顿（Candace Barrington）指出，美国人拥有乔叟对开本版本的最早例证可追溯到丹尼尔·罗素（Daniel Russell）1679 年所立的遗嘱，见 *American Chaucers*, 5。

6. 相关概述参见 https://oliviagiovetti.substack.com/p/force-majeured。有关她确立起诉权的尝试，参见 https://casetext.com/case/arndt-ober-v-metropolitan-opera-co-1。另见 Barrington, *American Chaucers*, 43–44。

7. Donald Clive Stuart, 'The Source of Two of Voltaire's "Contes en Vers," ' *Modern Language Review* 12:2 (1917): 177–181, 177.

8. Ian Davidson, *Voltaire: A Life* (New York: Pegasus Books, 2010), 317–326.

9. Roger Pearson, 'Introduction, ' in Voltaire, *Candide and Other Stories*, trans. Roger Pearson (Oxford: Oxford University Press, 2006), vii–xliii, xxvi.

10. Bowden, *Wife of Bath in Afterlife*, 135–136.

11. Davidson, *Voltaire*, 58–66.

12. 这封信标注日期是 1763 年 12 月 1 日，并在斯图亚特（Stuart）的文中被援引，参见 Stuart, 'Source of Two of Voltaire's "Contes en Vers, "' 177。

13. 译文选自伏尔泰的《老实人及其他短篇小说》(*Candide and Other Stories*)，《取悦女士之道》(英译 "What Pleases the Ladies"）见 178—189 页。

14. 请参阅我早先在第 6 章中的讨论。

15. 有关该文本，参见鲍登的 *Wife of Bath in Afterlife* 的附录 B1。

16. 但是请特别注意，"our"（我们的）一词并不在伏尔泰的原作中——在此处，现代译本加强了"我们的"这种认同。

17. 本段其余部分为作者自译，基本是直译。皮尔逊（Pearson）的译本要更为自由，因此，他有时会插入一些原文并没有的双关语。

18. Bowden, *Wife of Bath in Afterlife*, 206.

19. Ananda K. Coomaraswamy, 'On the Loathly Bride, ' *Speculum* 20:4 (1945): 391–404.

20. 该故事的概述见 G. H. Maynadier, *The Wife of Bath's Tale; Its Sources and Analogues* (London: D. Nutt, 1901), 27–29。

21. Coomaraswamy, 'On the Loathly Bride, ' 393–400.

22. Bowden, *Wife of Bath in Afterlife*, 142–143.

23. 参见 Eleanor Farjeon, *Tales from Chaucer: Done into Prose* (London: Medici Society, 1930), 93。另见 Velma Bourgeois Richmond, *Chaucer as Children's Literature: Retellings from the Victorian and Edwardian Eras* (Jefferson, North Carolina: McFarland and Co., 2004), Candace Barrington, 'Retelling Chaucer's Wife of Bath for Modern Children: Picture Books and Evolving Feminism, ' in Karen A. Ritzenhoff and Katherine A. Hermes (eds.), *Sex and Sexuality in a Feminist*

World (Newcastle upon Tyne: Cambridge Scholars Publishing, 2009), 26–51; 以及 Kathryn L. Lynch, 'Katharine Lee Bates and Chaucer's American Children,' *Chaucer Review* 56:2 (2021): 95–118。

24. Charles Cowden Clarke, *Tales from Chaucer* (London: Everyman's Library, 1911).

25. Blake, *Complete Poetry and Prose*, 537.

26. 收藏于加州大学伯克利分校多伊图书馆（Doe Library）档案室。关于这张海报的讨论见 Richmond, *Chaucer as Children's Literature*, 151。

27. Martin Greene, 'The Dialectic of Adaptation: The Canterbury Tales of Pier Paolo Pasolini,' *Literature/Film Quarterly* 4:1 (1976): 46–53, 46.

28. Pier Paolo Pasolini, 'Trilogy of Life Rejected'（写于1975年6月15日；发表于1975年11月9日）。发表在 *Lutheran Letters*, trans. Stuart Hood (New York: Caracanet Press, 1983), 49–52, 49。另见 D'Arcens, 'Thunder After the Lightning'；她评论说，帕索里尼的兴趣在于"身体以一种民间抗争的姿态来反抗社会压迫和制度性压迫，并以此彰显其物质性"，193页。

29. Pasolini, 'Trilogy of Life Rejected,' 51.

30. 有关帕索里尼与"底层无产阶级"（sub-proletariat）之间的意识形态关系的讨论，参见 Fabio Vighi, 'Pasolini and Exclusion: Žižek, Agamben and the Modern Sub-Proletariat,' *Theory, Culture & Society* 20:5 (2003): 99–121。

31. 格林对此有过讨论，见 Naomi Greene, *Pier Paolo Pasolini: Cinema as Heresy* (Princeton, NJ: Princeton University Press, 1990), 217。

32. Carol L. Robinson, 'Celluloid Criticism: Pasolini's Contribution to a Chaucerian Debate,' in Leslie J. Workman (ed.), *Medievalism in Europe* (Woodbridge: Boydell and Brewer, 1994), 115–126, 124. 蒂森·帕格（Tison Pugh）对帕索里尼的解读更富有同情心，见 'Chaucerian Fabliaux, Cinematic Fabliau: Pier Paolo Pasolini's I racconti di Canterbury,' in *Literature/Film Quarterly* 32 (2004): 199–206。

33. Jürgen Wasim Frembgen, 'Honour, Shame, and Bodily Mutilation: Cutting Off the

Nose Among Tribal Societies in Pakistan, ' *Journal of the Royal Asiatic Society* 16:3 (2006)：243–260, 245.

34. 相关概述参见 Jill Raitt, 'The "Vagina Dentata" and the "Immaculatus Uterus Divini Fonti, "' *Journal of the American Academy of Religion* 48:3 (1980)：415–431; Verrier Elwin, 'The Vagina Dentata Legend, ' *British Journal of Medical Psychology* 19 (1943)：439–53; Wolfgang Lederer, *The Fear of Women* (New York: Harcourt, 1968)。

35. http://encyklopediateatru.pl/sztuki/7994/opowiesci-kanterberyjskie.

36. https://www.jansawka.com///index.html.

37. 尽管有些人指出，这些人物代表波兰的当代政治人物（https://collections.vam.ac.uk/item/O75992/the-canterbuty-tales-poster-sawka-jan/），但我并没有发现他们之间有任何直接的关联，我与波兰同事们的谈话也证实了这一点，这些人物角色似乎并没有代表特定的个体。塞巴斯蒂安·索贝斯基（Sebastian Sobecki）在这个问题上给我提供了有益的建议。

38. https://collections.vam.ac.uk/item/O75992/the-canterbury-tales-poster-sawka-jan/.

39. https://globalchaucers.wordpress.com/category/translations/.

40. http://www.agendabh.com.br/maite-proenca-em-a-mulher-de-bath/.

第9章　艾莉森与小说

1. Joyce Coleman, *Public Reading and the Reading Public in Late Medieval England and France* (Cambridge: Cambridge University Press, 2005)．

2. 阿瑟·鲍威尔（Arthur Power）所录制的谈话，见 Arthur Power, *Conversations with James Joyce* (London: Millington, 1974)，95。

3. Lucia Boldrini, 'Introduction: Middayevil Joyce, ' in Lucia Boldrini (ed.)，*Medieval Joyce* (Amsterdam, NY: Rodopi, 2002)，11–44, 11.

4. James Joyce, *Ulysses: The 1922 Text*, ed. Jeri Johnson (Oxford: Oxford University Press, 1993)，367, 371. 进一步的参考文献都出自这个版本，并在本书正文中出现。

5. 约翰逊（Johnson）指出，"如果我们假设风格的演变史会像胚胎发育那样遵循某种目的论的渐进过程，那么我们就会误读"，见 *Ulysses*, 907。

6. 参见 Lucia Boldrini, 'Translating the Middle Ages: Modernism and the Ideal of the Common Language,' *Translation and Literature* 12:1 (2003) : 41–68。

7. 与弗兰克·巴金的对话。Frank Budgen, *James Joyce and the Making of Ulysses* (Bloomington: Indiana University Press, 1960 [1934]) , 181。

8. 这些评论出自路易斯·吉莱的"序言"，收录在 Geoffrey Chaucer, *A Chaucer ABC, Initial Letters Designed and Illuminated by Lucia Joyce with a Preface by Louis Gillet* (Paris: Obelisk Press, 1936) , i。

9. 参见 Helen Cooper, 'Joyce's Other Father: The Case for Chaucer, ' in Boldrini (ed.) , *Medieval Joyce*, 143–163, 146–147。

10. 参见 Alessa Johns, 'Joyce and Chaucer: The Historical Significance of Similarities Between *Ulysses* and the *Canterbury Tales*' (unpublished MA thesis, McGill University, 1985) , 3。

11. 乔伊斯在 1932 年 10 月 23 日的一封信中提到了这一点。参见 Richard Ellmann, *James Joyce*, rev. ed. (Oxford: Oxford University Press, 1982) , 658。

12. Budgen, *James Joyce and the Making of Ulysses*, 181.

13. Chaucer, *A Chaucer ABC*.

14. 例如，参见 Richard Ellmann, *Ulysses on the Liffey* (Oxford: Oxford University Press, 1986) , 163。

15. Stewart Justman, *The Springs of Liberty: The Satiric Tradition and Freedom of Speech* (Evanston, IL: Northwestern University Press, 1999) , 98; Cooper, 'Joyce's Other Father, ' 159.

16. John H. Lammers, 'The Archetypal Molly Bloom, Joyce's Frail Wife of Bath, ' *James Joyce Quarterly* 25:4 (Summer 1998) , 487–502, 488, Lewis M. Schwartz, 'Eccles Street and Canterbury: An Approach to Molly Bloom, ' *Twentieth-Century Literature* 15:3 (1969) : 155–165, 155; Johns, 'Joyce and Chaucer, ' i, 6.

17. Chaucer, *A Chaucer ABC*, i. 关于乔伊斯对乔叟的赞扬，参见 Stuart Gilbert and Richard Ellmann (eds.), *Letters of James Joyce* (London: Viking Press, 1966 [1957]), 1:337。

18. 乔伊斯 1921 年 8 月 16 日写给弗兰克·布根的信，见 Gilbert and Ellmann, *Letters*, 1:170。最后一句颠倒了歌德的《浮士德》中梅菲斯特（Mephistopheles）的说法：我是永远否认的精神。

19. 乔伊斯 1922 年 2 月 8 日写给哈丽特·肖·韦弗（Harriet Shaw Weaver）的信，见 Gilbert and Ellmann, *Letters*, 1:180。布洛赫（Bloch）评论说，"在基督教的早期世纪，在教会神父们的思想中，肉身被赋予了特定的女性属性"，*Medieval Misogyny*, 46。

20. Lammers, 'Archetypal Molly,' 488; Schwartz, 'Eccles Street and Canterbury,' 156.

21. Umberto Eco, *The Middle Ages of James Joyce: The Aesthetic of Chaosmos* (Tulsa: University of Oklahoma Press, 1982), 26.

22. Charles E. Noad, 'The Tolkien Society—The Early Days,' in Henry Gee (ed.), *Mallorn* (London: Tolkien Society, 2010), 50:15–24.

23. Vera Chapman, *The Wife of Bath* (London: Rex Collings, 1978).

24. 《中古英语词典》将"为情人解脱之法；避孕或堕胎方法"作为该短语在此语境下的一个定义。与此相反，关于这个短语的一篇文章还考虑了各种可能的含义，其中包括一种（占了相当长篇幅的）暗示艾莉森毒害了她丈夫的观点，但它忽视了避孕的可能性。参见 Martin Puhvel, 'The Wife of Bath's "Remedies of Love,"' *Chaucer Review* 20:4 (1986): 307–312。

25. 关于中世纪的节育，参见 John Riddle, *Contraception and Abortion from the Ancient World to the Renaissance* (Cambridge, MA: Harvard University Press, 1992); P. P. A. Biller, 'Birth-Control in the West in the Thirteenth and Early Fourteenth Centuries,' *Past and Present* 94 (1982): 3–26; Danielle Jacquart and Claude Thomasset, *Sexuality and Medicine in the Middle Ages* (Princeton, NJ: Princeton

University Press, 1988）; and Robert Jutte, *Contraception: A History* (Cambridge: Polity Press, 2008)。

26. Caroline Bergvall, *Alisoun Sings* (New York: Nightboat Books, 2019).

27. 碧昂丝是一名美国黑人歌手，吉娜·米勒是一位反对英国脱欧的著名活动家，玛丽·比尔德是剑桥大学的一名古典主义学者，朱迪斯·巴特勒是美国的一位女权主义者和理论家，以性别研究闻名于世,（已故的）奥黛丽·洛德是一位黑人诗人和活动家，黛安·阿博特是英国的一位黑人议员，阿兰达蒂·罗伊是印度的一位活动家和小说家。她们都因以不同方式公开反对权威和压迫而闻名；在社交媒体上，许多人还经常遭到极度厌女和极具攻击性的炮轰。

28. 关于莱克纳的案例，参见 Carolyn Dinshaw, *Getting Medieval: Sexualities and Communities, Pre- and Postmodern* (Durham, NC: Duke University Press, 1999), 100–142; Ruth Evans, 'Production of Space in Chaucer's London,' in Ardis Butterfield (ed.), *Chaucer and the City* (Woodbridge: D. S. Brewer, 2006), 41–56; P. J. P. Goldberg, 'John Rykener, Richard II, and the Governance of London,' *Leeds Studies in English* 45 (2014): 49–70; R. M. Karras and D. L. Boyd, 'The Interrogation of a Male Transvestite Prostitute in Fourteenth-Century London,' *GLQ: A Journal of Lesbian and Gay Studies* 1 (1995): 459–465; R. M. Karras and D. L. Boyd, '"Ut cum muliere": A Male Transvestite Prostitute in Fourteenth-Century London,' in Louise Fradenburg and Carla Freccero (eds.), *Premodern Sexualities* (London: Routledge, 1996), 99–116; R. M. Karras and T. Linkinen, 'John/Eleanor Rykener Revisited,' in L. E. Doggett and D. E. O'Sullivan (eds.), *Founding Feminisms in Medieval Studies: Essays in Honor of E. Jane Burns* (Cambridge: D. S. Brewer, 2016), 111–124。

第 10 章 黑人艾莉森·布里克斯顿、巴法及威尔斯登的妇人们

1. Kathleen Forni, *Chaucer's Afterlife: Adaptations in Recent Popular Culture* (Jefferson, NC: McFarland, 2013), 106–121, 106.

2. Marilyn Nelson, 'The Cachoeira Tales, ' in *The Cachoeira Tales and Other Poems* (Baton Rouge: Louisiana State University Press, 2005), 11–54, 11.

3. Nelson, *Cachoeira Tales*, 13.

4. 大卫·华莱士曾讨论过她与学士，以及她与巴斯妇的相似性，见 'New Chaucer Topographies, ' *Studies in the Age of Chaucer* 29 (2007): 3–19, 13。滑雪场的故事，见纳尔逊的《卡舒埃拉故事集》，45—46 页。

5. Nelson, *Cachoeira Tales*, 15.

6. https://literature.britishcouncil.org/writer/jean-binta-breeze.

7. Jean 'Binta' Breeze, *The Arrival of Brighteye and Other Poems* (Newcastle upon Tyne: Bloodaxe Books, 2000).

8. https://www.youtube.com/watch?v=MiyKat1QzbQ.

9. http://www.transculturalwriting.com/radiophonics/contents/writersonwriting/patienceagbabi/thewifeofbafa-analysis/index.html.

10. Patience Agbabi, *Telling Tales* (London: Canongate, 2014).

11. Zadie Smith, *The Wife of Willesden* (London: Penguin Random House, 2021), 10.

12. 因此，1948 年 6 月被视作英国黑人身份和诗歌进入一个新时代的标志。参见 Jahan Ramazani, 'Black British Poetry and the Translocal, ' in Neil Corcoran (ed.), *The Cambridge Companion to Twentieth-Century English Poetry* (Cambridge: Cambridge University Press, 2007), 200–214, 201。

13. 参见，例如，Amelia Gentleman, *The Windrush Betrayal: Exposing the Hostile Environment* (London: Guardian Faber Publishing, 2019); 以及 Colin Grant, *Homecoming: Voices of the Windrush Generation* (London: Jonathan Cape, 2019)。

14. Zadie Smith, 'Introduction: From Chaucerian to North Weezian (via Twitter), ' in *The Wife of Willesden*, ix–xvi, xii.

15. Caroline Barron, *London in the Later Middle Ages: Government and People 1200–1500* (Oxford: Oxford University Press, 2004), 97; Paul Freedman, *Out of the East: Spices and the Medieval Imagination* (New Haven: Yale University

Press, 2007), 1–11.

16. Turner, *Chaucer: A European Life*, 95–119.

17. Turner, *Chaucer: A European Life*, 437, n. 70.

18. Bernadine Evaristo, *The Emperor's Babe* (London: Penguin, 2001).

19. 参见拉马扎尼（Ramazani）的讨论，他指出埃瓦里斯托（Evaristo）"将一种跨种族、多语言的英国视为基础"。见 'Black British Poetry,' 210–211。

20. 参见英国国家档案馆（National Archives），E 122/71/4; 以及 Turner, *Chaucer: A European Life*, 189。

21. T.F.T. Baker (ed.), *A History of the County of Middlesex, vol. 7: Acton, Chiswick, Ealing and Brentford, West Twyford, Willesden* (London: Victoria County History, 1982), https://www.british-history.ac.uk/vch/middx/vol7/pp236-241#fnn36.

22. 特别是在过去的二十年里，已经发表了大量关于后殖民主义和中世纪的学术研究成果。有关该领域几本重要书籍的讨论，参见 Simon Gaunt, 'Can the Middle Ages be Postcolonial?' *Comparative Literature* 61:2 (Spring, 2009): 160–176。近来关于中世纪种族问题的具有影响力的讨论，请见 Geraldine Heng, *The Invention of Race in the Middle Ages* (Cambridge: Cambridge University Press, 2018)。

23. John H. Fisher, 'Chancery and the Emergence of Standard Written English in the Fifteenth Century,' *Speculum* 52:4 (1977): 870–899.

24. 关于听觉性和口述性（aurality and orality），参见 Coleman, *Public Reading and the Reading Public*。长期以来，一些殖民主义者和历史学家都倾向于认为，殖民地人民（colonial subjects）与中世纪的人们之间存在着简化的（reductive）相似性。凯瑟琳·戴维斯（Kathleen Davis）对这一观点进行了深刻的讨论和批判，她认为，"世纪谱系和殖民主义的谱系紧密交织在一起"，而且，"欧洲中世纪往和文化上的他者——主要是被殖民的非基督徒——都被定义为是宗教的、静态的和非历史性的（ahistorical）"；参见 Kathleen Davis, *Periodization and Sovereignty: How Ideas of Feudalism and*

Secularization Govern the Politics of Time (Philadelphia, University of Pennsylvania Press, 2008), 20, 77。另见 Dinshaw, *Getting Medieval*, 18–19。

25. Manuela Coppola, 'A Tale of Two Wives: The Transnational Poetry of Patience Agbabi and Jean 'Binta' Breeze,' *Journal of Postcolonial Writing* 52:3 (2016): 305–318。

26. 达库斯·豪（Darcus Howe）在他的关于伦敦漫步的作品中讨论了这一点，见 'Black Sabbath,' in Andrew White (ed.), *Time Out London Walks* (London: Penguin, 2002), 166–173, 169; 另见华莱士的讨论: Wallace, 'New Chaucer Topographies,' 10。

27. http://www.transculturalwriting.com/radiophonics/contents/writersonwriting/patienceagbabi/thewifeofbafa-analysis/index.html.

28. 有关如何教授布雷兹和阿格巴比作品的精彩论述，参见 Jonathan Hsy, 'Teaching the Wife of Bath through Adaptation,' https://globalchaucers.wordpress.com/2014/11/21/teaching-the-wife-of-bath-through-adaptation/。

29. Aarthi Vaddi, 'Narratives of Migration, Immigration, and Interconnection,' in David James (ed.), *The Cambridge Companion to British Fiction since 1945* (Cambridge: Cambridge University Press, 2015), 61–76, 74.

30. Jordan Peterson, *Twelve Rules for Life: An Antidote to Chaos* (London: Allen Lane, 2018); Warren Farrell, *The Myth of Male Power* (New York: Simon and Schuster, 1993); Neil Strauss, *The Game: Penetrating the Secret Society of Pick-Up Artists* (Edinburgh: Canongate, 2007); and Steve Moxon, *The Woman Racket: The New Science Explaining How the Sexes Relate at Work, at Play and in Society* (Exeter: Imprint Academic, 2008).

31. Homi K. Bhabha, *The Location of Culture* (London: Routledge, 2004), 145–147.

32. Karla Gottlieb, *The Mother of Us All: A History of Queen Nanny, Leader of the Windward Jamaican Maroons* (Trenton, NJ: Africa World Press, 2000); Mavis Campbell, *The Maroons of Jamaica 1655–1796: A History of Resistance,*

Collaboration & Betrayal (Granby, MA: Bergin & Garvey, 1988); and Richard Price (ed.), *Maroon Societies: Rebel Slave Communities in the Americas* (Baltimore, MD: Johns Hopkins University Press, 1996).

33. Breeze, *Arrival of Brighteye*, 67–71.

34. 扎迪·史密斯的第一本小说是《白牙》(*White Teeth*) (London: Hamish Hamilton, 2000)。

参考文献

手抄本及档案资料

British Library, London, MS Cotton Cleopatra E iv.

British Library, London, MS 5140.

British Library, London, 11630.ee.15.

Durham, University Library. MS Cosin V.iii.9.

Guildhall Library, London. MS 9531/3.

National Archives. E 122/71/4.

St John's College, Oxford. MS 56.

Doe Library Archives, University of California, Berkeley.

一手资料

Agbabi, Patience. *Telling Tales*. London: Canongate, 2014.

Anonymous. *The Cobler of Caunterburie, Or, An Inuectiue Against Tarltons Newes Out of Purgatorie. A merrier iest then a clownes iigge, and fitter for gentlemens humors. Published with the cost of a dickar of cowe hides*. London: Printed by Robert Robinson, 1590.

Anstey, H., ed. *Epistolae Academicae Oxon*. OHS 35–36. 2 vols. Oxford: Oxford Historical Society, 1898.

Arber, Edward, ed. *A Transcript of the Register of the Company of Stationers of London, 1554–1640*. 5 vols. London, 1875–1877.

Atwood, Margaret. *The Handmaid's Tale*. London: Penguin Random House, 2017.

Augustine, of Hippo, Saint. *Confessions*. Translated by Henry Chadwick. Oxford: Oxford University Press, 2008.

——. *De Doctrina Christiana*. Turnhout: Brepols Publishers. http://ezproxy-prd.bodleian.ox.ac.uk:2855/llta/pages/Toc.aspx?ctx=545701.

——. 'Tractate 15.' In *Patrologia Latina* 35, edited by Jacques-Paul Migne. Paris, 1845.

Baird, Joseph L., and John Robert Kane. *La Querelle de la Rose: Letters and Documents*. Chapel Hill: University of North Carolina Press, 1978.

Bergvall, Caroline. *Alisoun Sings*. New York: Nightboat Books, 2019.

Blake, William. *The Complete Poetry and Prose of William Blake*. Edited by David V. Erdman. Berkeley: University of California Press, 1982.

Bowers, John, ed. 'The Canterbury Interlude and Merchant's Tale of Beryn.' In *The Canterbury Tales: Fifteenth-Century Continuations and Additions*, 55–196. Kalama-zoo, MI: Medieval Institute Publications, 1992.

Brathwait, Richard B. *Richard Brathwait's Comments in 1665 upon Chaucer's Tales of the Miller and the Wife of Bath*. Edited by C.F.E. Spurgeon. London: Kegan Paul, Trench, Trubner, 1901.

Breeze, Jean 'Binta.' *The Arrival of Brighteye and Other Poems*. Newcastle upon Tyne: Bloodaxe Books, 2000.

Burn, J. S. *The High Commission: Notices of the Court and Its Proceedings*. London: J. R. Smith, 1865.

Calendar of Close Rolls: Richard II. Vol. 5: 1392–1396. London: His Majesty's Stationery Office, 1925.

Calendar of Close Rolls. Edward III. Vol. 9: 1349–1354. London: His Majesty's Stationery Office, 1906.

Calendar of the Patent Rolls Preserved In the Public Record Office: Henry IV.

Vol. 2: 1401–1405. London: His Majesty's Stationery Office, 1891.

Calendar of the Patent Rolls Preserved In the Public Record Office: Richard II. Vol. 5: 1391–1396. London: His Majesty's Stationery Office, 1891.

Calendar of the Plea and Memoranda Rolls of the City of London. Vol. 2: 1364–1381. London: His Majesty's Stationery Office, 1929.

Chapman, Vera. *The Wife of Bath*. London: Rex Collings, 1978.

Chaucer, Geoffrey. *A Chaucer ABC, Initial Letters Designed and Illuminated by Lucia Joyce with a Preface by Louis Gillet*. Paris: Obelisk Press, 1936.

——. *The Riverside Chaucer*. Edited by Larry Benson, F. N. Robinson, and Christopher Cannon. 3rd ed. Oxford: Oxford University Press, 2008.

Collins, Arthur. *Letters and Memorials of State, in the Reigns of Queen Mary, Queen Elizabeth, King James, King Charles the First, Part of the Reign of King Charles the Second, and Oliver's usurpation*. London: Printed for T. Osborne, 1746.

Correale, Robert M. and Mary Hamel, eds. *Sources and Analogues of 'The Canterbury Tales.'* 2 vols. Cambridge: D. S. Brewer, 2005.

Cowden Clarke, Charles. *Tales from Chaucer*. London: Everyman's Library, 1911.

Crow, Martin, and Clair Olson, eds. *Chaucer Life-Records*. Oxford: Clarendon Press, 1966.

Davis, Norman, ed. *Paston Letters and Papers of the Fifteenth Century*. Early English Text Society, s.s. 20, 21, 22. 3 vols. Oxford: Oxford University Press, 1983.

de Bury, Richard. *Philobiblon*, trans. E. C. Thomas. London: Kegan Paul, 1888.

Dryden, John. *Fables: Ancient and Modern*. London: Jacob Tonson, 1700.

Duff, J. Wight, and Arnold M. Duff, ed. and trans. 'Avianus.' In *Minor Latin Poets*, 669–749. Loeb Classical Library. Cambridge, MA: Harvard University Press, 1934.

Dunbar, William. *Tua Mariit Wemen and the Wedo*. https://digital.nls.uk/firstscottishbooks/page/?folio=177.

Ephraim, Emerton, ed. and trans. *The Letters of Saint Boniface*. New York: Columbia University Press, 1940.

Evaristo, Bernadine. *The Emperor's Babe*. London: Penguin, 2001.

Fabri, Felix. *The Book of Wanderings of Brother Felix Fabri*. Translated by Aubrey Stewart. London: Palestine Pilgrims' Text Society, 1896.

Farjeon, Eleanor. *Tales from Chaucer: Done into Prose*. London: Medici Society, 1930.

Fenster, Thelma S. and Mary Carpenter Erler, eds. *Poems of Cupid, God of Love: Christine de Pizan's 'Epistre au dieu d'amours' and 'Dit de la Rose,' Thomas Hoccleve's 'The Letter of Cupid,' Editions and Translations, with George Sewell's 'The Proclamation of Cupid.'* Leiden: E. J. Brill, 1990.

Fforde, Jasper. *The Eyre Affair*. London: Hodder and Stoughton, 2001.

Fletcher, John. *Women Pleased*. In *Comedies and Tragedies Written by Francis Beaumont and Iohn Fletcher*, Dddddd1^r–Ffffff3^v. London: Humphrey Robinson, 1647.

Foxe, John. *The Acts and Monuments of John Foxe*. London: R. B. Seeley and W. Burnside, 1837–1841.

Froissart, Jean. *Le Joli Buisson de Jonece*. Edited by Anthime Fourrier. Geneva: Droz, 1975.

Gay, John. *The Wife of Bath, a Comedy: As It Is Acted at the Theatre-Royal in Drury Lane, by Her Majesty's Servants; by Mr. Gay*. London: Printed for Bernard Lintott, 1713.

——. *The Wife of Bath, a Comedy: As It Is Acted at the Theatre-Royal in Lincoln's Inn-Fields; Written by Mr. Gay, Revised and Altered by the Author*. London: Printed for Bernard Lintot, 1730.

Gilbert, Stuart, and Richard Ellmann, eds. *Letters of James Joyce*. 3 vols. London: Viking Press, 1957.

Given-Wilson, Christopher, ed. *Parliament Rolls of Medieval England, 1275–1504*. 16 vols. Woodbridge: Boydell and Brewer, 2005.

Greene, Mary Anne Everett, ed. *Calendar of State Papers Domestic Series: Elizabeth*. Vol. 275. London: Longman, 1869.

Greene, Robert. *Greenes Vision Written at the Instant of his Death*. London: Thomas Newman, 1592.

Hardy, W. J., and W. Page, eds. *A Calendar to the Feet of Fines for London and Middlesex. Vol. 1: Richard I—Richard III*. London: Hardy and Page, 1892.

Harris, Nicolas, ed. *Proceedings and Ordinances of the Privy Council*. 7 vols. London: G. Eyre and A. Spottiswoode, 1834–1837.

Heywood, John. *A Dialogue Conteinyng the Nomber in Effect of All the Prouerbes in the Englishe Tongue Compacte in a Matter Concernyng Two Maner of Mariages, Made and Set Foorth By Iohn Heywood*. London: Thomas Berthelet, 1546.

Hirsh, John, ed. *Medieval Lyric*. Oxford: Blackwell, 2005.

Hoccleve, Thomas. *My Compleinte and Other Poems*. Edited by Roger Ellis. Liverpool: Liverpool University Press, 2001.

Hughes, Ted. *Birthday Letters*. London: Faber, 1998.

Joyce, James. *Ulysses: The 1922 Text*. Edited by Jeri Johnson. Oxford: Oxford University Press, 1993.

Kempe, Margery. *The Book of Margery Kempe*. Edited by Barry Windeatt. Cambridge: D. S. Brewer, 2000.

Krochalis, Jeanne, Alison Stones, Annie Shaver-Crandell, and Paula Lieber Gerson. *The Pilgrim's Guide to Santiago de Compostela: A Critical Edition*. London: H. Miller, 1998.

Lorris, Guillaume de, and Jean de Meun. *The Romance of the Rose*. Translated by Frances Horgan. Oxford: Oxford University Press, 1994.

Luttrell, Anthony, trans. *Archivio Vaticano, Reg. Supp. 45, fol. 55–55v*. In *Equally in God's Name: Women in the Middle Ages*, edited by Julia Bolton Holloway, Constance S. Wright, and Joan Bechtold, 191–192. New York: P. Lang, 1990.

Lydgate, John. *A Mumming at Hertford*. In *Minor Poems of John Lydgate*, edited by Henry Noble MacCracken, vol. 2, 676–680. Early English Text Society extra series 107; original series 192. London: Oxford University Press, 1911–1934; reprinted 1961.

———. *Payne and Sorowe of Evyll Maryage*. In *The Trials and Joys of Marriage*, edited by Eve Salisbury. Kalamazoo, MI: Medieval Institute Publications, 2002. https://d.lib.rochester.edu/teams/text/salisbury-trials-and-joys-payne-and-sorowe-of-evyll-maryage.

———. *The Temple of Glas*. Edited by J. Allan Mitchell. Kalamazoo, MI: Medieval Institute Publications, 2007. https://d.lib.rochester.edu/teams/text/mitchell-lydgate-temple-of-glas.

Maynadier, G. H. *The Wife of Bath's Tale: Its Sources and Analogues*. London: D. Nutt, 1901.

Metel, Hugh. Letter 16 (transl.). In Constant J. Mews, 'Hugh Metel, Heloise and Peter Abelard: The Letters of an Augustinian Canon and the Challenge of Innovation in Twelfth-Century Lorraine.' *Viator* 32 (2001):59–91.

Mustanoja, T. F., ed. *The Good Wife Taught Her Daughter, The Good Wife Wold a Pylgrymage, The Thewis of Gud Women*. Helsinki: Academia Scientiarum Fennica, 1948.

Nelson, Marilyn. 'The Cachoeira Tales.' In *The Cachoeira Tales and Other Poems*, 11–54. Baton Rouge: Louisiana State University Press, 2005.

Pasolini, Pier Paolo. 'Trilogy of Life Rejected,' written 15 June 1975, published 9 November 1975. In *Lutheran Letters*, translated by Stuart Hood, 49–52. New York: Caracanet Press, 1983.

Peter the Venerable. 'Letter (115)to Heloise.' In *The Letters of Abelard and Heloise*, translated by Betty Radice, revised by M. T. Clanchy, 217–223. London: Penguin Random House, 2003.

Pfandl, Ludwig. 'Itinerarum Hispanicum Hieronymi Monetarii, 1494–1495.' *Revue Hispanique* 48 (1920): 1–179.

Pizan, Christine de. *Le Livre de la mutacion de Fortune*. Edited by S. Solente. 4 vols. Paris: A. & J. Picard, 1959–1966.

——.*The Book of the City of Ladies*. Translated by Rosalind Brown-Grant. London: Penguin, 1999.

——. *The Treasure of the City of Ladies; or, The Book of the Three Virtues*. Translated by Sarah Lawson, rev. ed. London: Penguin, 2003.

Pole, William de la, 'Will.' In *North Country Wills*, edited by J. W. Clay, 50–51. Durham: Andrews, 1912.

Radice, Betty, trans. *The Letters of Abelard and Heloise*. Revised by M. T. Clanchy. London: Penguin Random House, 2003.

Rettig, John W. *Tractates on the Gospel of John*. Washington, DC: Catholic University of America Press, 1988.

Schmidt, Paul Gerhardt, ed. 'Peregrinatio periculosa: Thomas von Froidmont über die Jerusalem-Fahrten seiner Schwester Margareta.' In *Kontinuität und Wandel: Lateinische Poesie von Naevius bis Baudelaire, Franco Munaro zum 65. Geburtstag*, edited by Ulrich Justus Stache, Wolfgang Maaz, and Fritz Wagner. Hildesheim: Weidmann, 1986, 461–85.

Scrope, Stephen. *The Epistle of Othea to Hector; or, The Boke of Knyghthode, Translated from the French of Christine de Pisan with a Dedication to Sir John Fastolf, K.G*. Edited by George F. Warner. London: J. B. Nichols and Sons, 1904.

Shakespeare, William. *The Riverside Shakespeare*, 2nd ed. Edited by G. Blakemore Evans and J. J. M. Tobin. Boston: Houghton Mifflin, 1997.

Sharpe, Reginald R., ed. *Letter-Book H*. In *Calendar of Letter-Books of the City of London: H, 1375–1399*. London: His Majesty's Stationery Office, 1907.

——, ed. *Calendar of Wills, Proved and Enrolled in the Court of Husting*. London, Her Majesty's Stationery Office, 1890.

Shuffelton, George, ed. 'Item 4, How the Good Wife Taught Her Daughter.' In *Codex Ashmole 61: A Compilation of Popular Middle English Verse*. Kalamazoo, MI: Medieval Institute Publications, 2008. https://d.lib.rochester.edu/teams/text/shuffelton-codex-ashmole-61-how-the-good-wife-taught-her-daughter.

Sidney, Philip. *A Defence of Poetry*. Edited by J. A. van Dortsten. Oxford: Oxford University Press, 1966.

Skelton, John. *Phyllyp Sparowe*. In *The Complete English Poems*, edited by V. J. Scattergood, 618–627. Harmondsworth: Penguin Books, 1983.

Smith, Zadie. *White Teeth*. London: Hamish Hamilton, 2000.

——. *The Wife of Willesden*. London: Penguin Random House, 2021.

Spenser, Edmund. *The Faerie Queene Disposed into Twelue Bookes, Fashioning XII Morall Vertues*. London: Printed for William Ponsonbie, 1596.

Stevenson, Joseph, ed. *Letters and Papers Illustrative of the Wars of the English in France During the Reign of Henry the Sixth, King of England*. 2 vols. London: Longman and Green, 1864.

Stewart, Aubrey, trans. *The Book of Wanderings of Brother Felix Fabri*. London: Palestine Pilgrims' Text Society, 1896.

Tertullian. *Cum Samaritinae maritum negat, ut adulterum ostendat numerosum maritum*. In *Patrologia Latina* 2, edited by Jacques-Paul Migne. Paris, 1864.

Van Beuningen, H.J.E., and A. M. Koldeweij, eds. *Heilig en Profaan. 1000 laatmid deleeuwse insignes uit de collectie H.J.E. van Beuningen*. Rotterdam Papers 8. Cothen: Stichting Middeleeuwse religieuze en profane insignes, 1993.

Voltaire. *Contes en vers et en prose*. Edited by Sylvain Menant. 2 vols. Paris:

Bordas, 1992.

——. *Candide and Other Stories*. Translated by Roger Pearson. Oxford: Oxford University Press, 2006.

Warton, Joseph. *An Essay on the Genius and Writings of Pope*, vol. 2. London: J. Dodsley, 1782.

Woolf, Virginia. *A Room of One's Own and Three Guineas*. Oxford: Oxford University Press, 1992.

Worcester, William. *The Boke of Noblesse*. Edited by J. G. Nichols. London: Roxburghe Club, 1860.

Wright, Thomas, ed. *The Book of the Knight of La Tour Landry*. London: Kegan Paul, 1906.

电子资料

http://www.agendabh.com.br/maite-proenca-em-a-mulher-de-bath/.

https://artuk.org/discover/artworks/group-of-five-women-mocking-an-effaced-figure-falstaff-in-the-laundry-basket-mocked-by-women-219657.

http://www.bl.uk/manuscripts/Viewer.aspx?ref=add_ms_5140_fs001r.

https://www.british-history.ac.uk/vch/middx/vol7/pp236-241#fnn36.

https://casetext.com/case/arndt-ober-v-metropolitan-opera-co-1.

https://collections.vam.ac.uk/item/O75992/the-canterbuty-tales-poster-sawka-jan/.

http://encyklopediateatru.pl/sztuki/7994/opowiesci-kanterberyjskie.

https://ezproxy-prd.bodleian.ox.ac.uk:2102/10.1093/ref:odnb/54432.

https://ezproxy-prd.bodleian.ox.ac.uk:2102/10.1093/ref:odnb/54434.

https://globalchaucers.wordpress.com/category/translations/.

http://www.hellenicaworld.com/Art/Paintings/en/Part8654.html.

https://www.jansawka.com///index.html.

https://literature.britishcouncil.org/writer/jean-binta-breeze.

http://www.nationaltrustcollections.org.uk/object/486148.
https://oliviagiovetti.substack.com/p/force-majeured.
https://stainedglass-navigator.yorkglazierstrust.org/window/pilgrimage-window.
https://www.thecheeseshed.com/from-the-mongers-mouth/new-wyfe-of-bath.
https://www.theliterarygiftcompany.com/products/wife-of-bath-soap.
http://www.transculturalwriting.com/radiophonics/contents/writersonwriting/patienceagbabi/thewifeofbafa-analysis/index.html.
http://www.umilta.net/jerusalem.html.
https://www.youtube.com/watch?v=MiyKat1QzbQ.

二手资料

Archer, Rowena E. 'Chaucer [married names Phelip, Montagu, de la Pole], Alice, duchess of Suffolk (c. 1404–1475).' In *Oxford Dictionary of National Biography*. Oxford University Press, 2004. https://ezproxy-prd.bodleian.ox.ac.uk:2102/10.1093/ref:odnb/54434.

——. '"How ladies ... who live on their manors ought to manage their households and estates": Women as Landholders and Administrators in the Later Middle Ages.' In *Woman Is a Worthy Wight: Women in English Society c. 1200–1500*, edited by P. J. P. Goldberg, 149–181. Stroud: Alan Sutton, 1992.

——. 'Neville [married names Mowbray, Strangways, Beaumont, Woodville], Katherine, duchess of Norfolk (c. 1400–1483).' In *Oxford Dictionary of National Biography*. Oxford University Press, 2004. https://ezproxy-prd.bodleian.ox.ac.uk:2102/10.1093/ref:odnb/54432.

Arnold, John H., and Katherine A. Lewis, eds. *A Companion to the Book of Margery Kempe*. Cambridge: D. S. Brewer, 2004.

Ashe, Laura. *The Oxford English Literary History. Vol. 1: 1000–1350, Conquest and Transformation*. Oxford: Oxford University Press, 2017.

Astell, Ann. *The Song of Songs in the Middle Ages*. Ithaca, NY: Cornell University Press, 1995.

Atkinson, Clarissa. *Mystic and Pilgrim: The Book and the World of Margery Kempe*. Ithaca, NY: Cornell University Press, 2003.

Baker, T.F.T., ed. *A History of the County of Middlesex, vol. 7: Acton, Chiswick, Ealing and Brentford, West Twyford, Willesden*. London: Victoria County History, 1982, https://www.british-history.ac.uk/vch/middx/vol7/pp236-241#fnn36.

Bale, Anthony. *Margery Kempe: A Mixed Life*. London: Reaktion Books, 2021.

——. 'Richard Salthouse of Norwich and the Scribe of *The Book of Margery Kempe*.' *Chaucer Review* 52:2 (2017): 173–187.

Bale, Anthony, and Sebastian Sobecki, eds. *Medieval English Travel: A Critical Anthology*. Oxford: Oxford University Press, 2019.

Barrington, Candace. *American Chaucers*. Basingstoke: Palgrave Macmillan, 2007.

——. 'Retelling Chaucer's Wife of Bath for Modern Children: Picture Books and Evolving Feminism.' In *Sex and Sexuality in a Feminist World*, edited by Karen A. Ritzenhoff and Katherine A. Hermes, 26–51. Newcastle upon Tyne: Cambridge Scholars Publishing, 2009.

Barron, Caroline. 'The Golden Age of Women in Medieval London.' *Reading Medieval Studies* 15 (1989): 35–58.

——. *London in the Later Middle Ages: Government and People 1200–1500*. Oxford: Oxford University Press, 2004.

Barton, Anne. *Essays Mainly Shakespearean*. Cambridge: Cambridge University Press, 1994.

Bate, Jonathan. *Soul of the Age: The Life, Mind, and World of William Shakespeare*. London: Penguin, 2008.

Beattie, Cordelia. *Medieval Single Women: The Politics of Social Classification in Late Medieval England*. Oxford: Oxford University Press, 2007.

Bennett, Judith M. *Ale, Beer, and Brewsters in England: Women's Work in a Changing World, 1300–1600*. Oxford: Oxford University Press, 1996.

——. 'Medieval Women, Modern Women: Across the Great Divide.' In *Culture and History, 1350–1600: Essays on English Communities, Identities and Writing*, edited by David Aers, 147–175. Detroit: Wayne University Press, 1992.

Benson, Robert Louis, Giles Constable, and Carol Dana Lanham, eds. *Renaissance and Renewal in the Twelfth Century*. Toronto: University of Toronto Press, 1999.

Berger, Harry, Jr. '"What Did the King Know and When Did He Know It?" Shakespearean Discourses and Psychoanalysis.' *South Atlantic Quarterly* 88:4 (1989): 811–862.

Besserman, Lawrence. 'Lay Piety and Impiety: The Role of Noah in the Chester Play of Noah's Flood.' In *Enacting the Bible in Medieval and Early Modern Drama*, edited by Eva von Contzen and Chanita Goodblatt, 13–27. Manchester: Manchester University Press, 2020.

Beveridge, Lord. 'Westminster Wages in the Manorial Era.' *Economic History Review* 8:1 (1955): 18–35.

Bhaba, Homi K. *The Location of Culture*. London: Routledge, 2004.

Biller, P.P.A. 'Birth-Control in the West in the Thirteenth and Early Fourteenth Centuries.' *Past and Present* 94 (1982): 3–26.

Bloch, R. Howard. *Medieval Misogyny and the Invention of Western Romantic Love*. Chicago: University of Chicago Press, 1991.

Bloom, Harold. *The Anxiety of Influence: A Theory of Poetry*. Oxford: Oxford University Press, 1975.

——. *Falstaff: Give Me Life*. New York: Scribner, 2017.

——. *The Western Canon: The Books and School of the Ages*. London: Macmillan, 1995.

Boldrini, Lucia. 'Introduction: Middayevil Joyce.' In *Medieval Joyce*, edited by Lucia

Boldrini, 11–44. Amsterdam, NY: Rodopi, 2002.

——. 'Translating the Middle Ages: Modernism and the Ideal of the Common Language.' *Translation and Literature* 12:1 (2003): 41–68.

Bowden, Betsy. *The Wife of Bath in Afterlife: Ballads to Blake.* Bethlehem, PA: Lehigh University Press, 2017.

Bowers, Terence N. 'Margery Kempe as Traveler.' *Studies in Philology* 97:1 (2000): 1–28.

Brewer, David A. *The Afterlife of Character, 1726–1825.* Philadelphia: University of Pennsylvania Press, 2005.

Brownlee, Kevin, 'Discourses of the Self: Christine de Pizan and the Rose.' *Romantic Review* 79:1 (1988): 199–221.

——. *Poetic Identity in Guillaume de Machaut.* Madison: University of Wisconsin Press, 1984.

Brundage, James A. 'Widows and Remarriage: Moral Conflicts and Their Resolution in Classical Canon Law.' In *Wife and Widow in Medieval England*, edited by Sue Sheridan Walker, 17–31. Ann Arbor: University of Michigan Press, 1993.

Bryant, J. A., Jr. 'Falstaff and the Renewal of Winter.' *PMLA* 89:2 (1974): 296–301.

Budgen, Frank. *James Joyce and the Making of Ulysses.* Bloomington: Indiana University Press, 1960 [first printed 1934].

Burrow, Colin. 'Shakespeare and Humanistic Culture.' In *Shakespeare and the Classics*, edited by Charles Martindale and A. B. Taylor, 9–28. Cambridge: Cambridge University Press, 2004.

Caie, Graham D. 'The Significance of the Early Chaucer Manuscript Glosses (with Special Reference to "The Wife of Bath's Prologue").' *Chaucer Review* 10:4 (1976): 350–360.

Cain, Andrew. 'Jerome's *Epitaphium Paulae*: Hagiography, Pilgrimage and the Cult of St Paula.' *Journal of Early Christian Studies* 18:1 (2010): 105–139.

Campbell, Mavis. *The Maroons of Jamaica 1655–1796: A History of Resistance, Collabo ration & Betrayal*. Granby, MA: Bergin & Garvey, 1988.

Cannon, Christopher. *From Literacy to Literature: England, 1300–1400*. Oxford: Oxford University Press, 2016.

———. *Middle English Literature: A Cultural History*. Cambridge: Polity, 2008.

———. '*Raptus* in the Chaumpaigne Release and a Newly Discovered Document Concerning the Life of Geoffrey Chaucer.' *Speculum* 68 (1993): 74–94.

Carruthers, Mary. 'The Wife of Bath and the Painting of Lions.' *PMLA* 94:2 (1979): 209–222.

Castor, Helen. *Blood and Roses: The Paston Family and the Wars of the Roses*. London: Faber and Faber, 2004.

Clarke, Kenneth. *Chaucer and Italian Textuality*. Oxford: Oxford University Press, 2011.

Cohen, Jeremy. *Living Letters of the Law: Ideas of the Jew in Medieval Christianity*. Berkeley: University of California Press, 1999.

Coleman, Joyce. *Public Reading and the Reading Public in Late Medieval England and France*. Cambridge: Cambridge University Press, 2005.

Coletti, Theresa. 'Paths of Long Study: Reading Chaucer and Christine de Pizan in Tandem.' *Studies in the Age of Chaucer* 28 (2006): 1–40.

Collette, Carolyn. *The Legend of Good Women: Context and Reception*. Cambridge: D. S. Brewer, 2006.

———. *Rethinking Chaucer's Legend of Good Women*. York: York University Press, 2014.

Cook, Megan L. *The Poet and the Antiquaries: Chaucerian Scholarship and the Rise of Literary History, 1532–1635*. Philadelphia: University of Pennsylvania Press, 2019.

Coomaraswamy, Ananda K. 'On the Loathly Bride.' *Speculum* 20:4 (1945): 391–

404.

Cooper, Helen. 'After Chaucer.' *Studies in the Age of Chaucer* 25 (2003): 3–24.

——. 'Joyce's Other Father: The Case for Chaucer.' In *Medieval Joyce*, edited by Lucia Boldrini, 143–163. Amsterdam, NY: Rodopi, 2002.

——. *Shakespeare and the Medieval World*. London: Bloomsbury Arden Shakespeare, 2010.

——. 'The Shape-Shiftings of the Wife of Bath, 1395–1670.' In *Chaucer Traditions: Studies in Honour of Derek Brewer*, edited by Ruth Morse and Barry Windeatt, 168–184. Cambridge: Cambridge University Press, 1990.

Copeland, Rita. 'Why Women Can't Read: Medieval Hermeneutics, Statutory Law, and the Lollard Heresy Trials.' In *Representing Women: Law, Literature, and Feminism*, edited by Zipporah Batshaw Wiseman and Susan Sage Heinzelman, 253–286. Durham, NC: Duke University Press, 1994.

Coppola, Manuela. 'A Tale of Two Wives: The Transnational Poetry of Patience Agbabi and Jean "Binta" Breeze.' *Journal of Postcolonial Writing* 52:3 (2016): 305–318.

Craig, Leigh Ann. *Wandering Women and Holy Matrons: Women as Pilgrims in the Later Middle Ages*. Leiden: Brill, 2009.

Crane, Susan. 'Alison's Incapacity and Poetic Instability in the Wife of Bath's Tale.' *PMLA* 102:1 (January 1987): 20–28.

Cressler, Loren. 'Asinine Heroism and the Mediation of Empire in Chaucer, Marlowe, and Shakespeare.' *Modern Language Quarterly* 81:3 (September 2020): 319–347.

Critten, Rory G. 'The *Manières de Langage* as Evidence for the Use of Spoken French within Fifteenth-Century England.' *Forum for Modern Language Studies* 55:2 (April 2019): 121–137.

Crocker, Holly. 'John Foxe's Chaucer: Affecting Form in Post-Historicist Criticism.'

New Medieval Literatures 15 (2013): 149–182.

Crow, Martin Michael. 'John of Angoulême and His Chaucer Manuscript.' *Speculum* 17:1 (1942): 86–99.

Dale, Marian K. 'The London Silkwomen of the Fifteenth Century.' In *Economic History Review* 4:3 (1933): 324–335.

Daley, Brian E. 'The Closed Garden and Sealed Fountain: Song of Songs 4.12 in the Late Medieval Iconography of Mary.' In *Medieval Gardens*, edited by Elizabeth MacDougall, 254–278. Washington, DC: Dumbarton Oaks, 1986.

D'Arcens, Louise. 'The Thunder after the Lightning: Language and Pasolini's Medievalist Poetics.' *Postmedieval* 6:2 (2015): 191–199.

Davidson, Ian. *Voltaire: A Life*. New York: Pegasus Books, 2010.

Davis, Kathleen. *Periodization and Sovereignty: How Ideas of Feudalism and Secularization Govern the Politics of Time*. Philadelphia: University of Pennsylvania Press, 2008.

Davis, Natalie Zemon. *Fiction in the Archives*. Stanford: Stanford University Press, 1987.

Desmond, Marilynn. 'Christine De Pizan.' In *The Cambridge Companion to Medieval French Literature*, edited by Simon Gaunt and Sarah Kay, 123–136. Cambridge: Cambridge University Press, 2008.

——. 'The Querelle de la Rose and the Ethics of Reading.' In *Christine de Pizan: A Casebook*, edited by Barbara K. Altmann and Deborah L. McGrady. New York: Routledge, 2003.

——. *Reading Dido: Gender, Textuality, and the Medieval 'Aeneid.'* Minneapolis: University of Minnesota Press, 1994.

Devaux, Jean. 'From the Court of Hainault to the Court of England: The Example of Jean Froissart.' In *War, Government and Power in Late Medieval France*, edited by C. T. Allmand, 1–20. Liverpool: Liverpool University Press, 2000.

Dimmick, Jeremy. 'Gower, Chaucer and the Art of Repentance in Robert Greene's *Vision.*' *Review of English Studies*, n.s., 57:231 (2006): 456–473.

Dinshaw, Carolyn. *Chaucer's Sexual Poetics*. Madison: University of Wisconsin Press, 1989.

——. *Getting Medieval: Sexualities and Communities, Pre and Postmodern*. Durham, NC: Duke University Press, 1999.

Duby, Georges. 'Histoire sociale et idéologie des sociéties.' In *Faire de l'histoire*, edited by Jacques Le Goff and P. Nora. 3 vols. 1:147–168. Paris: Guillimard, 1974.

Eco, Umberto. *The Middle Ages of James Joyce: The Aesthetic of Chaosmos*. Tulsa: University of Oklahoma Press, 1982.

Edwards, A. S. G. 'Northern Magnates and Their Books.' *Textual Cultures* 7:1 (2012):176–186.

Ellmann, Richard. *James Joyce*. Rev. ed. Oxford: Oxford University Press, 1982.

——. *Ulysses on the Liffey*. Oxford: Oxford University Press, 1986.

Elwin, Verrier. 'The Vagina Dentata Legend.' *British Journal of Medical Psychology* 19 (1943): 439–453.

Evans, Robert C. 'Ben Jonson's Chaucer.' *English Literary Renaissance* 19:3 (Autumn 1989): 324–345.

Evans, Ruth. 'Production of Space in Chaucer's London.' In *Chaucer and the City*, edited by Ardis Butterfield, 41–56. Woodbridge: D. S. Brewer, 2006.

Farrell, Warren. *The Myth of Male Power: Why Men Are the Disposable Sex*. New York: Simon and Schuster, 1993.

Felski, Rita. 'Identifying with Characters.' In *Character: Three Inquiries in Literary Studies*, edited by Amanda Anderson, Rita Felski, and Toril Moi, 77–126. Chicago: University of Chicago Press, 2019.

Ferrante, Joan M. *To the Glory of Her Sex: Women's Roles in the Composition of Medieval Texts*. Bloomington: Indiana University Press, 1997.

Finke, Laurie A. 'Falstaff, the Wife of Bath, and the Sweet Smoke of Rhetoric.' In *Chaucerian Shakespeare: Adaptation and Transformation*, edited by E. Talbot Donaldson and Judith J. Kollmann, 7–24. Detroit: Michigan Consortium for Medieval and Early Modern Studies, 1983.

Finucane, Ronald C. *Miracles and Pilgrims: Popular Beliefs in Medieval England*. London: Dent, 1977.

Fisher, John H. 'Chancery and the Emergence of Standard Written English in the Fifteenth Century.' *Speculum* 52:4 (1977): 870–899.

Flowers Braswell, Mary. *The Medieval Sinner: Characterization and Confession in the Literature of the English Middle Ages*. Rutherford, NJ: Farleigh Dickinson University Press, 1983.

Forni, Kathleen. *Chaucer's Afterlife: Adaptations in Recent Popular Culture*. Jefferson, NC: McFarland, 2013.

Fowler, Elizabeth. *Literary Character: The Human Figure in Early English Writing*. Ithaca, NY: Cornell University Press, 2003.

Fox, Adam. *Oral and Literate Culture in England, 1500–1700*. Oxford: Oxford University Press, 2002.

Freedman, Paul. *Out of the East: Spices and the Medieval Imagination*. New Haven: Yale University Press, 2007.

Frembgen, Jürgen Wasim. 'Honour, Shame, and Bodily Mutilation: Cutting Off the Nose among Tribal Societies in Pakistan.' *Journal of the Royal Asiatic Society* 16:3 (2006): 243–260.

Gajowski, Evelyn, and Phyllis Rackin. *The Merry Wives of Windsor: New Critical Essays*. London: Routledge, 2015.

Ganim, John. 'Chaucer, Boccaccio, Confession, and Subjectivity.' In *The 'Decameron' and the 'Canterbury Tales': New Essays on an Old Question*, edited by Leonard Michael Koff and Brenda Dean Schildgen, 128–147. Madison,

NJ: Fairleigh Dickinson University Press, 2000.

——. 'Identity and Subjecthood.' In *Chaucer: An Oxford Guide*, edited by Steve Ellis, 224–238. Oxford: Oxford University Press, 2005.

Gaunt, Simon. 'Can the Middle Ages Be Postcolonial?' *Comparative Literature* 61: 2 (Spring 2009): 160–176.

Gentleman, Amelia. *The Windrush Betrayal: Exposing the Hostile Environment*. London: Guardian Faber Publishing, 2019.

Ginsberg, Warren. *The Cast of Character: The Representation of Personality in Ancient and Medieval Literature*. Toronto: University of Toronto Press, 1983.

Goldberg, Jonathan. 'What Do Women Want? The Merry Wives of Windsor.' *Criticism* 51:3 (2009): 367–383.

Goldberg, P. J. P. 'John Rykener, Richard II, and the Governance of London.' *Leeds Studies in English* 45 (2014): 49–70.

——. 'Migration, Youth, and Gender in Later Medieval England.' In *Youth in the Middle Ages*, edited by P. J. P Goldberg and Felicity Riddy, 85–99. York: York Medieval Press, 2004.

——. *Women, Work, and Life Cycle in a Medieval Economy: Women in York and Yorkshire c. 1300–1520*. Oxford: Oxford University Press, 1992.

Golubovich, Girolamo. *Biblioteca BioBibliografica della Terra Santa e dell'Oriente francescano*. 5 vols. Quaracchi: Collegio di S Bonaventura, 1906–1927.

Goodall, John. *God's House at Ewelme: Life, Devotion and Architecture in a Fifteenth Century Almshouse*. Aldershot: Ashgate, 2001.

Goodman, Anthony. *Margery Kempe and Her World*. London: Longman, 2002.

Gottlieb, Karla. *The Mother of Us All: A History of Queen Nanny, Leader of the Windward Jamaican Maroons*. Trenton, NJ: Africa World Press, 2000.

Grant, Colin. *Homecoming: Voices of the Windrush Generation*. London: Jonathan Cape, 2019.

Gravdal, Kathryn. *Ravishing Maidens: Writing Rape in Medieval French Literature and Law*. Philadelphia: University of Pennsylvania Press, 1991.

Greene, Martin. 'The Dialectic of Adaptation: The Canterbury Tales of Pier Paolo Pasolini.' *Literature/Film Quarterly* 4:1 (Winter 1976): 46–53.

Greene, Naomi. *Pier Paolo Pasolini: Cinema as Heresy*. Princeton, NJ: Princeton University Press, 1990.

Groves, Beatrice. '"The ears of profiting": Listening to Falstaff's Biblical Quotations.' In *Shakespeare and Quotation*, edited by Julie Maxwell and Kate Rumbold, 60–71. Cambridge: Cambridge University Press, 2018.

Hagedorn, Suzanne. *Abandoned Women: Rewriting the Classics in Dante, Boccaccio, and Chaucer*. Ann Arbor: University of Michigan Press, 2004.

Hamlin, Hannibal. *The Bible in Shakespeare*. Oxford: Oxford University Press, 2013.

Hammer, Paul E. J. 'Devereux, Robert, second earl of Essex (1565–1601).' In *Oxford Dictionary of National Biography*. Oxford University Press, 2004. https://ezproxy-prd.bodleian.ox.ac.uk:2102/10.1093/ref:odnb/7565.

Hanawalt, Barbara. *The Wealth of Wives: Women, Law, and Economy in Late Medieval London*. Oxford: Oxford University Press, 2007.

Hanna, Ralph, and A. S. G. Edwards. 'Rotheley, the De Vere Circle, and the Ellesmere Chaucer.' *Huntington Library Quarterly* 58:1 (1995): 11–35.

Hanna, Ralph, and Traugott Lawler, eds. *Jankyn's Book of Wikked Wyves. Vol. 1: The Primary Texts*. Chaucer Library. Athens: University of Georgia Press, 1997.

Harbus, Antonina. *Cognitive Approaches to Old English Poetry*. Woodbridge: Boydell and Brewer, 2012.

Harris, Carissa M. *Obscene Pedagogies: Transgressive Talk and Sexual Education in Late Medieval Britain*. Ithaca, NY: Cornell University Press, 2018.

Harry, David. *Constructing a Civic Community in Late Medieval London: The Common Profit, Charity and Commemoration*. Woodbridge: Boydell and

Brewer, 2019.

Harvey, Margaret. *The English in Rome, 1362–1420: Portrait of an Expatriate Community*. Cambridge: Cambridge University Press, 2000.

Heng, Geraldine. *The Invention of Race in the Middle Ages*. Cambridge: Cambridge University Press, 2018.

Herlihy, David. *Opera Muliebria: Women and Work in Medieval Europe*. New York: McGraw-Hill, 1990.

Higgins, Anne. 'Spenser Reading Chaucer: Another Look at the "Faerie Queene" Allusions.' *Journal of English and Germanic Philology* 89:1 (1990): 17–36.

Higl, Andrew. 'The Wife of Bath Retold: From the Medieval to the Postmodern.' In *Inhabited by Stories: Critical Essays on Tales Retold*, edited by Nancy Barton-Smith and Danette DiMario, 294–313. Newcastle: Cambridge Scholars Publishing, 2012.

Hilton, R. H. *The English Peasantry in the Later Middle Ages: The Ford Lectures for 1973, and Related Studies*. Oxford: Clarendon Press, 1975.

Hinely, Jan Lawson. 'Comic Scapegoats and the Falstaff of the Merry Wives of Windsor.' *Shakespeare Studies* 15 (1982): 37–54.

Hingeston, Rev. F. C. *The Register of Edmund Stafford* (*AD 1395–1419*): *An Index and Abstract of Its Contents*. London: G. Bell and Sons, 1886.

Hodges, Laura F. 'The Wife of Bath's Costumes: Reading the Subtexts.' *Chaucer Review* 27:4 (1993): 359–376.

Holderness, Graham. 'Cleaning House: The Courtly and the Popular in *The Merry Wives of Windsor*.' *Critical Survey* 22:1 (2010): 26–40.

Horrox, Rosemary, ed. and trans. *The Black Death*. Manchester: Manchester University Press, 2013.

Howard, Donald. *Chaucer: His Life, His Works, His World*. New York: Dutton, 1987.

Howe, Darcus. 'Black Sabbath.' In *Time Out London Walks*, edited by Andrew White, 166–173. London: Penguin, 2002.

Howes, Laura. *Chaucer's Gardens and the Language of Convention*. Gainesville: University Press of Florida, 1997.

Hsy, Jonathan. 'Teaching the Wife of Bath through Adaptation.' https:// globalchaucers.wordpress.com/2014/11/21/teaching-the-wife-of-bath-through-adaptation/.

Ingram, Martin. 'Flyting, Polemics, Charivaris.' In *The Cambridge Guide to the Worlds of Shakespeare*, edited by Martin Ingram et al., 516–523. Cambridge: Cambridge University Press, 2019.

Jacobs, Kathryn, and D'Andra White. 'Ben Jonson on Shakespeare's Chaucer.' *Chaucer Review* 50 (2015): 198–215.

Jacquart, Danielle, and Claude Thomasset. *Sexuality and Medicine in the Middle Ages*. Princeton, NJ: Princeton University Press, 1988.

Jambeck, Karen K. 'Patterns of Women's Literary Patronage: England, 1200–ca. 1475.' In *The Cultural Patronage of Medieval Women*, edited by Jane Hall McCash, 228–265. Athens: University of Georgia Press, 1996.

———. 'The Library of Alice Chaucer.' *Profane Arts* 7:2 (1998): 106–135.

Johns, Alessa. 'Joyce and Chaucer: The Historical Significance of Similarities between *Ulysses* and the *Canterbury Tales*.' Unpublished MA thesis, McGill University, 1985.

Jussen, B. 'Virgins—Widows—Spouses: On the Language of Moral Distinction as Applied to Women and Men in the Middle Ages.' *History of the Family* 7 (2002): 13–32.

Justice, Steven. *Writing and Rebellion: England in 1381*. Berkeley: University of California Press, 1994.

Justman, Stewart. *The Springs of Liberty: The Satiric Tradition and Freedom of Speech*. Evanston, IL: Northwestern University Press, 1999.

Jutte, Robert. *Contraception: A History*. Cambridge: Polity Press, 2008.

Karras, R. M., and D. L. Boyd. 'The Interrogation of a Male Transvestite Prostitute in Fourteenth-Century London.' *GLQ: A Journal of Lesbian and Gay Studies* 1 (1995): 459–465.

———. '"Ut cum muliere": A Male Transvestite Prostitute in Fourteenth-Century London.' In *Premodern Sexualities*, edited by Louise Fradenburg and Carla Freccero, 99–116. London: Routledge, 1996.

Karras, R. M., and T. Linkinen. 'John/Eleanor Rykener Revisited.' In *Founding Feminisms in Medieval Studies: Essays in Honor of E. Jane Burns*, edited by L. E. Doggett and D. E. O'Sullivan, 111–124. Cambridge: D. S. Brewer, 2016.

Katz Seal, Samantha. *Father Chaucer: Generating Authority in 'The Canterbury Tales.'* Oxford: Oxford University Press, 2019.

Kay, Sarah, Terence Cave, and Malcolm Bowie. *A Short History of French Literature*. Oxford: Oxford University Press, 2003.

Keiser, George R. 'In Defence of the Bradshaw Shift.' *Chaucer Review* 12:4 (1978): 191–201.

Kelliher, Hilton. 'The Rediscovery of Margery Kempe: A Footnote.' *British Library Journal* 23:2 (1997): 259–263.

Kibler, William W., and James I. Wimsatt, eds. 'The Development of the Pastourelle in the Fourteenth Century: An Edition of Fifteen Poems with an Analysis.' *Mediaeval Studies* 45 (1983): 22–78.

Kirby, Thomas A. 'Theodore Roosevelt on Chaucer and a Chaucerian.' *Modern Language Notes* 68:1 (1953): 34–37.

Knights, L. C. *How Many Children Had Lady Macbeth? An Essay in the Theory and Practice of Shakespeare Criticism*. Cambridge: Minority Press, 1933.

Kong, Katherine. *Lettering the Self in Medieval and Early Modern France*. Woodbridge: Boydell and Brewer, 2017.

Korda, Natasha. *Shakespeare's Domestic Economies: Gender and Property in Early Mod ern England*. Philadelphia: University of Pennsylvania Press, 2002.

Kowaleski, Maryanne. 'Singlewomen in Medieval and Early Modern Europe: The Demographic Perspective.' In *Singlewomen in the European Past, 1250–1800*, edited by Judith M. Bennett and Amy M. Froide, 38–81. Philadelphia: University of Pennsylvania Press, 1999.

——. 'Women's Work in a Market Town: Exeter in the Late Fourteenth Century.' In *Women and Work in Pre-Industrial Europe*, edited by Barbara Hanawalt, 145–164. Bloomington: Indiana University Press, 1986.

Kuhl, Ernest. 'The Wanton Wife of Bath and Queen Elizabeth.' *Studies in Philology* 26:2 (April 1929): 177–183.

Lacey, Kay E. 'Women and Work in Fourteenth and Fifteenth Century London.' In *Women and Work in Pre-Industrial England*, edited Lindsey Charles and Lorna Duffin, 24–82. Abingdon: Routledge, 2013 [1985].

Laidlaw, J. C. 'Christine de Pizan, the Earl of Salisbury, and Henry IV.' *French Studies* 36 (1982): 129–143.

Lammers, John H. 'The Archetypal Molly Bloom, Joyce's Frail Wife of Bath.' *James Joyce Quarterly* 25:4 (Summer 1998): 487–502.

Langdell, Sebastian J. *Thomas Hoccleve: Religious Reform, Transnational Poetics, and the Invention of Chaucer*. Liverpool: Liverpool University Press, 2018.

Lederer, Wolfgang. *The Fear of Women*. New York: Harcourt, 1968.

Leicester, H. Marshall. *The Disenchanted Self: Representing the Subject in 'The Canterbury Tales.'* Berkeley: University of California Press, 1990.

Leo, John. 'Toxic Feminism on the Big Screen.' *US News and World Report* 110:22 (October 6, 1991): 20.

Lerer, Seth. *Chaucer and His Readers: Imagining the Author in Late Medieval England*. Princeton, NJ: Princeton University Press, 1993.

Lewis, Celia M. 'History, Mission, and Crusade in the *Canterbury Tales*.' *Chaucer Review* 42:4 (2008): 353–382.

Lloyd, T. H. *The English Wool-Trade in the Middle Ages*. Cambridge: Cambridge University Press, 1977.

Lochrie, Karma. *Margery Kempe and Translations of the Flesh*. Philadelphia: University of Pennsylvania Press, 1994.

Longsworth, Robert. 'The Wife of Bath and the Samaritan Woman.' *Chaucer Review* 34:4 (2000): 372–387.

Luttrell, Anthony. 'Englishwomen as Pilgrims to Jerusalem: Isolda Parewastell, 1365.' In *Equally in God's Name: Women in the Middle Ages*, edited by Julia Bolton Holloway, Constance S. Wright, and Joan Bechtold, 184–197. New York: P. Lang, 1990.

Lynch, Kathryn L. 'Katharine Lee Bates and Chaucer's American Children.' *Chaucer Review* 56:2 (2021): 95–118.

Maguire, Laurie, and Emma Smith. 'What Is a Source? Or, How Shakespeare Read His Marlowe.' *Shakespeare Survey* 68 (2015): 15–31.

Manly, J. M. *Some New Light on Chaucer: Lectures Delivered at the Lowell Institute*. London: Bell, 1926.

Mann, Jill. *Chaucer and Medieval Estates Satire: The Literature of Social Classes and the General Prologue to the Canterbury Tales*. Cambridge: Cambridge University Press, 1973.

———. *From Aesop to Reynard: Beast Literature in Medieval Britain*. Oxford: Oxford University Press, 2009.

Margolin, Uri. 'Character.' In *The Cambridge Companion to Narrative*, edited by David Herman, 66–79. Cambridge: Cambridge University Press, 2007.

McDonald, Nicola. 'Chaucer's *Legend of Good Women*, Ladies at Court and the Female Reader.' *Chaucer Review* 35:1 (2000): 22–42.

———. 'Games Medieval Women Play.' In *The Legend of Good Women: Context and Reception*, edited by Carolyn P. Collette, 176–197. Cambridge: D. S. Brewer, 2006.

McGrady, Deborah. 'Guillaume de Machaut.' In *The Cambridge Companion to Medieval French Literature*, edited by Simon Gaunt and Sarah Kay, 109–22. Cambridge: Cambridge University Press, 2009.

McIntosh, Marjorie Keniston. *Working Women in English Society, 1300–1620*. Cambridge: Cambridge University Press, 2005.

McLeod, Glenda, and Katharina Wilson. 'A Clerk in Name Only—A Clerk in All but Name. The Misogamous Tradition and "La Cite des Dames."' In *The City of Scholars: New Approaches to Christine de Pizan*, edited by Margarette Zimmerman and Dina De Rentiis, 67–76. Berlin: De Gruyter, 1994.

Meale, Carol M. '"Alle the Bokes that I Have of Latyn, Englisch, and Frensch": Laywomen and Their Books in Late Medieval England.' In *Women and Literature in Britain, 1150–1500*, edited by Carole M. Meale, 128–158. 2nd ed. Cambridge: Cambridge University Press, 1996.

———. 'Reading Women's Culture in Fifteenth-Century England: The Case of Alice Chaucer.' In *Mediaevalitas: Reading the Middle Ages*, edited by Piero Boitani and Anna Torti, 81–102. Woodbridge: D. S. Brewer, 1996.

Mews, Constant J. *Abelard and Heloise*. Oxford: Oxford University Press, 2005.

Meyer, P., ed. *La Manière de Langage qui Enseigne Parler et a Écrire Le Français: Modèles de Conversations Composés en Angleterre a la Fin du XIV Siècle*. Paris: Librairie A. Franck, 1873.

Michaud, Joseph, Fr., and Joseph Toussaint Reinaud, eds. *Bibliothéque des Croisades*. Paris: A L'Imprimerie Royale, 1829.

Miller, Anne-Helene. 'Guillaume de Machaut and the Forms of Pre-Humanism in Fourteenth-Century France.' In *A Companion to Guillaume de Machaut*, edited by Deborah McGrady and Jennifer Bain, 33–48. Leiden: Brill, 2012.

Minnis, Alastair. *Fallible Authors*. Philadelphia: University of Pennsylvania Press, 2011.

Morrison, Susan Signe. 'The Use of Biography in Medieval Literary Criticism: The Case of Geoffrey Chaucer and Cecily Chaumpaigne.' *Chaucer Review* 34 (1999): 69–86.

——. *Women Pilgrims in Later Medieval England: Private Piety as Public Performance*. New York: Routledge, 2000.

Moxon, Steve. *The Woman Racket: The New Science Explaining How the Sexes Relate at Work, at Play and in Society*. Exeter: Imprint Academic, 2008.

Murphy, Donna N. 'The Cobbler of Canterbury and Robert Greene.' *Notes and Queries* 57:3 (2010): 349–352.

Newman, Barbara. 'Authority, Authenticity, and the Repression of Heloise.' *JMEMS* 22:2 (Spring 1992): 121–157.

——, ed. and trans. *Making Love in the Twelfth Century: Letters of Two Lovers in Context*. Philadelphia: University of Pennsylvania Press, 2016.

Nightingale, Pamela. *A Medieval Mercantile Community: The Grocers' Company and the Politics and Trade of London, 1000–1485*. New Haven, CT: Yale University Press, 1995.

Noad, Charles E. 'The Tolkien Society—The Early Days.' In *Mallorn*, vol. 50, edited by Henry Gee, 15–24. London: Tolkien Society, 2010.

Normington, Katie. '"Faming of the Shrews": Medieval Drama and Feminist Approaches.' *Yearbook of English Studies* 43 (2013): 105–120.

Novikoff, Alex J., ed. *The Twelfth-Century Renaissance: A Reader*. Toronto: University of Toronto Press, 2017.

Nussbaum, Martha. *Poetic Justice: The Literary Imagination and Public Life*. Boston: Beacon Press, 1995.

Oexle, Otto Gerhard. 'Perceiving Social Reality in the Early and High Middle Ages: A Contribution to the History of Social Knowledge.' In *Ordering Medieval Society: Perspectives on Intellectual and Practical Modes of Shaping Social Relations*, edited by Bernhard Jussen, translated by Pamela Selwyn. Philadelphia: University of Pennsylvania Press, 2001.

Origo, Iris. 'The Domestic Enemy: The Eastern Slaves in Tuscany in the Fourteenth and Fifteenth Centuries.' *Speculum* 30:3 (1955): 321–366.

Palomo, Dolores. 'The Fate of the Wife of Bath's "Bad Husbands."' *Chaucer Review* 9:4 (1975): 303–319.

Parker, Patricia. *Shakespeare from the Margins: Language, Culture, Context*. Chicago: University of Chicago Press, 1996.

Parks, George B. *The English Traveller to Italy: The Middle Ages (to 1525)*. Rome: Edizioni di Storia e Letteratura, 1954.

Partridge, Stephen. 'Glosses in the Manuscripts of the *Canterbury Tales*: An Edition and Commentary. PhD dissertation, Harvard University, 1992.

Passmore, S. Elizabeth, and Susan Carter. *The English 'Loathly Lady' Tales: Boundaries, Traditions, Motifs*. Kalamazoo, MI: Medieval Institute Publications, 2007.

Patterson, Lee. *Chaucer and the Subject of History*. Madison: University of Wisconsin Press, 1991.

———. '"For the Wyves Love of Bathe": Feminine Rhetoric and Poetic Resolution in the *Roman de la Rose* and the *Canterbury Tales*.' *Speculum* 58:3 (1983): 656–695.

———. *Temporal Circumstances: Form and History in the Canterbury Tales*. New York: Palgrave Macmillan, 2006.

Peterson, Jordan. *Twelve Rules for Life: An Antidote to Chaos*. London: Allen Lane, 2018.

Phillips, Harriet. 'Late Falstaff, the Merry World, and *The Merry Wives of Windsor.*' *Shakespeare* 10 (2014): 111–137.

Power, Arthur. *Conversations with James Joyce.* London: Millington, 1974.

Pratt, R. 'The Order of the Canterbury Tales.' *PMLA* 66:6 (1951): 1141–1167.

Price, Richard, ed. *Maroon Societies: Rebel Slave Communities in the Americas.* Baltimore, MD: Johns Hopkins University Press, 1996.

Pugh, Tison. 'Chaucerian Fabliaux, Cinematic Fabliau: Pier Paolo Pasolini's I racconti di Canterbury.' *Literature/Film Quarterly* 32 (2004): 199–206.

Puhvel, Martin. 'The Wife of Bath's "Remedies of Love."' *Chaucer Review* 20:4 (1986): 307–312.

Rackin, Phyllis. *Shakespeare and Women.* Oxford: Oxford University Press, 2005.

Raitt, Jill. 'The "Vagina Dentata" and the "Immaculatus Uterus Divini Fonti."' *Journal of the American Academy of Religion* 48:3 (1980): 415–431.

Ramazani, Jahan. 'Black British Poetry and the Translocal.' In *The Cambridge Companion to Twentieth-Century English Poetry*, edited by Neil Corcoran, 200–214. Cambridge: Cambridge University Press, 2007.

Rawcliffe, Carole. 'Margaret Stodeye, Lady Philipot (d. 1431).' In *Medieval London Widows, 1300–1500*, edited by Caroline M. Barron and Anne F. Sutton, 85–98. London: Bloomsbury, 1994.

Renoir, Alain. 'Thebes, Troy, Criseyde, and Pandarus: An Instance of Chaucerian Irony.' *Studia Neophilologica* 32 (1960): 14–17.

Reynolds, P. *How Marriage Became One of the Sacraments: The Sacramental Theology of Marriage from Its Medieval Origins to the Council of Trent.* Cambridge: Cambridge University Press, 2016.

Richmond, Velma Bourgeois. *Chaucer as Children's Literature: Retellings from the Victorian and Edwardian Eras.* Jefferson, NC: McFarland, 2004.

Rickard, P. 'Anglois Coué and L'Anglois Qui Couve.' *French Studies* 7 (1953):

48–55.

Riddle, John. *Contraception and Abortion from the Ancient World to the Renaissance*. Cambridge, MA: Harvard University Press, 1992.

Riddy, Felicity. 'Mother Knows Best: Reading Social Change in a Courtesy Text.' *Speculum* 71:1 (1996): 66–86, 85–86.

Rigby, S. H. 'The Wife of Bath, Christine de Pizan, and the Medieval Case for Women.' *Chaucer Review* 35:2 (2000): 133–165.

Roberts, Jeanne Addison. 'Falstaff in Windsor Forest: Villain or Victim?' *Shakespeare Quarterly* 26:1 (Winter 1975): 8–15.

Robertson, D. W. *A Preface to Chaucer*. Princeton, NJ: Princeton University Press, 1962.

Robinson, Carol L. 'Celluloid Criticism: Pasolini's Contribution to a Chaucerian Debate.' In *Medievalism in Europe*, edited by Leslie J. Workman, 115–126. Woodbridge: Boydell and Brewer, 1994.

Robinson, James. 'Hughes and the Middle Ages.' In *Ted Hughes in Context*, edited by Terry Gifford, 209–218. Cambridge: Cambridge University Press, 2018.

Rollins, Hyder E. 'The Black-Letter Broadside Ballad.' *PMLA* 34:2 (1919): 258–339.

Root, Jerry. *'Space to Speke': The Confessional Subject in Medieval Literature*. New York: Peter Laing, 1997.

Rowland, Beryl. 'On the Timely Death of the Wife of Bath's Fourth Husband.' *Archive* 209 (1972–1973): 273–282.

Ruddock, Alwyn. *Italian Merchants and Shipping in Southampton*. Southampton: University College, 1951.

Salih, Sarah. *Versions of Virginity in Late Medieval England*. Cambridge: D. S. Brewer, 2001.

Sands, Donald B. 'The Non-Comic, Non-Tragic Wife: Chaucer's Dame Alys as

Sociopath.' *Chaucer Review* 12:3 (1978): 171–182.

Scattergood, John. 'The Love Lyric before Chaucer.' In *A Companion to the Middle English Lyric*, edited by Thomas G. Duncan, 39–67. Cambridge: D. S. Brewer, 2005.

Schein, Sylvia. 'Bridget of Sweden, Margery Kempe and Women's Jerusalem Pilgrimages in the Middle Ages.' *Mediterranean Historical Review* 14:1 (1999): 44–58.

Schibanoff, Susan. 'The New Reader and Female Textuality in Two Early Commentaries on Chaucer.' *Studies in the Age of Chaucer* 10 (1988): 71–108.

Schieberle, Misty. 'Rethinking Gender and Language in Stephen Scrope's Epistle of Othea 1,' *Journal of the Early Book Society for the Study of Manuscripts and Printing History* 21 (2018): 97–121.

Schwartz, Lewis M. 'Eccles Street and Canterbury: An Approach to Molly Bloom.' *Twentieth-Century Literature* 15:3 (1969): 155–165.

Schwebel, Leah. 'What's in Criseyde's Book?' *Chaucer Review* 54:1 (2019): 91–115.

Scott-Warren, Jason. 'Was Elizabeth I Richard II?: The Authenticity of Lambarde's "Conversation."' *Review of English Studies* 64 (2013): 208–230.

Seal, Samantha Katz, and Nicole Sidhu. 'New Feminist Approaches to Chaucer Introduction.' *Chaucer Review* 54 (2019): 224–229.

Shamsie, Kamila. 'Kamila Shamsie: Let's Have a Year of Publishing Only by Women—A Provocation.' *Guardian*. https://www.theguardian.com/books /2015/ jun/05/kamila-shamsie-2018-year-publishing-women-no-new-books-men.

Shimomura, Sachi. *Odd Bodies and Visible Ends in Medieval Literature*. New York: Palgrave Macmillan, 2006.

Simpson, James. 'Chaucer as a European Writer.' In *The Yale Companion to Chaucer*, edited by Seth Lerer, 55–86. New Haven, CT: Yale University

Press, 2006.

——. 'The Not Yet *Wife of Bath's Prologue and Tale.*' In *Gender, Poetry, and the Form of Thought in Later Medieval Literature: Essays in Honor of Elizabeth A. Robertson*, edited by Jennifer Jahner and Ingrid Nelson, 201–221. Bethlehem, PA: Lehigh University Press, 2022.

Smith, Warren S. 'The Wife of Bath Debates Jerome.' *Chaucer Review* 32:2 (1997): 129–145.

Sobecki, Sebastian. 'Wards and Widows: *Troilus and Criseyde* and New Documents on Chaucer's Life.' *ELH* 86 (2019): 413–440.

——. '"The writyng of this tretys": Margery Kempe's Son and the Authorship of Her Book.' *Studies in the Age of Chaucer* 37 (2015): 257–283.

Southern, R. W. *The Making of the Middle Ages*. New Haven, CT: Yale University Press, 1953.

Spearing, A. C. *Medieval Autographies: The "I" of the Text*. Notre Dame, IN: University of Notre Dame Press, 2012.

Staley, Lynn. *Margery Kempe's Dissenting Fictions*. University Park: Pennsylvania State University Press, 1994.

Stallybrass, Peter, and Allon White. *The Politics and Poetics of Transgression*. London: Methuen, 1986.

Strauss, Neil. *The Game: Penetrating the Secret Society of Pick-Up Artists*. Edinburgh: Canongate, 2007.

Strohm, Paul. *Social Chaucer*. Cambridge, MA: Harvard University Press, 1989.

Stuart, Donald Clive. 'The Source of Two of Voltaire's "Contes en Vers."' *Modern Language Review* 12:2 (1917): 177–181.

Summit, Jennifer. *Lost Property: The Woman Writer and English Literary History, 1380–1589*. Chicago: University of Chicago Press, 2000.

Sumption, Jonathan. *Pilgrimage: An Image of Medieval Religion*. London: Faber and Faber, 1974.

Sutton, Anne F. 'Two Dozen and More Silkwomen of Fifteenth Century London.' *Ricardian* 16 (2006): 1–8.

Swanson, R. N. *The Twelfth-Century Renaissance*. Manchester: Manchester University Press, 1999.

Swift, Helen. 'The Poetic I.' In *A Companion to Guillaume de Machaut*, edited by Deborah McGrady and Jennifer Bain, 15–32. Leiden: Brill, 2012.

Talbot Donaldson, E. *The Swan at the Well*. New Haven, CT: Yale University Press, 1985.

Teramura, Misha. 'The Anxiety of *Auctoritas*: Chaucer and *The Two Noble Kinsmen*.' *Shakespeare Quarterly* 63:4 (2012): 544–576.

Thompson, Ann. *Shakespeare's Chaucer: A Study in Literary Origins*. Liverpool: Liverpool University Press, 1978.

Thurston, Bonnie. *The Widows: A Women's Ministry in the Early Church*. Minneapolis: Thurston Press, 1989.

Tilley, M. P. 'Two Shakespearean Notes.' *Journal of English and Germanic Philology* 24:3 (July 1925): 315–324.

Treharne, Elaine. 'The Stereotype Confirmed? Chaucer's Wife of Bath.' In *Writing Gender and Genre in Medieval Literature: Approaches to Old and Middle English Texts*, edited by Elaine Treharne, 93–115. Cambridge: D. S. Brewer, 2002.

Turner, Marion. *Chaucer: A European Life*. Princeton, NJ: Princeton University Press, 2019.

Vaddi, Aarthi. 'Narratives of Migration, Immigration, and Interconnection.' In *The Cambridge Companion to British Fiction since 1945*, edited by David James, 61–76. Cambridge: Cambridge University Press, 2015.

Veale, Elspeth. 'Matilda Penne, Skinner (d. 1392–3).' In *Medieval London Widows, 1300–1500*, edited by Caroline M. Barron and Anne F. Sutton, 47–54. London:

Bloomsbury, 1994.

Vermeule, Blakey. *Why Do We Care About Literary Characters?* Baltimore: Johns Hopkins University Press, 2010.

Vighi, Fabio. 'Pasolini and Exclusion: Žižek, Agamben and the Modern Sub-Proletariat.' *Theory, Culture & Society* 20:5 (2003): 99–121.

Wallace, David. *Chaucerian Polity: Absolutist Lineages and Associational Forms in England and Italy*. Stanford: Stanford University Press, 1997.

——. 'New Chaucer Topographies.' *Studies in the Age of Chaucer* 29 (2007): 3–19.

Walter, Melissa Emerson. *The Italian Novella and Shakespeare's Comic Heroines*. Toronto: University of Toronto Press, 2019.

Walters, Lori. 'Chivalry and the (En)Gendered Poetic Self, Petrarchan Models in the "Cent Balades."' In *City of Scholars: New Approaches to Christine de Pizan*, edited by Margaret Zimmerman and Dina de Rentis, 43–66. New York: Walter de Gruyter, 1994.

Watt, David. *The Making of Thomas Hoccleve's Series*. Liverpool: Liverpool University Press, 2014.

Watt, Diane. "Margery Kempe.' In *The History of British Women's Writing, 700–1500*, edited by L. H. McAvoy et al., 232–240. London: Palgrave Macmillan: 2012.

——. *Women, Writing, and Religion in England and Beyond, 650–1100*. London: Bloomsbury, 2020.

Watts, John. *Henry VI and the Politics of Kingship*. Cambridge: Cambridge University Press, 1996.

White, Hayden. *The Content of the Form: Narrative Discourse and Historical Representation*. Baltimore, MD: Johns Hopkins University Press, 1987.

Willard, Charity Cannon. *Christine de Pizan: Her Life and Works*. New York: Perseus Books, 1984.

Wimsatt, James I. *Chaucer and His French Contemporaries: Natural Music in the*

Fourteenth Century. Toronto: University of Toronto Press, 1991.

Winstead, Karen. *The Oxford History of Life-Writing*. Vol. 1. Oxford: Oxford University Press, 2017.

Winton, Calhoun. *John Gay and the London Theatre*. Lexington: University Press of Kentucky, 1993.

Withingson, Phil. 'Putting the City into Shakespeare's City Comedy.' In *Shakespeare and Early Modern Political Thought*, edited by David Armitage et al., 197–216. Cambridge: Cambridge University Press, 2010.

Wright, Tom. *St Paul: A Biography*. London: SPCK, 2018.

Zanden, Jan Luiten van, Sarah Carmichael, and Tine de Moor. *Capital Women: The European Marriage Pattern, Female Empowerment and Economic Development in Western Europe, 1300–1800*. Oxford: Oxford University Press, 2019.

Zink, Michel. *The Invention of Literary Subjectivity*, translated by Davis Sices. Baltimore: Johns Hopkins University Press, 1999.

索 引

（以下页码为原书页码，即本书页边码）

Abbott, Diane 黛安·阿博特, 223

'ABC to the Virgin' (Chaucer)《圣母 ABC》(乔叟), 214

Abelard, Peter 彼得·阿贝拉尔, 98–103

Acts and Monuments (Foxe)《事迹与纪念碑》(福克斯), 167

Adversus Jovinianum (Jerome)《驳约维尼安》(哲罗姆): on bestiality 兽交, 40; Christine de Pizan and 克里斯蒂娜·德·皮桑, 106; on marriage and remarriage 婚姻和再婚, 80, 81–82; in Wife of Bath's Prologue《巴斯妇的引子》, 15, 18; women as metaphors for texts in 女性作为文本的隐喻, 31

Aesop's fables《伊索寓言》. See 'the man and the lion' fable 见"人与狮子"寓言

affect 情感, 116–17

Affrikano Petro (African Peter) 非洲的彼得, 234

Agbabi, Patience 佩兴斯·阿格巴比, 142, 227–28, 230–31, 233–34, 235–36, 237, 240, 241–44

Agnes Bookbynder 阿格尼斯·布克班德, 58

Aldee, Edward 爱德华·阿尔迪, 154–55

Alisoun Sings (Bergvall)《艾莉森在歌唱》(伯格瓦尔), 142, 222–26

All's Well That Ends Well (Shakespeare)《终成眷属》(莎士比亚), 172

Alnwick manuscript 阿尔恩维克手抄本, 134–35

Amores (Ovid)《恋歌》(奥维德), 32

Ancrene Wisse《女隐士守则》, 29

Annales Rerum Anglicarum (Worcester)《英格兰大事记》(伍斯特), 63–64

Anne of Bohemia 波希米亚的安妮 , 92

antifeminist literature 反女权主义文学 : Chaucer and 乔叟 , 3; Christine de Pizan and 克里斯蒂娜·德·皮桑 , 106–8; on marriage and remarriage 婚姻和再婚 , 80–82; in Wife of Bath's Prologue,《巴斯妇的引子》, 15–18, 40–41, 71, 106, 107–8 (*see also* 'book of wikked wyves' 又见"恶妻之书"); working women and 职业女性 , 49–50. See also *Adversus Jovinianum* (Jerome) 又见《驳约维尼安》(哲罗姆); *La Roman de la Rose* (*Romance of the Rose*)《玫瑰传奇》

Arabian Nights (1974 film)《一千零一夜》(1974 年电影), 204

Aristophanes 阿里斯托芬 , 181

Arndt-Ober, Margarethe 玛格丽特·阿恩特 – 奥伯 , 191

The Arrival of Brighteye and Other Poems (Breeze)《亮眼的到来和其他诗歌》(布雷兹), 230, 232, 244. *See also* 'The Wife of Bath in Brixton Market' (Breeze) 又见《布里克斯顿市场的巴斯妇》(布雷兹)

Atwood, Margaret 玛格丽特·阿特伍德 , 140–41

Augustine of Hippo 希波的奥古斯丁 , 23, 31, 79–80, 82–83, 114

Austen, Jane 简·奥斯丁 , 88

Avianus 阿维安努斯 , 87–88, 90

Bailey's Café (Naylor)《贝利的咖啡馆》(内勒), 228

Baker, David Erkine 大卫·埃尔金·贝克 , 182

ballads 民谣 , 7, 140, 142, 154–60, 163

Bally-Otes-Franck, Isabel 伊莎贝尔·巴利 – 奥特斯 – 弗朗克 , 4–5

Bamme, Adam 亚当·巴姆 , 74–75

Bardolf, Agnes 阿格尼斯·巴道夫 , 118, 124–25

Barton, Anne 安妮·巴顿 , 181

BBC (British Broadcasting Corporation) BBC (英国广播公司), 230

Beard, Mary 玛丽·比尔德, 223

Beauclerk, Diana (born Lady Diana Spencer) 戴安娜·博克勒克 (本名戴安娜·斯宾塞夫人), 198

Beaufort, Joan 琼·博福特, 75, 93–95

Beaufort, Margaret 玛格丽特·博福特, 64, 97

Beaumont, Francis 弗朗西斯·博蒙特, 166

Beaumont, John 约翰·博蒙特, 76

Becket, Thomas 托马斯·贝克特, 116

Benedict, Claire 克莱尔·本尼迪克特, 228

Benton, John 约翰·本顿, 102

Bergvall, Caroline 卡罗琳·伯格瓦尔, 142, 222–26

Berkeley, Elizabeth 伊丽莎白·伯克利, 92–93

Berlingham, John 约翰·伯林厄姆, 73

Beyoncé 碧昂丝, 223, 246

Bhabha, Homi K. 霍米·K. 巴巴, 243

Bible 《圣经》: Breeze and 布雷兹, 239–40; Falstaff and 福斯塔夫, 173, 178–79, 181–82; Heloise and 爱洛伊丝, 99–100, 103; on marriage and remarriage 婚姻和再婚, 35–36, 79–81; misogyny and 厌女症, 49, 80–81, 99–100, 149–52; *The Wanton Wife of Bath* (ballad) and 《放荡的巴斯妇》(民谣), 157–58; Wife of Bath's Prologue and 《巴斯妇的引子》, 35–36, 37–38, 79–80, 173, 178–79; women as travellers in 女性旅行者, 114. See also Paul, Saint 又见圣保罗

birth control 节育, 221

Black Death 黑死病, 4, 13–15, 50, 54–58, 68

Black Madonna 黑圣母, 234–35

Blake, William 威廉·布莱克, 3–4, 201

Blanche of Lancaster 兰开斯特的布兰奇, 92

Bloch, R. Howard R. 霍华德·布洛赫, 280n19

Bloom, Harold 哈罗德·布鲁姆, 174, 182

Boccaccio, Giovanni 乔万尼·薄伽丘, 30, 110, 171, 204

Boethius 波爱修斯, 23

Boniface, Saint 圣博尼法斯, 119

The Book of the City of Ladies (*Le Livre de la cité des dames*) (Christine de Pizan)《女士之城》(克里斯蒂娜·德·皮桑), 67, 68, 95–96, 105–6, 110, 262n18

The Book of the Duchess (Chaucer)《公爵夫人之书》(乔叟), 92

Book of the Knight of La Tour Landry《拉图尔·兰德里骑士之书》, 119

Book of the Three Virtues (Christine de Pizan)《三德书》(克里斯蒂娜·德·皮桑), 105

'book of wikked wyves' "恶妻之书": Black female writers and 黑人女性作家, 242–43; Heloise in 爱洛伊丝, 101; 'the man and the lion' fable and "人与狮子"寓言, 15–17, 90; as occasion for violence 暴力场景, 15–18; as parody of Paolo and Francesca's tale 对保罗和弗朗西斯卡故事的戏仿, 144–45; Pasolini and 帕索里尼, 206; trauma of misogyny and 厌女症造成的创伤, 106

Botelho, Jose Francisco 若泽·弗朗西斯科·博特略, 209

Bowden, Betsy 贝齐·鲍登, 198

Bradshaw Shift 布拉德肖转变, 263n39

Brathwait, Richard 理查德·布拉斯维特, 167

Breeze, Jean 'Binta' 琼·"宾塔"·布雷兹, 142, 227–28, 229–30, 232, 233–34, 235–37, 241–43

Brembre, Nicholas 尼古拉斯·布雷姆布雷, 73, 74, 75

Brewer, David A. 大卫·A. 布鲁尔, 28

Bridget (Birgitta) of Sweden 瑞典的比吉特, 118–19

British Nationality Act (1948)《英国国籍法》(1948), 232

Brownlee, Kevin 凯文·布朗利, 107

Budgen, Frank 弗兰克·巴金, 214
Burghersh, Maud 莫德·伯格什, 77
Bury, Richard de 理查德·德·伯利, 89, 90
Butler, Judith 朱迪斯·巴特勒, 223

The Cachoeira Tales (Nelson)《卡舒埃拉故事集》(纳尔逊), 228–29
Cade, Jack 杰克·凯德, 63
Cambridge University Library Dd 4.24 manuscript 剑桥大学图书馆 Dd 4.24 手抄本, 147
Campbell, Naomi 娜奥米·坎贝尔, 246
Canon's Yeoman (character) 教士跟班 (人物角色), 25, 32
Canon's Yeoman's Prologue《教士跟班的引子》, 25
Canterbury 坎特伯雷, 116
'Canterbury Interlude' "坎特伯雷插曲", 134–35
The Canterbury Pilgrims (MacKaye)《坎特伯雷朝圣者》(麦凯), 161, 191, 201–3, 206–7
Canterbury Tales (Chaucer)《坎特伯雷故事集》(乔叟): Alice Chaucer and 爱丽丝·乔叟, 97; children's versions of 儿童版, 200–201; glossing or scribal commentary on 评注或抄写员评论, 140, 141–42, 146–53; manuscripts of 手抄本, 85, 97, 134–35, 146–53, 163; narrator in 叙述者, 3–4, 24–25; pattern of authority and interruption in 权威与打断模式, 84–86. See also General Prologue 又见总引; *specific characters, tales, and prologues* 具体的人物角色、故事和引子
The Canterbury Tales of Chaucer, Modernis'd by several Hands (1741)《乔叟坎特伯雷故事集：多人合作改写版》(1741), 162–63
Carleton, Joanna 乔安娜·卡勒顿, 60
carnival 狂欢节, 181, 183, 187–88
Carruthers, Mary 玛丽·卡鲁瑟斯, 78–79

索引 341

Castor, Helen 海伦·卡斯特, 64

Catherine de Valois 凯瑟琳·德·瓦卢瓦, 76

Catholicism 天主教, 157–58, 163

Cavendish, Margaret 玛格丽特·卡文迪什, 182

Caxton, William 威廉·卡克斯顿, 223–24

Ce qui plaît aux dames (Voltaire)《取悦女士之道》(伏尔泰), 190–91, 192–98, 206, 209

Champaigne, Cecily 塞西莉·尚佩涅, 41

Champion, Katherine 凯瑟琳·尚皮恩, 66

Chandler, William 威廉·钱德勒, 269n37

Chapman, George 乔治·查普曼, 166

Chapman, Vera 薇拉·查普曼, 140, 218–22

character 人物角色: literary subjectivity and 文学主体性, 3–5, 22–28, 32–33; women as 女性, 28–33. See also Wife of Bath (character) 又见巴斯妇 (人物角色); *specific characters* 具体的人物角色

'Chaucer' (Hughes)《乔叟》(休斯), 7–8

Chaucer, Alice, duchess of Suffolk 萨福克公爵夫人爱丽丝·乔叟, 62–65, 75, 77–78, 93, 95–97, 110

Chaucer, Geoffrey 杰弗里·乔叟: carnival and 狂欢节, 188; Christine de Pizan and 克里斯蒂娜·德·皮桑, 108–10; as 'dead white male' "已故的白人男性", 233–35; dream poems by 梦幻诗, 24; Elizabethan and Jacobean literature and 伊丽莎白时代和詹姆士一世时代的文学, 166–67 (*see also* Shakespeare, William 又见威廉·莎士比亚); English language and 英语语言, 235–36; female patrons and 女性赞助人, 92–93; Hawkwood and 霍克伍德, 130; rape and 强奸, 41; women and 女性, 14–15, 58, 92–93; wool trade and 羊毛贸易, 51; working women and 职业女性, 14–15, 58

Chaucer, Geoffrey, works of 乔叟·杰弗里的作品: 'ABC to the Virgin'《圣母

ABC》, 214; *The Book of the Duchess*《公爵夫人之书》, 92; *The Legend of Good Women*《贤妇传说》, 31–32, 92; *Lenvoy de Bukton*《派往布克顿的信使》, 26, 143; *Troilus and Criseyde*《特罗勒斯与克丽西德》, 5, 31–32, 94, 170. See also *Canterbury Tales* (Chaucer) 又见《坎特伯雷故事集》(乔叟)

Chaucer, Philippa 菲利帕·乔叟, 93

Chaucer, Thomas 托马斯·乔叟, 77, 95, 261n54

Chaucer-pilgrim (character) 乔叟-朝圣者(人物角色), 25, 125

Chrétien de Troyes 克雷蒂安·德·特鲁瓦, 22

Christine de Pizan 克里斯蒂娜·德·皮桑, 18, 60–62, 67–68, 95–96, 104–12, 119, 262n18

Christine de Pizan, works of 克里斯蒂娜·德·皮桑的作品: *The Book of the City of Ladies* (*Le Livre de la cité des dames*)《女士之城》, 67, 68, 95–96, 105–6, 110, 262n18; *Book of the Three Virtues*《三德书》, 105; *Le Dit de la Pastoure*《牧羊人的故事》, 95–96; *L'Epistre au Dieu d'Amours*《致爱神书》, 106–7, 109; *L'Epistre d'Othea*《奥瑟亚书信集》, 111; *Mutacion de Fortune*《命运的转变》, 67–68; *The Treasure of the City of Ladies*《女士之城的宝藏》, 60–62; *The Vision*《幻象》, 109

The Chronicles of Jerusalem《耶路撒冷编年史》, 93

Clanvowe, John 约翰·克兰沃, 109

Clarke, Charles Cowden 查尔斯·考登·克拉克, 200–201

Clarke, Kenneth 肯尼斯·克拉克, 271n4

Claver, Alice 爱丽丝·克拉弗, 66

Clerk, Elena 埃琳娜·克勒克, 130

clerks 学士, 15–16, 90–91

Clerk's Prologue《学士的引子》, 170

Clerk's Tale《学士的故事》, 25–26, 145, 201, 270n1, 272n13

The Cobbler of Canterbury《坎特伯雷的补鞋匠》, 167, 168–69, 171

Col, Gontier 贡蒂尔·科尔, 107

Commentary (Brathwait)《评论》(布拉思韦特), 167

Complaint of the Virgin (Hoccleve)《处女之诉》(霍克利夫), 92

Confessio amantis (Gower)《情人的忏悔》(高尔), 29, 93. See also 'Tale of Florent' (Gower) 又见《弗洛伦特的故事》(高尔)

confession 忏悔, 22–25

Confessions (Augustine)《忏悔录》(奥古斯丁), 23, 31

Consolation of Philosophy (Boethius)《哲学的慰藉》(波爱修斯), 23

Constance of Castile 卡斯蒂利亚的康斯坦斯, 58

Cook's Tale《厨师的故事》, 204, 205

Cooper, Helen 海伦·库珀, 171, 214

Coppola, Manuela 曼努埃拉·科波拉, 236

Criseyde 克丽西德, 31–32

Cromwell, Thomas 托马斯·克伦威尔, 1–2

cross-dressing 异装, 202

crusades 十字军东征, 116

Cudjoe, Captain 库乔上尉, 244–45

Cuthbert 卡斯伯特, 119

Dante 但丁, 30, 144–45

D'Arcens, Louise 路易丝·达森斯, 278n28

Davis, Kathleen 凯瑟琳·戴维斯, 283n24

Day, John 约翰·戴伊, 166

de Arcangelis, Sofia 索菲亚·德·阿坎吉利斯, 119, 124

Decameron (Boccaccio)《十日谈》(薄伽丘), 30, 110, 171, 204

Decameron (1971 film)《十日谈》(1971年电影), 204

Dekker, Thomas 托马斯·戴克尔, 166

De morali principis (Vincent de Beauvais)《论君主的道德原则》(博韦的樊尚), 95–96

Deschamps, Eustache 尤斯塔什·德尚 , 38–39, 109

Devereux, Robert, Earl of Essex 埃塞克斯伯爵罗伯特·德弗罗 , 158–59

Dido 狄多 , 8–9, 31, 143

Dinshaw, Carolyn 卡罗琳·丁肖 , 31

Dipsas 狄普萨丝 , 32, 35

Le Dit de la Pastoure (Christine de Pizan)《牧羊人的故事》(克里斯蒂娜·德·皮桑), 95–96

dits amoureux (love narratives) 爱情叙事诗 , 23–24, 30–31

Ditz de philisophus《哲人箴言集》, 95–96

domestic violence 家暴 , 15–18, 35–36. *See also* 'book of wikked wyves' 又见 "恶妻之书"

Douglas, Mary 玛丽·道格拉斯 , 223

dower 寡妇产 , 72–73

dowry 嫁妆 , 57, 72–73

Dryden, John 约翰·德莱顿 : Beauclerk and 博克勒克 , 198; Voltaire and 伏尔泰 , 140, 190–91, 192–98; Wife of Bath and 巴斯妇 , 7, 144, 161–62, 163–65

Duby, Georges 乔治·杜比 , 15

Dunbar, William 威廉·邓巴 , 144

Duni, Egidio 埃吉迪奥·杜尼 , 199

Dunn, Jourdan 卓丹·邓 , 246

'Duppy dance' (Breeze)《鬼魂之舞》(布雷兹), 244

Eco, Umberto 翁贝托·艾柯 , 217

Edward III, King of England 英格兰国王爱德华三世 , 4, 65–66, 92

Egerton glossator 评注者埃格顿 , 147–53, 163

Eleanor de Bohun 埃莉诺·德·博恩, 92

Elizabeth of York 约克的伊丽莎白, 64

Ellesmere manuscript 埃尔斯米尔手抄本, 85, 97, 146–47

The Emperor's Babe (Evaristo)《皇帝的宝贝》(埃瓦里斯托), 234

HMT *Empire Windrush* (ship) HMT 帝国疾风号（轮船）, 232. *See also* Windrush generation 又见疾风一代

Eneydos (Caxton)《埃涅阿斯纪》(卡克斯顿), 223–24

English language 英语语言: in *Alisoun Sings* (Bergvall)《艾莉森在歌唱》(伯格瓦尔), 224, 225–26; Joyce and 乔伊斯, 213

L'Epistre au Dieu d'Amours (Christine de Pizan)《致爱神书》(克里斯蒂娜·德·皮桑), 106–7, 109

L'Epistre d'Othea (Christine de Pizan)《奥瑟亚书信集》(克里斯蒂娜·德·皮桑), 111

European Marriage Pattern 欧洲婚姻模式, 50–51, 56–58

Evaristo, Bernardine 伯纳丁·埃瓦里斯托, 234

The Exeter Book《埃克塞特之书》, 22

Fables, Ancient and Modern (Dryden)《古今寓言集》(德莱顿), 161–62, 163–64

fabliaux 讽刺寓言, 30

Fabri, Felix 费利克斯·法布里, 115–16

Falstaff (character) 福斯塔夫（人物角色）: Bible and《圣经》, 173, 178–79, 181–82; carnival and 狂欢节, 188; Fuseli and 富塞利, 189; historical and literary sources of 历史和文学来源, 180–82; Wife of Bath and 巴斯妇, 172–82, 184–88

Falstaff (Nye)《福斯塔夫》(奈伊), 174

Falstaff (Verdi)《福斯塔夫》(威尔第), 174

Falstaff's Wedding (Kenrick)《福斯塔夫的婚礼》(肯里克), 174

Farrell, Warren 沃伦·法雷尔, 243

Fastolf, John 约翰·法斯托夫, 64, 111, 181. *See also* Falstaff (character) 又见福斯塔夫 (人物角色)

Favart, Charles-Simon 夏尔 – 西蒙·法瓦尔, 199, 203

La fée Urgèle (opera)《仙女乌尔盖尔》(歌剧), 191, 198–200, 203

femmes sole 独立妇女, 14, 58. *See also* working women 又见职业女性

Finnegan's Wake (Joyce)《芬尼根的守灵夜》(乔伊斯), 212–13

'The First Part of the Life and Reign of King Henry the IIII' (Hayward)《国王亨利四世的生平和统治 : 第一部》(海沃德), 158

Fitznichol, John 约翰·菲茨尼科尔, 74

Fletcher, John 约翰·弗莱彻, 144, 166, 167, 169–70

The Flower and the Leaf (anonymous poem)《花与叶》(无名氏诗作), 164

Fourth Lateran Council (1215) 第四次拉特兰会议 (1215), 22–23

Fowler, Elizabeth 伊丽莎白·福勒, 21–22

Foxe, John 约翰·福克斯, 167

Franklin's Tale《平民地主的故事》, 71, 202

Friar (character) 托钵修士 (人物角色), 85–86

Friar's Tale《托钵修士的故事》, 204, 205

Froissart, Jean 让·傅华萨, 92

Fuseli, Henry 亨利·富塞利, 189–90

Galen 盖伦, 81

The Game (Strauss)《爱情游戏》(施特劳斯), 243

Ganim, John 约翰·加尼姆, 28

Gay, John 约翰·盖伊, 142, 144, 160–61, 219–20

General Prologue 总引 : Chaucer figure in 人物角色乔叟, 125; Joyce on 乔伊斯, 213, 214, narrator in 叙述者, 24–25; Wife of Bath in 巴斯妇, 51, 113–14, 120–21, 133–34, 187, 221, 223; *The Wife of Willesden* (Smith) and《威尔斯登的妇人》

(史密斯), 231

Gerson, Jean 让·热尔松, 107

Gillet, Louis 路易·吉莱, 213, 214–15

Gilson, Etienne 艾蒂安·吉尔森, 102

Gisors, Joan 琼·日索尔, 73

'The Good Wyfe Wold a Pylgremage' (late-medieval poem)《好妇人要去朝圣》(中世纪晚期诗歌), 114–15

Goskin, Henry 亨利·戈斯金, 155

Gower, John 约翰·高尔, 14, 29, 41–44, 93, 167, 168, 199

Greene, Robert 罗伯特·格林, 144, 166, 167, 168–69

Greenes Vision (Greene)《幻象》(格林), 168–69

Greystoke, Lady (Elizabeth Ferrers) 格雷斯托克夫人(伊丽莎白·费雷尔), 94–95

Guillaume de Machaut 纪尧姆·德·马肖, 23–24

Guillaume de Tignonville 纪尧姆·德·蒂尼翁维尔, 95–96

The Handmaid's Tale (Atwood)《使女的故事》(阿特伍德), 140–41

Havelock the Dane《丹麦人哈夫洛克》, 28–29

Hawkwood, John 约翰·霍克伍德, 130

Hayward, John 约翰·海沃德, 158

Heloise 爱洛伊丝, 91–92, 97–103

Henry IV, King of England 英格兰国王亨利四世, 95, 109–10, 158–59

Henry IV Parts 1 and 2 (Shakespeare)《亨利四世》上下篇(莎士比亚), 174–83, 188

Henry V (Shakespeare)《亨利五世》(莎士比亚), 188

Henry VI, King of England 英格兰国王亨利六世, 62–63, 65

Herlawe, Peter 彼得·赫劳, 60

Heroides (Ovid)《女杰书简》(奥维德), 31

Heywood, John 约翰·海伍德, 276n39

Historia Calamitatum (Abelard)《受难史》(阿贝拉尔), 98–99, 101

Hoccleve, Thomas 托马斯·霍克利夫, 14, 92, 93–94, 108, 109, 144

Hodges, Laura 劳拉·霍奇斯, 133–34

Homer 荷马, 212–13, 218

Host (Harry Bailly) (character) 旅店主人 (哈利·贝利) (人物角色), 25, 46, 84–85, 86, 145, 181

Howard, Donald 唐纳德·霍华德, 26–27

Howden, Cecilia 塞西莉亚·豪登, 130

'How the Good Wife Taught Her Daughter' (poem)《贤妻育女经》(诗), 54–55

Hughes, Ted 泰德·休斯, 7–8

humanism 人文主义, 14

Humphrey, Duke of Gloucester 格洛斯特公爵汉弗莱, 94

Ida, lady of Nevill of Essex 埃塞克斯内维尔的伊达夫人, 118, 124–25

Inferno (Dante)《地狱篇》(但丁), 144–45

inheritance laws 继承法, 52, 72–77

institutional racism 制度性种族主义, 232–33

Isabel of York 约克的伊莎贝尔, 92–93

Italian humanism 意大利人文主义, 14

Jack Upland《杰克·阿普兰》, 167

Jean de la Mote 让·德·拉·莫特, 92

Jean de Meun 让·德·默恩. See *La Roman de la Rose* (*Romance of the Rose*) 见《玫瑰传奇》

Jean de Montreuil 让·德·蒙特勒伊, 107

Jerome 哲罗姆, 49, 82. See also *Adversus Jovinianum* (Jerome) 又见《驳约维尼安》(哲罗姆)

Joan de Bohun 琼·德·博恩, 92

Joan of Arc 圣女贞德, 111

John of Gaunt 冈特的约翰, 77, 93, 261n54

Johnson, Jeri 杰里·约翰逊, 279n5

Jonson, Ben 本·约翰逊, 166

Joyce, James 詹姆斯·乔伊斯, 140, 142, 212–18, 225

Joyce, Lucia 露西娅·乔伊斯, 214

Julian of Norwich 诺维奇的朱利安, 110

Justman, Stewart 斯图尔特·贾斯特曼, 214

Kempe, Margery 玛格丽·坎普: as author 作者, 6, 91–92, 94–95, 103–4; male scribes and 男性抄写员, 6, 67; Pepwell and 佩普韦尔, 83, 104, 112; as traveller 旅行者, 118–19, 124–30, 132–33; as working woman 职业女性, 58–59

Kenrick, William 威廉·肯里克, 174

Kicking Tongues (King-Aribisala)《踢踏之舌》(金–阿里比萨拉), 228

King-Aribisala, Karen 凯伦·金–阿里比萨拉, 228

King Horn《霍恩王》, 28–29

Knight (character) 骑士 (人物角色), 32, 134

Knight's Tale《骑士的故事》, 84, 154, 164, 170–71, 192

Kowaleski, Maryanne 玛丽安·科瓦勒斯基, 259n22

Langland, William 威廉·兰格伦, 14, 24, 29–30

The Legend of Good Women (Chaucer)《贤妇传说》(乔叟), 31–32, 92

Lenvoy de Bukton (Chaucer)《派往布克顿的信使》(乔叟), 26, 143

Leo, John 约翰·里奥, 145–46

Le Livre de la cité des dames (*The Book of the City of Ladies*) (Christine de Pizan)《女士之城》(克里斯蒂娜·德·皮桑), 67, 68, 95–96, 105–6, 110, 262n18

Le Livre des faits d'armes (Feats of Arms and of Chivalry)《武艺与骑士精神之书》, 111

loathly lady myth 丑妇神话, 41–45, 172, 194, 196–99, 207

Lollardy 罗拉德派, 110

London British Library Additional 5140 manuscript 伦敦大英图书馆附加手抄本5140, 147–53

London British Library Egerton 2864 manuscript 伦敦大英图书馆埃格顿手抄本2864, 147–53

Lorde, Audre 奥黛丽·洛德, 223

Lydgate, John 约翰·利德盖特, 95–96, 144, 184–85

Lydia 吕底亚, 49

Lyly, John 约翰·李利, 166

lyrics 抒情诗, 22, 29, 30–31

MacKaye, Percy 珀西·麦凯, 161, 191, 201–3, 206–7, 219–20

Maguire, Laurie 劳里·马奎尔, 171

Man of Law (character) 律师(人物角色), 32, 84–85

Man of Law's Tale《律师的故事》, 37, 217, 270n1

'the man and the lion' fable "人与狮子"寓言, 15–17, 87–91

Manières de Langages《语言方式》, 131–32

Manly, J. M. J. M. 曼利, 26

Mann, Jill 吉尔·曼, 21

Manning, Chelsea 切尔西·曼宁, 225

Map, Walter 沃尔特·马普, 106

Margaret of Anjou 安茹的玛格丽特, 62–63, 65

索引 351

Margaret of Beverley 贝弗利的玛格丽特, 121–23, 124

Margarete Florentyn 玛格丽特·弗洛伦汀, 132–33

Marie de France 玛丽·德·弗朗西, 89–90

marketing 营销, 139

Marlowe, Christopher 克里斯托弗·马洛, 166

maroons (runaway slaves) 马隆人（逃跑的奴隶）, 244–45

marriage and remarriage 婚姻和再婚: antifeminist literature on 反女权主义文学, 80–82; Bible on《圣经》, 35–36, 79–81; canon law on 教会法, 69, 83; European Marriage Pattern and 欧洲婚姻模式, 50–51, 56–58; inheritance laws and 继承法, 52, 72–75; legal and social status of widows and 寡妇在法律和社会上的地位, 70–77; Wife of Bath and 巴斯妇, 52–53, 69–71, 78–80; working women and 职业女性, 50–52

Marston, John 约翰·马斯顿, 166

Mary de Bohun 玛丽·德·博恩, 92

Matheolus (Mathieu of Boulogne) 马特奥卢斯（布洛涅的马蒂厄）, 37, 106

McDonald, Nicola 尼古拉·麦克唐纳, 92

Meditations on the Passion (Rolle)《受难沉思录》(罗尔), 94

memory 记忆, 35–36

Merchant (character) 商人（人物角色）, 32

Merchant's Tale《商人的故事》, 26, 204, 205

The Merry Wives of Windsor (Shakespeare)《温莎的风流娘儿们》(莎士比亚), 171–73, 180, 182–88, 189–90

Metel, Hugh 休·梅特尔, 101

Mews, Constant 康斯坦特·缪斯, 101, 103

Meyrick, Gelly 盖利·梅里克, 159

Middleton, Thomas 托马斯·米德尔顿, 166

A Midsummer Night's Dream (Shakespeare)《仲夏夜之梦》(莎士比亚), 170–71

miles gloriosus (swaggering soldier) 吹牛的士兵, 181

Miller (character) 磨坊主 (人物角色), 84, 85, 167

Miller, Gina 吉娜・米勒, 223

Miller's Tale《磨坊主的故事》, 204, 205, 229

The Mirror and the Light (Mantel)《镜与光》(曼特尔), 1–2

misogyny 厌女症 : Bible and《圣经》, 49, 80–81, 99–100, 149–52; clerks and 学士, 15–16, 90–91; Heloise and 爱洛伊丝, 99–100; 'the man and the lion' fable and "人与狮子"寓言, 87–88, 90–91; Pasolini and 帕索里尼, 205–7; remarriage and 再婚, 70–71; silencing of Alison and 让艾莉森消音, 7, 8, 144–53, 160–63 (*see also* ballads 又见民谣 ; Dryden, John 约翰・德莱顿 ; Gay, John 约翰・盖伊); women as travellers and 女性旅行者, 119–20; women as unintellectual and 女性没有智识, 89. See also antifeminist literature 又见反女权主义文学 ; 'book of wikked wyves' "恶妻之书"

Monk (character) 僧士 (人物角色), 32, 84–85

Montagu, John 约翰・蒙塔古, 109

Montagu, Thomas 托马斯・蒙塔古, 77, 110

moral sensibility 道德感, 36–37

Morden, Simon de 西蒙・德・莫登, 65–66

Morland, Isabella de 伊莎贝拉・德・莫兰, 58

Morrison, Susan Signe 苏珊・西涅・莫里森, 120

Mowbray, John 约翰・莫布雷, 75

Moxon, Steve 史蒂夫・莫克森, 243

A Mulher de Bath (Brazilian play)《巴斯的一个女人》(巴西戏剧), 209

Munzer, Hieronymus 希罗尼穆斯・芒泽, 133

Mutacion de Fortune (Christine de Pizan)《命运的转变》(克里斯蒂娜・德・皮桑), 67–68

The Myth of Male Power (Farrell)《男性权力的迷思》(法雷尔), 243

Nanny of the Maroons (Queen Nanny, Granny Nanny) 马隆人的娜妮（娜妮女王，娜妮奶奶）, 244–45

narrator 叙述者, 3–4, 23–25

Naylor, Gloria 格洛丽亚·内勒, 228

Nelson, Marilyn 玛丽莲·纳尔逊, 228–29

neolocality 新居制, 57

Neville, Anne, Duchess of Buckingham 白金汉公爵夫人安妮·内维尔, 95

Neville, Cecily, Duchess of York 约克公爵夫人塞西莉·内维尔, 75–76, 95

Neville, Katherine 凯瑟琳·内维尔, 75–76, 95

Neville, Ralph 拉尔夫·内维尔, 75–76, 93

Newman, Barbara 芭芭拉·纽曼, 101, 102

Nun's Priest's Tale《修女院教士的故事》, 154, 164

NW (Smith)《西北》(史密斯), 234

Nye, Robert 罗伯特·奈伊, 174

Odyssey (Homer)《奥德赛》(荷马), 212–13, 218

Oldcastle, John 约翰·奥德卡斯尔, 181

Opowieści Kanterberyjskie (Polish play)《坎特伯雷故事集》(波兰戏剧), 140, 207–9

Ovid 奥维德, 31, 32, 221

Oxford University 牛津大学, 96–97

Pardoner (character) 卖赎罪券者（人物角色）, 25, 26, 32, 85–86, 134

Pardoner's Prologue《卖赎罪券者的引子》, 25, 192

Pardoner's Tale《卖赎罪券者的故事》, 204, 205, 209

Parewastel, Isolda 伊索尔达·帕雷瓦斯特尔, 123–24

Parson (character) 牧师（人物角色）, 84–85

Parson's Tale《牧师的故事》, 37, 152, 213, 217

Pasolini, Pier Paolo 皮埃尔·保罗·帕索里尼, 140, 190–91, 203–7, 209

Paston, John, III 约翰·帕斯顿三世, 62

Paston, Margaret 玛格丽特·帕斯顿, 78

pastourelle 田园诗歌, 30

Paul, Saint 圣保罗, 35–36, 48–50, 178–79

Paula (Jerome's patron) 葆拉（哲罗姆的赞助人）, 49, 82

Pearl《珍珠》, 24, 29

Peele, George 乔治·皮尔, 166

Pelerinage de la Vie Humaine《人生朝圣之旅》, 95–96

penitential handbooks 悔罪规则书, 22–23

Penne, Matilda 玛蒂尔达·佩内, 59–60, 66–67

Pepwell, Henry 亨利·佩普韦尔, 83, 104, 112

Perkins, Clare 克莱尔·珀金斯, 232

Persuasion (Austen)《劝导》(奥斯丁), 88

Peterson, Jordan 乔丹·彼得森, 243

Peter the Venerable 尊者彼得, 101

Petrarch 彼特拉克, 170, 272n13

Petronilla Scriveyner 佩特罗妮拉·斯克里维纳, 66–67

Philipot, John 约翰·菲利波托, 73–74, 130

Philippa of Hainault 埃诺的菲莉帕, 92

Philobiblon (Bury)《书之爱》(伯利), 89, 90

Phoebe 菲比, 49

'Phyllyp Sparowe' (Skelton)《菲利普·斯帕罗》(斯克尔顿), 153–54

Piers Plowman (Langland)《农夫皮尔斯》(兰格伦), 24, 29–30

pilgrimages 朝圣: foreign languages and 外语, 131–33; guidebooks for 指南,

130–32; history of 历史, 116–18; men and 男人, 113–14, 115–16; Wife of Bath and 巴斯妇, 113–14, 120–21. *See also* wandering women 又见漫游的女人

Pilgrimage Window (York Minster) 朝圣之窗（约克大教堂）, 118

Pilgrim's Guide to Santiago de Compostela《圣地亚哥－德孔波斯特拉朝圣指南》, 130–31, 133

Plath, Sylvia 西尔维娅·普拉斯, 7–8

Plautus 普劳图斯, 181

Playboy (magazine)《花花公子》(杂志), 242–43

The Plowman's Tale《农夫的故事》, 167

Pole, Geoffrey de la 杰弗里·德·拉·波尔, 1–2

Pole, Margaret de la 玛格丽特·德·拉·波尔, 1–2

Pole, William de la 威廉·德·拉·波尔, 62–63, 78, 97

Pope, Alexander 亚历山大·蒲柏, 7, 144, 162–63

Prioress (character) 女修道院院长（人物角色）, 134–35, 201–2, 218–19

Proenca, Maite 梅特·普罗恩萨, 209

prostitution 卖淫, 119–20

Protestantism 新教, 156–57, 159–60

Proude, Agnes (alias Tudor) 阿格尼斯·普劳德（又名都铎）, 119

Purity and Danger (Douglas)《洁净与危险》(道格拉斯), 223

queer bodies 酷儿身体, 225

Querelle de la Rose《对〈玫瑰传奇〉的檄文》, 106

I racconti di Canterbury (1972 film)《坎特伯雷故事集》(1972年电影), 140, 190–91, 203–7, 209

Rackin, Phyllis 菲利斯·拉金, 182

Rafe Royster Doyster (Udall)《拉夫·罗伊斯特·多伊斯特》(尤德尔), 181

rape 强奸: Beauclerk and 博克勒克, 198; Chaucer and 乔叟, 41; in children's versions of *Canterbury Tales* 儿童版《坎特伯雷故事集》, 200–201; Dryden and 德莱顿, 193–96; in *La fée Urgèle*《仙女乌尔盖尔》, 199–200; Kempe and 坎普, 83; Pasolini and 帕索里尼, 206–7; Voltaire and 伏尔泰, 194–96, 198; women as travellers and 女性旅行者, 125–28

Raymond de Puy 雷蒙德·德·普伊, 123

reception 接受史. *See* Wife of Bath (character), afterlife of 见巴斯妇(人物角色)的来世

Rees-Mogg, Jacob 雅各布·里斯－莫格, 245

Reeve's Tale《管家的故事》, 204, 205

religious art and writing 宗教艺术和宗教文学, 22–23, 25

Remedia Amoris (Ovid)《爱的疗法》(奥维德), 221

Richard, Duke of York 约克公爵理查德, 64

Richard II, King of England 英格兰国王理查二世, 158–59

Richard II (Shakespeare)《理查二世》(莎士比亚), 158–59, 172

Richard of Ireland 爱尔兰的理查德, 126–27

Richard of York 约克的理查德, 75–76

Richeldis de Faverches 里切尔迪斯·德·法弗切斯, 116

Riddy, Felicity 费莉西蒂·里迪, 55

Roberts, Jeanne Addison 珍妮·艾迪生·罗伯茨, 173

Robertson, D. W. D. W. 罗伯逊, 3–4

Rolle, Richard 理查德·罗尔, 94

La Roman de la Rose (*Romance of the Rose*)《玫瑰传奇》: Christine de Pizan on 克里斯蒂娜·德·皮桑, 18, 105; confessional discourse and 忏悔式话语, 23, 24; Heloise and 爱洛伊丝, 98, 101–2; La Vielle in 老妇人, 23, 30, 32, 35, 69 70, 106, 107

Roman de Thebes《底比斯传奇》, 5

romances 浪漫传奇, 5, 22, 28–29, 30–31, 43–46, 246. *See also specific works* 另见具体作品

A Room of One's Own (Woolf)《一间自己的房间》(伍尔夫), 49, 53, 88

Roy, Arundhati 阿兰达蒂·罗伊, 223

Royal Shakespeare Company 皇家莎士比亚剧团, 228

runaway slaves (maroons) 逃跑的奴隶 (马隆人), 244–45

Rykener, John/Eleanor 约翰/埃莉诺·莱克纳, 225

Sands, Donald 唐纳德·桑兹, 27

Sarduche, Nicholas 尼古拉斯·萨尔杜什, 4–5, 65–66

Sawka, Jan 扬·萨夫卡, 208–9

Schibanoff, Susan 苏珊·施巴诺夫, 148

Scrope, Stephen 斯蒂芬·斯克罗普, 111

self and literary subjectivity 自我及文学主体性, 3–5, 22–28, 32–33

Series (Hoccleve)《系列》(霍克利夫), 93–94

sexuality and sexual economy 性与性经济: Dryden and 德莱顿, 163–64; Heloise and 爱洛伊丝, 98–101; *Ulysses* (Joyce) and《尤利西斯》(乔伊斯), 215–16; Wife of Bath and 巴斯妇, 163–64, 179, 215–16; women as travellers and 女性旅行者, 119–20, 125–28, 130–31. *See also* marriage and remarriage 又见婚姻和再婚

sexual poetics 性诗学, 31

sexual violence 性暴力. *See* rape 见强奸

Shakespeare, William 威廉·莎士比亚: Devereux and 德弗罗, 158–59; Fuseli and 富塞利, 190; influence of Chaucer on, 乔叟的影响, 7, 140, 142, 144, 166, 169–72; Wife of Bath's Prologue and《巴斯妇的引子》, 174–76, 179–80, 182–88; Wife of Bath's Tale and《巴斯妇的故事》, 172, 182–88. *See also* Falstaff (character) 又见福斯塔夫 (人物角色)

Shakespeare, William, works of 威廉·莎士比亚的作品: *All's Well That Ends Well*《终成眷属》, 172; *Henry IV Parts 1 and 2*《亨利四世》上下篇, 174–83, 188; *Henry V*《亨利五世》, 188; *The Merry Wives of Windsor*《温莎的风流娘儿们》, 171–73, 180, 182–88, 189–90; *A Midsummer Night's Dream*《仲夏夜之梦》, 170–71; *Richard II*《理查二世》, 158–59, 172; *The Taming of the Shrew*《驯悍记》, 182, 183; *Troilus and Cressida*《特洛伊罗斯与克瑞西达》, 170

Shepherd, John and Alice 约翰·谢泼德和爱丽丝·谢泼德, 129–30

Shipman's Tale《船长的故事》, 85, 141

Shrek (2001 film)《怪物史瑞克》(2001 年电影), 43

Sidney, Philip 菲利普·锡德尼, 166

Simpson, James 詹姆斯·辛普森, 252n13

sin 罪, 22–23, 37

Sir Gawain and the Green Knight《高文爵士和绿衣骑士》, 29

Sir Orfeo《奥菲欧爵士》, 28–29

Skelton, John 约翰·斯凯尔顿, 144, 153–54

slave labour 奴隶劳动, 53–54

Smerucci, Antonio 安东尼奥·斯姆卢奇, 269n37

Smith, Emma 艾玛·史密斯, 171

Smith, Zadie 扎迪·史密斯, 140, 142, 227–28, 231–34, 235–36, 237–46

social mobility 社会流动性, 13

Spenser, Edmund 埃德蒙·斯宾塞, 144, 166, 167

Squire (character) 扈从 (人物角色), 32

Statutes of Labourers 劳工法, 13

Stodeye, Idonia 伊多尼亚·斯托德耶, 73

Stodeye, Joan 琼·斯托德耶, 75

Stodeye, John 约翰·斯托德耶, 73

Stodeye, Margaret 玛格丽特·斯托德耶, 73–75, 83, 130

Strangways, Thomas 托马斯·斯特兰韦斯, 76

Strauss, Neil 尼尔·施特劳斯, 243

Summoner (character) 法庭差役 (人物角色), 86

Summoner's Tale《法庭差役的故事》, 204, 205

sumptuary laws 禁奢法, 13

Swynford, Katherine 凯瑟琳·斯温福德, 93, 261n54

'Tale of Florent' (Gower)《弗洛伦特的故事》(高尔), 41–44, 199

Tale of Jonathas (Hoccleve)《约拿单的故事》(霍克利夫), 93–94

Tales from Chaucer (Clarke)《乔叟的故事集》(克拉克), 200–201

The Taming of the Shrew (Shakespeare)《驯悍记》(莎士比亚), 182, 183

Tarleton's News《塔尔顿的新闻》, 171

Taylor, Agnes 阿格尼斯·泰勒, 130

Telling Tales (Agbabi)《讲述故事》(阿格巴比), 230–31

The Temple of Glas (Lydgate)《玻璃神庙》(利德盖特), 276n39

temporality 时间性, 33–36

Tertullian 德尔图良, 15, 80, 82–83

Thelma and Louise (1991 film)《末路狂花》(1991 年电影), 145–46

Theophrastus 泰奥弗拉斯托斯, 15, 18, 106

Thomas of Froidmont 弗鲁瓦蒙的托马斯, 122

Thynne, William 威廉·锡恩, 166–69

Tolkien Society 托尔金协会, 218

Transformatrix (Agbabi)《变形女王》(阿格巴比), 230. *See also* 'The Wife of Bafa' (Agbabi) 又见《巴法的妇人》(阿格巴比)

trans women 跨性别女性, 225

travelling 旅行. *See* pilgrimages 见朝圣

The Treasure of the City of Ladies (Christine de Pizan)《女士之城的宝藏》(克里

斯蒂娜·德·皮桑), 60–62

Treatise on Tolerance (Voltaire)《论宽容》(伏尔泰), 192

Tristram《特里斯坦》, 93

Troilus and Cressida (Shakespeare)《特洛伊罗斯与克瑞西达》(莎士比亚), 170

Troilus and Criseyde (Chaucer)《特罗勒斯与克丽西德》(乔叟), 5, 31–32, 94, 170

Trotula 特罗图拉, 98

Twelve Rules for Life (Peterson)《人生十二法则》(彼得森), 243

Two Noble Kinsmen (Shakespeare and Fletcher)《两贵亲》(莎士比亚和弗莱彻), 169–70

Twyford, Margery 玛格丽·特威福德, 60

Udall, Nicholas 尼古拉斯·尤德尔, 181

Ulysses (Joyce)《尤利西斯》(乔伊斯), 142, 212–18, 225

Vaddi, Aarthi 阿尔西·瓦迪, 237–38

vagina dentata 阴道有齿, 207

Valerius 瓦莱里乌斯, 18

Vanner, Henry 亨利·万纳, 75

Verdi, Giuseppe 朱塞佩·威尔第, 174

vernacular writing 方言写作, 110

Le viage de Godfrey Boylion《布永的戈弗雷东征记》, 93

La Vielle 老妇人. See *La Roman de la Rose* (*Romance of the Rose*) 见《玫瑰传奇》

Vincent de Beauvais 博韦的樊尚, 95–96

The Vision (Christine de Pizan)《幻象》(克里斯蒂娜·德·皮桑), 109

Voltaire 伏尔泰, 7, 140, 190–99, 206, 209

Wallace, David 大卫·华莱士, 91

Walsingham 沃尔辛厄姆, 116

The Wanderer《漫游者》, 22

wandering women 漫游的女人 : criticisms of 批评, 114–16; misogyny and 厌女症, 119–20; motivations and destinations of 动机和目的地; 117–19; opportunities and experiences of 机会和体验, 121–30; Proverbs and《箴言》, 46, 114, 120; rape and 强奸, 125–28; sexual impropriety and 性行为不端, 119–20, 130–31; Wife of Bath and 巴斯妇, 113–14, 120–21. *See also* pilgrimages 又见朝圣

The Wanton Wife of Bath (ballad)《放荡的巴斯妇》(民谣), 7, 154–56, 157–59, 163

Warton, Joseph 约瑟夫·沃顿, 162

Watt, Diane 黛安·瓦特, 97

Weaver, William 威廉·韦弗, 126

The Wedding of Sir Gawain and Dame Ragnall《高文爵士和瑞格蕾尔小姐的婚礼》, 41–44, 199

Wey, William 威廉·韦伊, 113–14

White, Edward 爱德华·怀特, 154–55

White, William 威廉·怀特, 154–55

widows 寡妇 : inheritance laws and 继承法, 52, 72–77; legal and social status of 在法律和社会上的地位 ; 70–77; as working women 职业女性, 50–52, 59–60. *See also* marriage and remarriage 又见婚姻和再婚

Wife of Bath (character) 巴斯妇 (人物角色): characteristics of 特征, 32–41; Christine de Pizan and 克里斯蒂娜·德·皮桑, 107–8; as 'confessional' pilgrim "忏悔型"朝圣者, 25; in General Prologue 总引, 51, 113–14, 120–21, 133–34, 187, 221, 223; invention of 创造, 2–6, 14–15, 20–22, 45–46 (*see also* self and literary subjectivity 又见自我及文学主体性); marriage and 婚姻, 52–53, 69–71; Miller and 磨坊主, 85; old age and 老年, 33–35, 179, 194; in other pilgrims' tales 在

其他朝圣者的故事中, 25–26; as performer 作为表演者, 211; scholarship on 学术研究, 26–28; sexuality of 性行为, 120–21, 163–64, 179; travel history of 旅行经历, 113–14, 120–21; women as characters and 女性角色, 28–33 (*see also* loathly lady myth 又见丑妇神话; *La Roman de la Rose* [*Romance of the Rose*], La Vielle in《玫瑰传奇》里的老妇人); as working woman 职业女性, 50–54. See also Wife of Bath's Prologue 又见《巴斯妇的引子》; Wife of Bath's Tale《巴斯妇的故事》

Wife of Bath (character), afterlife of 巴斯妇(人物角色)的来世: Black female writers and 黑人女性作家, 142, 227–29 (*see also* Agbabi, Patience 又见佩兴斯·阿格巴比; Breeze, Jean 'Binta' 琼·"宾塔"·布雷兹; Smith, Zadie 扎迪·史密斯); in 'Canterbury Interlude' "坎特伯雷插曲", 134–35; 'Chaucer' (Hughes) and《乔叟》(休斯), 7–8; continental responses to 欧洲大陆上的回应, 7, 190–91, 207–9 (see also *La fée Urgèle* [opera] 又见《仙女乌尔盖尔》[歌剧]; Pasolini, Pier Paolo 皮埃尔·保罗·帕索里尼; Voltaire 伏尔泰); early adaptations of 早期改编, 143–44, 153–65 (*see also* ballads 又见民谣); in Elizabethan and Jacobean literature 伊丽莎白时代和詹姆士一世时代的文学, 167–69 (*see also* Shakespeare, William 又见威廉·莎士比亚); glossing or scribal commentary and 评注或抄写员评论, 140, 141–42, 146–53; in *Lenvoy de Bukton* (Chaucer)《派往布克顿的信使》(乔叟), 26, 143; marketing and 营销, 139; novel and 小说, 211–12 (see also *Alisoun Sings* [Bergvall] 又见《艾莉森在歌唱》[伯格瓦尔]; *The Handmaid's Tale* [Atwood]《使女的故事》[阿特伍德]; *The Mirror and the Light* [Mantel]《镜与光》[曼特尔]; *Ulysses* [Joyce]《尤利西斯》[乔伊斯]; *The Wife of Bath* [Chapman]《巴斯妇》[查普曼]); silencing of 消音, 7, 8, 144–53, 160–63 (*see also* ballads 又见民谣; Dryden, John 约翰·德莱顿; Gay, John 约翰·盖伊); on stage 在舞台上, 140, 191, 207–9 (see also *The Canterbury Pilgrims* [MacKaye] 又见《坎特伯雷朝圣者》[麦凯]; *La fée Urgèle* [opera]《仙女乌尔盖尔》[歌剧]; *The*

Wife of Willesden [Smith]《威尔斯登的妇人》[史密斯]); in traditional and experimental forms 传统形式和实验形式, 8–9, 139–42; in the United States 在美国, 191

'The Wife of Bafa' (Agbabi)《巴法的妇人》(阿格巴比), 227–28, 230–31, 233–34, 235–36, 237, 240, 241–44

The Wife of Bath (Chapman)《巴斯妇》(查普曼), 140, 218–22

The Wife of Bath (Gay)《巴斯妇》(盖伊), 160–61

'The Wife of Bath in Brixton Market' (Breeze)《布里克斯顿市场的巴斯妇》(布雷兹), 227–28, 229–30, 233–34, 235–37, 241–43

Wife of Bath's Prologue《巴斯妇的引子》: antifeminist literature and 反女权主义文学, 15–18, 40–41, 71, 106, 107–8 (*see also* 'book of wikked wyves' 又见 "恶妻之书"); Bible and《圣经》, 35–36, 37–38, 79–80, 173, 178–79; *The Canterbury Pilgrims* (MacKaye) and《坎特伯雷朝圣者》(麦凯), 201–3; 'Chaucer' (Hughes) and《乔叟》(休斯), 7–8; as 'confessional' "忏悔式", 25; Dryden and 德莱顿, 7, 161– 62, 163–65, 193; on friendships 友谊, 66; as funny and irreverent 风趣又不敬, 37–41; glossing or scribal commentary on 评注或抄写员评论, 140, 141–42, 146–53; 'the man and the lion' fable and "人与狮子" 寓言, 15–17, 87–89, 90–91; on marriage and remarriage 婚姻和再婚, 52–53, 69–71, 78–80; multiple interruptions of 多次打断, 85–86; Pasolini and 帕索里尼, 204, 205–7; 'Phyllyp Sparowe' (Skelton)on《菲利普·斯帕罗》(斯克尔顿), 153–54; Pope and 蒲柏, 7, 144, 162–63; Shakespeare and 莎士比亚, 174–76, 179–80, 182–88; Tale and 故事, 167–68; temporality in 时间性, 33–36; women authors in 女性作者, 97–98; working women in 职业女性, 53–55. See also 'The Wife of Bafa' (Agbabi) 又见《巴法的妇人》(阿格巴比); 'The Wife of Bath in Brixton Market' (Breeze)《布里克斯顿市场的巴斯妇》(布雷兹); *The Wife of Willesden* (Smith)《威尔斯登的妇人》(史密斯)

Wife of Bath's Tale《巴斯妇的故事》: Dryden and 德莱顿, 164; folklore motifs in 民间传说母题, 40–45 (see also loathly lady myth 又见丑妇神话); Fuseli and 富塞利, 189–90; pattern of authority and interruption in Canterbury Tales and《坎特伯雷故事集》中的权威与打断模式; 85–86; Prologue and 引子, 167–68; Shakespeare and 莎士比亚, 172, 182–88. See also Dryden, John 又见约翰·德莱顿; Voltaire 伏尔泰; The Wife of Willesden (Smith)《威尔斯登的妇人》(史密斯)

The Wife of Beith (ballad)《巴斯妇》(民谣), 7, 156–58, 159–60, 163

The Wife of Willesden (Smith)《威尔斯登的妇人》(史密斯), 140, 227–28, 231–34, 235–36, 237–46

The Wife's Lament《妻子的悲叹》, 22

Windrush generation 疾风一代, 230, 232–33, 236

Withingson, Phil 菲尔·魏汀森, 276–77n43

The Woman Racket (Moxon)《女人的骗局》(莫克森), 243

women 女性: as authors and storytellers 作为作家和讲故事的人, 6, 87–89, 91–92, 110 (see also Christine de Pizan 又见克里斯蒂娜·德·皮桑; Heloise 爱洛伊丝; Kempe, Margery 玛格丽·坎普); as characters 人物角色, 28–33 (see also loathly lady myth 又见丑妇神话; La Roman de la Rose [Romance of the Rose], La Vieille in《玫瑰传奇》中的老妇人); as literal readers 只照字面意义阅读的读者, 145–46; political activities of 政治活动, 62–66; reading practices and 阅读实践, 5; textual culture and 文本文化, 91–97. See also marriage and remarriage 又见婚姻和再婚; wandering women 漫游的女人; working women 职业女性

Women Pleas'd (Fletcher)《取悦女人的方法》(弗莱彻), 167

Woodhouse-Gedge, Agnes 阿格尼斯·伍德豪斯－盖奇, 4–5

Woodville, Elizabeth 伊丽莎白·伍德维尔, 76

Woodville, John 约翰·伍德维尔, 76–77

Woolf, Virginia 弗吉尼亚·伍尔夫, 17, 49, 53, 66, 88

wool trade 羊毛贸易, 51–52

Worcester, William 威廉·伍斯特, 63–64, 111–12, 262n19

Worde, Wynkyn de 温金·德·沃德, 103–4

Workes of Geffrey Chaucer (1532)《杰弗里·乔叟作品集》(1532), 166–67

working women 职业女性: book production and 书籍制作, 67–68; as characters 人物角色, 29–30; early Christianity and 早期基督教, 48–50; economic effects of Black Death and 黑死病的经济影响, 4, 13–15, 50, 54–58, 68; inheritance laws and 继承法, 52, 72–75; marriage and 婚姻, 50–52, 56–58; mutual support and 相互支持, 4, 65–67; occupations and roles of 职业和职责; 4–5, 14, 58–66; pilgrimages as opportunity for 提供机会的朝圣, 128–30; Wife of Bath as 巴斯妇, 50–54

Wulf and Eadwacer《伍尔夫和埃德维瑟》, 22

译后记

《坎特伯雷故事集》(写于 1386—1400)是英国文学之父乔叟最经典的作品,包含了诸多人物讲述的形形色色的故事。故事集以一群朝圣者为背景,他们前往坎特伯雷的圣托马斯墓地进行朝圣,每个朝圣者都代表了中世纪英国社会中的不同阶层和人物类型,他们在旅途中都要讲述一个故事,作为听别人故事的交换。《坎特伯雷故事集》中最受瞩目的人物,莫过于巴斯妇。这也是本书作者玛丽昂·特纳想要为其立传的一个缘故。如作者所言,巴斯妇是一个普通平凡的女人,但与此同时,她又是一个与众不同的女人。特纳是乔叟研究的领军人物,也是《乔叟:欧洲生活》(*Chaucer: A European Life*)一书的作者,这本《狮吼人生:奇女子巴斯妇传》是她在乔叟研究方面的又一次精彩探索。

这是一部独到创新的文学传记,追溯了乔叟最著名的女性角色——巴斯妇的生平、遗产和文化意义,也为乔叟的作品解读提供了一个全新而引人入胜的视角。特纳首先将巴斯妇置于乔叟时代的历史和社会背景中加以考察。她探讨了乔叟如何在中世纪晚期关于婚姻、女性自主权和经济独立的争论下塑造艾莉森这一经典角色。14世纪晚期是社会剧变的时期,黑死病导致劳动力结构发生变化,商人阶层崛起,关于女性权利和职责角色的讨论也随之增多。

乔叟在这一现实基础上塑造了巴斯妇这样一个既反映时代焦虑，又突破社会规范的角色。当然，特纳并没有止步于将巴斯妇仅视为一个虚构人物，而是将其视为一个拥有自己生活的鲜活的存在，特纳追溯了她在几个世纪的文学、艺术和社会历史中产生的广泛影响。后世作家如莎士比亚、扎迪·史密斯等都对这个人物进行了不断改写与重塑，也让这个角色历经 600 多年而魅力不减，最终跻身文学经典人物之列。要之，这本《狮吼人生：奇女子巴斯妇传》既研究严谨又通俗易懂，对研究学者和普通读者都深具吸引力。它不仅加深了我们对乔叟的一些理解，还揭示了女性主体性、作者身份和跨时代叙事等更为广泛的议题。

  特纳的一个关键论点是，巴斯妇的革命性在于她对叙事的掌控。与许多中世纪女性角色不同，她不是被男性叙述者描述，而是选择自己讲述自己的故事，向读者和听众详细提供了其个人经历，并挑战诸如卖赎罪券者、学士等教会男性的权威。她大胆地讨论婚姻、性和权力，倡导女性在关系中占主导地位，这也是她在后世能走进女权主义话语的根本原因。特纳也探讨了巴斯妇性格中的悖论。虽然她主张活生生的经验要优于文本权威，但她的论点却建立在对文本的引用之上。她捍卫女性的性自主权，但又承认她自己婚姻的交易性质。特纳认为，正是这些矛盾才使她更加引人入胜和符合现实，这反倒促成了她经久不衰的魅力。巴斯妇的前世今生见证了一个文学偶像的演变历程。随着时间的推移，艾莉森被重新诠释，从早期读者将她视为警世故事或女性越轨的象征，到现代改编将她重新塑造为女权主义的先驱人物。当下，研究 600 多岁的巴斯妇仍然具有现实意义，因为她涉及持续不断的有关性别、权威和叙事的讨论。

艾莉森在提醒我们，文学一直是争论和协商权力的空间。通过追溯巴斯妇的历史，特纳不仅揭示了乔叟的创作天才，也展现了经典文学如何继续塑造现代文化并被文化变迁所塑造。

也许，重要的一点在于，在巴斯妇身上，我们能看到很多女性的群像：巴斯妇是个有工作的女人，是个有地产和财产的富有女人，也是（按现今标准）未成年（12岁）便结了婚且结过多次婚，但依然热爱生活（包括性生活）的女人。她也是遭受过家暴的女人，同时又是幽默风趣、接地气的女人，还是位会独立思考、大胆无畏又长于辩论的女人，她知晓绘画狮子的重要性。与此同时，她又朝圣各地、游历四方。这位来自中世纪的巴斯妇艾莉森，并没有困于家中一隅，而是不断地出走，热衷于各种朝圣。想想吧，光是圣地耶路撒冷，艾莉森就去了不下3回，可见，她的确是个见过大千世界、阅历非比寻常的普通而又不平凡的女子。在巴斯妇面前，再说什么"妇人之见"的人，请颤抖吧！颇有趣的是，在翻译"漫游的女人"一章时，恰逢离开家开始自驾游的苏敏阿姨的故事被自媒体传播开来并改编成电影《出走的决心》，看完苏阿姨的相关视频以及报道和电影后，让人再次联想到不同时空中的艾莉森的分身，巴斯妇和普罗大众女性之间存在着很多共鸣。因而，不论流转了几个世纪，我们似乎都能在巴斯妇这个人物身上找到万千女性重叠的影子——那些共通之处。

赘述颇多，最后，我要特别感谢本书编辑方哲君老师，在两年的翻译过程中，除了一路的督促、关照和勉励，她给予了我十二分的信任与支持，也一直一直加油般给我更多（很多很多）的时间与耐心。愿这本小书早日付梓，成为我们因书结缘的见证。女人最想要的是什么？这个困惑了心理学之父弗洛伊德长达几十年而无解的问题，巴斯妇会亲口告诉你。要是这本《狮吼人生：奇女子巴斯妇传》能受到更多读者朋友们的讨论和喜爱，那便是作为小妇人的我此刻最想要的"好东西"了，能与书中主人公艾莉森及作者特纳一路相随，译者与有荣焉。

  本人自觉译事并非易事，对翻译常怀敬畏之心、如履薄冰。翻译过程中常有困惑，尤其本书研究范围广泛，围绕一个虚构人物讨论了涵盖多种语言和文化的大量故事和典故，译者虽端赖勤查资料（感谢万能的万维网！！！），但凡人理解水平和学识终有限，囿于时间和精力，疏漏错讹之处在所难免，尚希读者朋友和大方之家批评，可来邮 lilywang_nju@163.com 探讨指正。愿读者朋友在认识和走近乔叟笔下这位精彩人物的同时，都能活出自己最想要的精彩人生，唯愿本书所有读者自治、自洽、自由、自在。Hooray！！！ ：）

译者"神游的阿丽思"

写于南京 / 安庆

2024 年夏天

2024 冬修改